Mikael Bergstrand · Der Fünfzigjährige, der nach Indien fuhr und über den Sinn des Lebens stolperte

Mikael Bergstrand

DER 50-JÄHRIGE, DER NACH INDIEN FUHR UND ÜBER DEN SINN DES LEBENS STOLPERTE

Roman

Aus dem Schwedischen von Sabine Thiele

btb

12. JANUAR 2010

»Und, was denkst du? Ist es nicht schön geworden nach der Renovierung?«

Ich nicke und lächele. Im Grunde sieht es so aus, wie es schon immer im Salon Cissi ausgesehen hat. Ich kenne keinen Menschen, der so besessen von ständiger Veränderung ist und dabei so gar kein Talent dafür hat. Das weiße Sofa, das bei meinem letzten Besuch noch links neben der Yuccapalme stand, hat nun einen roten Überzug und steht rechts neben einem Fikus. Außerdem glaube ich – auch wenn ich mir nicht ganz sicher bin –, dass die Brünette mit der androgynen Pagenfrisur auf dem eingerahmten Plakat hinter dem Empfangstresen früher eine Blondine mit einer androgynen Pagenfrisur war.

»Die neue Farbe macht ein ganz anderes Licht, nicht wahr?«

Cissi blickt mich unter ihrem rasiermesserscharfen Pony erwartungsvoll an. Wenn ich sie nicht so gut kennen würde, würde ich sagen, dass mich ihr Gesichtsausdruck an ein unschuldiges, neugieriges Kind erinnert.

»Absolut«, erwidere ich und versuche vergeblich, mich an die vorherige Farbe zu erinnern, die nicht mehr als zwei Nuancen von dem Eierschalenton entfernt gewesen sein konnte, in dem die Wände jetzt gestrichen sind.

»Du hast abgenommen«, sagt Cissi.

»Ja, ein paar Kilo.«

»Sieht gut aus. Macht dein Gesicht gleich männlicher.«

»Danke«, erwidere ich und frage mich einen Moment, ob sie mich vorher für ein Weichei gehalten hat.

Vor etwa elf Jahren habe ich den Salon Cissi in der Östergatan in Malmö zum ersten Mal betreten, die äußerst ungenaue Anweisung meiner Frau Mia im Ohr, ich solle mich *modernisieren.* Eine halbe Stunde später trat ich wieder auf die Straße und war um einen Pferdeschwanz ärmer. Und meiner Identität beraubt.

Mein Pferdeschwanz hatte mich seit meiner Teenagerzeit treu begleitet, er bot mir Halt und diente gleichzeitig auch der Ablenkung, wenn ich ihn mir in unbeobachteten Momenten um die Finger wickelte. Und jetzt hatte es eine energische Friseurin irgendwie geschafft, dass ich mir diese Nabelschnur abschneiden ließ. Etwa eine Woche lang betrauerte ich meinen Verlust zutiefst. Doch Mia mochte mein neues Aussehen, und als der erste Schock und die Trauer sich gelegt hatten, freundete ich mich mit meiner neuen halblangen Frisur an, bei der ich die Haare immerhin noch hinter die Ohren streichen konnte. Damit sah ich aus wie viele gleichaltrige Kollegen in meiner Branche - vierzigjährige Männer, die wir widerwillig eingesehen hatten, dass wir nicht länger große Jungs waren, die aber dennoch zeigen wollten, dass wir doch noch ein wenig Rock'n'Roll in uns hatten, bevor uns der Fluch des Wohlstandsbauches traf. Kurzum, ich sah aus wie all jene *Kreativen*, mit abgewetztem Cordjackett und schwarzem Poloshirt, das ganze Programm eben. Und dennoch erschien mir Cissi in diesem Moment - mit der unerbittlichen Schere in ihren geschickten Händen - wie die innovativste Friseurin der Welt.

Heute weiß ich, dass es reine Illusion war. Dass der Tod meines Pferdeschwanzes in Wirklichkeit von Mia angeordnet worden war, wie Cissi mir vier Monate und siebzehn Tage nach der Scheidung (9. Oktober 2000) erzählte. Sie sagte, sie schäme sich ein bisschen, mir nicht früher reinen Wein eingeschenkt zu haben, aber mir war klar, dass sie es insgeheim genoss.

Trotzdem trage ich bis heute dieselbe Frisur. Die Haare sind leicht ergraut und um einiges dünner geworden; die Geheimratsecken schreiten langsam, aber unerbittlich voran. Hoffentlich lassen sie sich noch etwas Zeit, bevor sie endgültig die Herrschaft über meinen Kopf übernehmen. Eine zurückgekämmte Frisur erfordert nun mal einen Haaransatz, der diese Bezeichnung auch verdient.

»Sollen wir auf diese Länge kürzen?«, fragt Cissi und hält ihre Hand einige Zentimeter unter mein Ohr. »Die Haare sind ja ganz schön lang geworden.«

In ihrer Stimme schwingt ein erwartungsvoller Unterton mit, als ob ihre Bemerkung mich zum Erzählen bringen sollte.

»Ja, das klingt gut«, erwidere ich nur und greife nach den Zeitschriften auf dem kleinen Regal unter dem Spiegel. Unter drei Frauenzeitschriften finde ich ein abgegriffenes Exemplar eines Männermagazins. Beim Blättern fällt mir auf, dass ich diese Ausgabe schon kenne. Den Artikel, wie Mann eine Feministin aufreißt und sie flachlegt, habe ich schon mal gelesen. Im Großen und Ganzen geht es darum, dass man keinesfalls zustimmen darf, wenn die Feministin anfängt, einen hinsichtlich Gendertheorien über die patriarchale Gesellschaft zu testen, sondern nur unbestimmte Laute von sich geben und zugleich entwaffnend und überlegen lächeln soll. Es fällt mir allerdings schwer, mir vorzustellen, wie so ein Lächeln wohl aussehen soll.

Ich blättere weiter und bleibe bei dem Pin-up-Mädchen in der Mitte des Heftes hängen. Nur ein paar Sekunden, lang genug, um nicht prüde zu wirken, aber auch nicht so lange, dass man mir Geilheit unterstellen könnte.

»Wow, Göran, deine Hände sehen aber toll aus! Hattest du eine Maniküre?«

Cissis plötzlicher Ausbruch überrascht mich. Ich spüre, wie

mir die Röte blitzschnell ins Gesicht steigt und meine Ohren zu glühen beginnen.

Draußen prasselt der Regen ans Fenster. Es riecht nach fauligen Eiern im Salon, nur schwach, doch deutlich wahrnehmbar unter den Schwaden von Haarwasser und Parfüm. Haarfärbemittel riechen immer nach fauligen Eiern. Mia roch so, als sie eines Tages mit wasserstoffblondem Haar nach Hause kam. Sieben Monate und sechs Tage vor unserer Scheidung. Damals hätte ich schon erkennen müssen, dass etwas nicht in Ordnung war. Eine Frau über vierzig versucht nicht ohne Grund, plötzlich wie Marilyn Monroe auszusehen.

Bis jetzt habe ich noch keinen Menschen getroffen, der sich durch Marcel Prousts *Auf der Suche nach der verlorenen Zeit* gequält hat. Ich bezweifle sogar, dass es unter meinen belesenen Freunden jemanden gibt, der weiter als bis zu der berühmten Szene im ersten Band kam, in der der Autor eine Madeleine in seiner Teetasse versenkt und sich durch den Geschmack des in Tee getunkten Gebäcks in seine Kindheit zurückversetzt fühlt. Wahrscheinlich ist das die meistverwendete Erzähltechnik des letzten Jahrhunderts – ein Geruch oder ein Geschmack, der Erinnerungen hervorruft und dadurch eine ganze Geschichte wieder zum Leben erweckt.

Und genau das werde ich jetzt tun. Wir werden in die Vergangenheit reisen, als alles anfing. An einem grauen und windgepeitschten Montag im Januar vor genau einem Jahr.

12. JANUAR 2009

KAPITEL 1

Im Salon Cissi roch es schwach nach fauligen Eiern.

»Die Frisur steht Ihnen fantastisch! Sie betont Ihre Augen, Sie wirken viel jünger damit und strahlen richtig.«

Die Frau in den mittleren Jahren lächelte glücklich und ging zur Kasse.

»Wenn Sie noch ein Shampoo möchten, das die Haare schützt und die Farbe lange bewahrt, kann ich Ihnen diese beiden hier empfehlen«, sagte Cissi und stellte zwei Plastikflaschen auf den Tresen.

Die Kundin drehte und wendete die Shampoos in der Hand, während Cissi noch zwei weitere Produkte hervorholte und danebenstellte.

Typisch Frau, alles erst einmal hin und her zu drehen und genau zu betrachten, dachte ich.

»Wenn Sie eine gute Spülung brauchen, dann ist das genau das Richtige für Sie.«

Schließlich kaufte die Kundin alle vier Flaschen plus drei weitere Haarpflegeprodukte, bevor sie endlich ihre Jacke anzog, sich zufrieden im Spiegel betrachtete, die Kapuze über den Kopf zog und sich verabschiedete. Cissi sah ihr nach, während sie routiniert die Haarsträhnen auf dem Boden zusammenkehrte und mir gleichzeitig mit einem Nicken bedeutete, auf dem Friseurstuhl Platz zu nehmen.

»Wieder so eine Wechseljahrsgeplagte, die garantiert zurückkommt«, bemerkte sie lächelnd und blickte durch das Fenster zu der Frau, die mittlerweile auf dem gegenüberliegenden Bürgersteig stand. Trotz des beißenden Windes und des peitschenden Regens lag das glückliche Lächeln immer noch auf ihren Lippen.

»Henna überdeckt die grauen Haare, und der ausrasierte Nacken ist gegen die Hitzewallungen. Klappt immer. Alle Frauen in den Wechseljahren sind ganz verrückt nach dieser Frisur. Schau nur, wie glücklich sie aussieht«, fuhr Cissi fort und winkte der Frau fröhlich zu.

Ich lachte leise und ließ mir von Cissi den Friseurkittel umlegen. Schloss die Augen für einige Sekunden und fühlte mich wie eine Puppe in einem Kokon. Nach vielen Besuchen im Salon hatten wir ein recht vertrautes Verhältnis. Ich erzählte ihr Geschichten über meine jüngeren, hoffnungslos durchschnittlichen und überforderten Arbeitskollegen, und sie lästerte über ihre Kundinnen. Doch unser Verhältnis war alles andere als unkompliziert. Der wunde Punkt war Mia, die wie ich immer noch Kundin bei Cissi war.

»Mia und Max fahren in ein paar Wochen nach Thailand, habe ich gehört«, sagte Cissi.

Mia und Max, das klang wie zwei Comicfiguren aus den Dreißigerjahren.

»Ja, sie hat so etwas erwähnt, als wir das letzte Mal miteinander sprachen.«

»Ach, wie herrlich, dieses Mistwetter hier hinter sich lassen zu können. Wie ich diese Jahreszeit hasse!«

»Ja, es ist nicht gerade schön zurzeit.«

»Die Kinder fahren auch mit, habe ich gehört.«

»Na ja, Kinder, sie sind schon fast erwachsen.«

Cissi kicherte und ließ die Schere ein paarmal in der Luft klappern, bevor sie sich wieder meinen Haaren widmete.

»Sie werden in einem richtigen Luxushotel wohnen, habe ich gehört.«

Wenn sie noch einmal »habe ich gehört« sagt, schnappe ich mir die Schere und schneide ihr die Ohren ab, damit sie nie wieder etwas hören kann, fuhr es mir plötzlich durch den Kopf.

Cissi wechselte das Thema – ein weiteres ihrer vielfältigen Talente. Sie wusste genau, wann es genug mit dem Thema Mia war. Die restliche Zeit unterhielten wir uns über andere Dinge. Unterdessen war eine Frau Mitte dreißig in den Salon gekommen, hatte Cissi knapp begrüßt und sich auf das weiße Sofa gesetzt. Ich warf ihr im Spiegel ab und an einen Blick zu. Sie war sehr hübsch, mit langen roten Locken. Echtes Rot, kein Henna.

Nachdem Cissi mit mir fertig war, versuchte sie mir eine Dose Gel für den richtigen Wetlook zu verkaufen. Freundlich, aber bestimmt lehnte ich ab.

»Wir sehen uns dann in zwei Monaten?«, fragte sie.

»Aber natürlich«, antwortete ich und tätschelte ihr leicht den Arm.

Vor dem Salon blickte ich noch einmal durch das Fenster. Die hübsche Frau saß mittlerweile auf dem Friseurstuhl, während Cissi meine abgeschnittenen Haare zusammenfegte. Sie winkte mir fröhlich zu, ihre Lippen bewegten sich. Offensichtlich sagte sie etwas zu der neuen Kundin. Ich wusste, dass sie über mich redeten. Natürlich hörte ich ihre giftige Stimme nicht durch das Fenster, doch ich konnte mir ihre Worte bestens vorstellen:

»Das ist so typisch. Mitte fünfzig und Bauchansatz, aber hält sich für unglaublich cool. Halblange Haare, das zieht immer bei diesen Typen. Verdeckt den ersten Glatzenansatz, und unter den langen Haaren im Nacken sieht man die Borsten nicht, die langsam den Rücken hinaufwuchern.«

So ungefähr wird sie es formuliert haben. Es beschlich mich das unangenehme Gefühl, dass mir etwas zu entgleiten drohte. Ein Gefühl, das durch den unerbittlichen Wind noch verstärkt wurde.

KAPITEL 2

Zum Glück gelang es mir, ein Taxi heranzuwinken, und ich richtete es mir auf dem Rücksitz behaglich ein. Als wir am Gustav Adolfs Torg vorbeifuhren, erhaschte ich einen Blick auf den Mann mit dem krummen Rücken, der selbst an diesem ungemütlichen Tag auf seinem Stammplatz am Anfang der Fußgängerzone stand. Auf seinen Rollator gestützt, mit einem T-Shirt bekleidet, auf dem mit Filzstift in schiefen Buchstaben geschrieben stand »Für eine bessere Behandlung von psychisch Kranken«, wirkte er wie ein Masochist aus dem Bilderbuch. Keiner der anderen Passanten, die sich bei diesem Wetter vor die Tür gequält hatten, nahm Notiz von ihm und den durchweichten Flugblättern in seiner ausgestreckten Hand.

Das Taxi brachte mich zum Restaurant *Der kleine Italiener*, ein einfaches Lokal, das in einem alten Fahrradkeller in einer Wohnsiedlung in Lorensborg untergebracht war, in gebührendem Abstand zu den stärker frequentierten Restaurants in der Innenstadt, wo das Risiko, Kollegen zu treffen, viel größer war. Der Wirt war tatsächlich ziemlich klein, allerdings kein Italiener, sondern ein serbischer Pizzabäcker namens Ljubomir, der seine Speisekarte um ein paar italienische Gerichte erweitert hatte. Das Essen war gut, wenn auch eher vom Balkan als italienisch; man schmeckte eigentlich überall einen Hauch Ajvar durch.

Ich bestellte Pasta mit Pesto, Saltimbocca, zwei kleine Gläser alkoholfreies Bier und zwei Espressi, so dass ich die Rechnung als Kundentermin einreichen konnte. Einmal im Monat gönnte ich mir ein ordentliches Gratismittagessen als inoffiziellen Bonus. Bisher hatte die Buchhaltung nie Probleme gemacht, und ich hatte auch kein schlechtes Gewissen deswegen. Die Restaurants, in die ich ging, waren verhältnismäßig günstig, und nach so vielen Jahren im Betrieb stand einem ein kleines Sahnehäubchen ja wohl zu.

Doch dieses Mal stellte sich nach dem Essen nicht das vertraute Wohlbehagen ein, sondern ein schweres Gefühl im Magen, das mich auch bei der Taxifahrt in die Firma und während der nächsten Stunden im Büro nicht losließ. Der Regen hatte zugenommen und rauschte nun trostlos und unerbittlich auf Malmö hinab.

Ich war der Älteste in der Firma und der Einzige, der von Anfang an, seit fünfundzwanzig Jahren, dabei war. Damals hießen wir noch Smart Publishing und machten alles, von Werbetexten über Interviews bis hin zu Reportagen für Hochglanz-Businessmagazine. Mittlerweile hatten wir uns in »Die Kommunikatoren« umbenannt und arbeiteten nahezu ausschließlich im Online-Bereich für verschiedene Unternehmen und kommunale Verwaltungen. Webseiten, Newsletter und Online-Firmenzeitungen. Ganz schön sexy, was? Doch das einzig Glamouröse an den Kommunikatoren war unsere Firmenadresse draußen im Västra Hamnen, dem alten Werft- und Industriegebiet am Meer, das zu Malmös Hotspot und Spielplatz für Architekten geworden war, mit dem sich in die Höhe schraubenden Wolkenkratzer Turning Torso des spanischen Stararchitekten Calatrava im Mittelpunkt.

Unsere Büroräume befanden sich in einem Gebäude neben dem spektakulären Hochhaus, im Erdgeschoss hinter großen getönten Fenstern, so dass vorbeigehende Menschen nur unsere Silhouetten erahnen konnten, wenn wir über Tastaturen und Laptops gebeugt an unseren Schreibtischen saßen.

Also alles andere als hip, doch der Job hatte einige nicht zu vernachlässigende Vorteile. Zum Beispiel war ich oft im Außeneinsatz bei Kunden, wodurch ich mir den Arbeitstag selbst einteilen konnte. Und selbst im Büro hatte ich als langjähriger Mitarbeiter gewisse unausgesprochene Privilegien, wie etwa längere Mittagspausen oder einen etwas früheren Feierabend.

Zumindest war das immer noch meine feste Überzeugung, als ich mich an diesem Januarnachmittag an meinem Schreibtisch niederließ und mit der rechten Hand durch die frischgeschnittenen Haare strich.

»Kannst dü mal kommen, Göran?«

Das war Kent Hallgren, mein Chef. Er kam aus dem nordwestlichsten Eck der Provinz Skåne, aus der Gegend von Ängelholm, und sein U klang immer wie ein Ü. Ja, ich weiß, auch das Schwedisch, das man hier in Malmö spricht, gewinnt nicht gerade einen Schönheitspreis, aber im Vergleich zu Kents schiefen Tönen ist es geradezu wohlklingend. Aber es war nicht nur sein Dialekt, der gegen ihn sprach, sondern auch, dass er durch und durch ein Zahlenmensch war, einer, der nur in Tabellen dachte. Ein Zahlenhengst ohne das geringste Gefühl für sprachliche Kommunikation – und das in einem Betrieb wie unserem. Er war außerdem der lebende Beweis dafür, dass selbst jemand, dem wirklich die elementarste Bildung fehlte, in der Medien- und Kommunikationsbranche ganz schön weit nach oben kommen konnte.

Dennoch dachte ich, dass er mir zumindest ein winziges bisschen Respekt entgegenbrachte, doch als ich seine Stimme in meinem Telefon schnarren hörte, lag darin nur ein deutlicher Befehlston. Ich ging die Wendeltreppe zu seinem Büro im ersten Stock hinauf.

»Setz dich, Göran.«

Während ich mich auf dem Besucherstuhl niederließ,

schloss Kent die Bürotür. Irgendetwas stimmte hier ganz und gar nicht.

»Schnecke?«

Kent hielt mir einen Korb mit Zimtschnecken entgegen. Ich nahm eine, auch wenn ich immer noch satt vom Mittagessen war.

»Es gab Beschwerden, Göran.«

»Ach ja?«

Mein Pulsschlag beschleunigte sich, und ich umklammerte den Bewirtungsbeleg in der linken Sakkotasche mit feuchten Fingern. Kent musterte mich ausdruckslos, bevor er sich leicht räusperte und fortfuhr.

»Der Abteilungsleiter des Straßenbauamts ist mit der Webseite, die du entworfen hast, nicht zufrieden. Sie hat zu viele Bugs und Probleme mit den Verlinkungen. Vierunddreißig, um genau zu sein. Das ist ein neuer Rekord.«

Ich atmete tief ein und sah ihm so fest wie möglich in die Augen.

»Aber das sind doch nur ein paar kleine technische Fehler, die Daniel oder Gisela korrigieren können. Ich habe hart an den Texten gearbeitet, und über die gab es ja wohl keine Klagen?«

Ich versuchte angemessen indigniert zu klingen.

»Die Sprache, Kent, die Sprache sollte ja wohl bei unserer Arbeit hier das Wichtigste sein, oder?«

Kent nestelte zuerst an seinem Krawattenknoten, dann an seinem Brillengestell. Sein jungenhaftes Gesicht hatte einen leicht nervösen Ausdruck. Doch seine Stimme jagte mir Angst ein. Sie klang immer noch nachdrücklich und bestimmt, ohne das leiseste Zittern darin.

»So geht es nicht weiter, Göran. Wir können nicht Daniel und Gisela jedes Mal hinter dir aufräumen lassen, wenn du etwas übersiehst. Sie haben genug mit ihren eigenen Projekten zu tun.«

»So viele Fehler habe ich gar nicht gemacht.«

»Doch, das hast du. Im letzten Jahr mussten wir bei jeder externen technischen Lösung, an der du beteiligt warst, nacharbeiten. Sieh es ein, Göran, die Zeit hat dich überholt. Die Dienste, die wir unseren Kunden heutzutage anbieten, haben nicht mehr viel mit dem zu tun, was du vor zwanzig Jahren gemacht hast.«

Ich war sprachlos. Nach fünfundzwanzig Jahren Firmenzugehörigkeit wurde ich in nur zwei Minuten in Schutt und Asche gelegt. Von einem Nichtskönner mit seltsamem Akzent. Von einem kleinen Lackaffen in Nadelstreifenhosen und Wollpullover. Und er war noch nicht fertig.

»Da wäre noch etwas, Göran. Du hast dich Gisela gegenüber nicht korrekt verhalten.«

»Wie bitte?«

»Sie findet, dass du sie ausgenutzt hast. Das nehmen wir sehr ernst.«

Ein kafkaeskes Gefühl überkam mich. Gisela war eine der drei weiblichen Angestellten der Firma, außerdem die jüngste und hübscheste. Sie hatte ziemlich große Brüste, die sie einem auch gern entgegenhielt, wenn man mit ihr sprach. Zugegeben, vielleicht hatte ich meinen Blick ein paar Mal ein paar Sekunden zu lang in ihrem Ausschnitt ruhen lassen. Vielleicht gab es in den Anti-Diskriminierungs-Vorgaben der Firma einen Passus, der das verbot.

»Und wie soll ich Gisela ausgenutzt haben?«, fragte ich geduldig.

»Du hast ihr Unmengen an Routinearbeiten überlassen und dir selbst die prestigeträchtigen Sachen unter den Nagel gerissen. Dir also die Rosinen herausgepickt. Damit hast du ihr die Chance genommen, sich mit ihrer Arbeit zu profilieren.«

Es klang, als läse er alles aus einem Manuskript ab, und vielleicht tat er das auch, denn sein Blick wanderte immer wieder zu seinem Monitor. Dennoch war ich erleichtert, dass man mir keine sexuelle Belästigung vorwarf. Hätte ich hier nicht gerade bei meiner eigenen Hinrichtung gesessen, hätte ich Kent etwas zu den »prestigeträchtigen Sachen« erzählt.

»Ich habe sie um Hilfe bei gewissen technischen Fragen gebeten, und ich habe die Firma vor der Peinlichkeit bewahrt, eine Mitarbeiterin mit Dyslexie Pressemitteilungen schreiben zu lassen«, schoss ich in einem verzweifelten Angriff-ist-die-beste-Verteidigung-Versuch zurück, in der Hoffnung, das kenternde Boot wieder aufzurichten.

»Gisela hat keine Dyks… Dykselexie.«

»Und du kannst das beurteilen?«

Kent ignorierte meinen Einwurf und nahm ein Blatt Papier zur Hand, das er etwa dreißig Sekunden lang eingehend studierte. Es fühlte sich wie dreißig Minuten an.

»Da wäre aber noch etwas, Göran. Siebenundvierzig Prozent der Zeit, die du hier im Büro verbringst, surfst du im Internet.«

Erst dachte ich, dass er einen Witz machte, doch es war ihm bitterernst.

»Willst du damit sagen, dass ihr Zeit und Arbeitskraft verschwendet, um das Internetverhalten eurer Angestellten zu überwachen? Um dann alles in Ziffern und Prozenten vorliegen zu haben?«

»Ja, wenn der Anlass gerechtfertigt ist.«

»Entschuldige, aber ich dachte in meiner Naivität, dass wir uns hier mit Kommunikation im *Online*-Bereich beschäftigen. Dass das Internet also ein unerlässlicher Teil unserer Arbeit ist.«

Kent schob sich die Brille auf die Nasenspitze und sah mir starr in die Augen. Es wirkte wie eine einstudierte Pose, die er sicher auf irgendeinem Führungskräfteseminar gelernt hatte.

»Das kommt darauf an, *wo* im Internet man sich herumtreibt.«

»Ich war nie auf einer Pornoseite, niemals!«

Wenn man sich so reflexartig und heftig gegen etwas verteidigt, dessen man noch gar nicht angeklagt wurde, ist das normalerweise ein Zeichen von Schuld. Doch in diesem Punkt war ich tatsächlich unschuldig. Ich würde niemals im Büro Pornoseiten aufrufen und konnte auch nicht verstehen, wie andere das tun konnten.

»Reg dich nicht auf, Göran. Ich sage ja gar nicht, dass du Pornoseiten angeklickt hast. Doch du interessierst dich etwas zu sehr für eine Seite namens Himmelreich. Wenn du im Netz bist, dann bist du einundsechzig Prozent der Zeit auf dieser Seite.«

»Aber da geht es um Fußball«, entgegnete ich leise.

»Ja, das verstehe ich. Um den Malmö FF. Soweit ich weiß, gehört der Club nicht zu unseren Kunden. Und doch hast du im letzten halben Jahr durchschnittlich jeden Tag zwei Stunden und dreiunddreißig Minuten deiner Arbeitszeit hier im Büro im Forum von Himmelreich verbracht. Das ist doch etwas seltsam.«

In der Sekunde, in der Kent »seltsam« sagte, erkannte ich, dass es vorbei war. Schließlich hatte er recht, der Idiot. Es *war* seltsam, schon fast an der Grenze zu besessen, pervers, dass ein zweiundfünfzigjähriger Mann mit einem Universitätsabschluss in Literatur- und Politikwissenschaft, mit fünfundzwanzig Jahren Berufserfahrung als Texter und Journalist, mit einer Vergangenheit als gar nicht mal übler Schlagzeuger, mit einem schwarzen Poloshirt unter einem abgewetzten Cordsamtjackett ein Drittel seiner Arbeitszeit darauf verschwendete, zu lesen, was ein paar Arbeitslose, Arbeitsscheue und sonstige Fußballfanatiker über das örtliche Fußballteam schrieben. Und das drei

Monate, bevor in der Allsvenskan, der schwedischen Liga, die neue Saison überhaupt wieder begonnen hatte.

»Bist du Fan von HIF?«, fragte ich mit hohler Stimme.

Zum ersten Mal in unserem Gespräch sah Kent verwundert aus. Dann lächelte er doch tatsächlich kaum merkbar.

»Nein, nein, Fußball ist nicht meins, und Helsingborg auch nicht meine Stadt. Ich komme aus Ängelholm, da interessieren wir uns für Eishockey. Rögle ist meine Mannschaft.«

Ich hätte wissen müssen, dass Kent ein Eishockeymensch war. Es gibt einen wesentlichen Unterschied zwischen Fußball- und Eishockeymenschen. Fußballfans sind erdverbunden, in der Kultur verankert. Eishockeyfans rutschen auf der Oberfläche herum wie entwurzelte, verirrte Seelen. Das war eine unumstößliche Wahrheit, auch wenn es mir in diesem Moment nicht möglich war, sie zu verteidigen.

Nachdem Kent den letzten Tropfen Blut aus mir herausgepresst hatte, wurde er sofort freundlicher. Auch das hatte er sicher auf einem Führungskräfteseminar gelernt. Er machte mir ein Angebot, das ich nicht ablehnen konnte. Ein Jahresgehalt als Abfindung. Gutes Zeugnis. Die Zusicherung, zwei Freelance-Aufträge pro Jahr für zwei Jahre (nur Schreibarbeiten) zu bekommen, sowie eine Pressemitteilung, dass die Kommunikatoren mit Bedauern bekannt geben müssen, ihr langjähriger Mitarbeiter Göran Borg würde die Firma auf eigenen Wunsch verlassen, um fortan als Freiberufler zu arbeiten.

Kent wollte sogar eine kleine Abschiedsfeier für mich organisieren, doch da spielte mein Stolz nicht mit. Allein schon der Gedanke, mit einem Glas in der Hand vor den Kollegen zu stehen und Gisela nicht in den Ausschnitt zu spähen, bereitete mir Magenschmerzen.

»Ich packe dann heute Abend meine Sachen, wenn alle gegangen sind«, sagte ich abschließend.

KAPITEL 3

Die ersten drei Tage meines neuen Lebens – *nach* den Kommunikatoren – verbrachte ich in einem fast schon vegetativen Zustand. Ich war zwar am Leben, zeigte aber kaum Zeichen menschlicher Intelligenz. Nabelflusen und Wollmäuse blühten und gedeihten in mir und um mich herum. Meine Wohnung am Davidhallstorg verließ ich nur für die zehn Minuten am Tag, in denen ich zum nächsten kleinen Supermarkt an der Ecke ging, um etwas einzukaufen.

Das kaugummikauende Mädchen an der Kasse sah mich mit einer Mischung aus Mitleid und Abscheu an, wenn ich die immer gleichen Sachen aufs Band legte. Außer einem tiefgefrorenen Mikrowellengericht, ein paar Dosen Cola, Brot, etwas Käse und Wurst kaufte ich meistens Eis. Ben & Jerry's in verschiedenen Geschmacksrichtungen, von Caramel Chew Chew bis New York Super Fudge Chunk. Ein Urinstinkt in mir schrie nach Ben & Jerry's, Feind Nummer eins der Weight Watchers, mit derselben zwanghaften Nachdrücklichkeit wie ein Kater im März nach willigen Katzen. Das war gar nicht gut. In einer Lebenskrise sollte man billigen Schnaps trinken und filterlose Zigaretten rauchen, aber kein dickmachendes Eis in sich hineinstopfen.

Alles in allem musste ich einen wirklich jämmerlichen Anblick geboten haben, wie ich da auf dem Sofa saß, das Eis mit dem Löffel direkt aus der Packung aß und mit leerem Blick auf den Flachbildfernseher starrte. Wie in einem dieser Bridget-Jones-Filme, mit dem kleinen Unterschied, dass ich keine einigermaßen junge Frau mit eingebildeten Gewichtsproblemen war, die schlechte Nachmittagssoaps anschaute (und die letztendlich sowieso ihren Prinzen finden würde), sondern ein Mann in mittleren Jahren mit einem definitiven Gewichtsproblem, der sich Wiederholungen von Bundesligaspielen auf Eurosport ansah (und der am Ende ganz sicher nicht seine Prinzessin finden würde).

Doch deutscher Fußball hatte etwas Robustes und Aufbauendes an sich, so dass ich am vierten Tag nach den Kommunikatoren vorsichtig über die Ereignisse nachzudenken begann. Kent hatte mir die rote Karte verpasst. Nicht wegen meiner hohen Taxirechnungen und der erschlichenen Mittagessen, die er mit keinem Wort erwähnt hatte, sondern weil »die Zeit mich überholt hatte«. Dieses Urteil war so vernichtend, dass ich es noch gar nicht richtig begreifen konnte. Stattdessen trieb ich mich auf der Webseite von Himmelreich herum.

Es war so unglaublich peinlich, dass ich aus reiner Langeweile meine Zeit in der Arbeit damit vergeudet hatte, schlecht geschriebene Statements darüber zu lesen, wen der Malmö FF für die nächste Saison verpflichten sollte. Was war ich doch für ein Loser. Keine Spur mehr von dem Mann, der einmal im *Aftonbladet* einen Artikel über die Ähnlichkeit zwischen argentinischem Tango und argentinischem Fußball veröffentlicht hatte, der als Teenager in Gelsenkirchen Bosse Larsson dabei zugesehen hatte, wie dieser im EM-Qualifikationsmatch gegen Österreich 1973 während des Schneesturms den legendären Elfmeter im Netz versenkte, und der ein langes Interview mit Zlatan Ibrahimović für ein holländisches Hochglanz-Businessmagazin geführt hatte, noch *vor* seinem ersten Wechsel als Profi zu Ajax Amsterdam.

Vielleicht wäre es sogar besser gewesen, wenn man mir wegen Pornoseiten gekündigt hätte. Dann könnte ich jetzt wegen Sexsucht in Therapie gehen. Von einer Entzugsklinik, die sich Männern in den mittleren Jahren annahm, die süchtig nach Fußballblogs waren, hatte ich dagegen noch nie gehört.

Der vierte Tag nach den Kommunikatoren war ein Freitag. Das Handy klingelte, und nach einem Blick auf das Display entschloss ich mich widerwillig, den Anruf anzunehmen.

»Hallo Erik.«

»Göran! Warum antwortest du nicht?«

»Tue ich das nicht gerade?«

»Jetzt. Aber davor. Ich habe es jeden Tag bei dir versucht.« Seine sonst heitere Stimme klang anklagend.

»Tut mir leid, ich hatte einiges um die Ohren.«

»Was denn, wenn man fragen darf?«

»Das erzähle ich dir ein andermal.«

»Okay, heute Abend um acht im *Bullen.* Alle kommen, bis auf Sverre natürlich. Er behauptet, er hat Migräne, aber ich würde einen Hunderter wetten, dass ihn seine Alte am Herd festgekettet hat.«

»Du, ich bin mir aber nicht sicher, ob ich es schaffe. Ich fühle mich nicht ganz fit.«

»Dagegen hilft am besten ein Schlückchen. Jetzt komm schon! Es ist so lange her, seit wir alle zusammen waren. Bist du ein Mann oder eine Memme?«

Es war verlockend, »Memme« zu antworten, doch gleichzeitig war mir klar, dass ich mich früher oder später meiner Umwelt würde stellen müssen. Und das konnte ich genauso gut auf dem vertrauten Terrain meiner Stammkneipe, die in Stolperentfernung zu meiner Wohnung lag, machen wie irgendwo anders. Ich musste ja nicht gleich alle Einzelheiten erzählen.

»Okay, dann also um acht im *Bullen.*«

Erik Pettersson war mein bester Freund – oder zumindest derjenige, mit dem ich am meisten Zeit verbrachte. Wir waren seit dem Gymnasium befreundet. Damals gründeten wir die Rockband *Twins*, die immerhin eine Single herausbrachte, die sich über siebenhundert Mal verkaufte und sogar ab und zu im Lokalradio gespielt wurde. Doch eigentlich waren wir eine Live-Band und traten gerne in kleinen Clubs und auf privaten Feiern auf. Ich war der taktsichere Drummer, der im Hintergrund saß und sich die Seele aus dem Leib trommelte, während Erik den charismatischen Sänger mit der E-Gitarre gab, dem schon damals die Herzen aller Mädchen zuflogen.

So ging es auch nach der Schule weiter. Eriks Frauengeschichten waren so vielfältig wie legendär. Einmal war er sogar mit einem türkischen Supermodel verheiratet, doch die Ehe hielt nur drei Wochen. Umso mehr Freundinnen gab es: eine bekannte schwedische Schauspielerin, eine russische Primaballerina, eine vom Satanismus angehauchte Dichterin aus Årjäng, eine dänische Unternehmenschefin, eine Ärztin und Mutter von vier Kindern aus Lund sowie unzählige weitere spannende und schöne Frauen. Kinder hatte er keine gezeugt, jedoch viele Herzen gebrochen. Eines davon gehörte Mia, meiner Ex-Frau.

Mia Murén ging in unsere Parallelklasse, und ich hatte schon früh ein Auge auf sie geworfen. Sie war nicht schön auf diese oberflächliche, aufgeblasene Art, die Jungs in diesem Alter normalerweise gefällt. Sie hatte eine markante Nase, fast schon groß, und ihr rechtes Auge schielte ein ganz klein wenig. Für mich waren das jedoch nur charmante kleine Fehler, die ihrem Aussehen Charakter verliehen und ihren schlanken, aber kurvigen Körper, ihr etwas wehmütiges Lächeln und ihr unwiderstehlich langes, dickes, kastanienbraunes Haar, das ihr offen über den Rücken hing, komplettierten. Von der Bühne schickte ich ihr Trommelwirbel und vielsagende Blicke, versorgte sie in den

Pausen mit Bier und lud sie schließlich backstage ein, wie ein richtiger Rockstar. An diesem Abend ging sie mit Erik nach Hause.

Ich weinte Sturzbäche in meiner Einsamkeit. Drei Monate waren sie ein Paar, bis er eine Woche vor dem Abitur Schluss machte.

Mia weinte Sturzbäche in aller Öffentlichkeit.

Ich versuchte unbeholfen, sie zu trösten und gleichzeitig meine Freude darüber zu verbergen, dass sie wieder frei war. Doch auch damals geschah noch nichts zwischen mir und Mia Murén. Nach dem Sommer ging sie für ein Jahr als Au-Pair nach Paris, bevor sie nach Stockholm zog und eine Ausbildung zur Krankengymnastin machte.

Erst sechs Jahre später kreuzten sich unsere Wege wieder auf einem Fest von Bekannten in Malmö, auf dem zufällig auch Erik war. Zu dem Zeitpunkt hatte er allerdings alle Hände voll zu tun mit einer portugiesischen Fado-Sängerin. An diesem Abend gingen Mia und ich zusammen nach Hause in meine kleine Junggesellenbude, die nur einen Steinwurf entfernt von meiner jetzigen, bedeutend größeren Junggesellenwohnung lag. Ein halbes Jahr später heirateten wir, und nach einem weiteren Jahr wohnten wir in einem Reihenhaus in einer Wohnsiedlung am Rand von Malmö, hatten ein Auto, einen Hund und nach kurzer Zeit auch Kinder. Erik war übrigens Trauzeuge bei unserer Hochzeit. Noch heute verbreitet er die nicht ganz der Wahrheit entsprechende Geschichte, dass er uns zusammengebracht hat.

KAPITEL 4

Kurz nach acht Uhr abends kehrte ich meiner Wohnung und den TV-Wiederholungen der Bundesligaspiele den Rücken, frisch geduscht und rasiert, in einen dicken, schwarzen Wollpullover mit Rippenmuster und in mein obligatorisches Cordsamtjackett gehüllt. Der starke Regen hatte sich gelegt, doch die Luft war immer noch feuchtkalt.

Ich atmete tief ein und stellte fest, dass sich die Sterne und Planeten immer noch um dieses Viertel rund um den Davidhallstorg drehten, mein eigenes, kleines Universum.

Hier lag alles, was meine schönsten und meine bittersten Erinnerungen am Leben erhielt, nah beieinander: die Petri-Schule auf der anderen Seite vom Fersensväg, wo ich Mia das erste Mal gesehen hatte, die Einzimmerwohnung mit Kochnische über der stinkenden Pizzeria in der Dahlbergsgatan, wo Mia und ich das erste Mal miteinander geschlafen hatten, sowie das Sushi-Restaurant *Hai* am Marktplatz, wo ich Mia das erste Mal zusammen mit Max gesehen hatte – sie hielten sich über den Tisch hinweg an den Händen, an einem hellen und milden Sommerabend. Der Sushiladen war übrigens nur wenige Häuser von dem Geschäft entfernt, das früher einmal die Systembolaget-Filiale – das staatliche Alkoholgeschäft – beherbergt hatte, vor der Erik und ich als Jugendliche die Alkoholiker überredeten, uns Explorer-Wodka zu besorgen. Wiederum ein paar Meter weiter war das *Zoltans*, eine richtige Absturzkneipe, in der man für wenig Geld eine offene Flasche essigsauren Weines bekommen konnte, den sie dort »Künstlerwein« nannten und der –

das war ein offenes Geheimnis – aus den zusammengekippten Resten des vorhergehenden Abends bestand. Ganz in der Nähe davon lag schließlich der *Bullen*, eine von Malmös ältesten Kneipen, die eigentlich *Två Krögare* hieß und so etwas wie meine zweite Heimat war.

Hier war es ein bisschen wie im Salon Cissi. Es sah immer noch aus wie in den Siebzigern: dunkle Barocktapeten, rustikale Holztische, ein majestätischer Zapfhahn, der über der Bar thronte, und eine zerstochene Dartscheibe mit dem Bull's Eye in der Mitte, dem die Kneipe ihren inoffiziellen Namen verdankte.

Die Hälfte der Gäste im Schankraum waren auch noch dieselben wie damals, nur eben knapp dreißig Jahre älter. Bis auf Sverre saßen alle aus unserer Clique an unserem Stammtisch, als ich durch die Tür trat und dabei versuchte, so normal wie möglich auszusehen.

»Lange nicht gesehen«, sagte Rogge Gudmundsson, früherer Kommunist und Bassist bei den *Twins*, der nach seinem Abschied von Marx ein Vermögen als erfolgreicher Börsenanalytiker und Investor angehäuft hatte. Das sah man ihm auch an. Das Palästinensertuch hatte er schon vor langer Zeit entsorgt und gegen maßgeschneiderte Hemden mit Monogramm und eine monströse Rolex am linken Handgelenk getauscht. Außerdem baumelten an seinen Schuhen kleine Lederfransen.

»Hallo, Rogge, alles klar?«

Er nickte und machte mir Platz. Auf dem Tisch standen zwei Weinflaschen. Erik füllte ein Glas bis zum Rand und schob es mir hin.

Ich nahm einen großen Schluck und wechselte ein paar Worte mit Bror Landin, Eriks altem Wehrdienstkumpel, der seine journalistische Karriere als Urlaubsvertretung in der Lokalredaktion des *Skånska Dagbladet* in Svedala begonnen hatte, danach jedoch recht bald auf selbstständiger Theaterrezensent umgesattelt hatte, was er auch jetzt noch betrieb.

Bisher hatte ich noch keine Rezension von ihm gelesen, die keinen Einwand enthielt. Einmal hatte er es sogar geschafft, eine Aufführung eines Lars-Norén-Stücks am Staatstheater Malmö als das beste schwedische Theaterstück des Jahrzehnts hochzuloben, um dann über ein paar minimale Fehler im Programmheft herzufallen. Niemals vollkommen zufrieden sein zu können, war charakteristisch für ihn.

»Der Wein ist gut, Erik, aber er hat zu viel Tannin«, sagte er gerade.

»Und du bist ein übellauniger alter Sack, da passt das doch perfekt«, grölte Erik.

Alle bis auf Bror lachten. So war es meistens. Auch Richard Zetterström lachte schallend. Mit seinen achtundvierzig Jahren war er das jüngste Mitglied unserer ergrauenden Herrenriege. Richard war früher als knallharter und sehr vielversprechender Mittelverteidiger bekannt gewesen. Wir hatten zusammen bei Limhamns IF gespielt, einem örtlichen Fußballverein, der es seit Jahrzehnten nicht über die Kreisliga hinaus schaffte. Ich saß meistens auf der Reservebank, während Richard früh durch sein aufopferungsvolles Spiel der Star der Mannschaft wurde. Die Talentscouts des Malmö FF waren schon an ihm dran, als ein zerfetztes Knie seiner Karriere mit einundzwanzig ein frühzeitiges Ende bereitete. Doch in meinem fußballverrückten Herzen hatte er dafür einen ganz besonderen Platz.

Da Richard nach seiner Verletzung nicht weniger aß als zuvor, wurde er rasch ein wenig rundlich. Und schließlich dick. Er ist der einzige mir bekannte Mensch, der *dank* seines Gewichts Karriere gemacht hat. Richard schrieb für verschiedene Wochenmagazine äußerst beliebte Kolumnen, die stets um zwei

Themen kreisten: seine Liebe zum Essen und seinen Hass auf Sport und Diäten.

Ein weiteres Mitglied unserer Runde war Mogens Gravelund, seines Zeichens kettenrauchender Galerist, der ursprünglich aus Dänemark kam und von dem man oft nur eine Rauchwolke sah. Wenn er nicht fröstelnd auf dem Gehsteig vor dem *Bullen* stand und seine selbstgedrehten Zigaretten qualmte, lag er uns mit seinem Raucherhusten in den Ohren oder auch mit seinen Ausführungen über das kommende Jazz-Festival in Kopenhagen, das er über alles liebte.

Als Einziger fehlte wie gesagt Sverre, Kulturreferent in Eslöv und der Mann, der uns vor dreizehn Jahren zusammengetrommelt und den Herrenclub gegründet hatte, selbst aber in den letzten drei Jahren zu keinem Treffen mehr erschienen war. Zufällig war das genau der Zeitraum, den er mit seiner neuen Frau verheiratet war.

Aber niemand vermisste ihn wirklich. Der heimliche Anführer der Gruppe war sowieso Erik, um den alles kreiste. Manchmal lästerten wir über ihn, wenn er noch nicht da war, ließen uns darüber aus, was für ein Gefühlskrüppel er doch war, dem keine längere Beziehung zu einer Frau gelingen wollte, oder über seine Faulheit, weil er nie einen vernünftigen Beruf ergriffen hatte. Wie ein orientierungsloser Jungspund arbeitete er mal als Aushilfsmusiklehrer, mal als Reiseleiter. Und im Gegensatz zu uns anderen scherte er sich herzlich wenig um aktuelle Kulturdebatten oder vieldiskutierte Bücher.

Doch im Grunde waren wir alle nur neidisch auf ihn. Alle wollten wir wenigstens ab und zu so charmant, mutig und unbekümmert sein wie Erik Pettersson. Für einen Mann über fünfzig sah er zudem unglaublich jugendlich und gut aus. Sein Haar war immer noch dicht, blond und lockig, ohne eine graue Strähne, und der lange, drahtige Körper erinnerte an den jungen Mick Jagger. Es war, als ob er die Gesetze des Alterns einfach ignorierte.

Nach ein paar ordentlichen Schlucken Wein fühlte ich mich etwas entspannter in der Gesellschaft meiner Freunde. Noch hatte ich ihnen nicht gesagt, dass ich bei den Kommunikatoren aufgehört hatte, und wollte das Thema eigentlich auch weiterhin vermeiden, als mich Richard plötzlich aus heiterem Himmel laut fragte, wie es denn in der Arbeit so liefe. Als ich nicht antwortete, bohrte er nach: »Ist diese arrogante Rotznase aus Ängelholm immer noch dein Chef?«

Wie auf ein geheimes Zeichen hin verstummten alle Gespräche am Tisch, und jeder fixierte mich. Ich spürte, wie sich mir der Hals zuschnürte.

»Ja, er ist immer noch da. Aber ich habe aufgehört.«

»Hat man dich rausgeschmissen?«

Dieser Kommentar kam von Erik.

»Nein, hat man nicht. Ich habe gekündigt.«

»Wann?«

»Vor ein paar Tagen.«

Die unbehagliche Stille nahm zu. Ich konnte meinen eigenen Herzschlag hören, fühlte, wie die Panik größer wurde, als mich Rogge rettete.

»Das war aber auch höchste Zeit, Göran! Ich habe ja nie verstanden, warum du so lange bei dem Laden geblieben bist. Aber ganz ehrlich, ich hätte nicht gedacht, dass du den Mut zur Kündigung haben würdest.«

»Ja, ich hatte das Gefühl, dass es jetzt endlich an der Zeit war. Man wird ja nicht jünger, und wenn man noch etwas anderes im Leben machen möchte, dann sollte man es jetzt tun«, erwiderte ich, wieder etwas selbstsicherer durch Rogges Unterstützung.

»Und was willst du jetzt machen?«, fragte Bror mit misstrauisch gerunzelter Stirn.

»Ich werde wieder mehr für Zeitungen und Zeitschriften schreiben. Das liegt mir ja sowieso am meisten am Herzen.«

»Der Markt für Freelancer ist zurzeit hart umkämpft, lass dir das gesagt sein«, erwiderte er.

»Ich habe schon einige Aufträge.«

Erik betrachtete mich mit einem spöttischen Lächeln. Ich erkannte, dass er erkannte, dass ich log. Aber er hatte immerhin den Anstand, mich nicht auffliegen zu lassen.

»Dann müssen wir wohl noch eine Flasche Wein bestellen und feiern, dass Göran endlich den Absprung aus der Jobmühle geschafft hat und nun ein freier Mensch ist«, sagte er stattdessen. »Prost, Kumpel!«

Alle erhoben ihr Glas, und wir prosteten uns zu. Ich hatte meinen Freunden, ohne mit der Wimper zu zucken, ins Gesicht gelogen, schämte mich jedoch keinen Moment dafür. Ich war einfach nur froh, so glimpflich davongekommen zu sein.

Es wurde ein ungewöhnlich feuchtfröhlicher Abend. Rogge begann wie üblich ab einem gewissen Alkoholpegel, Lieder der legendären Rock-Band *Nationalteatern* zu singen, und Richard beharrte zum Leidwesen der Bedienung darauf, Pyttipanna zu bestellen, obwohl die Küche schon geschlossen hatte. Zum Schluss waren nur noch Erik und ich übrig, vor uns Gläser mit abgestandenem Bier und Weinresten. Für einen kurzen Moment überlegte ich, in guter alter *Zoltans*-Tradition mir einen Künstlerwein zu genehmigen, doch ich war schon gut bedient und beschloss, nach Hause zu gehen.

»Also, so langsam werde ich dann mal aufbrechen«, sagte ich unsicher zu Erik und erhob mich nicht ganz standfest.

Er zog mich zurück auf meinen Stuhl.

»Wie viel hast du bekommen?«

Ich sah ihn verständnislos an.

»Was meinst du?«

»Komm schon, Göran! Du bist das schlimmste Gewohnheitstier, das ich kenne. Du trägst schon seit Jahrzehnten dieselben Kleider und dieselbe Frisur. Du wohnst im selben Stadtviertel wie früher, und du denkst immer noch an dieselbe Frau, auch wenn sie schon lange nicht mehr deine ist. Du hattest fünfundzwanzig Jahre denselben Job und hast nie auch nur anklingen lassen, dass du gern etwas anderes machen würdest. Es kann gar nicht sein, dass du gekündigt hast. Wie viel haben sie dir gezahlt, damit sie dich loswerden?«

»Ein Jahresgehalt.«

Ich sank in mich zusammen und schlug die Augen nieder. Erik legte mir die Hand auf die Schulter.

»Und was willst du jetzt machen?«

»Weiß nicht.«

»Du hast dich also daheim eingeigelt. Bist du deshalb nicht ans Telefon gegangen?«

Ich nickte. Erik legte mir den Arm um die Schultern, auf die Art, wenn wir Männer richtig betrunken sind oder nicht wissen, was wir sagen sollen. Nach ein paar Minuten brach er das Schweigen.

»Ich weiß genau, was du jetzt brauchst.«

»Was denn?«

»Du musst mal aus diesem engen Scheißloch heraus. Komm mit auf meine nächste Tour. Im Bus ist genügend Platz, und wir können uns ein Hotelzimmer teilen. Du musst nur das Flugticket bezahlen. Es geht erst in drei Wochen los, du hast also noch genügend Zeit, um dich vorzubereiten.«

Mit einem Mal war ich stocknüchtern.

»Verreisen? Nein, ich glaube, ich muss hier und jetzt meine Probleme angehen. Ich kann nicht vor ihnen davonlaufen.«

Erik seufzte vernehmlich und schüttelte den Kopf.

»Das mag ja gut klingen, aber ich weiß, dass du das nur sagst, weil du ein verdammter Feigling bist. Zum Teufel, Göran! Du könntest ja wenigstens fragen, wohin es gehen soll.«

»Das werde ich ganz sicher nicht«, erwiderte ich bestimmt.

»Okay, dann bekommst du einen Tipp. Nein, genauer gesagt, drei – Cricket, Curry und Korruption.«

»Indien? Nur über meine Leiche!«

KAPITEL 5

Eines der peinlichsten Ereignisse in meinem Leben geschah, als ich neunzehn Jahre alt war. Auch wenn ich eigentlich keinen Stammplatz im Team von Limhamns IF hatte, durfte ich nach einigen Absagen in letzter Minute ins Trainingslager nach Budapest mitfahren. Das war noch zu Zeiten des Kommunismus, als die wenigen Touristen, die sich hinter den Eisernen Vorhang verirrten, wegen ihrer begehrten Westwährungen wie Könige behandelt wurden.

Wenn wir nicht auf einem heruntergekommenen Fußballplatz am Stadtrand trainierten, wohnten wir schick in einem feudalen Hotel in der Innenstadt und konnten uns eigentlich alles leisten, was wir wollten. Nicht, dass das Angebot so umfassend gewesen wäre, doch Alkohol gab es reichlich, und schon am zweiten Abend versammelten sich die meisten von uns im Zimmer zweier älterer Spieler, um ein bisschen vor dem Abendessen vorzuglühen. Die Whisky- und Wodkaflaschen kreisten, und ich trank in einer Geschwindigkeit, die ich so nicht gewohnt war. Meine übliche Zungenlähmung verschwand, und ich legte sogar noch an Tempo zu. Als der routinierte Mannschaftskapitän ein Wetttrinken vorschlug, war ich der Einzige, der die Herausforderung annahm.

An das, was danach geschah, kann ich mich bis heute nicht mehr erinnern. Als man mich weckte, starrte ich in Richards beunruhigtes Gesicht hinauf. Ich hatte gekotzt, mir in die Hosen gepinkelt und sogar geschissen. Doch das war gar nicht mal das Schlimmste. Während meines Filmrisses hatte ich unten im

Restaurant Koteletts wie Frisbees unter den Kristallkronleuchtern geworfen, in den Armen einer Prostituierten geheult, war nackt über den Hotelflur gehüpft, hatte zwei Fahrstuhlpagen die Mützen geklaut und war nur knapp einer Verhaftung durch die ruppige ungarische Polizei entgangen. All das erzählten mir meine Mannschaftskameraden in allen schmerzlichen Einzelheiten, die ich nicht einmal infrage stellen konnte, weil ich mich ja an nichts erinnerte.

Der darauf folgende Kater dauerte zwei Tage, an denen ich nicht am Training teilnehmen konnte. Doch ich hätte den Betonschädel liebend gern eine ganze Woche in Kauf genommen, wenn mir dafür die ständigen Sticheleien für den Rest des Aufenthalts und in der Zeit danach im Umkleideraum unter den undichten Holztribünen des Limhamner Sportplatzes erspart geblieben wären.

Seit diesem Erlebnis waren Reisen bei mir immer mit Peinlichkeiten verbunden. Wenn ich nur das Wort Budapest hörte, errötete ich. Es wäre natürlich sehr viel logischer gewesen, einfach mit dem Trinken aufzuhören, aber dieses Opfer ging mir dann doch zu weit.

Nein, stattdessen wurden Auslandsreisen zu einem roten Tuch für mich. In der Arbeit war ich zwar gezwungen, die eine oder andere Reise innerhalb Europas zu unternehmen, gerade als die Firma im Aufschwung war, doch im Privatleben blieb ich am liebsten daheim. Als die Kinder noch klein waren, fuhren wir in den Ferien höchstens mal ins Legoland. Die einzige richtige Auslandsreise, die ich mit Mia unternahm, war ein verlängertes Wochenende in Barcelona. Ein Jahr, zwei Monate und drei Tage vor unserer Scheidung.

Und trotzdem stand ich jetzt hier vor dem Spiegel im Flur, mit einem von den Impfungen schmerzenden Arm und einem Ticket Kopenhagen-Neu-Delhi inklusive Rückflug in der Hand.

Selbst da konnte ich mir noch nicht erklären, wie es so weit hatte kommen können. Aber vielleicht stimmte doch, was man sagte: Man erkennt erst dann neue Perspektiven, wenn man die letzte Verbindung zu seinem sicheren alten Leben gekappt hat. Möglicherweise war ich aber auch einfach nur komplett wahnsinnig.

Ich würde Erik nach Indien und auf eine einwöchige Busreise begleiten. Auf dem Programm stand »Die goldene Triangel« mit Aufenthalten in Neu-Delhi, Jaipur, Agra und in einem Tigerreservat in Rajasthan. Erik hatte schon mehrere dieser Reisen geleitet, doch jetzt war er bei einer neu gegründeten Reisegesellschaft unter Vertrag, mit dem gleichwohl vielversprechenden wie furchteinflößenden Namen *Unglaubliches Indien!*.

Hätte ich gewusst, dass die indische Botschaft in Stockholm nicht nur sechshundert Kronen haben wollte, sondern auch einfach alles über mich wissen wollte – von meiner Schuhgröße bis hin zu Name und Geburtsdatum meines verstorbenen Vaters –, um mir schließlich ein einfaches Touristenvisum auszustellen, hätte ich das Ganze vielleicht noch rechtzeitig abgesagt. Doch als der Ball im Spiel war, gab es kein Zurück mehr.

»Verdammt noch mal, Göran! Du unterziehst dich doch keiner Herztransplantation, sondern fährst mit mir, deinem besten Freund, in den Urlaub«, wie Erik es so treffend formulierte, als ich ihn eines Abends anrief und versuchte mich aus der Nummer herauszuwinden.

Nur noch ein Tag bis zum Abflug. Ich hatte meine Mutter angerufen und ihr von der bevorstehenden Reise erzählt. Sie meinte, es sei eine gute Idee, dass ich mir endlich einmal die Welt ein wenig ansähe. Dann entschuldigte sie sich, sie müsse zu ihrer Golfrunde. Richard hatte versprochen, sich während meiner Abwesenheit um die Post und die Blumen zu kümmern.

Alles war also organisiert und fertig. Jetzt stand nur noch das Treffen mit meiner Tochter Linda aus, von der ich persönlich Abschied nehmen wollte. So schicksalshaft dachte ich wirklich, die Bilder blutdurstiger rajasthanischer Tiger vor Augen.

Wir hatten uns seit Weihnachten nicht gesehen, nur miteinander telefoniert, weshalb ich ein wenig nervös war, als es an der Tür läutete. Linda war ihrer Mutter sehr ähnlich, sowohl im Wesen als auch äußerlich. Doch sie hatte meine grünen Augen, und jedes Mal, wenn ich in diese blickte, war ich erleichtert, dass ich ihr diesen schönen Teil von mir vererbt hatte und nicht etwa meine kraftlose Körperhaltung.

»Du siehst müde aus, Papa«, sagte sie zur Begrüßung und umarmte mich.

Wir setzten uns auf die Couch im Wohnzimmer. Ich hatte Kaffee und Ben & Jerry's bereitgestellt. Noch etwas, das meine Tochter mit mir teilte: die Leidenschaft für ungesundes amerikanisches Eis.

»Ich kann nicht glauben, dass du gekündigt hast. Und dass du nach Indien fährst! Ist das so eine Art verspätete Midlife-Crisis?«

»Vielleicht«, erwiderte ich verlegen lächelnd.

»Wie kam es?«

»Ich weiß es nicht genau, ich hatte einfach das Gefühl, dass ich lange genug bei den Kommunikatoren gewesen war. Es war an der Zeit für etwas Neues.«

»Ist es dafür nicht ein wenig spät?«

»Es ist nie zu spät, etwas Neues zu probieren«, sagte ich, und selbst mir fiel auf, wie falsch diese Worte aus meinem Mund klangen.

Linda musterte mich skeptisch, bevor sie sich über die Musik beschwerte, die aus den Bang & Olufsen-Lautsprechern dröhnte: »Old Habits Die Hard« von Mick Jagger.

»Hast du nur alte Musik?«

Ich legte eine neue CD ein. Timbuktu, schwedischer Rap und für meine Begriffe ziemlich angesagt.

»Also wirklich, Papa!«

»Was denn? Ich dachte, du wolltest etwas Junges hören.«

»Und dann legst du Timbuktu ein? Der spielt doch nur noch mit so Rentnern wie Mikael Wiehe, Nisse Hellberg und Peps Persson.«

Innerhalb von ein paar Sekunden hatte sie drei meiner Kulturikonen als hoffnungslose Ewiggestrige abgekanzelt und darüber hinaus den einzigen jüngeren Musiker aus der schwedischen Musikszene, der mir wirklich gefiel. Deutlicher hätte mir meine zwanzigjährige Tochter nicht sagen können, wie alt ich war.

Doch Linda hatte die Musik schon vergessen und widmete sich nun hingebungsvoll der Ben & Jerry's-Packung. Sie lehnte sich gegen den Sofarücken und leckte genießerisch den Löffel ab.

»Das ist doch wie Drogen, oder?«

»Was denn?«

»Das Eis. Es schmeckt so unglaublich gut! Wenn man nicht so dick davon werden würde, würde ich mindestens eine Packung davon am Tag essen.«

»Du bist nicht dick, Linda.«

»Das weiß ich. Aber du wirst es langsam, Papa.«

»Vielen Dank auch.«

»Bitte sehr.«

»Wie läuft es an der Uni?«

»Ich werde aufhören.«

»Warum?«

»Ich will im Herbst reisen, und dafür muss ich Geld verdienen.«

»Aber das ist schade, du hast doch einen Platz in einem so guten Kurs bekommen.«

Linda setzte sich auf und streckte sich nach ihrer Tasse. Sie nippte an dem heißen Kaffee und lächelte schief.

»Du weißt ja noch nicht einmal, was ich studiere.«

»Das weiß ich sehr wohl.«

»Und – was studiere ich?«

»Kunstgeschichte.«

»Philosophie.«

»Ja, genau, ich habe mich nur falsch ausgedrückt.«

»Nein, hast du nicht. Du hast einfach nur keine Ahnung, was deine Kinder so machen. Wann hast du das letzte Mal mit John gesprochen?«

»Das ist gar nicht so lange her.«

»Okay. Wie heißt seine Freundin?«

»Ist das ein Verhör? Sie heißt Amanda.«

»Sie *hieß* Amanda. Jetzt heißt sie Hanna. Er hat eine neue Freundin, was bedeutet, dass du mit John seit mindestens sechs Monaten über nichts Ernsthaftes mehr gesprochen hast, denn so lange sind sie schon zusammen.«

Das schlechte Gewissen packte mich. Es fiel mir schwer, mit Lindas drei Jahre älterem Bruder wenigstens so etwas Ähnliches wie eine Vater-Sohn-Beziehung aufrechtzuerhalten. Er studierte Medizin in Lund und war ein richtiger Streber. Solide, zielstrebig und außerdem mit einem Prachtkörper gesegnet. Wir waren uns nicht sehr ähnlich.

»Und du hast außerdem nicht gefragt, wohin ich fahren werde«, sagte Linda, die jetzt wirklich aufgebracht war.

»Okay, wo soll es denn hingehen?«

»Nach Kolumbien.«

»Und mit wem?«

»Allein.«

»Aber man fährt als junges Mädchen nicht allein nach Kolumbien.«

»Warum denn nicht?«

»Werd nicht frech, Linda!«

»Du bist so voller Vorurteile, Papa. Aber ich habe nur Spaß gemacht. Ich werde mit Steffi nach London fahren. Wir werden dort in einer Bar arbeiten.«

»Das ist aber keine besonders gute Idee.«

»Warum nicht?«

»Weil in den Bars in London viele Gefahren auf junge Mädchen lauern.«

»Kannst du dich etwas deutlicher ausdrücken?«

»Alkohol, Drogen … Herren mit unlauteren Absichten.«

»*Herren*? Du meinst Typen?«

In diesem Stil ging es noch eine Weile weiter, bis Linda keine Lust mehr hatte. Schweigend aßen wir unser Eis auf. Dann erzählte sie von Thailand, und wie sehr sie sich auf die Reise freute, die zwei Tage nach meinem Abflug nach Indien beginnen würde.

»Eine kleine Insel vor Phuket. Ein richtiges Luxushotel. John und ich werden in der Hochzeitssuite oder so etwas Ähnlichem wohnen. Und wir werden Business Class fliegen. Max hat auf seinen Dienstreisen unglaublich viele Meilen gesammelt.«

»Aber dann sollten doch wohl Max und Mia in der Hochzeitssuite wohnen, oder?«

»Du klingst eifersüchtig.«

»Das bin ich nicht. Es war nur eine einfache Frage, Linda. Interpretier nicht in alles, was ich sage, etwas hinein.«

»Jetzt klingst du aufgebracht.«

»Das bin ich nicht!«

»Okay.«

Ich wünschte, es wäre noch Eis da. Ich brauchte dringend Trost.

Dann verabschiedeten wir uns. Linda umarmte mich.

»Pass auf dich auf, Papa.«

KAPITEL 6

Bei der Zwischenlandung in Helsinki hatte Erik schon gute Fortschritte bei der Eroberung der einzigen alleinstehenden und attraktiven Frau in der Reisegruppe gemacht; eine etwas mystisch wirkende, mittelblonde Schönheit Mitte dreißig mit großen, runden Ohrringen und auffälliger Sonnenbräune, mit der sie aus der Gruppe winterbleicher Rentner deutlich herausstach. Erik hatte dafür gesorgt, dass er auf dem Flug neben ihr saß.

»Okay, meine Lieben, ihr habt jetzt etwas freie Zeit zur Verfügung. Es dauert noch eine ganze Weile bis zum Boarding des Anschlussfluges nach Delhi. Wir sehen uns um Punkt eins am Gate. Wenn ihr mich in der Zwischenzeit braucht, findet ihr mich hier«, sagte er und deutete mit der Hand auf einen großen Imbiss mit Bar und Selbstbedienungstresen.

Keiner der knapp dreißig Teilnehmer machte Anstalten, sich von ihrem Reiseleiter zu entfernen.

»Der Flughafen Helsinki hat viele interessante Bars und Restaurants zu bieten. Das ist ja das Schöne am Urlaub, dass man sich auch mal etwas gönnen kann«, fuhr Erik fort.

Niemand rührte sich.

»Wie sieht es mit den Tax-Free-Shops hier aus? Ist es günstig?«, fragte schließlich eine mollige Dame, die ebenso wie ihr molliger Mann eine neongrüne Gürteltasche trug.

»Sehr gute Frage«, antwortete Erik breit lächelnd. »Eine Flasche Whisky kann man ja immer mitnehmen, um sich die Reise zu versüßen und eventuelle Magenkrankheiten in Schach zu halten. Doch an eurer Stelle würde ich mit den großen Einkäufen bis Indien warten. Dort ist alles sehr viel billiger, und ich verspreche euch, dass ihr qualitativ hochwertiges Kunsthandwerk zu absoluten Schnäppchenpreisen erwerben könnt«, versicherte er.

»Kann man feilschen?«, fragte die Frau mit der Gürteltasche.

»Natürlich kann man das«, antwortete Erik zwinkernd. »Doch an den Orten, wo wir hinfahren werden, habe ich die Verkäufer schon so weit heruntergehandelt, dass der Spielraum fürs Feilschen sehr klein ist. Nach über vierzig Reisen nach Indien kennt man sich schließlich aus.«

Beeindrucktes Murmeln in der Gruppe.

»Dann sehen wir uns um eins am Gate«, wiederholte Erik, bevor er zu mir kam und mir leise zuflüsterte:

»Ist es in Ordnung, wenn ich mich etwas mit ihr unterhalte?« Er deutete diskret in Richtung der Mittelblonden. »In Indien haben wir dann mehr Zeit füreinander, wir werden uns ja das Zimmer teilen und so…«

»Kein Problem, Erik. Ich bin ein erwachsener Mann und brauche keinen Babysitter.«

»Ich will nur, dass du weißt, wie froh ich bin, dass du mitgekommen bist«, sagte Erik, schlug mir freundschaftlich auf die Schulter, zwinkerte mir zu und setzte sich mit seiner neuen Eroberung in das Café.

Während sie zusammen Tee tranken, sah ich, wie sich ihre Füße unter dem Tisch berührten. Wir anderen verteilten uns auf die umliegenden Tische. Ich landete neben einem Mann etwa Mitte sechzig aus Nässjö, der leider alle meine Vorurteile gegenüber den Leuten aus Småland bestätigte. Auch er litt an einem schweren Ingvar-Kamprad-Komplex. Wie der IKEA-Gründer bezeichnete er sich selbst als unverbesserlicher Geizhals und Schnäppchenjäger. Eriks Ankündigung von guten

Geschäften hatte ihn beflügelt, und jetzt erzählte er mir, wie er schon als kleiner Junge zwischen den Höfen vor Nässjö hin und her geradelt sei und Strickmuster und Nähzubehör an die Bauersfrauen verhökert habe, um später seinen eigenen Versandhandel zu gründen, der Reinigungsmittel verkaufte. Schließlich hatte er noch eine Firma aufgebaut, die Softeismaschinen herstellte und die größte ihrer Art in Schweden war.

»Man muss sein Geld zusammenhalten«, wieherte er und klatschte mit der Hand auf seine mächtige Ledergeldbörse, bevor er eine Snus-Dose hervorkramte und sich einen großen Klumpen des Tabaks unter die Oberlippe klemmte. »Ich würde ja nie etwas am Flughafen kaufen, davor hätte mich der Reiseleiter gar nicht warnen müssen. Aber warte nur, bis wir in Indien sind, dann kannst du sehen, wie man die Händler dort so weit herunterhandelt, bis sie Blut weinen.«

Ich lächelte angestrengt und stellte mir vor, dass es irgendwo in den dichten Wäldern Smålands ein riesiges blau-gelbes Zentrallager geben musste, wo man sich seine persönliche Ingvar-Kamprad-Kopie in einem flachen Paket abholen und daheim mit dem bekannten Sechskantschlüssel zusammenschrauben konnte.

Am Nachbartisch saßen drei breitschultrige Finnen im Anzug und tranken Rotwein, Bier und Cocktails, bis sie schließlich auf Lakritz-Wodka von Koskenkorva umstiegen. Nur echte Finnen konnten auf die Idee kommen, so unterschiedliche Alkoholarten zu kombinieren und sie alle mit derselben methodischen Entschlossenheit zu vernichten, wie es diese gutgekleideten Herren taten. Keine Rituale, keine Lieder, keine Spielereien, wie wenn wir Schweden saufen. Nein, konsequent und zielstrebig. Glas für Glas rann ihre Kehlen hinunter, ohne dass sich Intensität oder Lautstärke ihrer wortkargen Konversation änderten. Die einzig sichtbaren Veränderungen waren der etwas verschwommene Blick und eine deutlich gerötete Gesichtsfarbe. Nach anderthalb Stunden standen sie auf, nahmen ihre Laptoptaschen und gingen erstaunlich sicheren Schrittes davon.

Erik hatte bei seiner Eroberung in der Zwischenzeit weitere Fortschritte gemacht und flüsterte der Schönen nun etwas ins Ohr, das ihr ein sinnliches Lächeln auf die Lippen zauberte. Wie schaffte er es nur, dass ihm alle Frauen aus der Hand fraßen? Ich wurde immer ärgerlicher und versuchte mich mit meinem neuerworbenen Indien-Reiseführer abzulenken, doch beim Kapitel über Krankheiten legte ich ihn wieder weg. Die Nervosität machte sich bereits jetzt in meinem Magen bemerkbar, und da war es keine gute Idee, sich in Krankheiten wie Malaria oder Dysenterie zu vertiefen.

Schließlich mussten wir aufgrund von Verspätungen noch eine Stunde länger als geplant warten, bis wir das Finnair-Flugzeug nach Neu-Delhi besteigen konnten. Der Großteil der Passagiere waren Inder, die auf der Heimreise waren und bemerkenswerte Mengen an Handgepäck dabeihatten. Sperrige, mit Schnüren umwickelte Kartons, zum Bersten gefüllte Plastiktüten und kleinere vollgestopfte Taschen wurden mit Gewalt in die Gepäckfächer und unter die Sitze gequetscht, begleitet von hektischen Wortwechseln auf Hindi und Englisch.

Hier hörte ich zum ersten Mal das charakteristische und seltsam melodische Mittelklasseindisch, das manchmal auch Hinglisch genannt wird. Selbst wenn ich das eine oder andere englische Wort identifizieren konnte, war es unmöglich zu beurteilen, ob die Menschen sich übereinander ärgerten oder einfach nur lebhaft miteinander sprachen.

Als das Gepäck endlich verstaut war, beruhigten sich alle und lehnten sich genügsam in ihren Sitzen zurück. Schon bald befanden wir uns über den Wolken. Die Reisegruppe von *Unglaubliches Indien!* saß gesammelt ganz vorne in der Economy Class,

Erik und seine neue Flamme nebeneinander. Sie war eingeschlafen, und ihr Kopf ruhte auf seiner Schulter.

Nachdem ich ja offiziell nicht zur Gruppe gehörte, sondern sozusagen als Trittbrettfahrer unterwegs war, saß ich sehr viel weiter hinten im Flugzeug zwischen zwei Indern. Links von mir saß ein Mann mit einem kleidsamen Schnurrbart über den fülligen Lippen. Trotz der sicher fünfundzwanzig Grad in der Kabine behielt er seine dicke Daunensteppjacke an. Ich musste mich nach rechts lehnen und kam deshalb einer voluminösen Inderin recht nahe, deren farbenfroher Sari ihren großen Bauch frei ließ. Ich versuchte mir unter Ellbogeneinsatz ein wenig Freiraum zu verschaffen, doch meine Ellbogen schienen in meinen Mitpassagieren einfach zu verschwinden. Die Berührung störte sie offensichtlich überhaupt nicht, und nach einer Weile gab ich den hoffnungslosen Kampf auf und ließ mich von ihren Körpern einschließen.

KAPITEL 7

Schon mal in Indien gewesen?«, fragte mich plötzlich der Mann auf Englisch.

»Nein«, antwortete ich knapp.

»Dann wappnen Sie sich besser, Sir«, erwiderte er lachend und winkte eine der Stewardessen zu sich. »Zwei große Whiskys mit Sodawasser, bitte.«

Während des restlichen Fluges tranken Mr Varma und ich diverse Gläser zusammen. Er erzählte mir, dass er als indischer Koordinator für Nokia arbeitete und nach einer Woche voller Meetings in Helsinki nun auf der Heimreise war. Mr Varma bestand darauf, dass ich den Whisky wie ein richtiger Inder mit Wasser mischte, und überzeugte mich auch davon, dass sich das Gemisch ausgezeichnet zu den Mahlzeiten trinken ließ.

Als wir uns im Luftraum über Kabul befanden, war mein anfängliches Misstrauen ihm gegenüber restlos verschwunden. Stattdessen empfand ich große Dankbarkeit und Sicherheit in seiner Gegenwart und saugte gierig auf, was Mr Varma sagte. Er brachte mich sogar dazu, beim Abendessen das vegetarische Gericht zu wählen, eine Art Brei mit weichen und geschmacklosen weißen Brocken unidentifizierbarer Herkunft in einer nett gewürzten Spinatsoße. Mr Varma erklärte mir, dass es sich dabei um Paneer handelte, einen Frischkäse, den man seiner Meinung nach mit sehr viel mehr Pepp und grünem Chili servieren sollte.

»Ich freue mich darauf, nach Hause zu kommen und nach den ganzen finnischen Piroggen endlich etwas Vernünftiges zu essen. Indien hat die beste Küche der Welt«, sagte er, was die dicke Dame zu meiner Rechten mit einem zustimmenden Brummen quittierte.

Als Mr Varma uns nach dem Abendessen einen weiteren Whisky bestellen wollte, erinnerte ich mich an Budapest und lehnte höflich ab.

Bald darauf landete das Flugzeug mit einem kräftigen Rums auf dem Indira Gandhi International Airport, und noch bevor wir am Gate angekommen waren, sprang die Hälfte der indischen Passagiere auf und holte hektisch die diversen Taschen und Pakete aus den Gepäckfächern. Die finnischen Stewardessen versuchten gar nicht erst, sie daran zu hindern. Später sollte ich auch den Grund dafür verstehen: Inder in Bewegung hält man nicht auf, denn sonst entsteht heillose Verwirrung, die das organisierte Chaos nur noch vergrößert.

Ich verabschiedete mich herzlich von Mr Varma und gesellte mich zu Erik und der übrigen Reisegruppe auf eine gut einstündige Wanderung durch das Flughafenlabyrinth. Dabei kamen wir unter anderem an einer Gesundheitsstation vorbei, wo ein müder Arzt mit Mundschutz Karten abstempelte, die wir im Flugzeug ausgefüllt hatten, einer Passkontrolle mit einem missgelaunten Beamten, dem lange Schlangen und Schweißperlen auf der Stirn von nervösen Touristen eine tiefe Befriedigung zu verschaffen schienen, sowie einem tumultartigen Gedränge am Gepäckband. Den krönenden Abschluss dieser Wanderung bildete schließlich ein weiterer Schalter, an dem man die untere Hälfte eines Formulars abgeben musste, dessen obere Hälfte die Passkontrolle eingefordert hatte, und die ich bereits nicht mehr wiederfand.

»Das macht nichts. Geh einfach nur entschieden weiter. Nicht zögern«, wies mich Erik an. Es funktionierte.

In der Ankunftshalle führte uns Erik wie ein Feldherr an den unzähligen Fahrern vorbei, die Schilder mit Namen von Passagieren hochhielten, die sie abholen sollten. Er drängte uns durch einen Ausgang ins Freie, wo wir von noch mehr Menschen empfangen wurden. Delhis ureigener Geruch schlug mir entgegen. In der überraschend kühlen Nacht roch es allerdings weder nach Räucherstäbchen noch nach Curry, sondern nach fauligen Eiern. Gleichzeitig schien ein Wettbewerb stattzufinden, wer am meisten und am lautesten hupen konnte. Das durchdringende Hupen der unzähligen Autos vermischte sich mit Rufen und indischer Musik, die in voller Lautstärke aus einem der kleinen Teestände vor dem Terminal dröhnte.

So viele Menschen wirbelten um mich herum, dass mir ganz schwindelig wurde. Alles ergoss sich in einen träge dahinströmenden Fluss, in dem ich nur die Turbane der Sikhs erkennen konnte, die wie farbenfrohe, straffe Tulpenzwiebeln aus dem Menschenmeer herausstachen. Es war Viertel nach zwölf Uhr nachts Ortszeit, und ich versuchte gerade eine vernünftige Antwort auf die Frage zu finden, was ich hier eigentlich machte, als Eriks nächste Anweisung meinen Überlebensinstinkt weckte.

»Bleibt bitte alle zusammen, damit keiner verloren geht.«

Da wurde mir plötzlich bewusst, was für eine Höllenangst ich hatte, den Anschluss an die Gruppe zu verlieren. Damit wurde ich zu einem dankbaren Opfer für die Träger, die um unsere Gruppe herumschwirrten und sich gegenseitig zu übertönen versuchten.

»Welcome to India! I show you way to bus! Don't you worry, sir! I carry your bag!«

»Gebt ihnen nicht euer Gepäck. Dann wollen sie Trinkgeld, und ihr habt ja noch kein indisches Geld!«, rief Erik.

Doch es war schon zu spät. Ein Teenager in schmutzigem Hemd, Gabardinehosen mit erstaunlich scharfen Bügelfalten und abgewetzten Flip-Flops hatte sich bereits meine Reisetasche gegriffen und weigerte sich, sie herauszugeben, bis wir bei unserem Bus waren. Ich kramte einen Fünf-Dollar-Schein hervor, den ich dem Jungen in die Hand drückte, woraufhin er schnell wie der Blitz verschwand, als ob ich das Geld wieder zurückfordern könnte. Als ich endlich im Bus saß, setzte sich natürlich der Småländer neben mich.

»Ich habe gesehen, was du dem Jungen gegeben hast. Ist dir klar, dass das in Indien ein Wochenlohn ist?«, fragte er und blinzelte schadenfroh mit seinen wässrigen Augen.

Ich murmelte etwas, ich hätte kein Kleingeld gehabt, während gleichzeitig ein Inder mit blendendweißem Lächeln erschien und mir einen Kranz stark duftender Blumen um den Hals legte. Aus den Lautsprechern kam ein Knistern. Ich blickte auf und sah, dass Erik ein Mikrophon in der Hand hielt.

»*Namaste!*«, sagte er und legte die Handflächen vor der Brust zu einem demütigen Gruß zusammen. »Das heißt Willkommen auf Hindi. Ihr werdet es noch oft auf dieser Reise hören. *Namaste!* Wir sagen es jetzt alle im Chor und üben den Gruß.«

»*Namaste!*«, rief der ganze Bus und ahmte Eriks Handbewegung nach.

»Sehr gut! Herzlich willkommen auf dieser Reise ins spannendste Land der Welt! Mit dabei ist unser Busfahrer und sein Assistent, außerdem natürlich Varinder, unser zertifizierter indischer Guide, der uns helfen wird und euch gerade mit den Blumenkränzen willkommen heißt. So ist das nämlich in Indien, man ist hier immer willkommen. Wir müssen den vielen neuen Eindrücken nur mit offenen Sinnen begegnen. Nehmt also eure schwedischen Brillen ab und setzt euch indische auf. Wie ihr schon gemerkt habt, laufen die Dinge hier etwas anders als zu Hause. Manchmal dauert es etwas länger, als wir gewohnt sind, doch auch das macht den Charme Indiens aus.«

Wie um Eriks Worte zu unterstreichen, verweigerte der Bus

prompt seinen Dienst. Erst nach einer halben Stunde harter Arbeit gelang es einem ölverschmierten Mechaniker, den irgendwer irgendwo aufgetrieben hatte, den Motor ächzend und widerwillig zum Leben zu erwecken. Mir fiel es schwer, den Charme daran zu erkennen, doch Eriks Ruhe und Fähigkeit, die Gruppe während der Wartezeit bei Laune zu halten, beeindruckten mich. Gleichzeitig schaffte er es, sich seiner Eroberung zu widmen, damit ihr Interesse nicht gleich wieder erlahmte.

Nach weiteren zwanzig Minuten waren wir endlich in unserem Hotel, das nur wenige Kilometer vom Flughafen entfernt lag. Erik erklärte, dass es zwar einfach, aber mit großer Sorgfalt ausgewählt worden sei, da es direkt an der Autobahn lag und uns am nächsten Morgen mindestens eine Stunde Fahrtzeit auf dem Weg nach Jaipur ersparen würde. *Star Hotel* hieß die Unterkunft, auf deren Dach ein großer, schiefer und in unregelmäßigen Abständen blinkender Stern saß. Mithilfe des unablässig lächelnden Varinders verteilte Erik die Zimmerschlüssel und wünschte allen eine gute Nacht. Dann sagte er leise zu mir:

»Wie geht's, Göran?«

»Alles okay«, antwortete ich.

»Bist du müde?«

»Ein wenig. Auch wenn ich wegen der vielen Eindrücke sicher nur schwer einschlafen kann.«

»Ich weiß. Das erste Mal Indien ist immer überwältigend. Aber du wirst dich schnell daran gewöhnen. Morgen wird ein toller Tag mit vielen spannenden Erlebnissen. Deshalb wäre es auf jeden Fall gut, so bald wie möglich ins Bett zu gehen.«

Erik sprach noch leiser und kratzte sich in den blonden Locken.

»Du bekommst das beste Zimmer, Kumpel«, sagte er und reichte mir den Schlüssel. »Ganz für dich allein.«

»Du wirst also bei deiner neuen Flamme schlafen?«, fragte ich, ohne meine Irritation ganz verbergen zu können.

»Nur heute Nacht, Kumpel. Also, wenn das für dich in Ordnung ist. Es sind ja nur ein paar Stunden.«

»Natürlich! Erik, du glaubst doch nicht, dass ich eifersüchtig bin?«

»Nein, aber ich will nicht, dass du glaubst …«

»Jetzt geh schon hoch zu ihr. Ich komme zurecht«, erwiderte ich mit einem gekünstelten Lächeln.

Auch der Hotelpage, der mein Gepäck nach oben trug, bekam einen Fünf-Dollar-Schein, woraufhin er sich in einem fort verbeugte, bis er wieder auf dem Korridor stand. Eigentlich hätte ich mir die Zähne putzen sollen, doch es gab keine Wasserflaschen auf dem Zimmer, und ich *dachte* nicht einmal daran, mir den Mund mit indischem Leitungswasser auszuspülen. Ich zog mich also gleich aus, kroch unter die dünne Decke in das steinharte Bett und versuchte mir einzureden, dass die kleinen Geckos, die blitzschnell an der Zimmerdecke über mir entlangflitzten, meine Freunde waren, weil sie die Mücken fraßen, die im Raum umherschwirrten. Es war nicht übermäßig warm, doch ich hatte den Ventilator an der Decke trotzdem eingeschaltet. Nach ein paar Minuten fiel der Strom aus. Sofort stürzten sich die Mücken auf meine Ohren und machten einen solchen Lärm, dass ich beinahe verrückt wurde. Vielleicht gehörten sie zu einer gesamtindischen Verschwörung, so viele irritierende Geräusche wie möglich zu produzieren.

Als ich das Fenster öffnete, um etwas frische Luft ins Zimmer zu lassen, strömte sofort der Geruch nach fauligen Eiern herein. Obwohl das Zimmer nach hinten ging, hörte ich deutlich den starken Verkehr von der Autobahn auf der anderen Seite. Ich schloss das Fenster und legte mich wieder ins Bett.

Die Wasserleitungen brüllten wie hungrige Dinosaurier. Durch die papierdünne Wand hörte ich das Schnarchen des Småländers aus dem Nebenzimmer. Mein Karma schien es nicht gut mit mir zu meinen.

Namaste? Ach, ihr könnt mich mal …

KAPITEL 8

Am nächsten Morgen saß ich um fünf vor acht wieder im Bus. Die Nacht war kurz gewesen, und ich fühlte mich immer noch äußerst verloren und unbehaglich in diesem fremden und erschreckenden Land, als der Småländer direkt auf mich zusteuerte, meinen Rucksack, mit dem ich den Platz neben mir blockiert hatte, hochhob und sich niederließ.

»Ich frage mich ja, was der Veranstalter für die Zimmer in diesem Rattenloch bezahlt. Viel kann es ja nicht sein«, sagte er und stieß mir den Ellbogen in die Seite, als ob er etwas besonders Scharfsinniges von sich gegeben hätte.

Nervös warf ich dem Busfahrer einen Blick zu. Heute trug er eine blaue Uniform mit Schulterklappen und eine viel zu große Schirmmütze, die ihm bis über die Augenbrauen ging. Sein zaundürrer Assistent zündete Räucherwerk an und legte einer kleinen Statue, die auf dem Armaturenbrett stand und einen Dreizack in der Hand hielt, einen Blumenkranz um. Erik trug ein T-Shirt mit der Aufschrift *Incredible India!* In der englischen Übersetzung wirkte der Name des Reiseveranstalters deutlich beeindruckender, das musste ich zugeben. Weltmännisch. Nach einem einschmeichelnden »Namaste« erklärte er, dass die Statue Shiva darstellte, den Gott der Zerstörung und der Schöpfung, und dass der Assistent ihm Opfer darbrachte, um für eine gute Reise zu bitten.

»Das sollte er auch, bei dieser schlechten Sicht«, gluckste der Småländer. »Hier ist ja mehr Rauch in der Luft als damals, als diese Kirche bei Jönköping abbrannte. Und was zur Hölle soll das denn für ein Gott sein? Der hat hier doch einen fahren lassen? Das riecht ja schlimmer als damals, als mein Cousin in Mariannelund vor dem Hausflur die Scheißhaustonne hat fallenlassen.«

Nicht nur, dass er ein knausriger alter Knacker war, nein, er hielt sich anscheinend auch noch für den geborenen Alleinunterhalter. Doch auch wenn niemand sonst im Bus über seine schlechten Witze lachte, hatte er in einem Punkt recht. Der dichte Morgennebel stank immer noch nach fauligen Eiern.

»Das ist die Inversion«, sagte Erik. »Die Kühle der Nacht, die sich wie eine Hülle über die Luftverschmutzung legt. Doch im Laufe des Tages wird sich das lichten.«

»Solange kein anderer noch einen fahren lässt, sonst musst du hier Gasmasken austeilen«, entgegnete der Smäländer wie aus der Pistole geschossen. Ich konnte nur mit Mühe das Bedürfnis unterdrücken, ihm eine reinzuhauen. Doch als er mich aus seinen wässrigen Augen anblickte, lächelte ich nur dämlich zurück.

Erik zählte uns durch und gab dem zertifizierten indischen Guide Varinder ein Zeichen, der wiederum dem Assistenten des Busfahrers ein Zeichen gab, der seinerseits dem Busfahrer ein Zeichen gab, der schließlich den Bus startete, dieses Mal mit einem lauten Klappern.

Auf der Fahrt aus Delhi heraus fuhren wir an vielen Brücken vorbei, unter denen obdachlose Familien in einem Durcheinander aus Staub, Baumaterialien und Abfall lagerten. Durch die Abgase sah ich schmutzige Kinder ohne Schuhe und ihre vorzeitig gealterten und ausgemergelten Eltern, die um Lagerfeuer herumsaßen und sich in der immer noch kühlen Morgenluft wärmten. Eine Frau in einem orangefarbenen Sari kochte Tee über den Flammen, ein zahnloser, knochiger Mann zog an einer Zigarette. Große Betonröhren, die man noch nicht verbaut hatte, dienten unter einer der Brücken als Behausungen, doch meistens markierten nur Pappkartons oder Plastikplanen, die mit Schnüren an einem Zaun oder einem Pfeiler festgebunden waren, den Lebensraum der Menschen.

Magere, struppige Straßenhunde mit gestauchten Schwänzen streunten umher, und freilaufende Kühe wühlten mit ihren Mäulern in den Abfallhaufen auf der Suche nach etwas Essbarem. Noch nie hatte ich solche Armut, solchen Schmutz gesehen, und mir wurde übel. Wie hatte ich nur so unglaublich dumm sein können und mich von Erik zu dieser Reise überreden lassen?

Als wir den Vorort Gurgaon außerhalb Delhis erreichten, hatten Sonne und Wärme den Nebel so weit gelichtet, dass wir die Stahl- und Glasfassaden der riesigen Hochhäuser sehen konnten, die links von der Autobahn in die Höhe ragten.

»Das hier ist Indiens Silicon Valley«, sagte Erik ins Mikrophon. »Vor fünfzehn Jahren waren hier noch Felder und Dschungel. Doch dann wurde die Wirtschaft liberalisiert, und heute hat weltweit nur noch China eine höhere Wachstumsrate als Indien. Heute ist das Land hier draußen fast unerschwinglich. Alles ging rasend schnell, und manche haben unvorstellbare Summen an dieser Entwicklung verdient. In den Top Ten der reichsten Menschen der Welt findet man vier Inder. Indien ist wirklich in jeder Hinsicht das Land der Kontraste. Reiche und Arme nebeneinander, Schönheit und Hässlichkeit, Gier und Großzügigkeit, alles hat hier seinen selbstverständlichen Gegensatz.«

In regelmäßigen Abständen informierte uns Erik auf dem ganzen Weg nach Jaipur. In meinen Ohren klang mindestens die Hälfte davon wie auswendig gelernte Phrasen, doch seine engagierte Körpersprache und sein Charme zeigten bei den anderen zweifellos Wirkung. Manchmal überließ er das Mikrophon unserem Guide Varinder, der etwas in der Art sagte, wie glücklich er doch sei, uns »the Real India« zeigen zu dürfen, und dass wir die angenehmste Touristengruppe seien, die er je getroffen habe (wie auch immer er nach insgesamt vier Stunden gemeinsamer Busfahrt zu diesem Urteil gekommen sein mochte).

Es war peinlich, aber auch ein wenig unterhaltsam, das Theater der Reiseleiter zu verfolgen. Außerdem lenkte es mich von meiner Angst ab. Der Busfahrer fuhr, als habe er den Wagen gestohlen, doch man konnte seine Fahrkünste auch nicht verneinen. Mit millimetergenauer Präzision wich er allem aus, was uns in den Weg kam – Autos, Bussen, Motorrädern, überfüllten kleinen Rikschas, Wasserbüffeln, Fahrradfahrern und Ziegen.

Nach dem Mittagessen in einem schönen und überwachsenen Gartenrestaurant, wo wir etwas indisches Geld zu einem verdammt schlechten Kurs eintauschen und das einheimische Kingfisher-Bier aus überdimensionierten Flaschen trinken konnten, stieg die Laune im Bus spürbar. Auch wenn mich der dichte Verkehr und das ständige Hupen immer noch störten, ließ ich mich nach und nach von dem faszinieren, was vor den Busfenstern an uns vorüberzog: das quirlige Leben und der eifrige Handel in den Dörfern, die öligen Autowerkstätten, die sich an einem Straßenabschnitt kilometerlang aneinanderreihten, die ausgedörrten Felder mit der typischen rajasthanischen roten Erde.

Feingliedrige Frauen in bunten Saris, Handgelenke und Unterarme von Armreifen bedeckt, trugen große, geflochtene Körbe voller Gleisschotter, die sie graziös auf dem Kopf balancierten, zu verschiedenen Baustellen. Je weiter wir nach Rajasthan hineinfuhren, desto farbenfroher wurden auch die Männer – sie trugen große, runde Turbane in den unterschiedlichsten Farben.

Die Lastwagenkolonnen wurden manchmal von Kamelkarawanen mit Handkarren abgelöst, die auf der falschen Straßenseite direkt auf uns zukamen, doch unser Busfahrer verzog keine Miene, wenn er mit einer Hand auf der Hupe um die ebenso wenig beeindruckten Tiere herumfuhr.

Als wir am Nachmittag in Jaipur ankamen, hatte es bestimmt dreißig Grad, und ich schwitzte stark, da die Klimaanlage im Bus ausgefallen war. Doch das Mikrophon funktionierte immer noch, und auch Erik war topfit.

»Nun werdet ihr die volle Ladung Indien verabreicht bekommen, damit ihr euch so schnell wie möglich daran gewöhnt. Aufgepasst, denn … *this is* …«

Er zeigte mit dem Mikrophon auf Varinder, der von seinem Sitz aufsprang und den Satz vervollständigte:

»… *the Real India*!«

KAPITEL 9

Wir wurden wie eine Schafherde auf einen der örtlichen Basare getrieben. Erik ging voran, seine neue Flamme an der Seite, und wir liefen hinter ihm her. Sofort wurden wir von anhänglichen Straßenverkäufern attackiert, die uns in gebrochenem Englisch ihre Schals, Fächer und hässlichen Marionettenpuppen anboten. Sie redeten so hysterisch auf uns ein, dass die Marktschreier auf dem Markt von Kivik im Vergleich dazu wie schüchterne Weihnachtskartenverkäufer wirkten.

Eriks Rat, niemals zu zögern, noch frisch in Erinnerung, schafften wir es über eine große Straße, ohne uns von den Fahrzeugmassen und Kühen, die von allen Seiten auf uns zuströmten, plattwalzen zu lassen. Delhis Geruch nach fauligen Eiern war durch Jaipurs etwas angenehmeren Duft nach Kuhfladen, vermischt mit würzigen Essensaromen und Frittierfett von den zahlreichen Imbissen an der Straße, ersetzt worden. Ein einbeiniger Junge hüpfte geschickt auf Krücken neben mir her und stupste mich auffordernd mit dem Zeigefinger am Arm, um dann die Hand zum Mund zu führen und zu zischen: »Chapati, Chapati.«

Ich gab ihm einen Zehn-Rupien-Schein, woraufhin er nur noch mehr haben wollte und gleichzeitig eine Gruppe weiterer Bettler mit ausgestreckten Händen auftauchte. Sie schienen alle nur mich im Visier zu haben.

»Die armen Teufel sind ja noch elender dran als die aus dem Armenhaus in Lönneberga«, seufzte der Smaländer, ohne Anstalten zu machen, seine Geldbörse hervorzuholen.

Leicht außer Atem schlängelte ich mich durch das Gedränge nach vorne zu Erik, der mir väterlich einen Arm um die Schultern legte, während er gleichzeitig die Bettler mit einem zwar höflichen, aber bestimmten Satz auf Hindi verscheuchte. Dann breitete sich ein selbstsicheres Lächeln auf seinem Gesicht aus.

»Na, was sagst du, Kumpel? Das ist doch auf jeden Fall besser, als durch das kalte und trübe Malmö zu laufen?«

»Es ist… anders«, antwortete ich.

»Habe ich dir übrigens schon Josefin vorgestellt?«, fragte er und präsentierte seine neue Freundin.

Ihr Händedruck war kühl und leicht. Der Blick geheimnisvoll. Sie hatte einen Fleck auf der Stirn, der mir bisher noch nicht aufgefallen war.

»Göran Borg, angenehm«, sagte ich.

Erik lächelte.

»Wie wohlerzogen er doch ist, mein alter Freund.«

Die unterschwellige Überlegenheit in seiner Stimme kannte ich nur allzu gut.

»Göran ist zum ersten Mal in Indien«, fuhr er fort.

»Aber du warst schon mal hier, wenn ich das richtig verstehe?«, fragte ich Josefin.

»Das ist mein zehntes Mal«, erwiderte sie mit einem Lächeln, das jetzt eher nachsichtig als geheimnisvoll wirkte. »Ich bin bisher noch nie wie ein normaler Tourist unterwegs gewesen, doch der Preis war in Ordnung, und dann wollte ich das Goldene Dreieck und das Taj Mahal einmal sehen und alles andere, was man so gesehen haben muss. Aber nach dieser Tour fahre ich für ein halbes Jahr nach Rishikesh.«

»Rishi… wie?«

»Rishikesh, an der Mündung des Ganges. Ich werde in einem Ashram bei einem spirituellen Führer leben und mich in Yoga und Meditation vertiefen.«

»Am Ganges? Kann man dort wirklich leben? Ich dachte immer, das sei nur ein großer und stinkender Abwasserlauf.«

»Spirituell gesehen ist es der reinste Fluss der Welt«, antwortete Josefin mit einem irritierten Kopfzucken. »Und der Ort, den ich aufsuchen werde, ist besonders spirituell. Das gilt ja eigentlich für Indien generell, zumindest für diejenigen, die sich nicht mit ihrer beschränkten Hülle zufriedengeben.«

Ich verstand den subtilen Hinweis.

»Jedes Mal, wenn ich hierher reise, fühlt es sich an wie Nachhausekommen«, fuhr sie fort und strich sich nachdenklich mit dem Zeigefinger über die roten Lippen. »Aber schließlich habe ich auch in meinem früheren Leben hier gelebt.«

Ich wollte schon in Gelächter ausbrechen, beherrschte mich jedoch rasch, als ich ihren scharfen Blick bemerkte. Erik zwinkerte mir hastig zu.

»Josefin steht total in Kontakt zu ihren Chakren«, sagte er und deutete auf den Fleck auf ihrer Stirn.

»Den bekam sie vorhin von einem Sadhu vor dem Bus. Ein heiliger Mann, der ihre Aura spürte.«

Ich warf Erik einen Blick zu à la »komm schon, Kumpel, du musst dich nicht aufspielen«. Doch er ignorierte mich und fuhr fort: »Das ist kein Kastenzeichen, wie einige unwissende Ausländer aus dem Westen glauben, sondern ein Tilaka. Es besteht aus einer Mischung aus Sandelholz und Kurkuma. Manche nennen es auch das dritte Auge, das Chakra, das einen für die geistige Weisheit öffnet, durch die manche Menschen Bilder aus ihren früheren Leben sehen können. Diese Fähigkeit ist bei Ausländern aus dem Westen sehr selten. Wir sind so von allen materiellen Dingen in Anspruch genommen, dass wir die Welt nur als Materie wahrnehmen und so die Energie nicht nutzen, die sich in unseren Körpern befindet und die in ganz anderen Dimensionen kommuniziert. Doch Josefin ist sehr empfindsam, und außerdem ist sie ein sehr großzügiger Mensch, der seine Energie teilt.«

Ich wusste, dass Erik ein sorgloses Chamäleon war, der jede noch so seltsame Rolle annehmen konnte, um eine Frau ins Bett zu bekommen, aber das hier war kaum auszuhalten. Wenn Josefin auch nur den geringsten Kontakt mit ihren sogenannten Chakren gehabt hätte, hätte sie seine Scharade schon längst durchschaut, doch sie lächelte nur und warf das Haar auf die Art nach hinten, wie Frauen es immer taten, wenn Erik ihnen schmeichelte. Mia auch, an diesem Abend hinter der Bühne, vor über dreißig Jahren, als er behauptete, ihre Tanzbewegungen hätten ihn die Texte seiner Lieder vergessen lassen (eine glatte Lüge, von der er wusste, dass er damit durchkommen würde, weil er auch wusste, dass die Frauen genau so etwas hören *wollten*).

Als wir zu einem kleinen Tempel kamen, flüsterte Josefin Erik etwas ins Ohr, bevor sie sich diskret von der Gruppe entfernte, ihre Sandalen auszog und durch das Tempeltor trat, das von zwei sitzenden Elefantenstatuen flankiert war.

»Das ist ein Ganesha-Tempel«, erklärte Erik der übrigen Reisegruppe. »Der Elefantengott Ganesha wird am meisten von allen indischen Göttern verehrt.«

»Warum denn?«, erkundigte sich die Frau mit der grünen Gürteltasche.

»Weil er Glück bringt.«

»Dann haben wir aber wirklich Glück, dass er gerade hier steht, denn nur mit Glück können wir diese Hitze und dieses Gedränge überleben«, sagte der Småländer. Jetzt war ich wirklich nur noch einen Millimeter davon entfernt, ihm eine reinzuhauen. In Gedanken versteht sich.

Rauch und meditative indische Musik drangen auf die Straße

und vermischten sich mit allen anderen Gerüchen und Geräuschen. Eine majestätisch einherschreitende Kuh ließ genau vor meinen Füßen einen Haufen fallen. Instinktiv machte ich einen Satz zur Seite und rettete so meine Schuhe. Meine Augen brannten, und mir war unendlich warm.

»Kommt Josefin nicht mit uns?«, flüsterte ich Erik zu.

»Nein, sie wird ein wenig spirituelle Energie tanken«, zischte er mit einem wölfischen Grinsen zurück, bevor er die Stimme noch ein wenig senkte.

»Josefin findet selbst zum Hotel. Wir gehen jetzt zum Tempel des Mammons, aber sag den anderen nichts davon. Merk dir nur eins: Nichts kaufen!«

Nachdem er uns durch den dicht bevölkerten und vor Farben überquellenden Obst- und Gemüsemarkt navigiert hatte, kamen wir zum Fleischmarkt. Dort standen aufeinandergestapelte Käfige mit eingepferchten Hühnern vor dunklen Löchern in den rissigen Hausfassaden. Ich blickte in einen der dunklen Räume und konnte gerade so den Umriss eines Schlachters erkennen, der ein zappelndes Huhn hochhielt und dabei etwas murmelte, bevor er dem Vogel auf einem Hackblock mit einem Messer den Kopf abtrennte und diesen in einen Eimer warf. Der süße, schwere Geruch nach Blut lag wie ein dampfender Deckel über dem ganzen Häuserblock. Die Fliegen surrten erfreut in der Luft.

Nach diesem Ausflug auf den Markt erschien uns unser abgestoßener weißer Touristenbus wie eine Oase in der Wüste. Im Businneren war es immer noch sehr warm, doch Erik versorgte uns großzügig mit Bier, das der Assistent des Busfahrers in seinem stromlosen Kühlschrank mithilfe eines Eisblocks kühl gehalten hatte. Ich glaube, wir waren alle ein wenig stolz darauf, dass wir den versprochenen Crashkurs Indien ohne bleibende Schäden gemeistert hatten.

»Das war ja wirklich unglaublich faszinierend! Etwas unangenehm manchmal, aber unglaublich faszinierend! Ich bin unglaublich überwältigt von all den Eindrücken!«, sagte eine Frau mit geröteten Wangen unter einem breitkrempigen Sonnenhut.

»Du hast es dreimal gesagt!«, rief Erik triumphierend.

»Was denn?«

»Du hast dreimal unglaublich gesagt! Wie in *Unglaubliches Indien!* Genau darum geht es! Ihr habt genau richtig verstanden – dass man die indische Brille aufsetzen muss, um alle Eindrücke aufzunehmen. Ihr erinnert euch, dass ich auch gesagt habe, Indien sei das Land der Kontraste, nicht wahr?«

»Ja!«, riefen alle im Chor wie eine erwartungsvolle Kindergartengruppe.

»Das werdet ihr gleich erleben, und ich verspreche euch, dass ihr nicht enttäuscht werdet!«

KAPITEL 10

Nach der Hitze der Stadt war der klimatisierte Vorführraum der Jain Jaipur Jewellery Incorporation einfach himmlisch. Unsere Gruppe verteilte sich auf Holzbänke um drei Männer herum, die im Schneidersitz mit einfachen Schleifmaschinen auf dem Boden saßen und Edel- und Halbedelsteine schliffen. Ein stark nach Herrenparfüm riechender älterer Inder in Nadelstreifenhemd, ebensolcher Krawatte und mit großen Halbedelstein-Siegelringen an mehreren Fingern erklärte uns die Schleiftechniken und erzählte, dass seine Familie schon seit fünf Generationen im Juweliergeschäft war. Erik übersetzte alles ins Schwedische, damit keiner etwas verpasste.

»Wir haben einen exzellenten Ruf, und unter unseren Kunden sind viele Prominente. Als die Clintons während ihres Staatsbesuches in Indien in Jaipur waren, kam Hillary genau in dieses Geschäft, um Schmuck zu kaufen«, sagte Mr Jain und zupfte an seinen großen Ohrläppchen, so dass die Haarbüschel, die aus den Ohren herauswuchsen, noch sichtbarer wurden.

Zum Beweis zeigte er uns eine gerahmte Fotografie, auf der eine lächelnde Hillary Clinton neben einem noch breiter lächelnden Mr Jain in etwas jüngerer Ausführung stand.

Nach der Vorführung bat man uns in einen anderen Raum. Überall funkelte es, Schmuckstücke waren in Glasvitrinen ausgebreitet, dahinter warteten gutgekleidete Verkäufer startklar mit ihren Taschenrechnern. Doch zuerst mussten wir uns in eine bequeme Sesselgruppe in der Mitte des Raumes setzen. Mr Jain schnippte mit den Fingern, und auf dieses Kommando erschienen ein paar Jungen mit Servierwagen, die unter der Last aus Früchten, Gebäck und Getränken fast zusammenbrachen.

»In Indien ist es Sitte, seinen Gästen immer etwas zu essen und zu trinken anzubieten. Das bedeutet nicht, dass Sie etwas kaufen müssen, es ist nur eine Geste des Respekts«, erklärte er und hielt eine Schnapsflasche mit einer dunklen Flüssigkeit in die Höhe.

»Es gibt Kaffee, Tee, Cola oder auch Rum mit Cola. Das hier ist Old Monk, Indiens berühmter Rum, der aus Zuckerrohr hergestellt wird.«

»Den dürft ihr euch auf keinen Fall entgehen lassen«, soufflierte Erik.

Wir tranken also Rum und Cola und hatten es sehr angenehm. Der Smålånder hatte sich drei ordentliche Drinks genehmigt und wurde dann, wie die meisten anderen, von einem der Verkäufer nahezu unmerklich aus dem Sessel gelockt. Jetzt stand er bei einer der Vitrinen und war gerade dabei, um ein Schmuckstück zu feilschen. An einer Wand hing ein großes, vertrauenerweckendes Schild, auf dem in Goldbuchstaben stand: DIESES GESCHÄFT IST VON DER INDISCHEN REGIERUNG ANERKANNT.

Wäre mir nicht noch Eriks Rat im Ohr gewesen, nichts zu kaufen, hätte ich sicher letztendlich auch meine Kreditkarte gezückt. Erik hingegen schwirrte im Raum herum und verteilte Ratschläge, um wie viel man handeln konnte, ohne unverschämt zu wirken, oder machte den Damen Komplimente, wie gut ihnen die Halskette oder die Ohrringe standen, die sie gerade anprobierten. Stundenlang dauerte diese Orgie aus Verkaufsgesprächen und Schmeicheleien, die Mr Jain zweifellos einen beachtlichen Verdienst einbrachte.

Als wir am Abend im Speisesaal des Hotels saßen und darauf warteten, dass das Büfett bestückt wurde, brüstete sich der Småländer damit, wie er eine Rubinhalskette von vierhundert auf zweihundert Dollar heruntergehandelt hatte, man stelle sich vor. Da ich seine Angeberei nicht weiter ertrug und außerdem auf die Toilette musste, verzog ich mich zu den entsprechenden Örtlichkeiten in der Hotellobby. Dort sah ich Erik, der mit einem Mann sprach, in dem ich einen der Verkäufer aus dem Juweliergeschäft wiedererkannte.

Als ich die Toilette wieder verließ, war der Mann verschwunden und Erik gerade auf dem Weg in den Speisesaal. Ich erwischte ihn noch rechtzeitig und fragte, worüber er sich unterhalten hatte.

»Wir haben ein wenig über seine Frau und die Kinder gesprochen. Dann hat er mir mein Bakschisch gegeben«, antwortete Erik mit einem schamlosen Lächeln.

»Willst du damit sagen, dass du dich bestechen lässt, um Touristen in das Juweliergeschäft zu lotsen?«

»Ich würde es nicht Bestechung nennen. In diesem Fall ist es meine rechtmäßige Provision. Ich bekomme einen kleinen Teil von dem, was Mr Jain an meiner Gruppe verdient hat. Er ist steinreich und ich nur ein armer Reiseleiter, es ist also mehr als gerechtfertigt.«

»Wie viel?«

»Zwanzig Prozent, aber ich werde es mit Varinder teilen.«

»Das dürfte dann wohl ein ziemlicher Batzen sein, oder?«

»Ja, heute lief es wie geschmiert. Zusammen haben wir mehr als einen halben Lakh verdient.«

»Lakh?«

»Das ist die indische Einheit für Hunderttausend.«

Ich überschlug die Zahlen rasch im Kopf.

»Dann hast du heute Nachmittag also fünfundzwanzigtausend

Rupien verdient? Das sind ja fünftausend Kronen, verdammt noch mal!«

»Jetzt übertreib mal nicht. Allerhöchstens viertausend.«

»Hast du kein Gewissen?«

»Das sagt der Richtige«, schnaubte Erik. »Göran Borg, der Mann, der ja *nie* mit den Spesenquittungen getrickst hat und *immer* offen und ehrlich seine Steuererklärung ausfüllt.«

»Ich habe mich nie schmieren lassen.«

Erik zog mich zur Seite und starrte mich mit seinen tiefblauen Augen eindringlich an.

»Jetzt hör auf, Mutter Teresa zu spielen, Kumpel. Das steht dir nicht besonders gut. Du hast doch selbst gesehen, wie viel Spaß die Leute mit ihren Einkäufen haben. Das hier ist eine Win-Win-Situation.«

»Warum hast du mich dann so nachdrücklich davor gewarnt, dort etwas zu kaufen?«

»Weil du mein Freund bist. Du solltest mir dankbar sein und mir keine Vorwürfe machen.«

»Jains Sachen sind also nicht gut?«

»Sagen wir mal so: Sie könnten besser sein. Oder noch anders formuliert: Halbedelsteine können richtigen Edelsteinen verdammt ähnlich sehen. Als ich für die großen Reiseveranstalter gearbeitet habe, hatte ich immer strenge Anweisung, mich von ihm fernzuhalten.«

»Haben sie Hillary Clinton auch übers Ohr gehauen?«, fragte ich.

»Soweit ich weiß, hat sie nie einen Fuß in den Laden gesetzt. Das Foto ist eine Montage.«

»Und das Zertifikat der Regierung – auch eine Fälschung?«

»Das glaube ich nicht. Aber vermutlich hat Mr Jain irgendeinen Beamten in einer Genehmigungsstelle geschmiert, damit er das Schild aufhängen durfte. Wieder Win-Win.«

Jetzt musste ich doch lächeln.

»Aber das mit dem Rum war doch etwas zu durchschaubar. Mach die gutmütigen Idioten halb betrunken und zieh ihnen dann das Geld aus der Tasche. Und alle aus der Gruppe sind darauf reingefallen.«

Erik legte mir den Arm um die Schultern und drückte mich an sich.

»Jeder von uns hat seine speziellen Talente. Ich kann zum Beispiel gut Erwartungen aufbauen. Und es war sicher kein Zufall, dass wir vor dem Besuch bei Mr Jain erst den Stadtspaziergang gemacht haben. Oder dass es etwas länger als normal gedauert hat, die Klimaanlage im Bus zu reparieren.«

»Du bist wirklich skrupellos.«

»Skrupel kann man sich nicht leisten, wenn man für die kleinen Reiseveranstalter arbeitet.«

»Die unseriösen, meinst du wohl.«

»Drück es nicht so krass aus, Göran. Ich würde eher sagen, die kleinen, flexiblen Reiseveranstalter. Sie bezahlen nicht viel, und man wohnt auch nicht in den besten Hotels. Manchmal bekommen wir nicht mal Zimmer, weil die vorherige Rechnung noch nicht bezahlt ist, und dann muss ich eine andere Bleibe finden, wo wir nicht von hungrigen Bettflöhen aufgefressen werden. Für diese ganze Extraarbeit habe ich das Recht, die Geschäfte auszuwählen, die wir besuchen, und einen Anteil an den Verkäufen zu kassieren. Mehr steckt nicht dahinter. Und du fährst schließlich gratis mit, vergiss das nicht.«

»Macht mich das mitschuldig?«

»Woran? Soweit ich weiß, wurde gegen kein Gesetz verstoßen.«

»Wurde der Typ aus Småland auch über den Tisch gezogen?«

»Zweihundert Dollar für eine Halskette, die normalerweise

fünfundsiebzig Dollar bei Mr Jain kostet, ist wohl kaum ein Schnäppchen.«

Die Schadenfreude, dass der selbsternannte Meister des Feilschens aus Nässjö einen viel zu hohen Preis hatte bezahlen müssen, ließ mich erneut grinsen.

»Was hältst du übrigens von Josefin?«, fragte Erik.

»Sie ist hübsch. Aber wenn du meine ehrliche Meinung hören willst … sie wirkt ein wenig seltsam. Und du hast nur eins im Kopf, wenn du ihre vergeistigten Spinnereien noch unterstützt.«

»Ich dachte nicht, dass du so voller Vorurteile bist. Und so prüde. Unterschätz nicht das Kamasutra und Tantra-Sex. Beides kommt aus Indien und ist fantastisch. Du solltest es mal probieren.«

»Und du solltest erwachsen werden.«

»Jetzt sei nicht so spießig. Lern lieber, wie man das Leben genießt. Entspann dich! Dann wird alles viel leichter und angenehmer.«

Erik ließ es wie einen Scherz klingen, doch ich war mir sicher, dass er seine Worte ernst meinte. Wir gingen in den Speisesaal und gesellten uns zu den anderen. Das Abendessen bestand aus einem Büfett mit indischen und internationalen Gerichten, die ganz ordentlich schmeckten. Nach dem Kaffee bat Erik die Gruppe auf die Dachterrasse des Hotels zu einem Umtrunk mit dem obligatorischen Old Monk und Cola. Er hatte sogar eine Tanz- und Musikgruppe aus Rajasthan organisiert, die uns mit disharmonischer Akkordeonmusik quälte. Ich betrank mich ein wenig und ließ mich in ein Gespräch mit der Frau mit der neongrünen Gürteltasche verwickeln. Sie erzählte ausführlich von ihren Enkelkindern, was uns schließlich zu der neuen Generation von jungen Vätern führte.

»Sie glauben, sie seien Gottes Geschenk an die Menschheit,

nur weil sie Elternzeit genommen haben«, lallte ich. »Ich musste mit meiner Ex-Frau die Geburtsvorbereitungskurse mitmachen und Hecheln üben, dass ich beinahe ohnmächtig geworden wäre. Ich hyperventilierte mich quasi durch ihre erste Schwangerschaft. Aber das musste ich ganz bestimmt nicht der ganzen Welt in einem albernen Papa-Blog mitteilen.«

»Nein, Blogs gab es damals ja noch nicht. Aber ich finde es gut, dass die jungen Männer heutzutage ihre Vaterrolle ernst nehmen. Es wird sich für sie auszahlen, wenn ihre Kinder älter werden«, erwiderte die Neon-Dame säuerlich.

Die Diskussion erstarb abrupt. Ich war zu betrunken, um etwas Sinnvolles zu erwidern, aber zum Glück noch nüchtern genug, um das einzusehen. Erik hatte sich eine Gitarre besorgt und gab Elvis-Schmachtfetzen zum Besten. »Love me tender«, »Always on my mind«, »Can't help falling in love with you«. Typisch, dass er gerade Elvis auswählte, von dem er eigentlich kein großer Fan war. Aber die Rentner mochten ihn natürlich. Auch Josefin mochte Elvis, und sogar die jaulende rajasthanische Tanz- und Gesangsgruppe. Zwar nachdem sie ordentlich Trinkgeld für ihre eigene ohrenbetäubende Darbietung kassiert hatte, aber immerhin.

Ich hasste es.

KAPITEL 11

Als ich klein war, fuhren meine Eltern und ich einmal nach Österreich in die Ferien. Besonders in Erinnerung blieben mir damals die Toiletten. Auf den ersten Blick sahen sie wie ganz normale Toiletten aus, und es fühlte sich auch nicht anders an, wenn man sich daraufsetzte. Erst als es sozusagen an der Zeit war, etwas abzuladen, wurde es seltsam. Statt eines Platschens war nur ein dumpfes Plumpsen zu hören. Mit einer Mischung aus Ekel und Faszination konnte ich dann das Resultat meiner Anstrengungen genauer betrachten, das offen auf einem Porzellanabsatz lag, bevor ich es hinunterspülte.

Jetzt starrte ich ohne jegliche Faszination in ein indisches Toilettenloch. Und dieses Mal spürte ich nur unverblümte Angst. Und eine Übelkeit, die so stark, aber gleichzeitig so unbestimmt war, dass ich nicht wusste, aus welcher Körperöffnung der Ausbruch schließlich kommen würde.

Kein Toilettensitz, auf dem man Halt fand, kein Spülgriff, an dem man sich festhalten konnte, nicht einmal Toilettenpapier, um sich zu säubern. Nur ein furchterregendes, schwarzes Loch, das mir Böses wollte. Es war, als ob die anklagenden Rufe der gesamten indischen Nation durch das rostige Abflussrohr emporstiegen, zusammen mit einem beißenden Geruch nach Urin. Als ob Mutter Ganges sich dafür rächen wollen würde, dass ich sie einen stinkenden Abwasserlauf genannt hatte.

Es war früh am Morgen, und ich befand mich auf einer öffentlichen Toilette irgendwo in Jaipur, mit einem Bus voller Mitreisender davor, die alle ungeduldig auf mich warteten.

Schließlich sprudelte alles in einer Fontäne aus meinem Mund: Butter Chicken, Dal Makani, Reis, Paneer, Fisch in Currysoße, Eier in Hollandaisesoße und diese Schwarzwälder Kirschtorte, die so verdächtig nach Schokokuss geschmeckt hatte.

Wichtige Lektion: Iss niemals Schwarzwälder Kirschtorte in Indien, die nach Schokokuss schmeckt.

Alles roch nach verdorbenem Magen und Old Monk. Es klopfte nachdrücklich an der Toilettentür, und Eriks Stimme ertönte, eher gestresst als mitfühlend.

»Was ist los?«

»Es geht mir gar nicht gut«, brachte ich hervor, zusammen mit einem Schwall stinkendem Atem, vor dem sogar die Fliegen flüchteten.

»Wir müssen jetzt los, die Elefanten warten! Und dann werden wir das Hawa Mahal sehen und den City Palace und den Teppichhändler besuchen. Du musst jetzt rauskommen!«

Ich wischte mir notdürftig mit der Außenseite meiner linken Hand über den Mund und öffnete die Tür mit meiner zitternden Rechten. Erik zuckte erschrocken zurück.

»Hier, wasch dich«, sagte er und reichte mir mit einer Grimasse eine Flasche Wasser.

»Das hier ist kein gewöhnlicher Kater«, jammerte ich. »Ihr müsst mich ins Hotel zurückfahren.«

Erik warf einen hastigen Blick auf seine Armbanduhr.

»Geht nicht, das sprengt unseren Zeitplan. Entweder kommst du mit bis Amber Fort, oder du nimmst eine Rikscha zurück ins Hotel, wo wir dich dann später holen.«

Der bloße Gedanke, auf einem Elefanten zu einem Fort in den Bergen vor Jaipur zu reiten, drehte mir buchstäblich wieder den Magen um. Ich erbrach mich neben das dunkle, gefährliche Loch. Varinder hatte bereits einen Krankentransport organisiert. Ausnahmsweise war sein Lächeln verschwunden und von einem Ausdruck puren Ekels ersetzt worden. Er bugsierte mich auf den Rücksitz einer Autorikscha, während Erik den Fahrer großzügig entlohnte und ihm die Adresse des Hotels gab.

»Ich rufe dort an und bitte sie, dir ein Zimmer herzurichten. Leg dich hin, ruh dich aus, dann geht es dir sicher bald besser. Nimm außerdem zwei von denen hier«, sagte Erik und gab mir eine Tablettenschachtel. »Wir holen dich dann in ein paar Stunden!«

Das Letzte, was ich von unserer Reisegruppe sah, war der wässrige Blick des Småländers, der wütend durch das Fenster auf mich herabstarrte. Dann verkrampfte sich mein Magen wieder so stark, dass ich mich zusammenkrümmte und mich über meine Schuhe erbrach.

Ich weiß nicht mehr genau wie, aber irgendwann lag ich in einem Hotelbett. Die eine oder andere Magen-Darm-Grippe hatte ja jeder schon mal, doch das hier schlug alles um Längen. Die Übelkeit schwappte in Wellen über mich hinweg, als ob jemand in regelmäßigen Abständen einen surrenden Handmixer in meinen Bauch versenken würde. Als die schlimmsten Anfälle aufhörten, nahm ich zwei von Eriks Tabletten, die ich mit einem Schluck Mineralwasser hinunterspülte.

Bald darauf fiel ich in einen fiebrigen Schlaf, voller Albträume von indischem Essen und öffentlichen Toiletten. Als mich das Klingeln des Telefons weckte, war ich vollkommen nassgeschwitzt. Ich hob den Hörer ab, hatte jedoch keine Kraft zum Antworten. Nach ein paar Minuten kam Erik mit hektischer Miene ins Zimmer.

»Wie geht es dir?«

»Todkrank.«

»Das bist du nicht. Du hast dir nur einen Delhi-Bauch eingefangen.«

Ich verstand zwar nicht ganz, wie man sich in Jaipur einen Delhi-Bauch einfangen kann, aber ich hatte keine Kraft zur Widerrede.

»Hast du die Tabletten genommen?«

Ich nickte schwach.

»Gut. Geh duschen und zieh dich an, dann sehen wir uns in einer Viertelstunde unten in der Hotelhalle. Ich habe deine Reisetasche aus dem Gepäckraum geholt, damit du dich umziehen kannst«, sagte er und stellte die Tasche neben dem Bett ab. »Beeil dich, die anderen warten.«

»Ich kann nicht.«

»Brauchst du Hilfe?«

»Hilf mir zu sterben.«

Ich weiß nicht, ob es die Hoffnungslosigkeit in meiner Stimme war oder meine grüne Gesichtsfarbe, die Erik schließlich davon überzeugte, dass ich keine fünf Stunden lange rumpelnde Busfahrt zu unserem nächsten Etappenziel, dem Ranthambore Tigerreservat im Dschungel von Rajasthan, überstehen würde.

»Wir brauchen einen Arzt für dich«, sagte er nach kurzem Überlegen. »Dann organisiere ich einen Transport, damit du dich später der Gruppe wieder anschließen kannst.«

»Wann?«

»Morgen oder übermorgen.«

»Willst du mich hier allein lassen?«

Meine Stimme war voller Verzweiflung und Entrüstung. Mit letzter Kraft hievte ich mich hoch und richtete den Zeigefinger anklagend auf Erik.

»Das ist alles deine Schuld! Erst lockst du mich nach Indien, damit wir eine Reise unter Freunden machen, dann pfeifst du auf mich und hüpfst mit einer Verrückten ins Bett, und jetzt, wo ich krank bin, haust du einfach ab.«

»Göran, verdammt noch mal! Ich muss mich hier um eine ganze Reisegruppe kümmern!«

»Ihnen das Geld aus der Tasche ziehen, meinst du wohl? Wie viel Lakh hat dir der Teppichverkauf heute eingebracht, hm?«

Nach meinem Ausbruch sank ich in mich zusammen wie ein missglücktes Soufflé.

»Ich hätte dich nie mitnehmen sollen«, brüllte Erik. Tatsächlich war es das erste Mal in unserer langjährigen Freundschaft, dass wir offen stritten, ohne unsere Unstimmigkeiten in Ironie oder Witze zu packen. Nur blöd, dass es mir zu schlecht ging, um zu antworten.

»Entschuldige«, sagte Erik schließlich und setzte sich neben mich auf die Bettkante.

Solange er mir nicht die Schulter drückt, dachte ich. Was er natürlich prompt tat.

»Ich habe es nicht so gemeint, das weißt du. Die ganze Situation ist nur sehr belastend. Ich kann die Reise nicht einfach abbrechen, verstehst du? *The show must go on.*«

Glaubte er, dass wir hier auf einer verdammten Tournee waren?

»Aber ich verspreche dir, einen guten Arzt vorbeizuschicken, und dann kommt jemand, der dich spätestens übermorgen abholt, okay?«

Ich wandte demonstrativ das Gesicht ab und wartete darauf, dass er mir noch einmal die Schulter tätscheln würde. Doch ich hörte nur noch, wie die Tür ins Schloss fiel.

KAPITEL 12

Tod im Hotel. Von und mit Göran Borg. Eine Tragödie ohne absehbares Ende.

So fühlte ich mich zwei Tage später am Abend: wie in einem richtig schlechten Trauerspiel. Das Hotel *Singha* in Jaipur war zwar etwas besser als das *Star Hotel* in Delhi, doch es war immer noch ein Rattenloch, und ich war immer noch sehr einsam.

Ohne meinen Trottel von Freund hätte ich die Magenviren auch schon längst ausgeschieden. Doch nachdem mir Erik ja Imodium verabreicht hatte, das alle Darmaktivitäten lahmlegte, hatte er meine Genesung um mindestens vierundzwanzig Stunden hinausgezögert. Der indische Arzt hatte die Verpackung erspäht, schwer geseufzt und über unwissende Ausländer geflucht, bevor er mir stattdessen zwei giftgrüne Tabletten, die so groß wie Zehn-Kronen-Münzen waren, in die Hand drückte und die erniedrigende Diagnose »überempfindlicher Touristenmagen« stellte.

Ich weiß nicht, was in den Tabletten war, doch nach der Einnahme pendelte ich vier Stunden lang zwischen Toilette und Bett hin und her. Danach hatte ich zwar keine Schmerzen mehr, war aber vollkommen am Ende. Neben meinen Mahlzeiten, die ausschließlich aus Toast und süßem Tee bestanden, war ich nur noch fähig, zwischen den unzähligen indischen Kanälen hin und her zu zappen, die der alte Hotelfernseher empfing. Obwohl es fast hundertfünfzig Kanäle gab, zählte ich nur sechs verschiedene Programme, in ähnlichen Variationen:

1. Unverständliche Bollywood-Filme, in denen ein Mann eine Frau trifft, die Frau ein bisschen weint und alle plötzlich ohne Vorwarnung zu tanzen beginnen und mit den Armen zu indischer Popmusik wedeln.
2. Unverständliche Cricket-Spiele, vorzugsweise aus den frühen Achtzigern, kommentiert in unverständlichem Mittelklassehindi gemischt mit Englisch. (Himmel, wie ich die Wiederholungen der Bundesligaspiele auf Eurosport vermisste!)
3. Unverständliche Nachmittagsseifenopern mit verschiedenen Einstellungen von sehr wütenden Männern beziehungsweise sehr unterwürfigen Frauen mit extrem gequältem Gesichtsausdruck, untermalt von dramatischer Musik.
4. Unverständliche Nachrichten, bei denen am unteren Bildschirmrand die ganze Zeit »Eilmeldung« eingeblendet wurde. Selbst während der Wettervorhersage.
5. Unverständliche religiöse Zusammenkünfte, bei denen ein manischer indischer Sektenführer in weißem oder safranfarbenem Gewand Unverständliches murmelte oder auch schrie, zu dem das sitzende weibliche Publikum sang oder den Oberkörper wiegte.
6. Unverständliche Talentwettbewerbe, bei denen Kinder und Erwachsene in seltsamen Kleidern entweder sangen und tanzten oder unverständliche Witze rissen, bei denen das Publikum in unverständliches Gelächter ausbrach.

Zwischen den Programmen wurden extrem lange Werbeblöcke gezeigt, in denen vor allem ein sich oft wiederholender Spot des indischen Tourismusverbands mein Interesse weckte. Nach den üblichen schönen Bildern endete der Spot mit einer Melodie, zu der eine sinnliche Frauenstimme »Incredible India« sang und diese Worte gleichzeitig auf dem Fernsehschirm erschienen. Die Schrift war identisch mit der auf Eriks T-Shirts. Das war also die Erklärung für die »internationale Ausrichtung« von *Unglaubliches Indien!*.

Wenn ich nicht gerade auf den Fernseher starrte, weinte ich über mein eigenes Unglück. Ich dachte an Mia und Max, die vielleicht in ebendieser Sekunde nebeneinander an ihrem thailändischen Strand saßen, an ihren Drinks nippten und den Sonnenuntergang betrachteten. Oder sich sogar schon in die Hochzeitssuite zurückgezogen hatten.

Ich hatte noch nie verstanden, was sie in ihm sah. Zugegeben, er verdiente gut und war vergleichsweise fit für sein Alter, aber in seinem geschäftsmäßigen Aussehen und seinem Charakter lag nicht eine Spur Originalität. Seine teuren Anzüge mussten aus Teflon sein; nichts blieb an ihm haften, und er hinterließ auch weder Abdruck noch Eindruck. Erik erwähnte einmal, dass dieser Langweiler ja dann wohl andere Talente haben müsse, neben der Führung seines erfolgreichen Beratungsunternehmens. Die darauf folgende Kunstpause ließ mich vor Zorn und Scham erröten. Denn laut Aussage gewisser verschmähter Männer in den mittleren Jahren fürchten wir Männer nichts mehr, als dass der neue Mann an der Seite unserer Frauen ein besserer Liebhaber ist. Mia hatte immer ein großes Bedürfnis nach Sex, das ich auch mit ihr geteilt hatte, und ich war der festen Überzeugung gewesen, sie mit Finesse und Fantasie zu befriedigen. In den meisten anderen Lebensbereichen war ich sicher unflexibel, doch im Bett fand ich mich eigentlich verhältnismäßig aufgeschlossen und erfinderisch.

Normalerweise hatten wir immer mehrere Male in der Woche miteinander geschlafen. Nackt, verkleidet, bei voller Beleuchtung, im flackernden Kerzenschein. Von vorn, von hinten, in der Löffelchen- und sogar in einer Schaukelstellung, die mir einen langwierigen Hexenschuss eingebracht hatte. Wir hatten in Seidenbettwäsche miteinander geschlafen, in ölgetränkten Latexlaken und auf warmen Klippen. Im Haus, im Freien, im Wasser und fast, aber wirklich nur fast, einmal auch in der Luft, auf der Flugzeugtoilette während unseres Wochenendausfluges nach Barcelona. Ich wollte auf jeden Fall, doch Mia war es »zu riskant«.

Nach ebendieser Reise war unser Sexleben nach und nach eingeschlafen, bis Mia eines Tages sagte: »Ich will die Scheidung.«

Nach drei Sekunden fragte ich: »Wie heißt er?«

Wir stritten nie während der Trennung. Ich weinte viel und bat und bettelte, dass sie bei mir bleiben sollte. Und als das nichts half, flehte ich: »Um der Kinder willen.«

»Göran«, sagte sie und sah mich mit ihren ausdrucksstarken Augen an. »John und Linda sind keine Kleinkinder mehr. Mach es für uns nicht schwerer, als es sowieso schon ist.«

Wenn man genauer darüber nachdenkt, war das verdammt scheinheilig. Als ob wir da etwas gemeinsam durchleiden müssten. Sie war frisch verliebt und würde zu ihrem Neuen in seine Luxuswohnung in Gamla Väster ziehen, einer von Malmös begehrtesten Ecken. Ich war enttäuscht, gebrochen und würde bald als der Typ öffentlich zur Schau gestellt werden, dem der Mann im Teflonanzug die Frau ausgespannt hatte.

Zwei Monate später war unser Reihenhaus verkauft, und mein Leben lag vollständig in Trümmern. Man kann viel über Erik sagen, aber er war der Einzige, der sich in meiner Verzweiflung um mich kümmerte. Ich durfte so lange auf seinem Sofa schlafen, bis ich eine Wohnung gefunden hatte, und er half mir auch beim Umzug in die Dreizimmerwohnung am Davidhallstorg.

Damals war ich überzeugt, dass das Leben nicht schlimmer werden konnte, doch ganz offensichtlich hatte ich damit unrecht gehabt. Man konnte zum Beispiel seinen Job verlieren, nach Indien fahren, sich den Magen verderben und in einem versifften Hotelzimmer allein zum Sterben zurückgelassen werden. Erik hatte am Tag zuvor angerufen und versichert, dass einer seiner indischen Freunde kommen und mich holen würde, »so schnell es ihm nur möglich ist«, aber es wäre vielleicht ganz gut, wenn ich mich »noch ein paar Stunden« im Hotel ausruhen würde.

Ein »paar Stunden« waren genau neunundzwanzig Stunden und fünfunddreißig Minuten, wie ich nach einem Blick auf meine Armbanduhr feststellte.

Da klopfte es an der Tür, und mein Besucher hätte sich keinen besseren Zeitpunkt für sein Erscheinen aussuchen können. In diesem Moment hätte ich sogar die Zeugen Jehovas willkommen geheißen.

KAPITEL 13

»*Hello Sir! So happy to meet you!*«

Der rundliche Mann, der vor meiner Tür im Hotelflur stand, verbeugte sich hastig und berührte meine Füße, bevor er meine rechte Hand packte und sie überschwänglich schüttelte.

Die etwas ruckartigen Bewegungen und die großen, leicht hervorstehenden Augen verliehen ihm eine gewisse Ähnlichkeit mit Mr Bean, auch wenn er sicher zwanzig Kilo mehr wog. Trotz der hohen Temperaturen trug er ein dickes braunes Tweedjackett über einer Strickjacke und einem weißen Hemd mit frischgestärktem Kragen. Ein abgestandener Tabakgeruch umwehte ihn.

»Mr Gora! Mein Name ist Yogendra Singh Thakur. Doch alle meine Freunde nennen mich Yogi. Sie nennen mich auch Yogi, bitte. Ich bin überaus erfreut, Sie kennenzulernen.«

Ich war von Natur aus misstrauisch, vor allem gegenüber Leuten, die einen schon als Freund bezeichneten, noch bevor sie sich die Schuhe ausgezogen hatten. Doch Yogi strahlte eine solche Wärme und Offenheit aus, gegen die ich mich nicht wehren konnte. Es war, als ob seine Energie ansteckend wirkte und mir so ein wenig meiner verlorenen Kräfte wiedergab.

»Bitte kommen Sie herein«, erwiderte ich daher.

Yogi trat in mein Zimmer und baute sich vor mir auf, die Hände hinter dem Rücken verschränkt, wippte auf den Fußsohlen auf und ab und wartete auf weitere Anweisungen. Ich forderte ihn auf, auf einem der beiden Stühle in der Zimmerecke

Platz zu nehmen, während ich mich auf dem anderen niederließ. Die Tatsache, dass ich nur Unterwäsche trug, schien Yogi nicht zu stören. Er lächelte nachsichtig und fragte höflich, ob ich mich besser fühlte.

»Mr Erik hat mich schon gestern angerufen, doch leider war ich in Madras und konnte nicht früher kommen. Doch sobald ich in Delhi gelandet war, fuhr ich auf dem allerdirektesten Weg nach Jaipur. Ich hoffe, Sie entschuldigen die Verzögerung.«

»Woher kennen Sie Erik?«

»Er ist ein hochverehrter Freund, den ich vor fünf Jahren in einer Hotelbar in Delhi kennenlernte. Seitdem halten wir auf die allerfreundschaftlichste Weise Kontakt.«

Yogis Englisch war sehr speziell, reichlich altmodisch und bei Weitem nicht perfekt. Aber er sprach laut und deutlich und verwendete nur selten Hindi-Worte, weshalb ich ihn relativ gut verstehen konnte. Nachdem ich rasch geduscht und mich angezogen hatte (endlich hatte ich wieder Verwendung für meine Jeans und das schwarze Poloshirt!), war ich mehr als bereit, das Hotel *Singha* zu verlassen.

Draußen auf der Straße wurden mir wieder die ganzen Gerüche und das Gedränge bewusst, doch die Übelkeit war zum Glück vollkommen verschwunden. Dunkelheit hatte sich über Jaipur gesenkt, was einen Teil der offensichtlichsten Probleme der Stadt gnädig verschleierte. In der matten Abendbeleuchtung sahen die schmutzigen Straßenkinder beinahe pittoresk aus, wie sie sich um die Stände scharten, die alles von frisch gerösteten Erdnüssen und Tee bis zu kleinen Götterfiguren und Kinderbekleidung in schrillen Farben verkauften.

Wir quetschten uns in Yogis kleinen indischen Tata, der zwischen zwei anderen Autos eingeklemmt vor dem Hotel parkte. Sofort schaltete Yogi den Kassettenspieler ein, woraufhin ABBA in voller Lautstärke durch den Wagen dröhnte, presste eine

Hand auf die Hupe und ließ erst wieder los, als der Hoteldiener den richtigen Schlüssel an seinem Schlüsselring gefunden und den Wagen vor uns weggefahren hatte. Yogi kurbelte das Fenster herunter und gab dem Mann einen Zwanzig-Rupien-Schein.

»Vielleicht hätten Sie gern einen Whisky auf der Fahrt, Mr Gora? Möglicherweise ist das einer der allerbesten Heiltränke, die es gibt!«, rief er laut, um »Dancing Queen« zu übertönen, und öffnete gleichzeitig das Handschuhfach mit einer geübten Handbewegung.

Der Inhalt erinnerte an eine Minibar, mit einer Schnapsflasche, einer Flasche Mineralwasser, zwei Pappbechern sowie einer Schale mit Cashewnüssen, die in einer roten Gewürzmischung lagen und irgendwie leicht nach fauligen Eiern rochen. Ich griff nach der Schnapsflasche und betrachtete das Etikett. Blenders Pride. Das klang an und für sich ganz vertrauenerweckend, doch da ich mich an meine gerade überstandene Krankheit erinnerte, zögerte ich.

»Der weltbeste indische Whisky!«, versicherte mir Yogi.

Ich war mir nicht ganz sicher, was das bedeuten sollte, entschied mich jedoch schließlich dafür, meinem Begleiter zu vertrauen. Also goss ich einen Schluck Whisky in einen der Pappbecher, doch als ich ihn zum Mund führte, hielt Yogi mich energisch zurück.

»Stopp, Mr Gora! Sie müssen den Whisky zusammen mit Wasser trinken, sonst werden Ihre Bäuche wieder krank.«

Ich drehte die Lautstärke herunter und blickte ihn mit einem verwunderten Lächeln an.

»Meine Bäuche? Aber ich habe doch nur einen?«

»Nein, nein! Jeder hat mindestens zwei. Den guten und den bösen. Der gute macht nicht viel Aufhebens um seinen Gemütszustand, knurrt nur ein wenig genügsam, solange man ihn gut behandelt. Der böse jedoch, der verleitet einen dazu, ungesunde Sachen zu essen wie zum Beispiel Tiere.«

»Aber Whisky ist in Ordnung?«

»Noch viel mehr als in Ordnung! Doch wenn der Whisky im Bauch wie Feuer brennt, kann man ihn danach nicht mehr mit Wasser löschen. Deshalb muss man ihn schon vorher abmildern. Ihn zähmen wie ein Bärenbändiger seinen Bären. Man kann ihn also unbedenklich trinken, aber nur mit Wasser. Dann tut er wohl und tötet die bösen Bakterien!«

Auch wenn mir Yogis medizinische Theorien ein wenig lächerlich erschienen und ich sie nicht so recht glauben konnte, waren sie doch ziemlich amüsant. Er rülpste ungeniert und setzte dann eine ernste Miene auf.

»Sie müssen verstehen, Mr Gora, dass alles eine Sache des Gleichgewichts ist. Gewürze sind wie Naturheilmittel, aber man muss wissen, *wie* man sie zu sich nimmt. Frisches Chili zum Beispiel isst man immer eingewickelt in Chapati, als ob das Chili ein erfrorener Mann wäre und das Chapati die wärmende Decke. Und dann sollte man weit hinten kauen, um nicht die Diskussionen der Zunge mit dem Gaumen zu stören. Ein heißes Curry soll mit einer milden Soße kombiniert werden, und Nimbu Pani, die Zitronenlimonade, hilft dem Magen mit etwas Zucker und Salz. Ein vollständiges Gleichgewicht ist das Ziel. Ihr Goras sagt doch, dass jede Münze zwei Seiten hat. Wir Inder sagen, dass jeder Gott mindestens zwei Gesichter hat. Am schlimmsten aber ist Ravan, der unserem hochverehrten Rama seine allerliebste Gemahlin Sita raubte und sie nach Sri Lanka brachte. Er hat ganze zehn Gesichter! Und so ist es auch mit dem Essen. Es hat viele Gesichter. Genauso wie die Bäuche. Und alles andere übrigens auch.«

Etwas interessierte mich mehr als alles andere:

»Was bedeutet *gora*?«, fragte ich.

Yogi antwortete nicht, sondern griff nach der Wasserflasche, um meinen Whisky zu mischen.

»Jetzt ist er im Gleichgewicht«, sagte er fröhlich. »Jetzt können Sie trinken!«

Ich nahm einen Schluck. Er schmeckte nicht gerade nach Whisky, aber auch nicht nach Petroleum. Mit anderen Worten, er war im Gleichgewicht. Ich wiederholte meine Frage. Yogi zögerte.

»*Gora* ist nur ein Wort, mit dem wir Menschen mit Ihrer schönen weißen Haut beschreiben«, wich er mir aus.

»Also ungefähr so, wie die Indianer die Weißen genannt haben?«

»Ja, genau!«

»Mr Gora bedeutet also Bleichgesicht?«

Yogi wand sich verlegen.

»Nun ja, nicht direkt, ein bisschen vielleicht, aber selbstverständlich viel netter und schöner ausgedrückt. Wie die Werbung im Fernsehen, wenn Priyanka Chopra eine edle Creme aufträgt und danach ganz weiß und glücklich ist.«

»Wer ist Priyanka Chopra?«

»Oh, das wissen Sie nicht? Sie ist der Welt schönste indische Frau! Sie hat alle Wettbewerbe des Universums gewonnen und zeigt ihre Schönheit nun in Filmen. Sie ist ein großer Bollywood-Star!«

»Ich bin mir nicht sicher, ob ich will, dass Sie mich Bleichgesicht nennen. Ich heiße Göran Borg.«

»Wie der schwedische Unterhosenmann, der Tennis spielt!«, erwidert Yogi eifrig. »Er heißt doch auch Borg?«

»Nennen Sie mich einfach Göran.«

»Gora.«

»Nein, Ö, mit zwei Punkten über dem O und einem N am Schluss. Göööööran.«

»Goooora.«

Yogi zog eine kleine Zigarette aus der Jackentasche und zündete sie an. Sofort stank das Auto penetrant nach Qualm.

»Aber das da ist doch ganz sicher nicht gesund?«, protestierte ich und kurbelte demonstrativ das Seitenfenster hinunter.

»Doch, das ist es absolut. Extrem gesund! Das ist eine handgefertigte indische Minizigarre, eine Bidi. Nur aus den besten Naturprodukten hergestellt. Sie wissen, Mr Goooora, dass man in den Niederlanden Bidis in der Apotheke kaufen kann, wenn man Asthma, Bronchitis oder eine andere unschöne Lungenkrankheit hat.«

Yogi stellte ABBA wieder lauter und lächelte verbindlich.

»Mögen Sie diese schwedische Musik?«

»Nicht so direkt.«

»Vielleicht ist sie zu modern für Sie? Vielleicht möchten Sie lieber etwas hören, was Ihrem Alter angemessener ist? Mr Erik hat gesagt, Sie wären ein alter Freund.«

Yogi sagte das todernst, kein Hauch von Ironie war aus seiner Stimme herauszuhören. Ich hätte vielleicht beleidigt sein sollen, doch stattdessen brach ich in schallendes Gelächter aus, in das mein Begleiter gleich einstimmte. Als wir uns wieder beruhigt hatten, wischte sich Yogi die Augen trocken und zündete eine neue Bidi an.

»Bitte entschuldigen Sie die Frage, Mr Gora, aber warum haben wir gerade gelacht?«

»Das spielt keine Rolle.«

»Nein, aber es war sehr lustig.«

Er trommelte mit den Fingern auf dem Lenkrad, während er gleichzeitig gelassen und vollkommen wahnsinnig drei Lastwagen hintereinander überholte.

»Wollen Sie wirklich nach Agra fahren, Mr Gora?«, fragte er nach einer Weile.

»Ja, dort sind doch Erik und die anderen aus der Reisegruppe. Wenn ich es richtig verstanden habe, wollen sie sich morgen das Taj Mahal anschauen, und das ist ja nun mal eines der sieben neuen Weltwunder.«

Yogi nickte nachdenklich.

»Das Taj Mahal ist ein sehr schönes Bauwerk. Das weltschönste indische Bauwerk! Doch es zu betrachten ohne eine schöne Frau an der Seite, ist, wie Samosas ohne rote Chilisoße zu essen, wenn Sie verstehen, was ich meine.«

»Nein, das verstehe ich nicht. Ich weiß nicht einmal, was Samosas sind.«

»Das ist der weltbeste indische Snack! Erbsen und Kartoffeln werden wunderbar knusprig frittiert. Doch wenn Sie mich fragen – ohne die Chilisoße ist es nicht perfekt.«

»Wie das Taj Mahal ohne eine schöne Frau neben sich?«

»Genau!«

Je mehr ich darüber nachdachte, desto mehr gefielen mir Yogendra Singh Thakurs Vergleiche und seine Art, die Welt zu beschreiben.

»Wenn ich nicht zu Erik nach Agra fahre – was wäre denn die Alternative?«

Ein strahlendes Lächeln breitete sich auf Yogis Gesicht aus.

»Ich werde sofort Amma anrufen, damit sie das Gästezimmer vorbereiten lassen kann!«

KAPITEL 14

Nachdem Yogi seine Mutter über unsere Ankunft informiert hatte, lieh ich mir sein Handy und rief Erik an, um ihn von meiner schrittweisen Genesung und meinen neuen Plänen zu unterrichten. Er klang erleichtert, dass ich gut aufgehoben war. Wir vereinbarten, dass ich mich der Gruppe drei Tage später in Delhi anschließen sollte, für eine letzte Übernachtung vor der Heimreise nach Schweden.

Nach einer fast fünfstündigen und ermüdenden Autofahrt von Jaipur nach Delhi rollten wir kurz nach Mitternacht durch eine bewachte Pforte in ein dicht bewachsenes Wohnviertel. Yogi schaltete die Musik aus, räusperte sich und steckte sich ein Pfefferminz in den Mund.

»Hier wohne ich«, sagte er, als wir bei einer großen Villa ankamen, vor der zwei weitere Wachen, von Kopf bis Fuß in Decken eingewickelt, auf Plastikstühlen vor einem kleinen Häuschen saßen und schliefen.

»Seien Sie leise, damit Sie sie nicht wecken«, fuhr Yogi ernst fort.

»Warum sollten wir sie nicht wecken?«

»Weil die Möglichkeit besteht, dass Amma schläft, und da ist es ganz und gar unnötig, zu dieser äußerst späten Stunde die Wachen zu wecken, denn die würden dann wiederum sie aufwecken«, flüsterte er.

Wie rührend, dachte ich, dass er aus Rücksicht auf seine Mutter so eine Nachsicht mit den faulen Wächtern hatte.

Wir schlichen uns durch einen Spalt im Tor und über einen gepflasterten Weg zur Haustür, die Yogi mit der Lautlosigkeit eines Einbrechers vorsichtig öffnete.

Eine dunkelgrüne Deckenlampe tauchte die Eingangshalle in gedämpftes Licht. Yogi stellte sich auf die Zehenspitzen und horchte. Nur das Ticken einer Uhr war zu hören. Sein Gesicht entspannte sich. Doch nur für einen Augenblick, bis eine schrille Stimme durch eine geschlossene Tür im Hausinneren gellte:

»Yooogeeeendraaaaa!!«

Zehn Sekunden später öffnete sich diese Tür, und eine kleine dünne Frau in weißem Nachthemd und mit langem grauem Haar, das ihr offen den Rücken hinabhing, erschien. Sie stützte sich auf einen Stock, strahlte jedoch eine unerbittliche Kraft aus.

»Amma«, rief Yogi nervös, stürzte nach vorn und berührte die Füße der Frau, als ob sie eine Göttin wäre, bevor er sie vorsichtig umarmte.

»Du riechst nach Whisky«, zischte sie aus dem Mundwinkel.

Kleine Glöckchen ertönten, als eine junge Frau Anfang zwanzig die Treppe aus dem Obergeschoss heruntereilte. Yogis Mutter sagte streng etwas auf Hindi zu ihr und wandte sich dann mit einem strahlenden Lächeln mir zu.

»Sie sind also Yogendras neuer Freund? Wie wäre es mit einer Tasse Tee?«

Ich war von ihrer plötzlichen Freundlichkeit überrumpelt und stellte mich rasch höflich vor, lehnte das Angebot im Hinblick auf die späte Stunde allerdings ebenso höflich ab.

»Es ist spät, liebe Amma«, sagte Yogi besänftigend.

»Es ist nie zu spät für eine gute Tasse Tee«, erwiderte seine Mutter mit einer solchen Autorität, dass sich jede weitere Diskussion erübrigte.

Es dauerte zwei Stunden, Mrs Thakurs drängendste Neugier mit einer zensierten Version meines bisherigen Lebens zu stillen, während der ich der offensichtlich belasteten Frage, ob ich verheiratet war, auswich, indem ich das Gespräch auf meine Kinder lenkte. Manchmal runzelte die alte Dame die Stirn, nickte jedoch meistens interessiert. Als sie die Teerunde endlich mit einem abrupten »Gute Nacht« aufhob und gestützt auf das Hausmädchen wieder in ihrem Schlafzimmer verschwand, breitete sich erneut Erleichterung auf Yogis Gesicht aus.

»Das lief ja gut«, flüsterte er zufrieden. »Nicht alle können so gut mit Amma umgehen. Ich glaube, sie mag Sie.«

Yogi schien recht zu behalten. Am nächsten Tag, nach einem überraschend erholsamen Schlaf, war seine Mutter die Freundlichkeit in Person, und ich beschloss, mich nach diesem guten Anfang weiterhin von meiner besten Seite zu zeigen.

Die Tage vergingen gemächlich in Mrs Thakurs Gesellschaft in dem großen Haus. Die dürre alte Dame war Mitte siebzig, seit zehn Jahren Witwe und trug unter ihrer Strickjacke immer den Salwar Kamiz, die typisch indische Tunika, die wiederum über einer weiten Stoffhose getragen wurde. Mrs Thakur sprach ein ausgezeichnetes, kultiviertes Englisch, las jedoch lieber auf Hindi. Ihre Füße steckten meist in einem Paar viel zu großer, handgestrickter Wollstrümpfe zum Schutz vor der Kühle des Marmorbodens.

Wegen ihrer Osteoporose und des Rheumas verließ sie ihren durchgesessenen Sessel nur ungern, der im Wohnzimmer strategisch vor dem Eingang platziert war, wo sich auch ein elektrischer Heizkörper und der Fernseher befanden. Von hier behielt sie alle Vorgänge im Haus im Blick. Und auch wenn ich ihr Kontrollbedürfnis etwas anstrengend fand, war sie eine originelle und interessante Dame.

Am Tag, an dem ich mit Erik und der Reisegruppe wiedervereint werden sollte, änderte ich daher meine Pläne erneut. Nach einer herzlichen Einladung von Yogi wollte ich noch zwei Wochen in Indien bleiben. Nicht weil es mir hier so unglaublich gut gefiel, das Land war in meinen Augen immer noch viel zu groß, schmutzig, fremd und oft auch furchteinflößend. Doch der Gedanke, nach Schweden und zu meinem dortigen Leben als alternder und arbeitsloser Journalist ohne Zukunftsaussichten zurückzukehren, jagte mir noch mehr Angst ein.

Dieses Mal klang Erik überrascht und auch ein wenig skeptisch, als ich mit ihm sprach.

»Was willst du denn zwei ganze Wochen in Delhi machen?«

»Nun ja, einfach nur da sein. Das Flugticket kann ich umbuchen, und das Wetter daheim in Schweden ist um diese Jahreszeit widerlich.«

»Aber du magst Indien doch nicht einmal.«

»Sei nicht so voreingenommen, Erik. Außerdem ist alles relativ. Sturm und Dauerregen in Malmö mag ich auch nicht. Und Yogi ist ein netter Kerl, da muss ich dir recht geben.«

»Kann ich mal mit ihm sprechen?«

Da ritt mich der Teufel.

»Er ist im Moment nicht da, aber du kannst mit seiner Mutter reden.«

Ich wollte den Hörer gerade Mrs Thakur reichen, die in ihrem Sessel neben mir saß und die Hindi-Tageszeitung *Dainik Jagran* mithilfe eines Vergrößerungsglases las, als Erik mit solchem Nachdruck »Nein!« zischte, dass ich innehielt.

»Okay, noch mal davongekommen.«

»Danke. Nimm dich vor der Alten in Acht, sie ist eine richtige Giftspritze.«

»Bis jetzt bin ich noch mit heiler Haut davongekommen.«

»Es ist nur eine Frage der Zeit, bis sie zuschlägt. Die Alte übersteht nicht mehr als vier Tage hintereinander ohne Blut.«

»Du übertreibst. Wo bist du gerade?«

»Hier in Delhi. Ich erhole mich in meiner Luxussuite im *Star Hotel*«, antwortete Erik lachend.

»Allein?«

»Noch.«

Jetzt lachte er noch mehr. Wahrscheinlich um unsere vorherige Diskussion zu überspielen. Dennoch war es schön, dass wir nicht mehr stritten.

»Wie war die Reise?«

»Durchwachsen. Der Bus hat zweimal den Geist aufgegeben, und in Ranthambore hat dieser Wichtigtuer aus Småland einen allergischen Schock erlitten. Sehr wahrscheinlich hat er etwas in der Tilaka-Paste, die sie einem zwischen die Augen schmieren, nicht vertragen. Sein ganzer Kopf war angeschwollen und groß wie ein Medizinball. Zum Glück fanden wir schnell einen Arzt, der ihm Cortison verabreicht hat. Nichts Gefährliches, aber sein Gesicht leuchtet in allen Farben des Regenbogens. Er sieht aus, als hätte Mike Tyson ihn vier Runden lang bearbeitet, ohne Handschuhe. Und die Frequenz schlechter Witze im Bus ist in den letzten Tagen dramatisch gesunken.«

Das geschah ihm recht! Ich lächelte vor mich hin. Schadenfreude war schon immer ein wichtiger Energielieferant in meinem Leben gewesen. Manchmal jubelte ich mehr über eine Niederlage für Helsingborgs IF als über einen Sieg von Malmö.

Erik senkte die Stimme.

»Muss jetzt aufhören. Josefin kommt gerade. Morgen fliege ich mit der restlichen Gruppe nach Hause und fahre ein paar Tage später mit einer neuen Gruppe nach Vietnam. Drei Wochen werde ich unterwegs sein. Dann bin ich eine Weile in Schweden, bevor es wieder nach Indien geht.«

»Dann sehen wir uns in Malmö zwischen deinen Reisen. Vielleicht auf ein Bier im *Bullen*?«, schlug ich zur Verbrüderung vor.

»Perfekt«, antwortete Erik. »Grüß Yogi, und lass es dir gutgehen. Und pass auf die alte Hexe auf.«

Yogis Mutter hatte ihre Lektüre unterbrochen und richtete nun ihre gesamte Aufmerksamkeit auf mich.

»Mit wem haben Sie gesprochen?«, fragte sie.

»Mit meinem schwedischen Freund Erik, Madam.«

»Ah, mit dem«, erwiderte sie mit einer Grimasse und widmete sich wieder der *Dainik Jagran.*

Man konnte sich von Mrs Thakurs zerbrechlicher Gestalt leicht in die Irre führen lassen, doch darin verbarg sich eine Frau, die ihre Umgebung mit eiserner Hand beherrschte und außerdem äußerst genaue Ansichten über alles und jeden hatte. Während eines unserer ersten Gespräche hatte ich gemerkt, dass sie Erik für einen höchst ungeeigneten Umgang für ihren einzigen Sohn hielt. Sie war ihm zweimal begegnet, als er bei ihnen übernachtete und vollkommen ungeniert mit dem Hausmädchen und der Treppenputzerin flirtete. Mrs Thakur sagte, sie hätte gleich erkannt, wie Erik Frauen ansah: »Wie ein hungriger Löwe, der seine Beute ins Visier nimmt.« Trotz ihrer schwachen Augen hatte sie offensichtlich den vollen Durchblick.

KAPITEL 15

Einige Tage später fühlte ich mich wieder gesund, allerdings noch nicht richtig bereit, Delhi allein zu erforschen. Wenn Yogi also zu seinen Geschäften aufbrach, leistete ich weiterhin der alten Dame in der Erdgeschosswohnung in Sundar Nagar Gesellschaft, einem der besseren Wohnviertel Delhis, wie ich mittlerweile gelernt hatte.

Ich war nicht uneingeschränkt von meiner Rolle als Gesellschafter begeistert und fürchtete die ganze Zeit, dass sie doch noch, wie von Erik angekündigt, ihre Giftzähne in mich schlagen würde. Doch ich arrangierte mich mit der Situation, weil ich das Yogi als Dank für seine Gastfreundschaft schuldig war. Einen Großteil der Zeit saßen wir sowieso schweigend nebeneinander und lasen, Mrs Thakur in der *Dainik Jagran* und ich in meinem Indien-Reiseführer.

»Mr Borg, was halten Sie von einer Tasse Masala Chai?«, fragte sie plötzlich und läutete mit einer kleinen Glocke, die auf dem Tisch neben ihr stand.

Nach weniger als zehn Sekunden erschien mit federleichten Schritten das junge Dienstmädchen Lavanya, begleitet vom Klingeln der Glöckchen, die an Silberketten ihre Fußgelenke schmückten. Sie erfüllten zwei Funktionen. Zum einen teilten sie Mrs Thakur mit, wo im Haus Lavanya sich befand, zum anderen konnte sie das Mädchen ausschimpfen, wenn es zu lange still war, denn dann musste sie ja gerade faul sein.

»Zwei Chai und zwei Stücke von dem Kuchen, den Shanker gestern gebacken hat.«

»Jawohl, Madam«, antwortete Lavanya und wiegte den Kopf, was mich an den Wackeldackel erinnerte, der auf der Hutablage unseres Opel Rekords lag, als ich ein Kind war.

Lavanya verschwand in der Küche, war jedoch umgehend zurück.

»Madam, es gibt sehr gutes Shortbread.«

Mrs Thakur blinzelte verschmitzt.

»Das weiß ich. Aber wir wollen den glasierten Kuchen haben, oder etwa nicht, Mr Borg?«

»Ich bin mit allem zufrieden«, antwortete ich diplomatisch.

»Mag sein. Für mich soll es allerdings genau dieser Kuchen sein, den Shanker gestern gebacken hat. Mit Glasur.«

»Da gibt es ein kleines Problem«, sagte Lavanya und zog nervös an ihrem langen schwarzen Pferdeschwanz.

»Und was könnte das sein?«

»Der Kuchen ist nicht verfügbar, so wie es im Moment aussieht.«

Dafür, dass Lavanya ein einfaches Dorfmädchen war, das niemals eine Schule von innen gesehen hatte, sprach sie ein verblüffend gutes Englisch. Es erinnerte mich an Yogis Englisch, gespreizt und mit einer eigenwilligen Grammatik, bei der sich jeder Englischlehrer krümmen würde, doch vollkommen verständlich, äußerst nuanciert und sehr persönlich. Wahrscheinlich war Yogi auch ihr Lehrer gewesen.

»Wenn der Kuchen nicht verfügbar ist, dann kannst du mir vielleicht sagen, wo er sich stattdessen befindet«, fuhr Mrs Thakur fort, ohne eine Miene zu verziehen.

»Er befindet sich auf einer außergewöhnlich wichtigen Mission«, antwortete Lavanya und schien unter ihrer dunklen Haut zu erröten.

»Könntest du bitte Shanker holen«, befahl ihr die alte Dame.

Lavanya ging in die Küche und kam mit dem Koch zurück,

der ein zwar strahlendweißes, aber auch dezidiert ängstliches Lächeln zur Schau trug.

»Der Kuchen, den du gestern gebacken hast, Shanker, war hervorragend«, sagte Mrs Thakur.

»Danke, Madam.«

»Besonders die Glasur.«

»Danke, Madam.«

»Es war gut, dass du den Kuchen so groß gemacht und so viel Glasur aufgetragen hast, weil ich ja ausdrücklich gesagt habe, dass ich auch heute noch ein Stück davon möchte.«

Jetzt schwieg der Koch.

»Der Kuchen ist also im Moment auf einer wichtigen Mission. Wann erwarten wir ihn zurück?«

Shanker und Lavanya standen mit verschämt gesenkten Köpfen vor uns und fixierten ihre Füße. Die alte Dame klang immer noch sanft.

»Habe ich recht, wenn ich sage, dass der Kuchen nicht allein und einsam durch Delhis Straßen irrt? Trifft meine Annahme zu, dass der Kuchen sich sogar im Bauch eines rundlichen Mannes befindet, der meinen Nachnamen trägt?«

»Verzeihung«, flüsterte der Koch schließlich.

Mrs Thakur stützte sich an der Sessellehne ab und richtete sich zu voller Größe auf. Sie war sicher nicht größer als einen Meter fünfzig, doch auf ihre Bediensteten wirkte sie furchteinflößend.

»Wie oft habe ich euch gesagt, dass ihr auf diesen gierigen Fettkloß achten sollt! Der Kuchen gehörte mir! Wenn Yogendra nach dem Abendessen noch etwas essen muss, dann sind Kheer und Obst im Kühlschrank. DER KUCHEN GEHÖRTE MIR, UND DAS WUSSTET IHR! IHR HÄTTET IHN VERSTECKEN SOLLEN!«

Nach diesem Wutanfall sank Mrs Thakur vollkommen erschöpft zurück in ihren Sessel. Lavanya eilte klingelnd aus dem Raum und verschwand aus dem Haus. Zehn Minuten später wurde der dampfend heiße, würzige Tee mit vier extrem süßen Gebäckstücken serviert, die das Mädchen bei Sweet Corner gekauft hatte. Stille legte sich wieder über das Wohnzimmer. Mrs Thakur blätterte weiter in der *Dainik Jagran* und unterhielt sich ab und zu freundlich mit mir, als sei nichts geschehen.

Zu Mrs Thakurs Verteidigung musste allerdings gesagt werden, dass sie nicht nur eine cholerische Hexe mit krankhaftem Kontrollzwang war. Ihre andere Seite war zwar nicht gerade warmherzig, aber doch menschlich und außerdem großzügig. Trotz ihrer regelmäßigen Ausbrüche bestand kein Zweifel daran, dass sie ihre Bediensteten sehr mochte, zu denen neben Lavanya und dem Koch Shanker noch ein Gärtner, der meist beschäftigungslose Chauffeur Harjinder Singh, zwei uniformierte Wächter - die abwechselnd ihr Schläfchen vor dem Wachhäuschen beim eisernen Tor hielten - und eine Treppenputzfrau gehörten, die jeden Tag den gepflasterten Vorplatz und alle Gartenmöbel reinigte.

Selbst mit indischem Mittelklassemaß gemessen, waren es viele Angestellte für einen Zwei-Personen-Haushalt. Doch Yogi fürchtete, dass die Welt seiner Mutter zusammenbrechen würde, wenn sie einige der langjährigen Angestellten entließen.

Außerdem konnten sie es sich leisten. Yogis Vater war ein angesehener Staatsdiener gewesen, der ein großes Erbe hinterlassen hatte. Das weitläufige Haus in Sundar Nagar hatte man zudem in eine veritable Goldgrube verwandelt, als die Immobilienpreise in Delhis besseren Wohnvierteln in die Höhe geschossen waren, als die Wirtschaft Mitte der Neunziger liberalisiert wurde. Jeder, der Grundstücke und Häuser in diesen

Gegenden besaß, wurde im Prinzip über Nacht zum mehrfachen Millionär. Allein die Einnahmen aus der an eine amerikanische Familie vermieteten Wohnung im Obergeschoss waren mehr als genug, um den ganzen Haushalt zu versorgen und das Familienvermögen sogar noch wachsen zu lassen. Es spielte demnach eine eher untergeordnete Rolle, dass Yogis kleine Firma, die Kleider und Stoffe nach Osteuropa exportierte, sich gerade so über Wasser hielt.

Yogis zwei jüngere Schwestern waren schon lange verheiratet und lebten mit ihren Ehemännern in deren jeweiligen Elternhäusern in Mumbai beziehungsweise Kalkutta. Mrs Thakurs soziales Umfeld bestand daher aus den Bediensteten, über die sie nur dann etwas Gutes sagte, wenn diese sie nicht hören konnten. Laut Yogi zögerte seine Mutter jedoch nie, wenn einer ihrer Angestellten finanzielle Hilfe benötigte. Vor kurzem hatte sie zum Beispiel Shanker fünfundzwanzigtausend Rupien geliehen, damit er die Mitgift für seine älteste Tochter aufbringen konnte. Yogi war sich sicher, dass sie das Geld niemals zurückfordern würde, auch wenn sie Shanker durchaus in dem Glauben ließ.

Nach unserer ruhigen Teestunde wurde die Stille erneut gestört, diesmal durch Yogis unüberhörbare Ankunft. Als Erstes verbeugte er sich und berührte die Füße seiner Mutter. Diese Prozedur wiederholte er bei mir, bevor er sich mit Schwung auf das Sofa fallen ließ, dass die Federn wütend protestierten. Ich fragte ihn, warum er unsere Füße berührte; das hatte er ja schon bei unserer ersten Begegnung getan.

»Um meinen Respekt zu zeigen. Das mache ich bei allen alten, guten Menschen.«

»Vielen Dank, aber bei mir musst du das ab jetzt nicht mehr tun.«

»Wenn du das wirklich so meinst. Wie war dein Tag, Amma?«, fuhr er fort. »Habt Mr Gora und du euch die allerangenehmste Gesellschaft geleistet?«

»Wir hatten keinen Kuchen zum Tee, und das war deine Schuld«, murmelte die alte Dame, die ihren Zorn offensichtlich nicht mehr zum Leben erwecken konnte. Sie begnügte sich damit, festzustellen: »Du bist zu dick.«

Yogi lächelte seine Mutter liebevoll an.

»An deiner Behauptung könnte etwas Wahres sein, liebe Amma. Daher werde ich jetzt auch Sport treiben!«

»Wann?«, fragte Mrs Thakur skeptisch.

»Heute Abend! Ich werde in das weltbeste indische Fitnessstudio gehen und das hier wegtrainieren«, sagte Yogi und griff sich beherzt in die fleischige Seite. »Ich werde genauso gut aussehen wie Shah Rukh Khan!«

»Wer ist das?«, fragte ich.

»Der weltbeste männliche Bollywood-Star. Alle Frauen sind verrückt nach ihm und seinem wunderbaren Körper. Wegen seiner Bauchmuskeln wird er auch Mr Sixpack genannt.«

Yogi breitete die Arme aus, als wolle er alle Anwesenden umarmen.

»Und ich dachte mir, dass du auch mitkommen könntest, Mr Gora, jetzt, wo es deinen Bäuchen wieder bessergeht. Damit du auch ein hübscher Mann wirst. Also, ich meine, noch hübscher, als du jetzt schon bist.«

Mrs Thakur schüttelte den Kopf und nahm wieder die *Dainik Jagran* auf. Sie hatte sich den ganzen Tag mit der Zeitung beschäftigt, es konnte also nicht mehr viel Ungelesenes darin stehen. Ich bemerkte, dass das Vergrößerungsglas noch auf dem Tisch lag. Wahrscheinlich wollte sie sich nur hinter der Zeitung verstecken, um uns besser belauschen zu können. Doch Yogi kannte seine Mutter nur allzu gut und sprach daher über unverfängliche Dinge. Schließlich blickte seine Mutter von der Zeitung auf und starrte ihren Sohn wütend an.

»Wenn du dich nur endlich entschließen könntest zu heiraten, damit aus dir noch etwas wird.«

KAPITEL 16

Der plötzliche Themawechsel der alten Dame war keine Provokation, um einen erneuten Streit vom Zaun zu brechen, sondern ein Thema, das schwer auf Mutter und Sohn lastete. Mit seinen neununddreißig Jahren war Yogi schließlich mehr als heiratsfähig.

»Du verstehst, Mr Gora, jetzt, da mein Vater tot ist - er ruhe in Frieden -, ist es die Pflicht meiner teuren Mutter, eine hübsche und kluge indische Braut für mich zu finden«, erklärte Yogi, als wir in seinem Tata zum Fitnessstudio fuhren. »Sie sehnt sich so sehr nach einer Schwiegertochter, aber es ist nicht leicht für sie, eine geeignete zu finden.«

»Wäre es nicht leichter, wenn du selbst suchen würdest?«

»Eine Liebesheirat? Wir glauben nicht so recht an diese lockere westliche Erfindung, wie man dauerhafte Bindungen zwischen Mann und Frau knüpft. Das führt nur zur Scheidung«, sagte Yogi und zündete sich eine Bidi an.

»Aber doch nicht immer«, protestierte ich und kurbelte das Fenster herunter.

»Bist du geschieden?«, fragte Yogi.

»Ja, aber ...«

»Ist Mr Erik geschieden?«

»Er war ja noch nicht mal ernsthaft verheiratet.«

»Das klingt nach einer seltsamen westlichen Ordnung, dass man nicht ernsthaft verheiratet sein kann. Wenn ich heirate, dann wird das mit der ernsthaftesten Ernsthaftigkeit geschehen, die man sich nur vorstellen kann«, verkündete Yogi feierlich, während er mit voller Geschwindigkeit in einen der überfüllten Kreisverkehre fuhr, die Delhis weit verzweigtes Straßennetz miteinander verbanden und derentwegen es unmöglich war, sich in der Stadt zu orientieren.

Offensichtlich hatte es durchaus genügend Kandidatinnen gegeben, die wie er aus der Kriegerkaste Kshatriya stammten und sowohl gebildet als auch attraktiv waren.

»Aber es ist ein wenig kompliziert, Mr Gora. In Indien ziehen die Frauen in das Haus ihres Mannes und werden ein Teil der Familie. Die Frau, die meine geliebte Ehefrau wird, muss auch die geliebte Schwiegertochter meiner Mutter werden. Jeden Tag, wenn du verstehst.«

»Ja, ich glaube schon.«

»Sie muss die dickste Elefantenhaut haben und ebenso viel Stärke und Kraft wie die Göttin Durga auf dem Rücken des Tigers. Sonst wird sie unglücklich, und eine unglückliche Frau ist das Unglücklichste, das es gibt. Das will ich nicht auf dem Gewissen haben, weshalb ich bisher alle Hochzeitsversuche abwehren konnte. Mit der größten Rücksicht auf die Frauen und die hochverehrte und geliebte Amma, natürlich.«

»Du wartest auf eine Durga mit Elefantenhaut?«

Yogi nickte, zog an seiner Bidi und atmete tief aus. Wir schwiegen auf dem Weg ins *Hyatt*-Hotel in Süd-Delhi, dessen Fitnessstudio wir aufsuchen würden. Nachdem Yogi die Autoschlüssel einem Parkwächter gegeben und wir uns durch Metalldetektoren und Sicherheitskontrollen gekämpft hatten, wurden wir im weitläufigen Foyer von livrierten Türstehern willkommen geheißen.

Die weiche, angenehme Beleuchtung, die leise Musik, die geschmackvollen Blumenarrangements und der glänzende Marmorfußboden waren der vollkommene Gegensatz zu dem Lärm und dem Schmutz des Slums, an dem wir gerade vorbeigefahren waren. Gutgekleidete Inder mischten sich mit gutgekleideten ausländischen Hotelgästen. Erschütternd viele waren außerdem sehr wohlgenährt.

Hier tickt also die indische Diabetes-Zeitbombe, dachte ich beim Anblick eines Mannes, der mindestens hundertfünfzig Kilo wog.

»Du siehst, Mr Gora, schon bevor man zu trainieren begonnen hat, fühlt man sich hier wie ein schönerer und schlankerer Mensch«, flüsterte Yogi.

Das Studio mit dazugehörigem Spa lag im Untergeschoss, auf der anderen Seite eines beleuchteten Freiluftschwimmbeckens auf der Rückseite des Hotels. Yogi kannte den Cheftrainer, was uns Zutritt zu dem sonst exklusiven Club verschaffte. Ein blondes Muskelpaket unbekannter Nationalität beim Krafttraining sowie eine indische Athletin mit Gazellenbeinen auf einem Laufband schreckten uns nicht ab. Denn selbst hier im Studio war das Durchschnittsgewicht der Kunden hoch. Und die Kalorienverbrennung niedrig.

Ich starrte fasziniert eine voluminöse Frau an, die auf einem Trainingsrad mit einer Geschwindigkeit von etwa zweieinhalb Stundenkilometern dahinradelte. Wahrscheinlich hätte sie mehr abgenommen, wenn sie still daheim gesessen und Tomaten gegessen hätte. Genauso wenig beeindruckend war die Trainingsintensität eines überfressenen jungen Mannes, der wie eine lahme Schildkröte auf einer Bank lag und dem Personal auftrug, ihm Sieben-Kilo-Hanteln zu bringen, die er dann im Zeitlupentempo hochwuchtete.

Yogi war schnell in ein Gespräch mit seinem Freund, dem Cheftrainer, verwickelt, der ihm ein paar einfachere Aufwärmübungen zeigte, während ich mich mit bestimmten Schritten einem Laufband näherte. Immerhin konnte ich mich auf drei Vorteile stützen:

1. Die Grundkondition vom Fußball.
2. Kräftiges Beinskelett.
3. Natürliche Muskeln.

Dagegen sprachen allerdings ebenso viele Dinge:

1. Es war über zwanzig Jahre her, seit ich zuletzt Fußball gespielt hatte.
2. Ein kräftiges Knochengerüst in den Beinen ist meistens Resultat eines für das Joggen hinderlichen Übergewichts.
3. Natürliche Muskeln tendieren zur Erschlaffung, wenn sie nicht genutzt werden.

Wenn man sich gerade erst von einer zehrenden Magenverstimmung erholt hat und dann auf einem Laufband neben einer indischen Athletin mit Gazellenbeinen landet, die oben aufgeführte Problematik nicht vollkommen erkennt und außerdem mit dem typisch männlichen Wettbewerbsinstinkt ausgestattet ist, der einem verbietet, sich von einer Frau auf den zweiten Platz verweisen zu lassen (selbst wenn sie Gazellenbeine hat und halb so alt ist wie man selbst), dann ist das Nahtoderlebnis nicht weit.

Ich rannte zu lange zu schnell, und plötzlich wurde mir schwarz vor Augen. Danach hörte ich Barry White »Can't get enough of your love, babe« singen und sah Mia vor mir, die lächelnd ihre Arme nach mir ausstreckte. Ich kam zu mir, als mir der Trainer Wasser ins Gesicht schüttete. Hinter ihm sah ich undeutlich Yogi, die indische Gazelle und sogar die lahme Schildkröte. Ich lag auf dem Boden neben dem Laufband.

»Wir müssen einen Arzt rufen«, sagte der Trainer, woraufhin Yogi etwas auf Hindi murmelte und meine Füße berührte.

»Den brauchen wir nicht, es geht ihm jetzt gut«, verkündete

mein Freund, und ich erhob mich ohne das geringste Zittern in den Beinen und ohne einen Kratzer am Leib.

Das Erwachen war genauso schön wie die Nahtoderfahrung. Ein Erweckungserlebnis made by Yogendra Singh Thakur. Für einen überzeugten Atheisten fühlte ich mich mit einem Mal beunruhigend religiös.

Doch ein einzelnes Wunder macht noch keinen Glauben. Schon im Umkleideraum hatte ich eine rationale Erklärung für das Wunder gefunden: Der Sauerstoffmangel rief die Halluzinationen hervor, während die Kraftlosigkeit im Körper nach dem Ohnmachtsanfall den Sturz gedämpft hatte, sodass ich keine Verletzungen davontrug.

»Ich beginne langsam zu glauben, dass du eine Art heilende Wirkung auf mich ausübst«, sagte ich zu Yogi mit einem ironischen Lächeln.

Wir waren im Whirlpool gewesen und hatten geduscht und standen nun nebeneinander in einem Raum mit hohen Wandspiegeln, Waschbecken aus durchsichtigem Glas und einer langen Marmorbank voller Toilettenartikel.

»Nein, nein, Mr Gora. Alles göttliche Einwirkung!«, protestierte Yogi. »Ihr seid lustig, ihr Westler. Keinen Glauben an die Ehe und keinen Glauben an die Götter.«

Er verteilte Haarwasser auf seinem Kopf und kämmte sich einen Scheitel.

»Aber wie soll man an einen Gott glauben, wenn es so viele gibt?«, fragte ich.

»Betrachten wir es doch andersherum. Wie kann man *nicht* an einen Gott glauben, wenn es so viele verschiedene gibt, aus denen man wählen kann? Irgendeiner muss ja wohl der richtige sein, oder?«, entgegnete Yogi und nahm eine Dose Babypuder.

Die absurde Logik in seiner Argumentation ließ mich verstummen.

»Stell dir vor, du sitzt vor dem Fernseher und sollst das allerbeste Programm des Abends aussuchen. Nimm die Fernbedienung!«, fuhr Yogi aufgeregt fort. »Daheim haben wir dreihundert Kanäle, und ich finde immer etwas, das sehenswert ist. Im Hinduismus gibt es über drei Millionen Götter und doppelt so viele Inkarnationen davon. Ich bin mir sicher, dass du deinen Gott finden wirst, wenn du nur die Fernbedienung benutzt!«, sagte Yogi, bevor er in einer Puderwolke verschwand.

KAPITEL 17

Shah Rukh Khan konnte beruhigt sein. Noch stellten Yogi und ich keine Bedrohung für ihn dar. Die hastig abgebrochene Trainingseinheit hatte den Bauch meines Freundes nicht einen Millimeter muskulöser gemacht. Eher Weinfass als Sixpack. Ich selbst hatte durch die Magenverstimmung einige Kilos abgenommen, war aber im Prinzip noch genauso pummelig wie früher.

Trotzdem waren wir guter Laune, frisch geduscht und gekämmt und rochen fantastisch. Yogi schlug vor, dass wir uns einen Besuch im Schönheitssalon des Hotels gönnen sollten, wenn wir schon da waren. Zwar hatte er seiner Mutter versprochen, zu einem späten Abendessen, das um halb zehn serviert werden sollte, zurück zu sein, doch jetzt war es erst acht, so dass noch genug Zeit für etwas Schönheitspflege war, bevor wir uns wieder in den dichten Abendverkehr stürzen mussten.

»Die Gesichtsbehandlung des Salons ist vorzüglich, ich würde jedoch trotzdem die Maniküre vorschlagen. Es ist die beste Maniküre von ganz Delhi! Lassen wir unseren Händen die innige Liebe zukommen, die sie verdienen für all das, was sie für uns tun.«

Allerdings machte der Salon gerade zu. Einer von uns würde vielleicht noch eine Maniküre bekommen, doch für beide reichten weder Zeit noch Personal, teilte uns die junge Frau am Empfangstresen mit. Ich schlug vor, dass Yogi zugreifen sollte. Einerseits, weil er die Maniküre wegen seiner tabakgelben Fingerspitzen eher brauchte, andererseits, weil ich im tiefsten Inneren der Meinung war, dass Nagelpflege eigentlich nichts für Männer sei.

»Es kommt überhaupt nicht in Frage, dass du leer ausgehst, Mr Gora! Ich verlange mit Bestimmtheit, dass wir beide eine Maniküre bekommen. Immerhin ist das hier ein Fünf-Sterne-Hotel«, sagte Yogi indigniert und konfrontierte die junge Frau mit einem unerschütterlich fordernden Gesichtsausdruck.

Sie wechselten ein paar Sätze auf Hindi. Die Frau wiegte und schüttelte etwas nervös den Kopf und verschwand schließlich in einem angrenzenden Raum.

»Was hast du zu ihr gesagt?«, fragte ich.

»Dass es schlecht für Indien ist, die beste Maniküre nicht anbieten zu können, wenn wir ehrenwerten Besuch aus dem Ausland bekommen.«

»Das verstehe ich nicht.«

»Ich habe ihr erklärt, dass du kein normaler Tourist bist, sondern eine wichtige diplomatische Kulturpersönlichkeit aus Skandinavien, die so viel Gutes über diesen vortrefflichen Salon gehört hat und sich deshalb außerordentlich über eine Maniküre hier freuen würde.«

»Aber das ist doch gelogen.«

»Wieso?«

»Ich bin kein Diplomat!«

»Das habe ich auch nicht gesagt. Ich habe gesagt, dass du eine diplomatische Kulturpersönlichkeit bist.«

»Aber das bin ich doch auch nicht.«

»Das kann man so genau nicht wissen, Mr Gora. Es kommt ausschließlich darauf an, *wie* man die herrlichste Bedeutung des Wortes interpretiert. Du weißt zum Beispiel, wie man sich diplomatisch ausdrückt. Sieh nur, wie gut du mit der hochverehrten Amma auskommst! Dann hast du mir von den Kulturartikeln erzählt, die du schreibst, und außerdem bist du ein persönlicher

Freund von mir. Daher kannst du also sehr wohl eine diplomatische Kulturpersönlichkeit sein.«

Ich hatte keine Lust, mich in noch eine Diskussion mit Yogi zu verstricken, die ich sowieso nur verlieren würde. Zum Glück kam in diesem Moment die junge Frau zurück und bat uns, ihr in den Salon zu folgen, wo eine Putzfrau bereits den Boden wischte. Eine Frau von etwa vierzig Jahren in einem dunkelblauen Kostüm kam uns entgegen. Ihr schwarzes Haar war im Nacken zu einem festen Knoten geschlungen, die braunen Augen glänzten wie Bernstein. Sie war auf diese unperfekte Weise schön, die ich so mochte, mit einem Grübchen neben dem Mund und einer Nase, die ein klein wenig schief saß. Für eine Inderin war sie ungewöhnlich groß, bestimmt einen Meter siebzig.

Sie stellte sich als Preeti Malhotra vor, die Geschäftsführerin. Yogi lächelte und lobte den herrlichen Salon überschwänglich, der so bekannt war, dass sein Ruf sogar bis nach Skandinavien vorgedrungen war. Bis zu der berühmten intellektuellen diplomatischen Kulturpersönlichkeit Mr Gora Borg, der in Indien war, um andere wichtige Kulturpersönlichkeiten zu treffen und interessante Kulturartikel über das Land zu schreiben, das er mittlerweile von Herzen liebte.

Eigentlich bestand gar kein Grund, jetzt noch einmal so dick aufzutragen, da wir unser Ziel ja erreicht hatten, doch Yogi war in Fahrt und genoss seine Vorstellung. Ich hingegen kam mir wie ein Idiot vor, wie ich in meinem schwarzen Poloshirt dastand und versuchte dem von Yogi beschriebenen Mann zu entsprechen. Hätte ich den Boden unter mir öffnen können, hätte ich zweifellos den Hebel gezogen.

»Leider sind unsere Maniküre-Spezialistinnen schon gegangen, aber wenn Sie sich mit mir und meiner Assistentin zufriedengeben wollen, dann werden Sie Ihre Maniküre natürlich bekommen«, sagte Preeti Malhotra freundlich.

Yogi dankte ihr und verbeugte sich höflich, bevor er sich in einen Stuhl setzte, bei dem die Empfangsdame bereits auf ihn wartete, während Preeti mich zu dem gegenüberliegenden Platz geleitete. Sie füllte warmes Wasser in eine Schüssel und seifte meine Hände ein. Mir war die Situation peinlich, und ich konnte mich nicht gegen das wohltuende Flattern im Magen wehren, das die Seifenlauge und die sanften Berührungen hervorriefen.

»Sind Sie zum ersten Mal in Indien?«, fragte sie nach ein paar Minuten.

»Ja.«

Mehr brachte ich nicht hervor. Mein hochrotes Gesicht sprach für sich.

»Gefällt es Ihnen hier?«

»Ja.«

»Und Sie arbeiten also als Kulturjournalist?«

»Ja.«

»Das klingt interessant.«

»Ja.«

»Haben Sie schon Artikel über Indien geschrieben?«

»Ja.«

»Wovon handeln sie?«

»Von allem ein bisschen.«

Unsere »Unterhaltung« erstarb. Preeti schnitt und feilte meine Nägel äußerst sorgfältig. Ich saß still da und verfluchte zwei Dinge:

1. Dass mich die stärkste Zungenlähmung befallen hatte, seit ich als Vierzehnjähriger von Louise Andersson auf einem Schultanz angesprochen worden war, dem hübschesten Mädchen der Schule.
2. Dass Mrs und nicht Ms Preeti Malhotra auf ihrem Namensschild stand.

Als sie meine Hände mit einer weichmachenden Creme einrieb, fasste ich dennoch Mut und öffnete den Mund, um etwas zu sagen. Doch ich brachte wieder nichts heraus. Ein Kommunikator ohne die Fähigkeit zu kommunizieren. Gab es etwas Peinlicheres? Ja, gab es. Denn schließlich brachte ich doch noch etwas hervor:

»Wie spät ist es?«

»Halb neun«, antwortete Preeti. »Ihre Zeit ist um, Mr Borg.«

KAPITEL 18

Nicht, dass ich seit der Trennung von Mia wie ein Mönch gelebt hätte. Da waren einige kürzere Affären sowie eine etwas längere Beziehung mit einer Vorschullehrerin namens Lena. Lena war eine nette Frau in meinem Alter. Wir lernten uns zwei Jahre, neun Monate und vierundzwanzig Tage nach meiner Scheidung kennen. Ich mochte sie wirklich gern, und meine Kinder liebten sie.

Wir wohnten getrennt, sahen uns aber jedes Wochenende und mindestens zweimal unter der Woche. Nach etwa einem Jahr schlug Lena vor zusammenzuziehen. Der Gedanke gefiel mir, und wir begannen, nach einer größeren gemeinsamen Wohnung zu suchen. Lena fand eine Vier-Zimmer-Wohnung in der zweiten Etage in Rörsjöstaden in der Innenstadt von Malmö, die wir auch nahmen. Hohe Decken, Stuck, zwei funktionierende Kachelöfen, ein Schlafzimmer mit französischem Balkon, das auf den pittoresken Innenhof hinausging. Zwar kein Aufzug, aber wir waren ja auch noch nicht steinalt, und ein bisschen Treppensteigen würde uns guttun.

Lenas jüngerer Bruder und einige seiner Freunde halfen uns beim Umzug, ebenso wie mein Sohn John. Alle freuten sich für uns. Wir passten wirklich gut zueinander.

Am ersten Abend in unserer neuen Wohnung aßen Lena und ich vor dem Kachelofen Pizza vom Lieferservice und teilten uns eine Flasche Rotwein, die Umzugskartons hatten wir zu Tisch und Stühlen umfunktioniert. Lena nahm einen Schluck und sah mir tief in die Augen.

»Göran«, sagte sie und strich mir zart über die unrasierte Wange. »Ich glaube, dass ich mit dir zusammen alt werden will.«

Eigentlich war das nicht nur wunderschön, sondern auch der perfekte Zeitpunkt. Eine Liebeserklärung bei romantischem Feuerschein, bei der es jedem normalen Mann in den besten Jahren warm ums Herz geworden wäre. Ich sah schon vor mir, wie Lena und ich in unseren Filzpantoffeln in unserer altersgerechten Wohnung ohne Türschwellen in einer Seniorenwohnanlage herumschlurften, in die wir umziehen mussten, als unsere Beine zu schwach für Treppenstufen wurden. Mettbrötchen und Fruchtsuppe. Fleischwurst und Mandelplätzchen. Kalbssülze mit Rote Beete. Filterkaffee in der Untertasse mit einem im Gebiss festgeklemmten Zuckerstück. Prostatakrebs und Inkontinenz.

Diese Schreckensbilder des Alters entbehrten jeglicher Logik, höchstens Prostatakrebs und Inkontinenz konnten eine Gefahr werden. Aber ich habe noch nie Fleischwurst gegessen und mochte auch keine Mandelplätzchen. Das Risiko, dass ich diese vom Aussterben bedrohten Speisen im Alter plötzlich für mich entdecken würde, war sehr überschaubar. (Wahrscheinlich würde ich an weichen Pizzastücken herumknabbern oder an Falafel ohne Brot, doch mit Unmengen Knoblauchsoße.)

Es gab auch in meiner Familie keine Rentner, die diese Schreckensvisionen befeuerten. Mein Vater starb überraschend mit einundsechzig an einem Herzinfarkt, als er Frank Sinatras »My Way« bei einem feuchtfröhlichen Firmenausflug auf einer Finnlandfähre sang, und meine zweiundachtzigjährige Mutter lebte putzmunter mit einem fünf Jahre jüngeren Mann zusammen, mit dem sie Tango oder Salsa tanzte, wenn sie nicht gerade Golf spielten oder ins Theater gingen.

Logik ist eine Sache, Gefühle allerdings eine andere. Und so unglaublich dumm es auch klingen mag, nach Lenas Bekenntnis, mit mir alt werden zu wollen, war es aus für mich. Zwei Wochen später machte ich Schluss und zog zurück in meine Junggesellenbude am Davidhallstorg. Mein Sohn John erklärte mich für verrückt, und Lenas jüngerer Bruder rief mich mehrmals in der Nacht wütend an. Sogar Erik fand, dass ich vollkommen wahnsinnig war.

Ich habe viel darüber nachgedacht, warum ich so irrational reagiert habe, und die einzige Erklärung musste sein, dass da irgendwo in meinem Hinterkopf doch noch die leise Hoffnung schwelte, dass Mia ihren Fehler einsehen und zu mir zurückkommen würde. Und dass alles wieder so werden würde wie früher.

Jetzt saß ich in Yogis Auto auf dem Weg zu dem späten Abendessen mit seiner Mutter und wagte ein neues Gedankenexperiment. Wie würde ich reagieren, wenn Preeti Malhotra zu mir gesagt hätte, sie wolle mit mir alt werden?

Nach einigem Nachdenken erkannte ich, dass ich mich gefreut hätte. Es war eine schwindelerregende Erkenntnis, die die Grundfesten meines Daseins erschütterte. Auf der anderen Seite war diese urplötzlich aufblühende Leidenschaft utopisch und damit ungefährlich. Genau wie damals, als meine zwölfjährige Tochter Linda Liebesbriefe an Nicky von der Boygroup Westlife schrieb.

Denn Preeti (was für ein wunderbarer Name!) hatte ja nicht gesagt, dass sie mit mir alt werden wolle, sondern dass meine Zeit um war (was für eine wunderbare Stimme!). Außerdem war sie verheiratet und viel zu schön für mich (diese Augen!) und aus einem anderen Kulturkreis (was für ein spannendes Land Indien doch war!).

So machte ich weiter, eine schizophrene Kreuzung zwischen dem jungen Werther und kitschigem Schlager, bis Yogi sich einmischte.

»Woran denkst du, Mr Gora?«

Seine Frage überraschte mich.

»Nichts Besonderes.«

»Du bist so still. Mochtest du Delhis beste Maniküre nicht?«

»Doch, sie war ausgezeichnet«, erwiderte ich und versuchte so auszusehen, als würde ich meine Fingernägel einer eingehenden Betrachtung unterziehen.

»Mochtest du die wunderschönste Frau auch, die dich manikürt hat?«

»Was meinst du damit?«

»Ich sehe doch, wie deine Wangen wie allerfeinstes Chili erröten. Das habe ich früher schon bei anderen Goras gesehen, und das bedeutet, dass euch entweder von der ganzen Sonne sehr warm ist oder dass ihr wegen einer Frau sehr warme Gedanken im Kopf habt. Und da du heute nicht in der Sonne warst, glaube ich, dass eine Frau die Röte auf deinen Wangen verursacht, und die einzige Frau, die du heute Abend getroffen hast, war bei der Maniküre.«

»Hör auf!«, protestierte ich. »Wovon redest du eigentlich? Außerdem ist sie verheiratet.«

»Ist sie das?«

»Auf ihrem Namensschild stand Mrs«

Yogi furchte bekümmert die Stirn.

»Dann hast du tatsächlich recht, dass sie nichts für dich ist. Vergiss sie, Mr Gora. Vergiss sie!«

KAPITEL 19

Ich tat wirklich mein Bestes, um Mrs Preeti Malhotra zu vergessen. Alle guten Argumente waren auf meiner Seite. Denn sicherlich war es ganz schön seltsam, sich von einem nicht mehr ganz jungen und krankhaft von seiner Ex-Frau besessenen Mann - acht Jahre, vier Monate und fünfzehn Tage nach der Scheidung - in einen nicht mehr ganz jungen Mann zu verwandeln, der immerzu an eine verheiratete indische Frau dachte, von der er kaum mehr als den Namen wusste und die er nicht mehr gesehen hatte seit… sechs Tagen, fünf Stunden… und achtunddreißig Minuten.

Anfangs versuchte ich mich mit Mrs Thakurs Gesellschaft abzulenken. Doch die nervös klingelnden Schritte von Lavanya, die auf die obligatorischen Wutausbrüche der alten Dame wartete, machten mich nur noch unruhiger. Ich entschloss mich daher, Yogi auf seinen sogenannten geschäftlichen Unternehmungen überall in der indischen Hauptstadt zu begleiten.

Die meiste Zeit verbrachten wir in Yogis Tata, der quasi als Büro auf Rädern fungierte. Von hier aus erledigte er alle Telefonate entweder auf Hindi, Englisch oder Russisch. Letzteres beherrschte er perfekt, seit er als junger und vielversprechender Student ein staatliches Stipendium für zwei Auslandssemester im fernen Moskau bekommen hatte. Auch wenn Yogi nicht ins Detail ging, hörte ich aus seinen Erzählungen heraus, dass er außerhalb der Universität erfolgreicher als an der Universität gewesen war, und dass er während seiner Zeit in Moskau die eine oder andere Frau kennengelernt hatte.

»Die russische Frau ist so wunderschön, dass man sie aus allertiefstem Herzen gerne zu russischem Champagner einlädt. Wieder und wieder«, verkündete er.

Nach der Hälfte hatte Yogi sein Ingenieurstudium abgebrochen, um stattdessen Geschäftsmann in der Textilbranche zu werden mit dem osteuropäischen Markt als Exportschwerpunkt, was ja auch jetzt noch seine Hauptbeschäftigung war. Mindestens jeden zweiten Monat flog er zu irgendeiner Messe nach Moskau, Bukarest, Warschau oder in eine andere osteuropäische Metropole, um indische Kleider und Textilien zu verkaufen, neue Kontakte mit Wiederverkäufern zu knüpfen und vielleicht auch das eine oder andere Glas russischen Champagner mit einer schönen Frau zu trinken.

Diese Reisen verschafften ihm die wohlverdienten Pausen von seiner Mutter. Denn sosehr er um sie besorgt war, so wichtig war ihm auch sein anderes Leben, in das sie keinen Einblick hatte. Auch deshalb fuhr er seinen Tata fast ausschließlich selbst. Nur in Ausnahmefällen bediente er sich des Familienwagens mit Chauffeur, einem gut erhaltenen metallicfarbenen Toyota Innova. Dieses bedeutend geräumigere Fahrzeug parkte meistens wie ein Einsatzwagen vor dem Haus in Sundar Nagar, falls es Mrs Thakur plötzlich und unerwartet einfallen sollte, in die Stadt zu fahren, oder falls sie – eine furchtbare Vorstellung – rasch ins Krankenhaus transportiert werden musste.

»Delhis Chauffeure sind nicht nur die weltbesten Chauffeure, sie haben auch die weltgrößten Ohren und losesten Zungen«, erklärte Yogi die Wahl seines Beförderungsmittels.

Mein rundlicher indischer Freund war ständig auf dem Weg irgendwohin. Sobald wir ein Ziel erreicht hatten, plante er schon die nächste Etappe. Doch die wenigsten Zwischenhalte an diesen typischen sogenannten Arbeitstagen waren auch tatsächlich Arbeit. Die restlichen bestanden aus Cafébesuchen, Treffen mit alten Jugendfreunden, kurzen Parkspaziergängen, ausführlichen Mittagessen und privaten Erledigungen unterschiedlicher Art.

Ich bekam dadurch eine kalorienhaltige, schnelle und sehr abwechslungsreiche Führung durch Delhi, das einer riesigen chaotischen Baustelle glich. Im Jahr darauf sollten dort die Commonwealth-Spiele stattfinden - eine Mini-Olympiade zwischen den alten britischen Kronkolonien -, und vor diesem für Indien größten internationalen Sportereignis seit jeher wurde die Stadt umfassend renoviert. Wie man die Bauarbeiten allerdings rechtzeitig abschließen wollte, war eines der letzten Rätsel der Menschheit.

In scheinbar endlos langen Schächten bohrte sich die U-Bahn durch Fels und Lehm und erzwang verschnörkelte Verkehrsumleitungen, die ständig zusammenbrachen. Riesige Brücken mit in die Höhe ragenden Betonstahlstäben erstreckten sich wie die gierigen Finger eines Riesen zwischen den Stadtteilen.

Verschwitzte Straßenbauarbeiter mit nacktem Oberkörper besserten Schlaglöcher in den Straßen aus, während fleißige Frauen in bunten Saris unverdrossen einen alten Gehwegabschnitt nach dem anderen aufhackten, so dass sich große Maulwurfshügel aus Schotter am Wegesrand bildeten. Schmutzige Kleinkinder rannten umher und spielten zwischen Zementmischern und Dampfwalzen, wenn sie nicht gerade Geld von den im Stau stehenden Autofahrern erbettelten.

In diesem Chaos hatten die umherreisenden Tagelöhner aus Bihar und ihre Familien ihre Schuppen aus rostigen Blechplatten errichtet, die sich in der Sonnenhitze in Backöfen verwandelten und in der Nacht in Kühlschränke.

Ein zerbeulter und eindeutig überlasteter Bus hatte einen freien Platz auf der linken Fahrbahn gefunden und zog mit Vollgas an uns vorbei. Yogi scherte geübt aus und drückte energisch auf die Hupe.

»Killer Line«, zischte er wütend.

»Killer Line?«

»Diese Buslinie heißt offiziell – und fehlerhaft – Blue Line. Doch da jedes Jahr über zweihundert arme Teufel von dieser Buslinie zermalmt werden, nennen wir sterbliche Einwohner von Delhi sie nur noch die Killer Line. Die gierigen Eigentümer vermieten die Busse im Akkord an die Busfahrer, die dann schneller fahren müssen, als der Affengott Hanuman übers Himmelszelt fliegt, um das Geld für ihre Chapatis zu verdienen. Und da knallt es natürlich früher oder später.«

Yogi ließ das Lenkrad los und klatschte zur Untermalung seiner Erläuterungen in die Hände, woraufhin der Tata ausscherte und beinahe einen Fahrradfahrer gerammt hätte.

»Mr Gora, du solltest dir wirklich neue Unterhosen kaufen«, sagte er plötzlich.

»Warum?«

»Weil du wie der schwedische Unterhosenmann Borg heißt, und weil in unserem geliebten Mutterland die weltbesten Unterhosen hergestellt werden, die in aller Herren Länder exportiert werden. Ich habe immer Unterhosen für die Russen und die Polen dabei. Die lieben billige indische Unterwäsche genau so wie billigen russischen Wodka.«

KAPITEL 20

Auch wenn ich Zweifel bezüglich der Qualität der indischen Unterhosen hegte, hatte ich doch keinen Grund, mich zu wehren. Bisher hatte Yogi immer recht gehabt, und außerdem hatten die Nachwirkungen meiner Magenverstimmung einen Nachschub an Unterwäsche erforderlich gemacht.

Wir fuhren zum Connaught Place, dem riesigen Kreisverkehr in der Stadt der Kreisverkehre, an dem es viele Bekleidungsgeschäfte gab. Yogi fand einen Parkplatz und schleppte mich in die kilometerlange Ladenstraße, die ringförmig um den ganzen Connaught Place gebaut war.

Als wir eine Straße überqueren wollten, tauchte plötzlich ein junger Mann in Lederjacke und Baseballkappe auf. Er deutete auf mein Ohr und sagte auf Englisch, dass es voller Schmutz war.

»Ach ja?«, antwortete ich verwundert, und bevor ich reagieren konnte, hatte er mir schon eine kleine Bürste ins Ohr gesteckt und mit einer raschen, bohrenden Bewegung herumgedreht.

Ich war zu überrascht, um zu protestieren. Als er fertig war, schwankte der Boden leicht unter meinen Füßen. Empfehlung für zukünftige Indienreisende: Niemals eine Unterhaltung mit jemandem anfangen, der behauptet, man habe Schmutz in den Ohren.

»Sir, schauen Sie, was ich herausgezogen habe«, rief der Ohrenreiniger und zeigte mir einen circa einen Zentimeter großen Schmalzpfropfen. »Deshalb fühlen Sie sich jetzt auch im Ungleichgewicht.«

Er holte einen schwarzen Notizblock hervor, schlug ihn auf und hielt ihn mir unter die Nase.

»Und schauen Sie, was andere Ausländer alles an guten Dingen über meine Behandlung geschrieben haben! Lassen Sie mich Ihre beiden Ohren reinigen, dann werden Sie sich wie neugeboren fühlen und sehr viel besser hören. Es kostet nur vierhundert Rupien, Sir. Pro Ohr. Oder vielleicht wollen Sie auch nur die kurze Behandlung, Sir? Die kostet nur zweihundertfünfzig Rupien, Sir. Pro Ohr. Aus welchem Land kommen Sie?«

Die letzte Frage erschien mir vollkommen irrelevant. Stattdessen war ich höchst besorgt um meinen Gleichgewichtssinn und fragte Yogi beunruhigt um Rat. Mein Freund nahm einen Fünfhundert-Rupien-Schein aus seinem Portemonnaie und sagte etwas auf Hindi zu dem Mann, der daraufhin einschmeichelnd lächelte, seine kleine Bürste in mein anderes Ohr steckte und die Prozedur von vorhin wiederholte. Wie von Zauberhand war mir nicht mehr schwindelig. Genauso schnell verschwand der Mann mit der Baseballkappe. Ich fragte Yogi, was er zu ihm gesagt hatte.

»Oh, Mr Gora, das brauchst du nicht unbedingt zu wissen.«

»Ich bestehe aber darauf.«

»Okay. Ich habe dem geschickten Ohrenreiniger nur gesagt, dass ich mit meinen unglaublich scharfen Augen gesehen habe, wie er mit seinen flinken Händen in keinster Weise diesen großen Schmalzklumpen aus deinem Ohr geholt hat, sondern aus seiner eigenen Tasche. Dann habe ich ihn gebeten, meine kleine Spende anzunehmen und dein Gleichgewicht unverzüglich wiederherzustellen, wenn er seine Geschäftspraktiken nicht mit dem Polizisten diskutieren möchte, der dort drüben steht«, erklärte Yogi und deutete auf einen strengen Polizisten, der mit einem langen Bambusstab an der gegenüberliegenden Straßenecke stand.

»Er war also nur ein Hochstapler?«

»So könnte man sagen, wenn man unbedingt möchte. Gleichzeitig war er aber auch ein geschickter Hochstapler, das muss man ihm durchaus anrechnen.«

Als wir eine weitere Kreuzung überquert hatten, tauchte auf einmal ein Schuhputzer mit seiner Kiste vor uns auf und deutete auf meine Füße.

»Shoeshine?«

Ich blickte nach unten und sah überrascht, dass mein linker Schuh mit Kuhmist besudelt war. Ich hatte keine Wahl, als dem Schuhputzer die geforderten zwanzig Rupien für seine Arbeit zu geben. »Jemand, der mit ihm unter einer Decke steckt, muss meinen Schuh beschmutzt haben«, sagte ich danach verärgert.

Yogi lächelte nachsichtig und verkündete dann feierlich, dass wir bei dem Unterhosengeschäft angelangt waren. Ein uniformierter Türsteher öffnete uns die Tür, nahm Yogis Aktentasche entgegen und gab ihm dafür eine kleine Nummernplakette.

»Sieh nur! Ein ganzes Geschäft voll mit den weltbesten indischen Unterhosen!«, strahlte Yogi.

Er hatte tatsächlich recht. Denn nicht irgendwelche Fabrikate ungewisser Herkunft füllten die deckenhohen Regale, sondern ausschließlich bekannte internationale Marken. Alle in Indien hergestellt und für einen Bruchteil dessen verkauft, was sie in amerikanischen oder europäischen Geschäften gekostet hätten.

Mithilfe von nicht weniger als vier Angestellten wählte ich sieben Stück in der Größe XL aus. Hinter der Kasse saßen weitere vier Männer bereit, meinen Kauf abzuschließen. Der erste tippte die Waren in die Kasse ein und reichte den Beleg zusammen mit zwei Durchschlägen dem zweiten Mann. Dieser glich die Anzahl der Unterhosen mit der auf dem Beleg angegebenen ab, um dann einen Durchschlag auf einen Metalldorn zu spießen und das Original mit dem verbleibenden Durchschlag sowie dem Stapel Unterwäschepackungen dem dritten Mann zuzuschieben, der alles in einer Papiertüte verstaute. Herrenunterwäscheverkäufer Nummer vier hatte die Aufgabe, mir die Tüte zusammen mit dem Beleg und der Kopie zu überreichen und die Transaktion mit einem höflichen »Bitte beehren Sie uns wieder, Sir« abzuschließen.

An der Tür gab Yogi dem Türsteher die Nummernplakette und bekam seine Aktentasche zurück. Ich wollte ihm gerade aus dem Laden folgen, als mich der Türsteher zurückhielt und meine Kassenbelege sehen wollte. Er behielt die Kopie und stempelte das Original, das er mir schließlich überreichte, nachdem er sorgfältig kontrolliert hatte, ob es mit dem Inhalt in meiner Tüte übereinstimmte. Ich war so verblüfft von dieser Fülle an unnötigen Arbeiten, dass ich die Prozedur nur mit offenem Mund verfolgte.

»Was war das denn?«, fragte ich Yogi, als wir endlich wieder auf der Straße standen.

»Das hier war das weltbeste Herrenunterhosengeschäft.«

»Schon, aber was haben die ganzen Verkäufer eigentlich gemacht? Und warum musste der Türsteher auch noch einmal den Beleg kontrollieren? Wir waren doch die einzigen Kunden! Er stand zwei Meter neben der Kasse und hat gesehen, dass der Kauf genauer überprüft worden ist als das Handgepäck bei der Sicherheitskontrolle am Flughafen!«

Yogi lächelte mich großmütig an.

»Du musst verstehen, dass Indien ein sehr großes Land mit vielen Menschen ist, Mr Gora. Und da alle Arbeit brauchen, um das Geld für ihre Chapatis zu verdienen, muss es viele, viele Jobs geben. Und für den Türsteher ist es nicht gerade interessant, den ganzen Tag nur die Türen zu öffnen und zu schließen. Er braucht ein wenig Abwechslung, deshalb ist es doch wunderbar, wenn er sich die Belege ansehen und einen wichtigen Stempel benutzen darf. Vielleicht bekommt er dafür manchmal sogar noch ein wenig Trinkgeld. Du freust dich, dass du gute, billige Unterhosen gekauft hast, und er freut sich, dass er nicht nur die Türen bedienen darf, sondern ab und zu auch noch einen Beleg anschauen kann. Warum sich beschweren, wenn alle zufrieden sind?«

Yogi strich sich das Haar glatt und bohrte kurz in der Nase, bevor er seine Argumentation weiter ausführte.

»Denk mal daran, wie viele Menschen du mit diesem kurzen, jedoch äußerst angenehmen Besuch am Connaught Place unterstützt hast: den Unterhosenfabrikanten, die Unterhosennäher, die Unterhosenverkäufer, den Unterhosentürsteher, den Ohrenreiniger nicht zu vergessen, und natürlich den Schuhputzer und seinen Partner, der den Kot einer heiligen Kuh auf deinem wunderbaren Schuh verteilt hat. Alle sind glücklich, weil du ihnen etwas zu essen verschafft hast, und deshalb darfst du dich auch überaus zufrieden fühlen.«

Yogis verschlungene Gedankengebilde und Theorien, wie die Welt im Allgemeinen und Indien im Besonderen funktionierten, hatten immer eine überraschende Schlusspointe, die sich kaum bis gar nicht vorausahnen ließ.

Doch noch unmöglicher war die Begegnung vorherzusehen, die sich gleich darauf ereignete: In einer Stadt mit über fünfzehn Millionen Einwohnern erschien vor meinen Augen die Frau, die ich in den letzten Tagen unbedingt hatte vergessen wollen: Mrs Preeti Malhotra.

»Mr Borg, was für ein Zufall«, sagte sie.

Dass sie sich an meinen Namen erinnerte, ließ meinen Puls in die Höhe schnellen.

»Sie sind auch mit Einkäufen beschäftigt, wie ich sehe«, fuhr sie fort und deutete mit ihrer Papiertüte auf meine.

Dieselbe Zungenlähmung wie bei unserer ersten Begegnung ergriff mich. Doch Yogi eilte mir zu Hilfe:

»Er hat Unterhosen eingekauft, Madam. Die hat er wirklich gebraucht.«

Jetzt hatte ich zwei Möglichkeiten:

1. Schweigen und wie üblich erröten.
2. Den Mund aufmachen und hoffen, dass ich etwas Sinnvolleres herausbrachte als beim letzten Mal.

»Indische Unterhosen sind wirklich fantastisch, preislich wie auch qualitativ.«

Das war jetzt nicht die beste Charmeoffensive des Jahrhunderts, doch offensichtlich ausreichend amüsant, um Preetis hübsche Grübchen hervorzulocken.

»Doch noch besser als die indischen Unterhosen ist die hervorragende Maniküre, die ich von Ihnen letztens bekommen habe.«

Einen Augenblick lang glaubte ich, es im Eifer des Gefechts etwas übertrieben zu haben, doch Preeti lächelte immer noch.

»Wie schön, dass es Ihnen gefallen hat. Die Zufriedenheit unserer Kunden bedeutet uns alles.«

Eine Standardantwort. Formell, und dennoch einladend. Sie wartete offensichtlich auf meinen nächsten Zug.

»Es ist so viel angenehmer, mit gepflegten Händen am Computer zu schreiben.«

Das klang so anzüglich, dass es von Erik hätte kommen können. Ich zuckte bei meinen eigenen Worten zusammen, doch Preeti lächelte immer noch, und ihre Grübchen waren so anziehend, dass ich meine Augen nicht davon abwenden konnte.

»Wie geht es mit Ihren Kulturartikeln voran?«, fragte sie.

»Ich habe einen Termin für ein interessantes Interview«, erwiderte ich.

»Darf man fragen, um wen es sich handelt?«

Jetzt hatte ich ein Problem.

»Shah Rukh Khan«, antwortete ich schließlich.

Preetis Augenbrauen schossen in die Höhe.

»Wirklich? Er ist mein absoluter Lieblingsschauspieler.«

Ich lächelte einfältig und spürte, wie mir ein Schweißtropfen den Rücken hinunterrann.

»Vielleicht könnten Sie mir dann ein Autogramm von ihm beschaffen?«, fuhr sie fort, und ich fragte mich, ob sie es ernst meinte oder scherzte.

»Aber selbstverständlich«, erwiderte ich.

»Werden Sie ihn in Delhi oder in Mumbai treffen?«

»In Mumbai, glaube ich.«

»Bei ihm daheim?«

»Nein … äh … wir werden uns in seinem Büro treffen.«

Yogi war ausnahmsweise einmal still. An seinen geweiteten Augen merkte ich, dass es in seinem Kopf arbeitete.

»Und wann?«, fragte Preeti weiter, und ich schickte ein stummes Gebet zum Himmel, dass die Fragerunde bald beendet war.

»In ein paar Wochen oder so. Das Datum haben wir noch nicht endgültig festgelegt.«

»Dann können Sie ja in der Zwischenzeit Holi mit uns feiern. Nächsten Mittwoch geben wir einen Empfang in unserem Haus, also in knapp zwei Wochen. Es geht vormittags um elf Uhr los, und dann feiern wir so lange, wie wir durchhalten«, sagte Preeti. »Es wäre sehr nett, wenn Sie kommen könnten.«

Ich hatte keine Ahnung, was Holi sein sollte, doch ich wusste, was »uns« und »wir« zu bedeuten hatte. Das hielt mich jedoch nicht davon ab, sofort für mich und Yogi zuzusagen. Preeti zog eine farbenfrohe Einladung aus ihrer Handtasche sowie einen Stift und reichte mir beides. Sie bat mich, unsere Namen aufzuschreiben, und vermerkte diese zusätzlich noch in ihrem Notizbuch.

»Die Adresse mit der Wegbeschreibung steht auf der Karte. Sie sind herzlich willkommen!«, sagte die weltschönste und entzückendste Frau Indiens und verabschiedete sich mit einem weichen Händedruck, der Wellen der Erregung durch meinen Körper schickte.

KAPITEL 21

Am Abend saßen Yogi und ich im Garten des Hauses in Sundar Nagar und tranken Masala Chai. Mrs Thakur war bereits schlafen gegangen, und Lavanyas Glöckchen waren verstummt. Die Luft war mild und angenehm und der Geruch nach fauligen Eiern überhaupt nicht mehr so stark wie zuvor. Ein einsamer Pfau stolzierte über den Rasen, die langen Schwanzfedern majestätisch hinter sich her ziehend.

Inzwischen hatte Yogi seine Sprache wiedergefunden, doch so richtig konnte er sich nicht entscheiden, was er nun von meiner Vorstellung am Connaught Place halten sollte. Er war wohl genauso schockiert über meinen plötzlichen Vorstoß wie ich. Dagegen fand es mein Freund nicht sonderlich überraschend, dass wir Preeti dort getroffen hatten. Denn trotz seiner Größe war Delhi manchmal eine sehr kleine Stadt, bemerkte er. Die indische Ober- und Mittelklasse hatte ihre festen Bezirke, in denen man einkaufte, Cafés besuchte oder sich eben zufällig auf der Straße traf.

»Es ist eine wirklich ausgezeichnete Party, auf die du uns da eingeladen hast. In DLF Chattarpur auch noch! Ist dir bewusst, bei wem wir da feiern werden?«, fragte er und hielt die Einladung hoch.

»Beim Ehepaar Malhotra.«

»Ja, ja, aber das sind nicht irgendwelche Malhotras. Vivek Malhotra ist einer der wichtigsten Geschäftsmänner Delhis. Ihm gehört alles, von Teeplantagen in Darjeeling bis zu Luxushotels in Goa.«

Typisch. Ich seufzte innerlich. Da verliebe ich mich ausgerechnet in die Frau eines mächtigen indischen Industriemagnaten.

»DLF Chattarpur ist eines der besten Viertel Delhis. Mit den luxuriösesten Anwesen!«

»Ah, das wusste ich nicht.«

Ich zwang mich zu einem Lächeln und strich mir mit den Fingern durch meine albernen halblangen Strähnen.

»Bedeutet das nun, dass du noch etwas länger in unserem wunderschönen Indien bleibst?«, fragte Yogi.

»Ja, so ist es wohl. Aber ich kann mir ein Hotelzimmer nehmen.«

»Das kommt überhaupt nicht in Frage! Niemand wäre glücklicher als ich und Amma, wenn du hier bei uns bleibst.«

»Danke, du bist zu freundlich.«

Yogi lächelte höflich und verknotete die Hände.

»Dieser Abend ist überaus wunderbar, nicht wahr?«

»Ja, das ist er.«

»Der Mond ist fast voll.«

»Mhm.«

»Und die Temperatur könnte zu dieser Jahreszeit nicht angenehmer sein.«

»Absolut.«

»Und Amma schläft.«

»Ja.«

»Und die Sterne leuchten.«

»Ja, das tun sie wirklich. So habe ich das noch nie gesehen.«

»Und du und ich sitzen hier in dieser großartigen Natur.«

»Ja.«

»Und es ist schon ziemlich spät.«

»Yogi, versuchst du mir etwas zu sagen?«

»Ja, das dürfte wohl zutreffen.«

»Dann sprich.«

»Ich möchte dir eine allerdemütigste Frage stellen, Mr Gora. Und ich hoffe, dass du mich nicht falsch verstehst.«

»Komm zur Sache.«

Yogi zögerte und holte eine Bidi aus der Tasche, die er sich anzündete.

»Was willst du eigentlich gegen deine Gefühle für Mrs Preeti Malhotra unternehmen?«

»Ich habe keine besonderen Gefühle für sie.«

Die Antwort kam zu schnell, um glaubwürdig zu sein.

»Entschuldige bitte, Mr Gora, aber das kann ich selbst bei bestem Verstand kaum glauben, wenn du ihretwegen so erhitzt aussiehst.«

»Verdammt, Yogi, glaubst du, ich bin so dumm, dass ich es auf eine verheiratete indische Frau abgesehen habe? Deine Fantasie geht mit dir durch.«

»Was ist dann mit der roten Chilifarbe deiner Wangen?«

»Es ist warm! Kannst du nicht mit deinen ständigen Unterstellungen aufhören?«

Yogi hob entschuldigend die Hände, während ich die Lage rasch analysierte. Bis jetzt hatte ich mich in noch nichts verstrickt, aus dem ich mich später nur schwierig befreien würde können. Ich hatte mich einzig und allein dafür entschieden, die Heimreise bis nach dem Holi-Fest zu verschieben. Dann würden die Zeit und die Umstände meine nächsten Schritte bestimmen. Für einen Mann, der sonst immer alles bis ins letzte Detail plante, äußerst ungewohnt, aber auch ungewöhnlich befreiend.

Yogi hatte mir erklärt, dass die Hindus beim Holi-Fest die Ankunft des Frühlings feierten, indem sie sich gegenseitig mit Farbe bewarfen. Doch genau vorstellen konnte ich es mir allerdings nicht, vor allem nicht nach seiner kryptischen Beschreibung: »Es ist wie die vergnüglichste Kindergeburtstagsfeier, die man als Erwachsener je erleben wird.«

Er blies den scharfen Bidi-Rauch in die Luft, wo er in einer weißen Wolke an meiner Nase vorbeizog.

»Okay, Mr Gora, dann sagen wir, dass du keine besonders heißen Gefühle für Mrs Preeti hast. Aber da wir ja dennoch auf das Fest in ihrem allerfeinsten Hause gehen werden, musst du dich auf alle Fälle vorbereiten, damit die edlen Gäste verstehen, was für eine wichtige Kulturpersönlichkeit du bist.«

Yogi nahm einen Schluck Tee und kniff sich in sein kleines Doppelkinn.

»Zuerst einmal müssen wir dir die allerbeste Visitenkarte besorgen«, sagte er schließlich nachdenklich.

»Warum?«

»Wenn du das große Interview mit Shah Rukh Khan machen willst, brauchst du eine Visitenkarte mit viel Gold und Schnörkeln, die zeigt, was für ein hervorragender Kulturjournalist du bist. Ohne Visitenkarte ist man nichts und niemand in Indien.«

Zuerst dachte ich, dass er scherzte, doch Yogi sah mich todernst an.

»Das mit Shah Rukh Khan war doch nur ein dummer Witz, der mir herausgerutscht ist«, erwiderte ich.

»Das glaube ich ganz und gar nicht, Mr Gora. Ich glaube, dass dein allerverehrtester Gott tief in dir drin so gern dieses Interview mit Shah Rukh Khan machen wollte, und deshalb ist er an die Oberfläche gekommen und hat dir eingeflüstert, den allergrößten Bollywood-Star zu interviewen. Und auf seinen inneren Gott soll man immer hören!«

Jetzt hatte Yogi endlich das Thema gefunden, wonach er gesucht hatte, und erhob sich eifrig aus dem Gartenstuhl. Er ging auf der Terrasse auf und ab, während er mir seine Gedanken darlegte.

Ich war also kein Lügner, sondern lediglich ein verhinderter Shah-Rukh-Khan-Interviewer, der endlich mithilfe seines inneren Gottes zum Leben erwacht war (von dem man noch nicht wusste, um welchen Gott genau es sich handelte, aber das würde sich sicher bald zeigen). Und um die Genehmigung für ein Interview zu bekommen, brauchte ich zuerst eine Visitenkarte und eine Art Presseausweis, die ich bei Shah Rukh Khans Manager vorweisen konnte und die mir vielleicht auch noch andere verschlossene Türen öffnen könnten. Meinen Einwand, dass ich mich als Tourist in Indien aufhielt und keinerlei Presseakkreditierung besaß, wischte Yogi mit dem Argument beiseite, dass er die richtigen Kontakte hatte, um diesen kleinen Makel auszumerzen.

Grundsätzlich hielt er es nämlich für eine glänzende Idee, dass mir das mit Shah Rukh Khan eingefallen war. Ich würde vielleicht der kulturelle Mittelpunkt des Festes werden, und er selbst könnte sich dann als mein Freund in diesem Glanz sonnen.

Nach typischer Yogi-Art klang alles durchdacht, doch nach meiner Erfahrung bedeutete das, dass es immer noch einige kleinere Probleme zu lösen galt. Was sollte ich zum Beispiel sagen, wenn die Gäste mich detaillierter nach dem bevorstehenden Treffen mit Shah Rukh Khan fragten?

Yogi setzte sich wieder, nahm einen Schluck Tee und blickte in den Nachthimmel. Nach einigem Nachdenken blitzten seine Augen auf.

»Es ist wahr, Mr Gora, dass du überhaupt kein bisschen Wissen über Shah Rukh Khan hast. Doch das, was man nicht weiß, kann man in Erfahrung bringen! Ich werde Lavanya bitten, Zeitschriften über den großen Bollywood-Star zu kaufen. Davon wirst du ja auch den allergrößten Nutzen haben, wenn du ihn im richtigen Leben triffst.«

»Aber jetzt mal ehrlich, Yogi. Ich werde Shah Rukh Khan *nie* treffen. Es ist vermessen zu denken, dass Bollywoods größter Superstar mir, einem unbekannten schwedischen Schreiberling ohne festen Auftraggeber, ein Exklusivinterview geben könnte.«

»Jetzt werde ich aber ein wenig böse, Mr Gora! Du erweist deinem inneren Gott wirklich keinerlei Respekt!«

KAPITEL 22

Nach diesem Vorwurf von Yogi wünschten wir uns eine gute Nacht und gingen schlafen. Je länger ich im Bett lag und über alles nachdachte, desto mehr beschlich mich das Gefühl, dass ich nichts zu verlieren hätte. Wenigstens einer der Vorteile, wenn man schon ganz unten angekommen war.

Ich nahm Preetis Einladung zur Hand, die ich in der Nachttischschublade verstaut hatte, und betrachtete sie noch einmal sorgfältig. Von außen sah sie wirklich wie eine Einladung zu einem Kindergeburtstag aus, mit farbigen Handflächenabdrücken, bunten Ballons und der Aufschrift *Let's play Holi!* Im Inneren der Karte war der Ton jedoch etwas formeller, man »freue sich, einladen zu dürfen«, und die Gäste seien »überaus herzlich willkommen«.

Insgesamt wirkte es wie eine verhältnismäßig lockere Veranstaltung, was mir nur recht war. Ein offensichtliches Problem gab es allerdings, das sich nicht so leicht unter den Teppich kehren ließ: Mr Vivek Malhotra.

Ich legte die Einladung zurück in die Schublade und schaltete das Licht aus.

»Mach dir keine Hoffnungen, du alter Trottel«, sagte ich still zu mir. Dann dachte ich an Preetis Grübchen und schlief ein.

Zwei Stunden später schreckte ich ruckartig aus dem Schlaf. Vor meinem Fenster schlug jemand hart mit einem Stock auf den Boden und blies gellend in eine Trillerpfeife. Verwirrt setzte ich mich auf. Ich hatte Angst. War ein Feuer ausgebrochen? Es war kein Rauchgeruch auszumachen, und kurz darauf verstummte die Trillerpfeife. Ich legte mich wieder hin und schlief weiter.

Eine Stunde später wurde ich vom selben Geräusch geweckt. Dieses Mal begann auch ein Hund zu bellen, und nach einigen Minuten kläfften alle Straßenköter des ganzen Viertels. Genervt wälzte ich mich eine weitere Stunde hin und her, bis die Trillerpfeife erneut ertönte. Rasend vor Wut sprang ich aus dem Bett, riss das Fenster auf und brüllte »Ruhe!« in die dunkle Nacht hinaus.

Die Trillerpfeife verstummte, und im Licht der Straßenlampe konnte ich noch den Schatten ihres Besitzers erkennen, bevor dieser rasch um die Ecke verschwand und erneut in seine Pfeife blies. Die Hunde spielten komplett verrückt, und ich gab die Hoffnung auf, noch einmal einschlafen zu können. Nun galt es nur, die Nacht bei einigermaßen klarem Verstand zu überstehen.

Am Morgen fühlte ich mich ungefähr so fit wie nach einem exzessiven Junggesellenabschied. Mein Kopf platzte fast, die Augen waren verklebt, das Gesicht aufgequollen, und meine Laune, die beim Zubettgehen noch so vielversprechend gewesen war, war nun vollständig im Eimer.

Am Frühstückstisch im Esszimmer versuchte ich den Schein aufrechtzuerhalten und unterhielt mich höflich mit Mrs Thakur, die bereits ihre tägliche Marathonlektüre der *Dainik Jagran* mit dem Vergrößerungsglas begonnen hatte. Schließlich konnte sie das, was ihr schon während ihres ganzen Frühstücks – Minibissen von ihrem Poori, einem frittierten Brotball, zusammen mit zwei Esslöffeln Chole, einem würzigen Kichererbsenbrei – auf der Zunge gelegen hatte, nicht mehr zurückhalten. Sie richtete das Vergrößerungsglas direkt auf mich, so dass ihr Auge dahinter groß und furchteinflößend wie das eines Zyklopen aussah, und dann platzte es aus ihr heraus:

»Sie sehen heute verheerend aus, Mr Borg!«

Wir kannten uns mittlerweile so gut, dass sie einen Teil ihrer üblichen Höflichkeit abgelegt hatte. Lavanya, die mir gerade Kaffee in meine Tasse goss, kicherte, woraufhin sie etwas auf das Tischtuch verspritzte, was wiederum die Alleinherrscherin des Hauses veranlasste, ihr einen Vortrag auf Hindi zu halten, der klang, als bestünde er fast nur aus Flüchen. Das Dienstmädchen senkte unterwürfig den Blick und entschuldigte sich.

Yogi, der einzige am Tisch, der mit dem richtigen Fuß aufgestanden zu sein schien, versuchte die Wogen zu glätten.

»Na, na, Lavanya, nicht den wunderhübschen Kopf hängen lassen. Du weißt doch, dass die liebste Amma nichts von dem meint, was sie sagt.«

»Was ist das denn für dummes Zeug?«, ereiferte sich Mrs Thakur. »Ich meine jedes Wort genau so, wie ich es gesagt habe!«

»Bei einer Sache hat Amma allerdings ein wenig recht«, sagte Yogi und wandte sich mir zu. »Im unbarmherzigen Licht der Morgensonne siehst du nicht gerade wie der perfekteste aller Männer aus.«

Da musste ich ihm zustimmen. Ich erklärte mein zerstörtes Aussehen mit dem nächtlichen Trillerpfeifenterror.

»Was war das eigentlich für ein Wahnsinniger, der die ganzen Hunde geweckt hat?«

»Meinst du den Nachtwächter?«, fragte Yogi verwundert. »Hat er dich etwa gestört?«

»Hast du den Höllenlärm nicht gehört?«

Yogi nahm sich eine Handvoll Poori, die er auf seinen Teller neben einen Berg Chole legte. Mit einer geübten Bewegung nahm er mit dem Brotball einen Klumpen Kichererbsenbrei auf und stopfte sich alles in den Mund.

»Wenn ich den Kopf auf mein wunderbares Kissen lege, schlafe ich«, sagte er und leckte sich die Lippen. »Das ist doch der Sinn darin, ins Bett zu gehen. Und sollte ich doch einmal wach werden, freue ich mich über die schönen Geräusche, die ich in meiner Umgebung höre. Denn dann weiß ich, dass ich nicht allein bin.«

»Aber was für eine Funktion erfüllt denn der Nachtwächter eigentlich?«, fragte ich irritiert.

»Er geht durch das Viertel und passt auf, dass keine Diebe unsere wunderbaren Autos oder andere Wertsachen stehlen. Es ist wirklich gut, dass er von seiner Pilgerreise nach Varanasi zurück ist. Jetzt können wir alle wieder beruhigt schlafen.«

»Aber das ist doch kontraproduktiv!«, wandte ich ein. »Wenn er Diebe abwehren soll, dann sollte er sich doch unauffällig verhalten. So hören sie ja genau, wo er sich gerade befindet, und warten einfach, bis die Trillerpfeife sich entfernt hat.«

Mrs Thakur legte das Vergrößerungsglas beiseite und blinzelte zufrieden; ihre Augen hatten jetzt die Form von zwei Rosinen.

»Er ist für diese Schlafmützen in den Wächterhäuschen da«, sagte sie.

»Was meinen Sie?«, fragte ich.

»Mr Borg, haben Sie nicht gesehen, wie diese Nichtsnutze die ganze Zeit herumsitzen und schlafen? Wenn sie nicht gerade Karten spielen oder sich irgendein widerliches Cricket-Spiel im Radio anhören und dabei ihre Arbeit vergessen, diese Taugenichtse!«

Ich kniff die Augen zusammen und massierte mir die Schläfen.

»Die Hauptaufgabe des Nachtwächters ist also, die Wachen, die in den Wächterhäuschen sitzen und schlafen, aufzuwecken?«

»Genau!«, antwortete Yogi fröhlich. »So langsam scheinst du

zu verstehen, wie alles in unserer herrlichen indischen Welt zusammenhängt. Es ist genau so wie mit dem Partner des Schuhputzers, der dir den Kot einer heiligen Kuh auf den Schuh warf. Alle brauchen einander! Der Nachtwächter braucht auf seiner Patrouille die Wachen, damit er jemanden zum Wecken hat. Und die Wachen benötigen den Nachtwächter, damit sie sich wachhalten können. Und wir hier in Sundar Nagar brauchen sie alle, auch die jaulenden Hunde, damit sich die Diebe nicht die äußerst dumme und beschwerliche Arbeit machen, unsere Autos zu stehlen!«

Mrs Thakur rümpfte bei den Worten ihres Sohnes die Nase und wandte sich wieder der *Dainik Jagran* zu, nicht ohne vorher noch zu zischen:

»Wenn du nur endlich heiraten könntest, damit aus dir noch etwas wird!«

KAPITEL 23

Die Tage vergingen, ebenso wie die Nächte mit dem Trillerpfeifenterroristen, und nach einer weiteren Woche bei Yogi und seiner Mutter musste ich überrascht zugeben, dass es wohl doch stimmte, was ich bisher immer als Unsinn abgetan hatte: Der Mensch war anpassungsfähig. Denn auch wenn ich mich noch längst nicht zu Hause fühlte, hatte ich mich doch an Delhis Lärm und Chaos so weit gewöhnt, dass ich nicht mehr länger Migräne von den Hupkonzerten in den Autoschlangen bekam oder Panik, wenn mich plötzlich zweihundert Schulkinder neugierig umringten, mich begrüßen und vor allem anfassen wollten. Ich wachte nicht einmal mehr von dem Gepfeife des Nachtwächters auf und betrachtete Mrs Thakurs täglichen Wutausbruch schon fast als Naturgesetz.

Lavanya hatte mich nach einem diskreten Hinweis und einer großzügigen Bezahlung von Yogi mit einem Stapel englischsprachiger Zeitschriften versorgt, die verschiedene Artikel über Shah Rukh Khan enthielten. Ich las sie etwas zerstreut in meinem Zimmer, damit Mrs Thakur nicht neugierig wurde und unangenehme Fragen stellte.

Auch wenn ein Teil der Bilder des bald fünfundvierzigjährigen Megastars sicher retuschiert war, war ich doch sehr beeindruckt von seinem Sixpack. Und je länger ich auf diesen Waschbrettbauch starrte, desto neidischer wurde ich. Denn bei näherer Betrachtung hatte Preeti mich ja erst zu ihrer Feier eingeladen, *nachdem* ich das Interview mit ihm erwähnt hatte. Wenn jemand die Tür zu ihrem Herzen aufgestoßen hatte, dann war das Shah Rukh Khan. Nicht Göran Borg.

Ich versuchte, mich nicht zu sehr auf diesen Gedanken zu versteifen. Außerdem hatte Yogi mir eine Hausaufgabe gegeben, die einiges Nachdenken erforderlich machte, nämlich wie meine Visitenkarte aussehen sollte.

Er selbst hatte plötzlich geschäftlich für einige Tage nach Madras in Südindien fliegen müssen, um eine größere Partie Bettüberwürfe für einen nach seiner Aussage wahren Spottpreis zu kaufen. Währenddessen erlaubte mir Mrs Thakur großzügig, Familienauto und Chauffeur zu leihen, damit ich zwischen unseren Teestunden die Stadt erforschen konnte.

Mithilfe des zu Tode gelangweilten Chauffeurs Harjinder Singh, einem stattlichen Sikh mit einem dicken graumelierten Bart, den er zusammen mit seinem Haar unter einem lilafarbenen Turban verbarg, wählte ich geeignete Ausflugsziele. Harjinder war so aufgeregt, dass er endlich gebraucht wurde, dass er sofort eine lange Liste mit Orten in Delhi herunterratterte, die ich unbedingt vor meiner Heimreise besuchen musste. Ich strich alle, die in meinem Reiseführer mit »hektisch« oder »Menschengewühl« umschrieben wurden, was etwa die Hälfte der Liste war. Und trotzdem schaffte ich nur eine Handvoll, von denen mir vor allem der Khan Market im Süden von Delhi gefiel, mit seinen gut sortierten Buchhandlungen, Geschäften, Restaurants und Cafés. Es wirkte wie Indien light. Und ich mochte auch Edward Lutyens Delhi, das Machtzentrum, das der Stararchitekt der britischen Kolonialherren konzipierte, als die Hauptstadt von Kalkutta nach Delhi umzog, mit dem Kriegsmonument India Gate und dem herrlichen Präsidentenpalast an den Enden der Prachtstraße Rajpath.

Um Harjinder meine Wertschätzung zu zeigen, besuchte ich auch Gurudwara in der Nähe des Connaught Place, den großen

Sikh-Tempel. Dort führte er mich persönlich herum und zeigte mir die riesige Küche, in der jeden Tag zwanzigtausend Menschen kostenlos verpflegt wurden. Ich überwand mich sogar, ein frisch frittiertes Chapati von einem der überdimensionierten Backbleche zu probieren. Doch als Harjinder darauf bestand, ich solle auch den durchweichten Teigkloß essen, der beim Verlassen des Tempelgebäudes verteilt wurde, versteckte ich diesen heimlich in der Hand und verfütterte ihn an die fetten Welse, die in dem großen Teich im Innenhof herumschwammen.

»Das hier ist heiliges Wasser, das Körper und Seele heilt«, versicherte Harjinder und nahm einen Schluck der grünlichen Flüssigkeit, bevor er mich aufforderte, es ihm nachzutun. Eine Nanosekunde dachte ich an die Schwarzwälder Kirschtorte und die öffentliche Toilette in Jaipur und lehnte dann das heilige Wasser nachdrücklich ab.

Von allen Orten, zu denen mich Harjinder brachte, hatte ich natürlich einen Lieblingsplatz, zu dem ich jeden Abend fuhr: das *Hyatt.* Bei meinem ersten Besuch allein ging ich mit leuchtenden Wangen und bis zum Hals klopfenden Herzen gleich direkt in den Schönheitssalon. Mein Plan war es, einen Haarschnitt zu verlangen und dann zu hoffen, dass die entzückende Chefin ihre Angestellten bereits nach Hause geschickt hatte und sich meiner deshalb selbst annehmen musste. Doch natürlich waren die Friseurinnen noch da, während Preeti offensichtlich schon gegangen war. Zumindest war sie nirgends zu sehen. Ich dagegen landete in den Fängen eines etwas überkandidelten Friseurs, der enthusiastisch auf die Länge meiner Haare reagierte.

»Ein wenig dünn sind sie zwar, aber sie haben immer noch viel Potential«, sagte er in schrillem Englisch mit indischem Akzent und zog den Kamm auf eine Weise durch mein Haar, die verdächtig nach Toupieren aussah.

»Wie wäre es mit etwas in diesem Stil?«, fragte er und zeigte mir in einer Modezeitung Bilder von männlichen Models, die buschige Frisuren mit blonden Strähnchen hatten, die sich im Nacken lockten. Er schien mich mit einer modernen Version der Vokuhila verschönern zu wollen. Ich kam mit einem Schrecken und einem halben Zentimeter meiner splissigen Haarspitzen davon und ging stattdessen nach unten ins Fitnessstudio.

Der Cheftrainer sah mich entsetzt an, als ich an den Empfangstresen trat und die Gebühr bezahlen wollte. Er sagte etwas davon, dass man hier Mitglied sein müsse und der Club nur ausnahmsweise Außenstehende zuließ. Außerdem sollte ich vielleicht besser Herz und Blutdruck überprüfen lassen, bevor ich wieder mit Sport anfing?

Nachdem ich ihm versichert hatte, dass es mir ausgezeichnet ging, und ich darüber hinaus auch mit mehr Verstand trainieren wollte, gewährte er mir widerwillig Zutritt, unter der Bedingung, dass ich mich vom Laufband fernhielt.

Während Yogis Geschäftsreise besuchte ich das Studio jeden Abend, um auf dem Trainingsrad zu fahren, ein paar Gewichte zu heben und Situps zu machen. Es könnte sich ja doch ein kleines Sixpack unter dem Bauchfett verstecken, das nur darauf wartete, sich der Welt zeigen zu dürfen.

Der Schönheitssalon lag genau über dem Studio, und zweimal machte ich einen kleinen Abstecher hinaus in die Vorhalle, um zu schauen, ob Preeti vielleicht gerade zufällig vorbeilief. Das tat sie natürlich nicht, und beide Male war ich insgeheim erleichtert darüber. Das nächste Zusammentreffen mit ihr sollte wirklich besser erst auf der Holi-Feier stattfinden.

Nach jeder Trainingseinheit verbrachte ich mindestens eine halbe Stunde im Spa-Bereich des Fitnessstudios, wo ich einige Schweden traf. Es gab eine ganze Kolonie von Auslandsschweden in Delhi, hatte ich gehört, und hier waren einige vertreten, allesamt jünger als ich – zwischen dreißig und vierzig. Aus ihren Unterhaltungen hörte ich heraus, dass die meisten für Ericsson arbeiteten. Manchmal hatten sie auch ihre ungezogenen Kinder dabei, die sich dann einen Spaß daraus machten, den Parkettboden im Umkleideraum so nass zu machen, dass er sich in eine Rutschbahn verwandelte.

Weil ich nie mit ihnen sprach, wussten sie nicht, dass ich auch Schwede war. So konnte ich wie die Fliege an der Wand unbemerkt ihren Gesprächen lauschen, die sich um Arbeit, Familie, Urlaubspläne, aber auch Ratenzahlungen, Versicherungen und die Sehnsucht nach Herrgårdsost – dem weltbesten schwedischen Käse – drehten.

»Hast du schon gehört, dass Jörgen von 3G schon wieder zurück nach Schweden gehen wird?«, sagte eines Abends einer der Ericsson-Schweden zu einem anderen.

»Ja, aber seine Ergebnisse waren im letzten Jahr auch katastrophal.«

»In seiner Haut möchte ich jetzt nicht stecken. Keine Chance, dass er nach diesem Debakel noch einen vernünftigen Posten bekommt.«

»Nein, vor allem nicht in dem Alter. Wie alt ist er eigentlich?«

»Bestimmt um die fünfzig. *Finn! Lass die Flasche stehen! Das ist Rasierwasser, das ist nur für die Papas!* Kinder …«

Die Ericsson-Schweden schüttelten synchron die Köpfe im elterlichen Einverständnis.

»Ja, Kinder. Aber wenn Jörgen wirklich schon fünfzig ist, dann hat er echt ein Problem. Ich habe gerade einen Artikel über die Karrierechancen von Männern und Frauen gelesen. *Nein, Viktor, diese Stäbchen sind für die Ohren, nicht die Nase!* Also, eine Frau hat es am Anfang natürlich schwerer, mit Schwangerschaft und Elternzeit und all dem. Aber wenn das überstanden ist, dann stehen ihr alle Möglichkeiten offen, nach fünfzig eine große Karriere zu machen. Einem Mann bleibt in dem Alter nicht viel anderes, als sich im besten Fall auf dem bisherigen Niveau zu halten.«

»Glaubst du das wirklich?«

»Ja, schon, eine Frau kann sich sogar ein paar Fehler leisten und die Karriereleiter dennoch weiter hochklettern, stand in dem Artikel. *Finn, komm her, damit ich dir die Haare bürsten kann!* Aber ein fünfzigjähriger Mann, der etwas vermasselt, wird wie ein Stein untergehen. Er hat es sich für immer verbaut.«

»Dann heißt es also, sich an der Spitze zu halten.«

»Ja, wenn man nicht wie ein Stein untergehen will. *Viktor, wo hast du dein T-Shirt gelassen?*«

»Nein, oder wie ein Bückling enden.«

Das Gelächter der beiden hallte noch im Umkleideraum nach, als sie schon gegangen waren. Wenn dieser Jörgen von 3G ein Bückling war, war ich dann ja wohl so etwas wie ein gegrilltes Kotelett.

Vorsichtig stieg ich auf die Waage. Die Digitalanzeige blieb bei 92,4 Kilos stehen. Vierhundert Gramm weniger als gestern, nicht schlecht.

Ich stellte mich vor den Spiegel, zupfte ein paar Nasenhaare, zog den Bauch ein und spannte die Armmuskeln an.

Für ein gegrilltes Kotelett sah ich trotz allem noch ganz schön lebendig aus.

KAPITEL 24

»Bitte entschuldige, Mr Gora, aber das hier muss unter allen Umständen schöner gemacht werden. Mehr Farben und mehr Titel«, sagte Yogi entschieden, nachdem er meine Entwürfe für eine Visitenkarte unter die Lupe genommen hatte.

Mein indischer Freund war von seiner Reise nach Madras zurückgekehrt. Nach dem Verzehr einer einfachen Tomatensuppe zusammen mit Mrs Thakur, währenddessen sie sich lautstark über sein noch lauteres Schlürfen beklagt hatte, saßen wir nun im Tata und fuhren zu der Firma, die die Visitenkarten drucken sollte.

Ich hatte es mir einfach gemacht und einen weißen Hintergrund gewählt, auf dem mein Name sowie als Berufsbezeichnung »Kulturjournalist« standen. Yogis Mindestanforderung, dass ein wichtiger Zeitungs- oder Unternehmensname und ein noch wichtiger aussehendes Logo auf der Visitenkarte auftauchen müssten, hatte ich erfüllt, indem ich meine Initialen, GB, so angeordnet hatte, dass sie zusammen wie ein Globus aussahen, was auch die Grundlage für den Unternehmensnamen war: GloBal Stories. In seiner Einfachheit war das ziemlich durchdacht, fand ich, und war regelrecht beleidigt, als Yogi nur die Nase rümpfte.

»Was stimmt denn damit nicht?«

»Die Frage ist vielleicht falsch gestellt, Mr Gora. Ich frage mich stattdessen, was damit stimmt? Es muss sehr viel ersichtlicher sein, dass du eine wichtige Kulturpersönlichkeit bist.«

»Jetzt mach mal einen Punkt«, antwortete ich aufgebracht.

»Zum einen bin ich keine wichtige Kulturpersönlichkeit, zum anderen habe ich fünfundzwanzig Jahre in der Werbung gearbeitet. Das hier muss reichen.«

Yogi setzte sein liebenswertestes Lächeln auf und tätschelte mir freundlich den Arm.

»Das ist wahr, Mr Gora, dass du ein ganz ausgezeichneter Werbefachmann bist. Aber wer von uns beiden ist der Inder?«

»Was hat das damit zu tun?«

»Viel mehr, als man denken könnte. Ich weiß, was in unserem wunderbaren Land wichtig ist. Du verstehst, in Indien ist die Visitenkarte der Spiegel des herrlichen Inneren ihres Besitzers. Nur die unwichtigsten Menschen begnügen sich mit einer Visitenkarte, auf der Name und ein einfacher Titel stehen. Will man seine Bedeutsamkeit zeigen, muss man auch eine hervorragende Visitenkarte haben, die ein wenig mehr in der Herstellung kostet, mit Gold und schönen Buchstaben und Bildern.«

»Aber ich bin kein Inder. Ich bin Schwede. Und in Schweden hat man kein Gold und hübsche Bilder auf seiner Visitenkarte.«

»Aber, Mr Gora, du bist doch ein kluger Schwede, und als ein solcher verstehst du bestimmt, wenn ein Inder dir sagt, was in Indien kluges Verhalten ist. Und mit das Vernünftigste, was man in Indien tun kann, ist, sich eine Visitenkarte mit Gold und bunten Bildern darauf zu beschaffen.«

Wir blieben an einer roten Ampel stehen, und Yogi stimmte sofort in das wilde Hupen der anderen Autos ein.

»Musst du unbedingt hupen?«, fragte ich genervt.

»Warum denn nicht?«

»Weil es kein bisschen hilft, wenn man in einer Schlange feststeckt. Es kann sich ja niemand bewegen.«

»Nein, nicht in diesem Moment. Doch sobald es grün wird, kann alles Mögliche passieren, und da ist es nur gut, dass wir schon angefangen haben mit dem Hupen, denn so wissen wir genau, wer sich wo befindet.«

»Das ist so dämlich, dass ich nichts dazu sagen werde.«

»Sei nicht böse, Mr Gora. Hier in Indien erfreuen wir uns an unserem hervorragenden Hupen und sind glücklich, wenn man es erwidert.«

Ich musterte die lärmenden Autofahrer und Rikschafahrer um uns herum. Kein genervtes Gesicht weit und breit. Die Hupen ertönten ohne Unterlass, doch ohne aggressive Untertöne. Es wurde sogar dazu aufgefordert. Auf der Rückseite eines vor uns stehenden Lasters stand in großen, fetten Buchstaben: BITTE HUPEN! Es klang wie eine indische Regierungserklärung.

Endlich bewegte sich die Schlange, und nach ein paar Minuten hatte Yogi sich auf einen guten Platz in der Außenspur vorgehupt. Wir näherten uns Old Delhi, dem Teil der Stadt, der in meinem Reiseführer vor allem mit den Worten »Menschengewühl« und »hektisch« beschrieben wurde und in dem sich die Firma befand, die meine Visitenkarten drucken würde. Mir war warm, und ich war genervt, und Yogi merkte, dass ich eine Aufmunterung bitter nötig hatte.

»Okay, Mr Gora. Du weißt alles über Werbung, und wie man gut schreibt. Da bin ich mir hundertdreißigprozentig sicher. Deine Visitenkarte soll so aussehen, wie du sie entworfen hast, das machen wir! Aber ein bisschen vortreffliches Gold und einen ordentlichen Titel können wir uns doch gönnen, oder?«

Auf diesen Kompromiss ließ ich mich ein. Yogi manövrierte den Tata in eine Straße, in der die Autos zweireihig parkten, und fand wie üblich einen freien Parkplatz. Ich hatte keine Ahnung, wie er das machte, aber es klappte immer. Er winkte eine Fahrradrikscha heran, in die wir beide kletterten.

»Anders ist es nicht möglich, in den engen Gassen hier voranzukommen«, erklärte Yogi und zündete sich eine neue Bidi an der soeben zu Ende gerauchten an.

Der Rikschafahrer war ein magerer Mann, der uns zielstrebig die Anhöhe zu der großen Moschee Jama Masjid hinaufstrampelte, hinter der Old Delhi begann. Trotz der schweren Last und dreißig Grad im Schatten schwitzte der Mann nicht, und es war kein Laut der Anstrengung von ihm zu vernehmen. In regelmäßigen Abständen drehte er den Kopf zur Seite und spuckte einen roten Strahl aus, von dem Paan-Stück, an dem er kaute. In einem eleganten Bogen landete der Betelsaft mit einem Klatschen auf der Straße, zwischen den bettelnden Krüppeln und den Ständen der Fruchtsaftverkäufer.

Wir kamen am Fisch- und am Fleischmarkt vorbei. Ein bärtiger Mann mit einer muslimischen Gebetskappe auf dem Kopf sengte mit einem Gasbrenner das Fell von Schafsköpfen, die in einem makabren Haufen vor ihm aufgestapelt waren. Hühner mit federlosen Flügeln flatterten in engen Käfigen, und braun gefleckte Ziegen mit Glocken um den Hals meckerten erschöpft. Fette, stinkende Fische sonnten ihre weißen Bäuche zur Freude der Schmeißfliegen in der Hitze, während das Frittieröl in den gut besuchten Straßenküchen zischte, die inmitten dieses Chaos aus lebenden und toten Tieren aufgebaut waren.

»Hier siehst du die allerbesten Gründe dafür, warum ich möchte, dass du weiterhin die vegetarische Kost zu dir nimmst, die dir eine hervorragende Diät geworden ist«, sagte Yogi und deutete auf einen fauligen Haufen aus Innereien und Fleischabfällen, der in einem Gang zwischen zwei Schlachtern lag.

»Es kann dem eigenen Bauch nicht gutgehen, wenn man die Bäuche anderer Lebewesen isst.«

Selbst wenn die Eindrücke überwältigend waren und leichte Übelkeit hervorriefen, fühlte ich mich neben Yogi auf dem Rikschasitz dennoch sicher. Wir fuhren an einem Markt vorbei, auf dem es alle möglichen Ersatzteile für Autos und Generatoren gab, und durch schmale Gassen, die so überfüllt waren, dass es an ein Wunder grenzte, dass wir überhaupt vorankamen. Fahrräder mit voll besetzten Anhängern, auf denen Kinder zur Schule transportiert wurden, drängten sich neben Rikschas, höllisch hupenden Motorrädern und ausgezehrten Männern mit schwer beladenen Handkarren.

Nachdem wir uns durch den Hochzeitsbasar mit seiner Farben- und Kitschexplosion gequetscht hatten, gelangten wir auf eine etwas breitere Straße, an der der Markt für die verschiedensten Drucksachen lag. Yogi bat den Rikschafahrer, vor einem Loch in einer Wand zu halten. Wir stiegen ab und betraten das schmucklose Gebäude. Vor uns breitete sich eine kleine Druckerei aus, mit modernen Kopiergeräten ebenso wie alten stampfenden Druckpressen. Es roch beißend nach Alkohol und Druckerschwärze.

Yogi stellte uns dem Besitzer vor, einem gebeugten älteren Herrn, der eine fleckige Kurta und eine Brille mit Gläsern so dick wie Cola-Flaschenböden trug. Nach einiger Diskussion ließ ich mich darauf ein, meinen Globus mit einem glänzenden Goldkranz zu umgeben und meinen Titel von Kulturjournalist zu Senior Correspondent zu ändern, was laut Yogi und dem Drucker der respektabelste Titel war, den ein Journalist in Indien haben konnte. Als Geschäftsadresse gaben wir Yogis Adresse an, ebenso wie seine Telefonnummer.

»Ist deine Mutter dann meine Sekretärin?«, fragte ich Yogi, der das so lustig fand, dass er in schallendes Gelächter ausbrach und mir hart auf den Rücken schlug.

Der Inhaber versuchte mich davon zu überzeugen, mindestens zweitausend Visitenkarten zu bestellen, da diese seiner Erfahrung nach im Handumdrehen verteilt waren, wenn man erst einmal damit angefangen hatte. Mir erschien das in Anbetracht meiner baldigen Heimreise nach Schweden etwas übertrieben. Eigentlich wollte ich nur hundert Stück haben, doch so kleine Bestellungen waren nicht möglich. Schließlich einigten wir uns auf fünfhundert Exemplare zum Preis von eintausendfünfhundert Rupien. Darin inbegriffen war auch die Lieferung frei Haus, und der Inhaber versprach hoch und heilig, den Auftrag bis nächsten Dienstag fertiggestellt zu haben, den Tag vor dem Holi-Fest.

»Jetzt beginnt das Ganze Gestalt anzunehmen«, sagte Yogi, als wir uns wieder auf der Fahrradrikscha niederließen.

Er bat den Fahrer, weiter zum Gewürzmarkt zu fahren.

»Was machen wir dort?«

»Einen ganz hervorragenden Presseausweis organisieren.«

»Am Gewürzmarkt?«

»Du ahnst gar nicht, was man auf dem besten indischen Gewürzmarkt alles unternehmen kann.«

KAPITEL 25

Nach einer Viertelstunde kamen wir an eine Kreuzung, an der wir abstiegen.

»Jetzt gehen wir zu Fuß weiter«, sagte Yogi und eilte an duftenden Gewürzständen mit Bergen von Nüssen, Rosinen, leuchtendem Curry und Kurkuma vorbei. Nach einer Weile brannte es ordentlich in Augen und Hals, und als Yogi in einem dunklen Durchgang verschwand, merkte ich, dass um uns herum beinahe jeder hustete und schniefte. Ich kramte eine alte Papierserviette aus der Tasche, die ich mir vor Mund und Nase hielt, und folgte Yogi eine steile Treppe hinauf, an sehnigen Arbeitern vorbei, die unter der Last schwerer Jutesäcke gebeugt dahinschlurften.

Nachdem wir uns durch das schlimmste Gedränge geschlängelt hatten, erreichten wir eine Balustrade, die in luftiger Höhe um einen Innenhof herum führte. Unten im Hof wimmelte es von mit Säcken bepackten Arbeitern, und selbst auf unserem Stockwerk schleppten sie ihre schwere Last hin und her.

In Inneren dieses menschlichen Ameisenhaufens lag eine Reihe kleiner offener Räume, in denen sich bedeutend wohlgenährtere Männer aufhielten. Einige saßen auf Stühlen oder Säcken und sprachen in Mobiltelefone, während andere lebhaft gestikulierend untereinander in Geschäfte verwickelt waren. Überall wurde hektisch auf Taschenrechner eingetippt, und dicke Geldbündel wurden gezählt. In und vor den Räumen standen offene Säcke mit getrocknetem rotem Chili, das Käufer prüfend durch die Finger rieseln ließen, bevor der Handel mit einem dampfend heißen Masala Chai beschlossen wurde, den Laufjungen in kleinen Gläsern von einem nahegelegenen Teestand holten. Allen liefen die Tränen mehr oder weniger stark über die Wangen. Das ganze Viertel dampfte förmlich von dem starken Gewürz.

»Das hier ist der beste Chilimarkt, den man sich vorstellen kann. Und es ist sehr gut für die Gesundheit, sich gerade hier aufzuhalten, denn die Schärfe vertreibt das Böse in unseren Luftröhren«, erklärte Yogi.

Ein hustender Chilihändler, der alles andere als gesund aussah, ließ mich dann doch etwas an seinen Worten zweifeln.

»Was machen wir eigentlich hier?«

»Komm mit«, sagte Yogi und ging weiter die Balustrade entlang und dann eine dunkle Treppe hinauf. Plötzlich befanden wir uns in einem Raum, der wie ein Wohnzimmer aussah. Yogi schritt ganz selbstverständlich über den Teppich, der auf dem Boden ausgebreitet war, zog einen Vorhang am hinteren Ende des Raumes zur Seite und rief etwas auf Hindi in das dahinter liegende Dunkel.

Nach einem Röcheln, das wie ein mittleres Erdbeben klang, erschien ein großer, glatzköpfiger Mann mit rot unterlaufenen Augen und fleischigen Wangen in der Türöffnung. Yogi verbeugte sich und berührte seine Füße, bevor er ihn umarmte. Der Mann lächelte und hustete und lächelte wieder. Dann hörte er Yogis Erklärungen aufmerksam zu. Nach einigen Nachfragen, die offensichtlich zu seiner Zufriedenheit beantwortet wurden, kam der Mann zu mir und begrüßte mich mit einem feuchten Handschlag. Ich nannte ihm meinen Namen, und er wiederum stellte sich als Mr Kumaz vor.

»Sie brauchen also einen indischen Presseausweis?«, sagte er.

»Nun ja, brauchen nicht direkt … mein Freund hier …«

»Genau, Sir, er braucht *sehr* dringend einen indischen Presseausweis«, schaltete sich Yogi ein und warf mir einen bösen Blick zu. »Er wird Shah Rukh Khan interviewen.«

Der Mann musterte mich skeptisch.

»Haben Sie irgendwelche Referenzen, vielleicht einige Artikel auf Englisch?«, fragte er weiter und schneuzte sich in ein rotgeflecktes Taschentuch, das vielleicht einmal weiß gewesen war.

Es juckte und brannte in meinem Hals, und ein langer Hustenanfall hielt mich von einer Antwort ab. Mr Kumaz wartete geduldig, bis es mir besser ging, um dann seine Frage zu wiederholen.

»Nein, ich habe bisher nur für schwedische Zeitungen geschrieben«, schniefte ich.

»Sie haben also nichts vorzuweisen?«

»Nein.«

Mr Kumaz wölbte die Unterlippe vor, was ihn wie eine strenge Bulldogge aussehen ließ.

»Und über welche Themen haben Sie geschrieben?«

»Fußball und Kultur. Hauptsächlich darüber, wie diese beiden Bereiche zusammenhängen. Fußball als Ausdruck von Kultur, könnte man sagen.«

Ich hörte selbst, wie lächerlich das klang.

»Spielen Sie Cricket?«, fragte er.

»Nein.«

»Kennen Sie die Spielregeln?«

»Nein.«

»Dann müssen Sie noch eine ganze Menge vor dem Treffen mit Shah Rukh Khan lernen. Er besitzt nämlich eine Cricket-Mannschaft.«

»Ja, das weiß ich. Die Kolkata Knight Rangers.«

Mr Kumaz hob überrascht die Augenbrauen ob meines Fachwissens, das ich mir aus einer von Lavanyas Zeitschriften angeeignet hatte.

»Shah Rukh Khan hat seine Cricket-Mannschaft nicht umsonst bekommen«, fuhr er fort.

»Nein, die war sicher nicht billig.«

»Alles hat im Leben seinen Preis.«

Yogi stand mittlerweile schräg hinter Mr Kumaz. Er fing meinen Blick auf und rieb dann Daumen und Zeigefinger der rechten Hand aneinander. Plötzlich verstand ich, worauf die Bulldogge aus war. Ich kramte einen Fünfhundert-Rupien-Schein aus meiner Geldbörse und gab ihm diesen.

Mr Kumaz warf einen raschen Blick auf den Geldschein, bevor er ihn in seiner Hosentasche verstaute. Seine Miene verriet, dass er sich mehr erwartete. Yogi rieb weiter die Finger aneinander, und erst, als ich dem Mann noch drei Fünfhundert-Rupien-Scheine überreicht hatte, schien er zufrieden zu sein. Er zog einen kleinen Block und einen Stift aus seiner geräumigen Hosentasche und bat mich, meine Personalien aufzuschreiben. Yogi half mir mit der Adresse und gab den Block dann mit einer Verbeugung an Mr Kumaz zurück, der daraufhin wieder hinter dem Vorhang verschwand.

»Was passiert jetzt?«, flüsterte ich Yogi zu.

»Sch, hab ein wenig Geduld.«

Nach einer Weile kam der glatzköpfige Chilihändler röchelnd zurück, eine leuchtend gelbe Karte mit der roten Aufschrift PRESSEAUSWEIS in der Hand. Sie war auf den Senior Correspondent Goran Borg, Schweden, ausgestellt, und hatte einen hübschen Stempel zusammen mit der schwungvollen Unterschrift von Mr Kumaz, der laut des Ausweises »Pressechef ICTO« war. Über meinem Namen war eine freie Fläche für ein Foto.

Meiner Meinung nach sah der Ausweis recht unfertig aus, doch Yogi nickte begeistert und dankte Mr Kumaz, bevor er sich wieder verbeugte und dessen Füße berührte.

Wir verließen den seltsamen Mann mit den fleischigen Wangen und gingen zurück zu unserer Rikscha, deren Fahrer geduldig auf uns wartete. Auf dem Weg zurück zum Auto erklärte Yogi, dass wir jetzt nur noch ein Foto von mir für den Ausweis bräuchten, dann würden wir alles für ein paar Rupien laminieren lassen, und schwupps, hätten wir »einen ganz hervorragenden Presseausweis«.

»Was bedeutet ICTO?«, fragte ich skeptisch.

»Indian Chili Traders Organisation – Die Organisation der indischen Chilihändler«, antwortete Yogi fröhlich.

Ich fragte mich, wie in aller Welt der Zusammenschluss der indischen Chilihändler Presseausweise ausstellen konnte.

»ICTO ist eine große Organisation. In Indien werden jedes Jahr tausende Artikel über Chili geschrieben. Da ist es überhaupt nicht verwunderlich, dass es auch besonders gute Presseausweise für Chilijournalisten gibt.«

»Aber sollte ich nicht versuchen, ein Interview mit Shah Rukh Khan zu organisieren? Was hat er mit Chili am Hut?«

»In der Tat sogar eine ganze Menge. Mr Khan besitzt eine Filmgesellschaft namens Red Chillies Entertainment.«

»Aber das ist doch nur ein Name!«

»Okay, Mr Gora, ich verstehe deine Einwände. Und auf den Chiliaspekt musst du dich in diesem Zusammenhang nicht zu sehr konzentrieren. Ich bin außerordentlich überzeugt, dass Shah Rukh Khan und sein Manager Chili mögen, aber nicht wissen, wofür ICTO steht. Freu dich einfach, dass du jetzt Besitzer eines ausgezeichneten Presseausweises bist, der hochoffiziell und beglaubigt ist.«

»Du meinst, dass Mr Kumaz tatsächlich so eine Art Pressechef ist?«

»Absolut. Er schreibt viele Artikel für die Chilizeitung von ICTO.«

»Er lebt also nicht nur von Bestechung?«

»Was meinst du mit Bestechung, Mr Gora?«

»Er hat zweitausend Rupien für den Ausweis bekommen.«

»In Schweden ist also alles umsonst?«

»Nein, aber man kann sich nicht einfach einen Presseausweis kaufen.«

»Aha, und wie macht man das dann in Schweden?«

»Zuerst muss man Mitglied im Journalistenverband sein, und dann kann man einen Ausweis beantragen.«

»Und das kostet nichts?«

»Eine kleine Verwaltungsgebühr.«

»Und es kostet nichts, Mitglied in diesem hervorragenden Verband schwedischer Journalisten zu sein?«

»Man muss natürlich den Mitgliedsbeitrag bezahlen.«

Yogi zündete sich eine Bidi an und zog ein paarmal schnell daran.

»In meinen Ohren klingt das so, als ob man in Schweden einen Presseausweis zweimal kauft«, sagte er und hielt die entsprechende Anzahl Finger in die Höhe. »Und wie ich es auch drehe und wende, ist das doppelt so oft wie in Indien.«

»Aber das hat doch nichts mit Bestechung zu tun!«, protestierte ich.

»Verwaltung?«

»Genau das.«

»Aber wenn ein indischer Chilipressechef etwas verwaltet, dann heißt es Bestechung?«

»Du drehst mir das Wort im Mund herum, Yogi«, seufzte ich.

»Da muss ich dir tatsächlich ein klitzekleines bisschen recht geben, Mr Gora.«

KAPITEL 26

Am Mittwochvormittag um zehn Uhr, als wir gerade zum Holi-Fest aufbrechen wollten, wurden meine Visitenkarten von einem Fahrradkurier geliefert. Dass die Bestellung erst einen Tag später, als der Druckereibesitzer hoch und heilig versprochen hatte, eintraf und auch erst nach dreimaliger Erinnerung von Yogi, war meinem Freund zufolge vollkommen in Ordnung.

»Diese Flexibilität muss man in so einem riesigen Land wie Indien mit so vielen Lieferungen in die verschiedensten Ecken in Kauf nehmen. Und jetzt freuen wir uns einfach, dass wir absolut pünktlich das Gewünschte bekommen haben. Und das noch dazu an diesem bunten Feiertag.«

Ich versuchte, das Päckchen mit den Visitenkarten zu öffnen, doch es war so fest mit Klebeband verschlossen, dass ich weder mit den Händen noch mit den Zähnen Erfolg hatte.

»Wir können uns auf dem Weg dieser allergründlichsten Versiegelung widmen«, sagte Yogi.

Der Chauffeur Harjinder Singh hatte den Toyota vorgefahren, in dem wir zur Ehre des Tages befördert werden sollten. Wir waren schließlich auf ein elegantes Fest in Delhis schickstem Vorort eingeladen, und da konnte man ja schlecht in einem verbeulten alten Tata vorfahren. Außerdem machte Yogi mir klar, dass er nicht gedachte, das Fest »in tausendprozentig nüchternem Zustand« zu verlassen. Selbst das nicht zu verachtende Risiko, das Harjinders Anwesenheit barg – nämlich die Verbreitung von Klatsch und Tratsch –, konnte ihn nicht davon abbringen.

Wir trugen einfache weiße, weit geschnittene Kurtas, die Yogi auf einem Markt gekauft hatte, denn laut ihm zogen nur Idioten etwas Teures und Gutes zum Holi-Fest an. Auf dem Weg aus dem eingezäunten Wohnviertel sah ich eine gelbe Kuh und verstand langsam, was er damit meinte.

Yogi hatte eine halbe Flasche Blenders Pride, Wasser und zwei Gläser an dem wachsamen Vergrößerungsglas seiner Mutter vorbeigeschmuggelt. Er mischte rasch zwei Whiskys, die wir in einem Zug hinunterkippten, und dann noch eine Runde, die wir ebenso schnell tranken. Ich beschloss, auf der Fahrt einiges an Stärkung zu mir zu nehmen und mich dann auf dem Fest mit Alkohol zurückzuhalten, um den Überblick zu behalten.

Yogi bat Harjinder, sich seinen Dolch ausleihen zu dürfen, eine Waffe, die der Chauffeur als gläubiger Sikh immer bei sich trug. Nachdem er die Klebebänder um das Paket nach hartem Kampf endlich durchgeschnitten hatte, nahm Yogi andächtig die oberste Visitenkarte heraus und hielt sie vor uns in die Höhe.

»Ganz wunderbar sieht es mit dem schönen Gold aus! Na, was habe ich gesagt, Mr Gora!«, jubelte er triumphierend. »Diese Karte strotzt geradezu vor wichtiger Kulturpersönlichkeit.«

Auch wenn die Visitenkarte für meinen Geschmack viel zu protzig war, musste ich ihm Recht geben: Sie war durchaus respekteinflößend und gar nicht mal hässlich. Das Logo sah gedruckt erstaunlich gut aus, und der Name war in einer professionellen Schrift gesetzt. Doch dann blieb mein Blick an einem kleinen Detail hängen, das mir das Blut in den Adern gefrieren ließ: zwei kleine Punkte. Oder besser gesagt, was sich darunter befand.

Auf meinen neuen, tollen, goldglänzenden Visitenkarten, die ich an die prominenten Gäste auf dem Fest verteilen würde, um damit einen unvergesslichen Eindruck zu machen, hieß ich – Güran Borg.

Mit einem Ü anstelle eines Ö!

Es war, als ob mein früherer Vorgesetzter Kent mich bis nach Indien verfolgt hätte und mir nun von meiner eigenen Visitenkarte höhnisch grinsend entgegenblickte. Schon hatte ich seinen elenden Dialekt im Ohr.

»Schmeiß sie weg! Nein, verbrenn sie alle!«

Harjinder Singh war von meinem vehementen Ausruf so überrascht, dass er zusammenzuckte. Das Auto scherte aus, woraufhin die offene Flasche Blenders Pride, die auf einem Absatz zwischen unseren Sitzen stand, zu Boden fiel. Yogis vor Enttäuschung offenstehender Mund sowohl über den verschütteten Whisky als auch über mein unerklärliches Urteil über die Visitenkarten, in die er so viel Herzblut gelegt hatte, beendete die Kettenreaktion.

Ich erklärte ihm die katastrophale Buchstabenverwechslung. Yogi riss den Mund noch weiter auf. Dann ging er zum Gegenangriff über und fragte, wie ein erwachsener Mann aus einem zivilisierten Land wie Schweden sich dermaßen über ein so unbedeutendes kleines Detail aufregen konnte, das nicht einem einzigen Inder auffallen würde. Er verteidigte den Drucker leidenschaftlich, diesen ehrenwerten Fachmann, der aus Mangel an einem Ö das so ähnlich aussehende Ü gefunden hatte.

Mir war klar, dass hier eine etwas ausführlichere Erklärung für meine heftige Reaktion nötig war, und so erzählte ich widerwillig von Kents Kündigung. Yogi hörte aufmerksam zu, und seine Miene wandelte sich mit der Zeit von kritisch zu mitfühlend. Auch wenn er das mit dem Ängelholm-Dialekt nicht vollkommen erfasste, verstand Yogi dennoch, dass dieser Kent ein widerwärtiger Kerl war, und dass seine Art zu sprechen bittere Erinnerungen in mir aufsteigen ließ.

Was allerdings nicht bedeutete, dass er meinen Wunsch unterstützte, die Visitenkarten in Rauch aufgehen zu lassen. Im Gegenteil, seiner Meinung nach sollte ich mich glücklich schätzen über den Mangel an Ö in den indischen Druckereien.

»Du weißt, Mr Gora, dass *alles* seinen Sinn in dieser Welt hat. So, wie wir alle unseren inneren Gott haben – oder sogar mehrere, wenn ich genauer darüber nachdenke –, haben wir auch unsere inneren Dämonen. Und so, wie wir unseren inneren Gott an die Oberfläche kommen lassen sollen, müssen wir auch unsere inneren Dämonen ans hellste Tageslicht bringen. Denn es ist so, Mr Gora«, sagte Yogi und legte mir den Arm um die Schultern, »dass wenn die Dämonen ans grelle Sonnenlicht kommen, entweicht die Luft aus ihren aufgeblähten Brustkörben. Verstehst du?«

»Nicht so ganz.«

»Also, dieser Kent ist ein wirklich furchtbarer Dämon in deinem Inneren. Doch jedes Mal, wenn du deine schönen Visitenkarten in die Hand nimmst und den bösen Buchstaben siehst, der dich an Kent und seine widerwärtige Sprache denken lässt, schrumpft sein Brustkorb ein wenig. Und wenn du die Visitenkarte so oft angesehen hast, dass du dich nicht mehr über das Ü ärgerst, dann verwandelt sich der Dämon Kent in einen ganz normalen Menschen. Irgendwann geht ihm vollkommen die Luft aus, er kann nicht mehr atmen und verliert seine Kraft, die böse Sprache mit dem furchtbaren Buchstaben zu verbreiten.«

Yogi hob die Whiskyflasche vom Boden auf und goss die kläglichen Reste zusammen mit Wasser in unsere Gläser, bevor er fortfuhr:

»Wenn du deine Visitenkarte mit dem bösen Buchstaben darauf nicht hättest, würdest du dich niemals daran gewöhnen, und der Dämon Kent würde immer größer und mächtiger werden, so dass er schließlich genauso böse und übermächtig wäre wie der Dämon Ravan, der dem hochverehrten Rama seine Königin Sita entführte und nach Sri Lanka brachte. Verstehst du jetzt?«

Ich nickte lächelnd. Yogis Art, hinduistische Heldenepen mit kognitiver Verhaltenstherapie zu vermischen, war wirklich beeindruckend. Ein professioneller Psychiater hätte den Therapieansatz, sich mit seinen Ängsten und Schwächen zu konfrontieren, nicht besser erklären können.

»Auf den Tod aller bösen Dämonen!«, rief mein Freund und hob sein Glas.

Wir prosteten uns zu, tranken aus, und ich fühlte mich wieder etwas ruhiger. Bis Harjinder hinter einer kleinen Schlange Autos bremste, die sich vor einem großen Eisentor gebildet hatte. Überall hingen Überwachungskameras, außerdem standen zwei bewaffnete Männer Wache.

»Wir sind da«, verkündete Harjinder.

KAPITEL 27

Bevor man uns durchs Tor fahren ließ, öffneten die Wachen die Motorhaube des Toyotas, durchsuchten den Kofferraum und besahen sich mithilfe eines Spiegels sogar das Fahrgestell von unten. Von meinen regelmäßigen Besuchen im *Hyatt* war ich solche Sicherheitsmaßnahmen gewöhnt, doch in einem Privathaushalt hatte ich mit einer so rigorosen Kontrolle nicht gerechnet.

»Alle Gäste sind absolute VIPs«, brüstete sich Yogi zufrieden, als das Auto eine Allee hinauffuhr, die von engen Reihen kerzengerader Palmen gesäumt wurde und wie ein Kreuzgang aussah.

»Und damit das Fest nicht durch eine heimtückisch von Terroristen oder Banditen eingeschmuggelte Bombe gestört wird, sind die Sicherheitsmaßnahmen so hoch«, fügte er hinzu.

Kaum waren wir vor dem palastartigen Haus angekommen, wurden die Autotüren von uniformierten Bediensteten mit langen, gezwirbelten Schnurrbärten und stattlichen Turbanen geöffnet. Zwei junge Frauen hängten uns Blumenkränze um den Hals und drückten jedem von uns ein Tilaka auf die Stirn, bevor wir durch eine blumengeschmückte Tür weitergeleitet wurden und in einen Korridor kamen, der in einem riesigen Garten auf der Rückseite des Hauses endete, mit einer Grasfläche so groß wie ein Fußballfeld und so gepflegt wie ein Green auf dem Golfplatz.

Mindestens dreihundert weißgekleidete Gäste drängten sich um die vier Bars, die man im vorderen Bereich des Gartens aufgebaut hatte. Zwischen den Bars thronte ein herrlicher Marmorspringbrunnen, dessen Wasserstrahlen in allen Farben des Regenbogens leuchteten. Livrierte Kellner mit weißen Handschuhen und glänzenden Silbertabletts schwebten durch die Menge und servierten Cocktails und Champagner. Aus in den Büschen verborgenen Lautsprechern ertönte einschmeichelnde Sitarmusik.

Ich ließ den Blick auf der Suche nach Preeti über die Anwesenden schweifen und sah sie schließlich an einer der Bars, wo sie neu eingetroffene Gäste willkommen hieß. An ihrer Seite stand ein gutaussehender Mann in den mittleren Jahren mit dichtem, schwarzem Haar und vornehmen Gesichtszügen. Auch wenn er wie Yogi und ich eine einfache weiße Kurta trug, strahlte er große Macht und Eleganz aus. Das musste Vivek Malhotra sein. Diese Erkenntnis munterte mich nicht gerade auf.

Denn wenn man einmal ganz ehrlich war, sah es folgendermaßen aus: Vor meinen Augen stand die schöne Frau, in die ich mich verliebt hatte, neben ihrem schönen und mächtigen Mann im prächtigen Garten ihrer riesigen Villa. Allein dieses Fest musste mehr als meinen fünffachen Jahreslohn (aus der Zeit, als ich noch regelmäßig einen Jahreslohn erhielt) gekostet haben. Und doch hatte ich mir eingebildet, dass zwischen mir und dieser bezaubernden Frau irgendeine Art heimlicher Flirt stattfand. Ich seufzte schwer und fuhr mir mit den Fingern durchs Haar.

Yogi dagegen schien bester Laune zu sein. Er schnappte sich zwei Gläser Champagner von einem Silbertablett und reichte mir eines.

»Jetzt stoßen wir auf unseren Erfolg an, dann begrüßen wir das verehrte Gastgeberpaar, und dann machen wir Geschäfte mit den Gästen.«

»Geschäfte?«

»Natürlich! Alle Visitenkarten, die wir hier verteilen, und alle interessanten Antworten, die wir auf die höflichen Fragen geben, die man uns stellen wird, sind Investitionen in die Zukunft«, erklärte er.

Na, dann mal los, dachte ich. Ich leerte das Champagnerglas und ging hinüber zum Ehepaar Malhotra. Bei meinem Anblick lächelte Preeti. Sofort schlug mein Puls schneller, und die Hitze stieg mir ins Gesicht. Ein älteres Paar, das gerade begrüßt worden war, ging weiter, so dass Yogi und ich an der Reihe waren.

»Mr Borg und Mr Thakur, wie schön, Sie zu sehen!«, sagte Preeti herzlich und stellte uns ihrem Mann vor.

Dieser schüttelte mir die Hand mit einem knappen, aber eisenharten Griff. Sein festgeklebtes Lächeln entblößte eine Reihe makellos weißer Zähne.

»Mr Borg ist ein Kulturjournalist aus Schweden«, erklärte Preeti.

»Interessant. Willkommen in Indien und auf unserem Fest«, sagte Vivek Malhotra.

Bevor ich mich bedanken konnte, war sein Blick schon zu dem nächsten Gast in der Schlange gewandert.

»Wir unterhalten uns später«, sagte Preeti, woraufhin Yogi dazwischenplatzte: »Ja, selbstverständlich! Über Shah Rukh Khan!«

Damit hatte mein indischer Freund meinen winzigen Hoffnungsschimmer, mich nicht um Kopf und Kragen lügen zu müssen, zerstört. Denn sofort stellte mich Preeti einer molligen Filmkritikerin der *Times of India* vor, bevor sie wieder zu ihrem Mann ging. Die Erde bebte unter meinen Füßen, mein Mund wurde trocken. Doch dann fiel mir eine Taktik ein, die nach einem leicht zögerlichen Start schließlich ausgezeichnet funktionierte. Ich spielte den neugierigen ausländischen Reporter, der Informationen über Shah Rukh Khan bei einer indischen Autorität auf diesem Gebiet suchte, und verschaffte mir dadurch zwei Vorteile:

1. Ich musste nicht speziell über das bevorstehende Interview sprechen (das ja immer noch ein Wunschtraum war und ein solcher wohl auch bleiben würde).
2. Die mollige Filmkritikerin fühlte sich außerordentlich geschmeichelt.

Sie genoss es, mit ihrem Wissen zu brillieren, und bot mir an sie anzurufen, falls ich noch weitere Fragen haben sollte.

Nachdem wir Visitenkarten ausgetauscht hatten, fand ich mich gleich darauf in einem Gespräch mit einem filminteressierten Bankdirektor wieder. Er fand es sehr gut, dass Shah Rukh Khan mittlerweile auch außerhalb Indiens so populär war, dass schwedische Medien nicht nur ihre Kulturjournalisten den weiten Weg wegen eines Interviews mit ihm machen ließen, sondern diese sogar fest in Indien einsetzten.

Auf diesem Weg verbrüderte ich mich mit Delhis Oberklasse, eifrig unterstützt von Yogi. Wir sprachen mit Vorstandsvorsitzenden, Politikern, Cricket-Spielern und Fotomodels. Die einzige Berufsgruppe, die zu meiner großen Erleichterung überhaupt nicht vertreten war, waren Bollywood-Schauspieler.

Als der deutsche Marketingchef von BMW fragte, ob ich einen türkischen Hintergrund hätte (wegen »Güran«), brach mir kurz der kalte Schweiß aus, doch das gehörte auch zu der sinnvollen Entzauberung meines inneren Dämons Kent. Ansonsten funktionierte die goldglänzende Visitenkarte reibungslos, und nach weniger als einer Stunde hatte ich bereits über dreißig Stück gegen andere eingetauscht.

Dann legten Yogi und ich unsere Visitenkarten in eine große

Glasschale, die die Gastgeber auf einen Tisch gestellt hatten. Selbst Yogi hatte eine beträchtliche Anzahl neuer Kontakte geknüpft und war mehr als zufrieden mit dem Resultat des ausgedehnten Smalltalks.

»Das hier könnte sein Gewicht in Gold wert sein, wir sollten sie also sicher verwahren, bevor das Fest richtig beginnt«, sagte er und verstaute die ergatterten Visitenkarten in einem Kuvert, das er in weiser Voraussicht in der Tasche gehabt hatte.

Dann winkte er einen Kellner zu sich und bat diesen, das Kuvert Harjinder Singh, unserem Chauffeur mit dem lila Turban, zu übergeben, der vor dem Haus bei den anderen Chauffeuren wartete. Danach griff sich Yogi zwei weitere Gläser Champagner von einem Tablett und leerte beide zügig, da ich nichts trinken wollte. Sein leichter Schwips entwickelte sich langsam zu etwas Handfesterem. Als ich mich umsah, merkte ich, dass Yogi nicht der Einzige war, der seine Sachen in Sicherheit brachte. Viele taten es ihm gleich und verstauten ihre Wertgegenstände in Taschen und schickten diese und andere persönliche Dinge zu ihren Chauffeuren, als ob sie sich auf eine Seeschlacht vorbereiten würden.

Wie sich herausstellte, taten sie genau das. Denn plötzlich war ein lautes Krachen wie Kanonendonner zu hören, und ein Konfettiregen ging auf die Gäste nieder. Eine kleine Armada Bediensteter rollte Wasserwannen auf Rädern heran und brachte große Schüsseln mit Farbpulver. Wasserspritzen und -pumpguns wurden verteilt.

Aus den Lautsprechern dröhnte indische Diskomusik zusammen mit der rhythmischen Aufforderung: *»Let's play Holi! Let's play Holi!«*

Dann brach ein wahrer Farbenkrieg aus, der nur die vorsichtigen Gäste verschonte, die sich in eine abgetrennte Ecke des Gartens zurückgezogen hatten.

Nach weniger als einer Viertelstunde war ich von oben bis unten mit einem matschigen Brei aus Farbpulver beschmiert. Ich versuchte, Preeti unter den ausgelassenen bunten Menschen auszumachen, doch vergeblich. Yogi schwankte auf mich zu mit einem Glas mit grüner Flüssigkeit, die zu trinken er mich nötigte. Kein Alkohol, betonte er, sondern nur ein guter indischer Gesundheitstrank.

Ich gehorchte. Und nahm gleich noch ein Glas, weil das erste so gut schmeckte und mich so fröhlich machte, und dann kippte ich noch eins hinunter, weil ich gerade so schön in Fahrt war. Kurz darauf brach ich an einer der Bars zusammen mit zwei amerikanischen Damen in hysterisches Kichern aus. Vor einer halben Stunde waren die beiden noch grauhaarig gewesen, jetzt leuchteten ihre Haare pink.

»So stoned war ich ja seit dem College nicht mehr«, jubelte eine der beiden, und darauf tranken wir noch einen indischen Gesundheitstrank, der, wie ich mittlerweile gelernt hatte, Bhang hieß und reichlich Marihuana enthielt. Das hinderte mich jedoch nicht am Weitertrinken, nachdem ich die Kontrolle, die ich so unbedingt hatte behalten wollen, sowieso schon längst verloren hatte.

»Das herrliche Holi iss dass weltbesse … hihi … weltbesse … hihi … Fest«, lallte und kicherte Yogi zwischen den Schlucken, und ich stimmte ihm natürlich zu.

»Hoooolііii«, rief er mit letzter Kraft und sank dann mit einem seligen Lächeln auf den Lippen auf einem Korbstuhl zusammen.

Ein junger Mann begann einen wilden Tanz in dem großen Brunnen, dem sich rasch viele andere rhythmisch hin und her schaukelnde Jugendliche anschlossen. Plötzlich wurde ich von hinten mit einem Schwall Wasser übergossen. Als ich mich umdrehte, stand Preeti vor mir.

»Gefällt es Ihnen, Mr Borg?«

Ihre durchweichten Kleider schmiegten sich an den wohlgeformten Körper. Ihr Gesicht war mit Silber, Gold und Purpurrot bedeckt. Es war fast zu schön, um wahr zu sein. Nein, es war wirklich zu schön, um wahr zu sein. Denn nach diesem herrlichen Bild im Gegenlicht ging ich in einer Wolke aus Vergessen und Hemmungslosigkeit unter. Ich glaube, dass ich mit Preeti in dem Brunnen tanzte. Und ich habe eine schwache Erinnerung daran, dass ich Mr Malhotras Augen und Mund fanatisch mit einer Pumpgun beschoss, so dass er irgendwann hektisch nach Luft schnappen musste.

Das Einzige, an das ich mich mit Sicherheit erinnere, war, dass ich unglaubliche Mengen des grünen Gesundheitstrankes zu mir nahm und dass das Holi-Fest für mich damit endete, von zwei Wachen zum Toyota geschleppt zu werden, die mich auf den Rücksitz bugsierten, der mit einem Plastiküberzug bedeckt war, und die Autotür zudrückten. Dann schlief ich ein.

KAPITEL 28

Ich erwachte in meinem Bett in Yogis Haus. Es war dunkel, aber noch nicht Nacht, denn das Dröhnen des Fernsehers aus dem Wohnzimmer war deutlich zu hören. Ein Schusswechsel, dramatische Musik und schreiende Frauenstimmen, vermengt zu einem cineastischen Curry mit viel zu vielen Zutaten. Mrs Thakur schaute sich wie üblich einen alten Actionfilm auf Hindi an.

Ich schaltete die Nachttischlampe ein und bemerkte, dass nicht nur meine Hand, sondern der ganze Arm aussah, als wäre er in ein Farbbad getunkt worden. Erst nach ein paar Sekunden stellte ich die Verbindung zum Holi-Fest her, doch noch bekam ich keine Panik. Ich hievte mich aus dem Bett auf erstaunlich sichere Beine und nahm meine Armbanduhr vom Nachttisch. Es war halb zehn.

Offensichtlich hatte ich nach dem etwas vernebelten Ende des Festes einige Stunden geschlafen. Ich ging in das Bad, das zu meinem Zimmer gehörte. Als ich mich im Spiegel sah, zuckte ich zusammen. Alles an mir bis auf die weißen Unterhosen und das weiße Baumwollhemd, das ich mir aus irgendeinem nicht nachvollziehbaren Grund angezogen haben musste, bevor ich ins Bett ging, war bunt. Die Hautfarbe changierte von Rot zu Dunkellila, und meine sonst ergrauenden Schläfen strahlten leuchtend rosa. Sogar die Zähne waren rötlich gefärbt, als ob ich Paan gekaut und mit dem Mund voller Betelsaft eingeschlafen wäre.

Eine leise Ahnung, dass hier irgendetwas nicht stimmte,

machte sich langsam breit. Was war eigentlich auf dem Fest geschehen?

Ich zog mich aus und ging unter die Dusche, seifte mich gründlich ab und ließ die warmen Wasserstrahlen über den Körper rauschen. Das Wasser, das in den Abfluss lief, war fast schwarz, doch meine Haut hatte immer noch einen dunklen Schimmer, als ob die Farbpartikel durch die Poren in die oberste Hautschicht eingedrungen wären.

Erst nachdem ich mich mit einer Wurzelbürste zehn Minuten lang kräftig abgeschrubbt hatte, war ich den Großteil der Holi-Farbe los. Im Gegenzug war meine Haut gerötet und wund von der unsanften Behandlung.

Verschwommene Bilder von einem wie ein gestrandeter Fisch nach Luft schnappenden Vivek Malhotra tauchten vor meinem inneren Auge auf. Mein Hals war ausgedörrt, und mit einem Mal hatte ich einen schier unstillbaren Durst. Im Badezimmer stand eine halbvolle Karaffe gefiltertes Wasser, die ich in einem Zug leerte, bevor ich mich anzog und mich vorsichtig ins Wohnzimmer wagte.

Mrs Thakur saß wie immer in ihrem Sessel und blinzelte auf den flackernden Fernsehschirm. Yogi lag mit gequältem Gesichtsausdruck auf dem Sofa daneben. Ich überlegte kurz, ob ich umkehren und zurück ins Bett kriechen sollte, doch ich würde sowieso nicht wieder einschlafen können. Außerdem hatte mich die alte Dame bereits erspäht und blitzschnell den Fernseher leiser gestellt.

»Er ist aufgewacht!«, zischte sie, woraufhin Yogi vom Sofa emporschoss und mit ausgestreckten Armen auf mich zu kam.

»Mr Gora! Allen Göttern sei's gedankt, dass du wieder auf deinen eigenen zwei Beinen stehst!«

Er umarmte mich so erleichtert und innig, dass ich mir Sorgen um meinen Gesundheitszustand zu machen begann.

»Ganz ruhig, Yogi, ich habe doch nur ein bisschen geschlafen«, versuchte ich ihn mit einem unbeholfenen Lächeln zu beruhigen.

»Ach, so nennen Sie das, Mr Borg? *Ein bisschen* haben Sie geschlafen?«

Mrs Thakurs Stimme klang beißend. Meine Schonzeit bei ihr war definitiv vorbei.

»Im Gegenteil, ich würde behaupten, dass Sie *sehr viel* geschlafen haben«, fuhr sie fort und richtete ihr Vergrößerungsglas auf mich.

Yogi nahm mich am Arm und führte mich vorsichtig zum Sofa. Ich überprüfte, ob ich irgendwelche gebrochenen Knochen im Leib hatte, die seine behutsame Behandlung nötig machten, doch der einzige Schmerz war die Angst, die sich wie ein Gürtel um meine Brust gelegt hatte.

Mrs Thakur folgte uns mit dem Vergrößerungsglas, das sie erst zur Seite legte, als ich mich eine Armeslänge von ihr entfernt auf das Sofa gesetzt hatte. Die lautlosen Fernsehbilder von zwei Gangsterbanden, die sich gegenseitig mit Maschinengewehren beschossen, fungierten als erschreckender, stummer Hintergrund zu dem Kammerspiel, in dem ich selbst die Hauptrolle übernommen hatte, ohne das Drehbuch zu kennen.

Die Stille war so drückend und unheilverkündend, dass ich dankbar über Lavanyas Glöckchenklingeln war, als das Dienstmädchen mit einem Tablett mit drei Tassen Masala Chai im Wohnzimmer erschien. Sie setzte es vorsichtig auf dem Tisch ab, ohne auch nur einen Tropfen zu verschütten. Man konnte sehen, wie sich ihr Gesicht nach erfolgreich ausgeführtem Auftrag entspannte. Stumm entfernte sie sich wieder.

Die Glöckchen verklangen. Eine Fliege summte um den süßen Tee. Yogi bohrte nervös in seinem Ohr, bevor er eine Tasse nahm und schlürfend einen Schluck trank. Mrs Thakur wollte ihn schon zurechtweisen, hielt sich dann aber zurück. Sie genoss die angespannte Atmosphäre sichtlich und freute sich auf das, was noch kommen sollte.

»Wollen wir vielleicht in den Garten gehen, Yogi?«, schlug ich in einem verzweifelten Versuch, ihrer scharfen Zunge zu entkommen, vor.

»Ich glaube nicht, dass das besonders klug wäre, Mr Borg, denn der Gärtner versprüht gerade Insektengift gegen die Mücken«, knurrte die alte Dame.

Ich sah zu Yogi, der knapp nickte und mir einen vielsagenden Blick zuwarf. Ich würde mich meinem Schicksal hier und jetzt stellen müssen. Mit weniger würde sich Mrs Thakur nicht zufriedengeben.

KAPITEL 29

Du hast wirklich sehr lange geschlafen, Mr Gora«, sagte Yogi. »Heute ist nicht Mittwoch, sondern es ist bereits Donnerstagabend. Du hast über vierundzwanzig Stunden ohne Unterbrechung geschlafen.«

Mrs Thakur richtete sich mit einem teuflischen Lächeln auf den rauen Lippen in ihrem Sessel auf.

»Aber wie …«

»Sie fragen sich, wie es möglich ist, so lange zu schlafen? Das werde ich Ihnen sagen«, erwiderte sie und schob das Kinn feindselig vor, so dass der untere Teil ihrer Zahnprothese sichtbar wurde. »Weil Sie viel zu viel Bhang getrunken und an den unmoralischen Orgien der verwöhnten Oberklasse teilgenommen haben!«

»Und damit nicht genug«, fuhr sie fort, den verkrümmten Zeigefinger anklagend in die Höhe gereckt. »Sie haben Yogendra verleitet, so dass er sich genauso betrunken und seiner Familie Schande bereitet hat!«

Wenn die ganze Situation nicht so unendlich peinlich gewesen wäre, hätte ich protestiert. Denn wenn hier jemand verleitet worden war, dann doch wohl ich, dem die berauschende Wirkung des »Gesundheitstrankes«, mit dem Yogi mich abgefüllt hatte, vollkommen unbekannt gewesen war. Doch mein Freund kam mir zuvor.

»Das reicht jetzt, Amma.«

Es war das erste Mal, dass ich ihn die Stimme gegenüber seiner Mutter erheben hörte, und die Wirkung war durchschlagend. Die alte Dame verstummte, lehnte sich zurück in ihren Sessel und knöpfte den obersten Knopf ihrer Strickjacke zu, obwohl es drückend heiß war.

»Ich bin ein erwachsener Mann und kann selbst auf mich aufpassen! Außerdem muss die verehrte Amma auch nicht alles glauben, was Harjinder so erzählt. Er sitzt die meiste Zeit stumm im Auto und langweilt sich furchtbar, und wenn er dann endlich einmal die Gelegenheit zum Sprechen hat, fließt alles aus ihm heraus wie das Wasser am Ursprung des Ganges. So schlimm war es wirklich nicht.«

»Ach, tatsächlich? Du findest es also vollkommen normal, dass zwei erwachsene, bewusstlose Männer von den Wachleuten am helllichten Tag ins Haus getragen werden, vor den Augen aller Nachbarn?«

»Es war Holi, Amma. Ganz Indien feiert dieses fröhliche Fest höchst ausgelassen.«

Stumm lauschte ich Yogis Bericht, was sich auf der Feier zugetragen hatte. Wenn er versuchte, etwas wegzulassen, füllte Mrs Thakur die Lücke in der Erzählung nur zu gern mit dem Klatsch, den sie aus dem offensichtlich leicht zu beeinflussenden Harjinder Singh herausgepresst hatte. In groben Zügen war Folgendes passiert:

Ich war ganz richtig vollkommen zugedröhnt gewesen und hatte nicht nur mit Preeti getanzt, sondern auch mit ihrem Mann, über dem ich nach meiner Wasserattacke zusätzlich noch eine Schale Farbpulver ausgeschüttet hatte.

Als man einen Tisch mit Süßigkeiten herangerollt hatte, hatte ich eine Schale mit Gulab Jamun okkupiert, diese kleinen frittierten Teigbällchen in Zuckersirup, mit denen ich dann die Gäste beworfen hatte, während ich unablässig weiter Bhang in mich hineingeschüttet hatte. Am Ende waren sowohl Yogi als auch ich eingeschlafen, und man hatte uns zu unserem wartenden Auto getragen, dessen Sitze Harjinder vorsorglich mit einem Plastiküberzug abgedeckt hatte.

Zu Hause in Sundar Nagar hatten die Wachen uns ins Haus geschafft, und der Koch Shanker hatte das zweifelhafte Vergnügen, mir die besudelten Kleider aus- und die weiße Unterwäsche anzuziehen, bevor man mich ins Bett steckte.

Yogi war am Mittwochabend mit brüllenden Kopfschmerzen aufgewacht und von seiner Mutter ausgeschimpft worden, während ich immer noch tief und fest schlief. Als ich am Morgen immer noch kein Anzeichen zeigte, aus meinem komatösen Zustand zu erwachen, hatte Yogi den Arzt der Familie hinzugezogen, der schlicht und ergreifend weiteren Schlaf verordnet hatte, denn das frühzeitige Erwachen aus einem solchen Rausch konnte eine Haschischpsychose auslösen.

Danach war Yogi zu dem kleinen Familientempel gegangen, der in einem der vielen Zimmer untergebracht war, und hatte Blumen geopfert und Räucherwerk entzündet, allgemein allen Göttern zur Ehre, jedoch im Speziellen dem Supergott der Gesundheit und der indischen Naturmedizin, Dhanvantari, damit ich rasch wieder auf die Beine käme.

»Und das bist du ja auch! Insgesamt gesehen ist also überhaupt nichts Schlimmes passiert. Wir haben aus dem Ganzen für unsere strahlende Zukunft gelernt. Mr Gora hat nur eine kleine Pause in seiner äußerst kreativen Phase eingelegt und wird nun weiter das großartige Interview mit Shah Rukh Khan planen.«

»Ich verstehe nicht, warum alle so für diesen Emporkömmling schwärmen«, grummelte die alte Dame und stellte den Fernseher wieder lauter. Ihr Skandalhunger war offensichtlich gestillt worden, und jetzt wollte sie den Film zu Ende sehen.

»Hier habt ihr richtige Schauspieler!«, rief sie und deutete mit der Fernbedienung auf einen männlichen Darsteller, der mit aufgebrachter Stimme und mit vor Hass und Rachsucht funkelnden Augen einen Monolog über einem gefallenen Kameraden hielt.

»Da hast du im Wesentlichen recht, Amma. Amitabh Bachchan ist auch ein vorzüglicher Schauspieler«, sagte Yogi.

»Nicht nur vorzüglich, er ist unübertroffen! Shah Rukh Khan kann Big B bei weitem nicht das Wasser reichen.«

Die Foltersitzung war vorbei. Nach meinem rund dreißigstündigen Drogenschlaf war ich zu den Lebenden zurückgekehrt, von Mrs Thakur an den Pranger gestellt und nach abgeleisteter Strafe in Gnaden wieder aufgenommen worden. Die alte Dame befand mich eines Nickens würdig, bevor sie einen Schluck Tee trank und sich von dem spannenden Finale des Actionfilms fesseln ließ, in dem Big B zeigte, dass er nicht nur wütend bellen, sondern auch Karatetritte verteilen konnte, die zwar die Gegner nie trafen, sie aber dennoch zu Boden schickten.

Eine Stunde später schlief die alte Dame ein, und Yogi und ich setzten uns in den Garten, der immer noch stark nach Insektengift roch, und versuchten eine Zusammenfassung der letzten anderthalb Tage. Ich beharrte darauf, dass die Katastrophe nicht wegzudiskutieren war und dass Yogi einen Teil der Schuld traf, weil er mich nicht über die tatsächlichen Zutaten in dem grünen »Gesundheitstrank« aufgeklärt hatte. Er allerdings fand, dass das Fest überaus gelungen und dass der Zornesausbruch seiner Mutter über unser unmoralisches Verhalten nicht weiter bemerkenswert war, denn das war eine genauso feste Tradition wie das Holi-Fest selbst.

»Es ist wie ein alter Bollywood-Film, der immer wiederholt wird. Jedes Jahr petzt Harjinder, und jedes Jahr schimpft Amma. Achte nicht darauf und sei fröhlich heute Abend, Mr Gora, denn du bist aufgewacht und gesund wie ein junger, kräftiger

Mann. Und der Vollständigkeit halber könnte man noch hinzufügen, dass ich durchaus versucht habe, deinen Bhang-Konsum etwas einzuschränken, aber auf dem Ohr warst du vollständig taub.«

»Egal. Ich habe mich in jedem Fall vollständig lächerlich gemacht. Das einzig Gute ist, dass ich ein Flugticket zurück nach Schweden habe. Ich werde versuchen, am Sonntag einen Flug zu bekommen.«

»Aber das geht nicht! Denk an das Interview mit Shah Rukh Khan, das du machen wirst! Und denk an die wunderhübsche Geschäftsführerin des Schönheitssalons.«

»Das tue ich ja. Nach dem, was auf dem Fest passiert ist, wird sie mich nie wieder sehen wollen.«

»Im Gegenteil. Du hast dich nicht blamiert, du hast Eindruck gemacht! Schau, was für eine vorzügliche Nachricht ich von ihr bekommen habe. Wir haben ja unsere schönen Visitenkarten dort gelassen, und nachdem auf deiner keine Mobilnummer stand, hat sie ihren allerliebsten Gruß an dich an mein Handy geschickt.«

Yogi holte sein Mobiltelefon hervor und öffnete eine SMS mit folgendem Text:

»Lieber Mr Thakur, bitte grüßen Sie Mr Borg ganz herzlich von mir. Sie beide haben zu einem Holi beigetragen, das ich nicht so schnell vergessen werde. Preeti.«

Ich las die Nachricht immer wieder und versuchte jedes einzelne Wort zu interpretieren. Auch wenn ich Yogis Eindruck, es handele sich um eine offene Einladung, nicht teilte, musste ich zugeben, dass es alles andere als abweisend klang.

»Du solltest ihr antworten. Es wirkt, als ob sie dich treffen will.«

»Meinst du?«

»Mach mir nichts vor, Mr Gora, ich habe gemerkt, dass du

äußerst intensive Gefühle für Preeti Malhotra hegst. Nicht nur deine heißen Chiliwangen verraten es, dein ganzer Körper strahlt, wenn jemand nur ihren entzückenden Namen sagt.«

»Aber sie ist doch verheiratet.«

»Da hast du immer noch absolut recht. Und verheiratete Frauen soll man normalerweise auch meiden wie die Todesgöttin Kali, wenn sie ihre Verwünschungen hinausschleudert. Aber es gibt immer Ausnahmen von dieser goldenen Regel.«

Ich erinnerte Yogi daran, wie er vor einiger Zeit seinen Unwillen über die hohe Scheidungsrate in der westlichen Welt ausgedrückt hatte, doch dieser Standpunkt widersprach seiner neuen Hypothese in keiner Weise. Denn es konnte ja sehr wohl sein, dass Preeti und ich in einem früheren Leben verheiratet gewesen, jedoch durch unglückliche Umstände getrennt worden waren. Das würde sich mit der Zeit zeigen, wenn ich etwas Geduld hatte und jeden Morgen meine Puja machte oder wenigstens jeden Freitag.

Yogis Talent, sich eigene Lösungen für religiöse und moralische Probleme zurechtzubasteln, war unübertroffen. Trotzdem blieben zwei entscheidende Fragen immer noch unbeantwortet:

1. Wie konnte ich sicher sein, dass meine Gefühle für Preeti auf Gegenseitigkeit beruhten? Ich war ja bei unserer letzten Begegnung nicht im Vollbesitz meiner geistigen Kräfte gewesen.
2. Und wenn sie mich tatsächlich mochte, was sollte ich dann mit ihrem Mann machen?

»Ihr Westler ändert euch wirklich nicht«, seufzte Yogi und schüttelte missbilligend den Kopf. »Ihr müsst immer sofort eine Antwort auf jede weltliche Frage haben. Habt ihr noch nie von dem wunderbaren Wort Geduld gehört? Denk daran, dass der hochverehrte Rama *vierzehn* Jahre im Exil im Dschungel lebte, und dass er über ein Jahr nach seiner geraubten Frau Sita suchte, bis der Affengott Hanuman sie für ihn bei dem Dämon Ravan auf Sri Lanka fand. Da kannst du ja wohl auch noch ein wenig Geduld haben. Oder ist das zu viel verlangt?«

KAPITEL 30

Ich befolgte Yogis Rat und schickte Preeti von seinem Handy aus am nächsten Tag eine SMS, in der ich sie nach einem Treffen fragte. Die Antwort kam vier Stunden, dreizehn Minuten und zwölf Sekunden später:

»Ich habe viel zu tun in nächster Zeit. Aber wir können uns am Mittwochabend in zwei Wochen im Lodi Garden sehen, am 25. März. 18.30 Uhr am Eingang South End Road. Wenn du da noch nicht auf dem Weg zu deinem Interview bist.«

Ihre Frage nach einer gewissen Reise zu einem gewissen Bollywood-Star dämpfte in keiner Weise die Freude über das Unglaubliche: Ich hatte ein Date! Zwar erst in zwei Wochen, aber immerhin. Auf wundersamen Wegen hatte sich das, was mir erst wie eine kapitale Katastrophe vorgekommen war, zumindest auf dem Handydisplay zu einer Art Triumph gewandelt.

Da Yogi als Besitzer des Mobiltelefons direkt in meine SMS-Korrespondenz mit Preeti involviert war, kaufte ich mir so schnell wie möglich ein eigenes Gerät mit Prepaid-Karte. Jetzt hatten Preeti und ich eine direkte und ungestörte Verbindung.

Ich schickte einige vorsichtige Nachrichten, um die Haltbarkeit unserer SMS-Verbindung zu testen, und merkte zu meiner ungezügelten Freude, dass sie sie mit zunehmender Offenheit beantwortete. Sie mochte den Lodi Garden, weil der Park »in der Dämmerung so schön war«, sie »freute sich auf unser Treffen«, und sie schickte einen Smiley, als ich ihr von meinen rosafarbenen Schläfen erzählte.

Die ganze Situation war so hoffnungsvoll, dass ich einen für meine Verhältnisse radikalen Beschluss fasste: Ich wollte in Indien bleiben! Göran Borg, der Mann, der dem Gewohnheitstier ein rundliches Angesicht verliehen hatte, hatte vor, sich von seiner Heimatstadt zu lösen, aus der er nie weggezogen war, und sich im chaotischen Delhi niederzulassen. Jetzt musste ich nur noch eine eigene Wohnung finden, wo mir nicht ständig Mrs Thakurs Zyklopenauge folgte und in die ich einladen konnte, wen immer ich wollte.

Mein Entschluss hatte nicht nur mit Preeti zu tun. Mir gefielen Indien und die offene, neugierige Art der Menschen hier immer besser. Und was würde ich nur ohne meinen ständigen Begleiter Yogi machen? Auch wenn wir uns noch nicht lange kannten, betrachtete ich ihn mittlerweile als guten alten Freund.

Vielleicht sollte ich auch ein wenig arbeiten, wenn ich schon Senior Correspondent war, zumindest laut Visitenkarte und Chilipresseausweis. Die Abfindung von den Kommunikatoren würde nicht ewig reichen, auch wenn Indien ein billiges Land war. Doch wenn Erik mir auf seiner nächsten Reise meinen Laptop mitbrächte, könnte ich den einen oder anderen Artikel von hier aus schreiben, an schwedische Zeitungen verkaufen und mir so meinen Aufenthalt finanzieren.

Yogi hielt es natürlich für eine großartige Idee, dass ich ein richtiger Einwohner von Delhi werden wollte, ein Dilliwala, wie er sagte. Aber er wollte, dass ich bei ihm in Sundar Nagar wohnen blieb. Ich erklärte so behutsam wie möglich, dass mein sowieso schon belastetes Verhältnis zu seiner Mutter etwas zu sehr strapaziert werden könnte, was er aus eigener Erfahrung nachvollziehen konnte. Yogi versprach, sich sofort bei seinen Kontakten nach einer geeigneten und erschwinglichen Wohnung zu erkundigen.

Ich rief daraufhin in Schweden an, um meinen Entschluss

Familie und Freunden in folgender Reihenfolge mitzuteilen: Mamas Anrufbeantworter, Eriks Voicemail, Richard Zetterströms Sekretärin, Lindas Freundin Steffi (der meine Tochter aus irgendeinem Grund ihr Handy ausgeliehen hatte), der Voicemail meines Sohnes John bei Skype. Das Kommunikationszeitalter hatte definitiv Kommunikationsprobleme.

Nur meiner Ex-Frau konnte ich es direkt mitteilen. Es war ein unwirkliches Gefühl, mit Mia ohne diese bittere Sehnsucht zu sprechen, die ihre Stimme seit der Scheidung automatisch in mir hervorgerufen hatte, also seit … ja, wie lange eigentlich? Ich hatte irgendwann aufgehört mitzuzählen, und das war eine so verwirrende Erkenntnis, dass ich sie kaum glauben konnte.

Mia klang zu Beginn unseres Gesprächs so selbstsicher wie immer. Sie erzählte von der tollen Reise nach Thailand und ihren weit fortgeschrittenen Plänen, ihr kleines Geschäftsimperium zu erweitern. Mia betrieb einen Versand für sportmedizinische Artikel wie Stützverbände und Bandagen, außerdem ein kleines Reisebüro, das exklusive Golf- und Skireisen organisierte. Jetzt plante sie, eine Gesundheitspraxis zusammen mit einem Fitnesstrainer, einem Masseur und einem Physiotherapeuten zu eröffnen. Die Finanzierung war bereits geklärt, sie suchten nur noch nach geeigneten Räumlichkeiten, und wenn alles wie geplant klappte, würden sie im Herbst anfangen. Mia hatte schon einige Firmenkunden akquiriert, um deren Personal sie sich kümmern sollte.

Ich hatte den starken Verdacht, dass der Teflonanzug Max mit seinen finanziellen Muskeln und seinem großen Netzwerk dazu beigetragen hatte, auch wenn Mia es mit keinem Wort erwähnte. Sie strahlte nur dieses positive Selbstbewusstsein aus, das ich früher einmal in ihr belebt hatte.

Ja, tatsächlich. Seit mindestens einem Jahrzehnt umgab mich

zwar ein in Stein gemeißelter Ruf als unverbesserlicher Pessimist, doch zu Beginn unserer Beziehung war es niemand anders als Göran Borg, der vor lauter Freude, dass er mit Mia Murén zusammen war, in dem kleinen Reihenhaus in Djupadal für Zukunftsglaube und Optimismus stand.

Zu der Zeit war Mia nach einem verlorenen Job in Stockholm recht niedergeschlagen. Doch indem ich sie ständig bestärkte und selbst auch mit einem guten Karrierebeispiel als fähiger Texter bei Smart Publishing voranging, begann Mia langsam aber sicher, wieder an sich zu glauben. Schon bald darauf hatte sie mich bei weitem überflügelt.

Wenn ich einen Sportvergleich bemühen sollte, dann könnte man mich mit dem Skispringer Jan Boklöv vergleichen, der mit seinen zu einem V gespreizten Skiern so weit flog, dass seine skeptischen Konkurrenten aus reiner Überlebensnotwendigkeit seinen Stil kopierten. Und diesen sehr bald weiterentwickelten. Ein paar Jahre später war Boklöv hoffnungslos abgeschlagen und zu einer kleinen Fußnote in der Sportgeschichte geworden, während die Konkurrenten, die sich früher über seinen Krähenhüpfer lustig gemacht hatten, mit ebendiesem Stil heute Titel gewannen.

Mia, meine Mia. Sie war wie einer dieser schmarotzenden Skispringer. Schwebte über den Wolken. Ritt auf der Erfolgswelle. Sie hatte alles, was man sich nur erträumen konnte: Liebe (wenn auch zu einem Teflonanzug), Geld, zwei gesunde und gut geratene Kinder, eine Karriere als erfolgreiche Unternehmerin. Mit anderen Worten – sie hätte mir die kleine Freude und den Stolz gönnen können, die ich empfand, als ich ihr von meinen Plänen bezüglich Indien erzählte.

Stattdessen wurde es totenstill in der Leitung. Und dann sprach sie mit diesem Jammerdialekt, den sie von ihrer Bissgurke von Oma aus Örebro geerbt hatte, jedoch nur selten verwendete. Ich konnte mich nicht an das letzte Mal erinnern, dass ich sie so sprechen gehört hatte.

»Indien? Ist das nicht ein Land für Investoren und IT-Fachkräfte? Wovon willst du dort leben?«

»Es gibt Unmengen interessanter Themen, über die ich schreiben kann, und nur wenige schwedische Journalisten sind vor Ort. Ehrlich gesagt, hätte ich im Moment keinen besseren Platz für einen Umzug finden können. Hier passiert alles von mystischen religiösen Festen bis zur Weltpolitik. Irgendetwas geschieht immer.«

Mia wechselte die Taktik:

»Wirst du jetzt Katastrophenreporter?«

»Wieso?«

»Ich denke an diesen furchtbaren Bombenanschlag auf zwei Hotels in Mumbai letztens. Und diese ganze Armut und die Bettler. Und das grässliche Klima, bei dem manche Gegenden vertrocknen und andere überflutet werden.«

»Noch aufmunternder kannst du nicht sein?«

»Ich will doch nur, dass du dir das gut überlegst. Du bist keine fünfundzwanzig mehr, Göran. Wenn du mich fragst, dann finde ich es unklug, dass du bei den Kommunikatoren gekündigt hast.«

Zum ersten Mal hatte ich gute Lust, ihr zu sagen, wie egal mir war, was sie fand. Doch gleichzeitig war ich so erleichtert, dass sie nichts von meinem Rauswurf wusste, dass ich es auf sich beruhen ließ.

»Es gefällt mir nicht mehr in Malmö«, erwiderte ich. »Der Winter ist zu lang und der Anzug etwas zu eng.«

Ich fand das einen schönen Vergleich. Doch Mia kicherte nur.

»Aber Göran, du besitzt doch nicht einmal einen Anzug. Nur abgetragene Cordsamtjacketts.«

Geh ihr nicht ins Netz, sagte ich mir. Bleib ganz ruhig.

»Hier braucht man auch keinen Anzug. Es hat über dreißig Grad in Delhi, und jetzt haben wir erst Frühlingsanfang«, erzählte ich, und mit dieser Antwort war ich sehr zufrieden.

Mia wechselte wieder die Taktik:

»Denk wenigstens an die Kinder.«

Jetzt klang sie wie ein Echo meiner früheren Jahre, der letzte verzweifelte Versuch, Gewissensbisse beim Gegenüber zu säen. Es war lange her, dass Mia mich als diesen positiven Jan-Boklöv-Typen brauchte, der einem den Weg zeigte. Heutzutage war sie eher davon abhängig, dass ich der gescheiterte Ex-Mann blieb, der ihr durch seine Sehnsucht Bestätigung und Nahrung gab. Etwa so, wie eine Spinne das Männchen nach der Paarung aufisst.

»Warum soll ich an die Kinder denken?«

»Weil sie deine sind und vielleicht ab und zu ihren Vater brauchen.«

»Ich ziehe doch nicht auf den Mond. Die beiden können mich besuchen, und ich kann ab und zu nach Schweden fliegen und sie treffen.«

»Und wie oft wird das sein? Da ist doch keine Kontinuität.«

»Aber liebe Mia, woher dieses plötzliche Interesse an meinem Verhältnis zu den Kindern? Linda und John sind erwachsen. Wir sehen uns sowieso sehr unregelmäßig.«

»Ja, das kannst du laut sagen. Du hast dir ja auch keine besondere Mühe gegeben, ein enges Verhältnis aufzubauen.«

Auch wenn Mia da nicht ganz unrecht hatte, wurde ich ärgerlich.

»Jetzt soll ich also auch noch ein schlechtes Gewissen haben, weil du mich mit den Kindern verlassen hast.«

»Ich habe sie dir nicht weggenommen! Ich habe mich um sie gekümmert, weil du kein Interesse an ihnen gezeigt hast, du alter Trottel!«

Wenn eine Frau in den mittleren Jahren einen gleichaltrigen Mann als »alt« bezeichnet und damit durchkommen will, dann sollte sie drei Sachen bedenken:

1. Zuerst sollte sie sich den richtigen alten Kerl aussuchen, einer, der keinen zu kurzen Geduldsfaden hat und nahezu alles, was sie von sich gibt, mit einem unterwürfigen, alternativ auch überheblichen Lächeln schluckt.
2. Dann sollte sie den richtigen Kontext und das richtige Thema wählen. Gerne auch ein wenig scherzhaft. Nichts, was einen entzündeten Nerv treffen könnte.
3. Es wäre von Vorteil, wenn sie selbst nicht in Angriffslaune ist.

Wenn die Frau diese drei Punkte beachtet, dann kommt sie immer damit durch. Bei zwei von drei Richtigen klappt es normalerweise auch noch. Selbst bei nur einem zutreffenden Punkt kann es gutgehen, doch dann sollte es Punkt 1 sein.

Normalerweise hätte Mia sich also darauf berufen können, den richtigen alten Sack gewählt zu haben. Doch dieses Mal war nichts normal. Mia hatte unrecht, unrecht, unrecht, und der alte Sack mit dem üblicherweise unterwürfigen, alternativ auch überheblichen Lächeln war so wütend, dass er explodierte.

»Alter Trottel? Ist dir schon einmal in den Sinn gekommen, dass ihr Frauen uns dazu macht? Und dann lastet ihr uns alles Böse dieser Welt an! Ihr lamentiert über die Unterdrückung der Frau, und dass man euch nicht genug Wertschätzung entgegenbringt. Und ihr habt es ja auch so unendlich schwer mit Schwangerschaft und Geburt! Nicht davon zu reden, wie es euch in den Wechseljahren geht! Man muss einfach immer Mitleid mit euch haben. Als ob wir Männer es einfacher hätten. Ist das ein Privileg, dass wir früher als ihr sterben? Und ist Prostatakrebs etwa keine Krankheit? Heutzutage werden verdammt noch mal Männer in den mittleren Jahren benachteiligt, während die Frauen sich heiser schreien und über die Frauenquote in einen Spitzenjob nach dem anderen rutschen. Und wenn euch das nicht gelingt, dann reißt ihr einen reichen Kerl auf und heiratet ihn, damit ihr eure Unternehmerträume verwirklichen könnt.«

Meine Stirn war schweißnass von meinem Ausbruch. Die Wut musste sich unter der Oberfläche wie kochende Lava lange aufgeheizt haben und war nun endgültig explodiert.

Mia und ich hatten uns früher natürlich auch gestritten, aber nie mit wirklicher Wut dahinter. Jetzt kreuzten wir die Waffen in einem unerbittlichen Geschlechterkampf.

»Was erlaubst du dir? Behauptest du, dass ich mich zu meinem Erfolg hochgeschlafen habe? Du bist so ein verdammter Sexist, dass die Taliban Feministen sind verglichen mit dir! Und was soll der Mist, dass Männer in den mittleren Jahren benachteiligt werden? Besetzt ihr deshalb alle Geschäftsführerposten und die Konferenzräume und beginnt Kriege? Dass du es nicht weiter gebracht hast als zu einem armseligen Schreiberjob in einem verschissenen Entwicklungsland, ist ja wohl allein deinem mangelnden Talent zu verdanken! Prostatakrebs? Fällt dir wirklich nichts Besseres ein? Wenn Mädchen in Indien abgetrieben und umgebracht werden, weil sie weniger wert sind als Jungen? Schreib lieber darüber, du alter Sack!«

»Behalt deine kolonialistischen Vorurteile für dich, du Schreckschraube!«

Mia knallte den Hörer lautstark auf. Jetzt gab es kein Zurück mehr, nur noch einen Weg – nach vorn.

KAPITEL 31

Ich widmete mich intensiv meinem SMS-Flirt mit Preeti. Nicht, dass ich sie mit Nachrichten überschüttete, aber jedes Wort wurde auf die Goldwaage gelegt, bevor ich es eintippte. Ich versuchte mich ehrlich interessiert zu zeigen, ohne aufdringlich zu wirken.

Zu meiner Unterstützung formulierte ich zwei kompromisslose Grundregeln:

1. Sag keinen Ton über Preetis mächtigen Industriemagnatenehemann Vivek Malhotra.
2. Halte dich am Anfang weit über der Gürtellinie und in gehörigem Abstand zu ihren rot geschminkten Lippen.

Offenbar hatte ich genau das richtige Niveau gewählt. Preeti war auf einer Schönheitsmesse in Bangalore, wo es wohl sehr hektisch zuging, aber sie nahm sich dennoch Zeit, auf meine Nachrichten zu antworten. Ein paarmal begann sogar sie die Konversation.

Sobald das Handy vibrierte, stieg mein Puls. Meistens sank er ebenso schnell wieder, da es sich oft nur um Werbung des Mobilfunkanbieters handelte, doch einige Male am Tag durfte mein Herz vor Freude hüpfen. Eine einfache Frage von Preeti, wie etwa: »Was machst du gerade?«, reichte aus, mich in einen überschäumenden Liebesrausch zu versetzen.

Nur ein einziges Mal hatte ich im Leben bisher per SMS geflirtet. Das Ziel meiner digitalen Schwärmereien war eine Fitnesstrainerin namens Eva, die nebenbei noch als Optimismuscoach arbeitete (ja, so nannte sie sich, ganz im Ernst). Mein früherer Chef bei den Kommunikatoren, Jerker, der sehr viel angenehmer als Kent war, aber extrem konfliktscheu, hatte sie für einen Workshop in einem Tagungshotel in Skanör engagiert. Evas Aufgabe war es, einen ganzen Tag lang positive Vibes zu verbreiten und ein Wir-Gefühl unter dem etwas eigenbrötlerischen Personal aufzubauen. Das war zu der Zeit, als kleine und mittelgroße Firmen immer noch glaubten, Geld für schwammige Investitionen ins »Humankapital« zu haben.

Eva begann mit einer Powerpoint-Präsentation, in der sie Bilder von glücklichen Menschen zeigte, die »positive Dinge« zusammen taten, begleitet von Musik. Einige gingen zu den Klängen klassischer Musik in der Natur spazieren, andere schwitzten lächelnd auf Trainingsrädern, eifrig anfeuert von George Michaels »Wake me up before you go-go«.

Dann kam eine Abfolge von Bildern eines jungen, hübschen Paares, das zur Begleitung von Bruce Springsteens »Hungry heart« ein gutes und gesundes Essen zauberte, das mit einem (aber nur einem) Glas Rotwein für jeden zelebriert wurde. Hierzu lieferte Édith Piaf mit »La vie en rose« die musikalische Untermalung. Danach aßen sie dunkle Schokolade und hörten Umberto Tozzis »Ti amo«, vielleicht war es aber auch Eros Ramazzottis »Più bella cosa«, bevor sie schließlich miteinander schliefen. (Dieses Bild zeigte zwei Paar Füße in der Missionarsstellung, die unter einer Decke hervorragten. Dazu erklang »Teach me tiger« von April Stevens.) Laut des Optimismuscoachs Eva hatten diese ganzen Aktivitäten etwas gemeinsam: Sie setzten Endorphine frei, mit denen es den Menschen gutging.

Es war nicht ganz leicht, eine Verbindung zwischen dem kakaoangeheizten Schäferstündchen unter der Decke und einem

Firmencoaching herzustellen, was einer der Teilnehmer auch leicht sarkastisch anmerkte. Aber darüber machte Eva sich keinen Augenblick Gedanken. Sie erwiderte nur, dass wir unsere schweren Rucksäcke voller intellektuellem Ballast ablegen und stattdessen positive, leichte Gedanken und Gefühle freisetzen sollten.

Danach gingen wir rasch zu einer »gruppendynamischen Arbeit« über. Wir wurden in zwei Gruppen aufgeteilt und mussten sagen, an welche Tiere uns die übrigen Gruppenmitglieder erinnerten und welche Charaktereigenschaften diese Tiere besaßen. Eva betonte, dass dies die optimale Art der Teambildung war.

Sie gesellte sich zu meiner Gruppe, in der eine ganze Menge ironischer Gemeinheiten ausgeteilt wurden, vor allem zwischen mir und einem bedeutend jüngeren Kollegen namens Christoffer, der ein Streber von der Uni war. Ich verglich ihn mit einer Hyäne (»sie arbeiten hervorragend im Team, aber sind gleichzeitig extrem egozentrisch, wenn es ans Teilen der Beute geht«), während er in mir ein vietnamesisches Hängebauchschwein sah (»sie sollen sehr anhänglich sein, gern essen und schlafen«).

Als Eva an der Reihe war, erinnerte Christoffer sie an einen Hirsch (»schnell, muskulös und mit spitzen Hörnern«) und ich sie an einen Tiger (»stark, selbstständig und unter der ruhigen Oberfläche lebensgefährlich«).

Da Tiger Hirsche zum Mittagessen verspeisen und weil der Tiger das Sinnbild für männliche Potenz ist (man denke nur an die Chinesen, die vierzigtausend Kronen für eine wässrige Suppe aus gehacktem Tigerpenis bezahlen) und weil Eva nicht nur »Teach me *tiger*« zu dem kopulierenden Pärchen gespielt hatte, sondern auch ein wenig verwegen aussah, als sie mich mit einem Tiger verglich, fühlte ich mich geschmeichelt und konterte, dass sie genauso schön und frei in ihrer Seele war wie eine wilde Hirschkuh.

Als wir zu der aus den frühen Siebzigerjahren bekannten Vertrauensübung kamen, bei der man sich nach hinten fallen lässt und von der Person, die hinter einem steht, aufgefangen wird, bildete sie mit mir ein Paar und ließ sich in meine Arme sinken. Ich hielt sie lange fest, und als sie mich auffing, hielt sie mich noch länger fest (sie war wie gesagt Fitnesstrainerin).

Am Ende des Tages bedankte ich mich bei Eva für das ungeheuer inspirierende Programm. Sie lächelte und sagte, dass es ein Vergnügen war, mit einem so empfänglichen Mann zu arbeiten. Dann drückte sie mir verstohlen einen Zettel mit ihrer Handynummer in die Hand und verabschiedete sich mit einem Zwinkern.

Ich bin der festen Überzeugung, dass männliche Couchpotatoes eine spezielle Anziehungskraft auf sportliche Frauen ausüben. Etwa so, wie sich Krankenschwestern in Süchtige verlieben. Hier zeigt sich das Bedürfnis der Frauen, verlorene Seelen zu retten und zu bekehren.

Ein paar Tage später rief ich Eva an. Sie klang aufrichtig erfreut und lud mich sofort zu einer ihrer Trainingsstunden ein, einfacher Schwierigkeitsgrad. Ich fand mich mit drei schwangeren Frauen und einem zitternden Mann in den Siebzigern wieder, der an einer Vorstufe von Parkinson leiden musste. Es war ein wenig erniedrigend, aber Eva sagte, dass man beim Sport langsam und vorsichtig anfangen müsse, sich nicht zu sehr auspowern, denn dadurch verliert man die Motivation. Danach gingen wir zu ihr, aßen eine gesunde Spinatlasagne und tranken dazu Schlehdornsaft statt Wein, da es mitten unter der Woche war. Trotzdem hatte ich mit ein wenig Schokolade und Sex unter der Bettdecke gerechnet, doch es gab nur Karottenkuchen und Kräutertee vor dem Fernseher.

Wir trafen uns danach noch öfter, was jedes Mal nach dem gleichen Muster ablief. Zuerst leichtes Training, dann leichtes Essen. Kein Wein, kein Sex. Von diesem animalischen Eindruck, den Eva während des Seminars in Skanör auf mich gemacht hatte, war nichts mehr zu spüren.

Bis ich ihr SMS zu schreiben begann.

Da verwandelte sie sich plötzlich in eine sportive Anaïs Nin und schrieb lange Nachrichten über die abenteuerlichsten, gymnastisch anmutenden Sexstellungen, bei denen besonders viele Endorphine freigesetzt wurden. Ich dachte, dass sie mich nun endlich ranlassen würde, und antwortete mit herausfordernden SMS, in denen ich nicht nur ihren durchtrainierten Körper lobte. Bei unserem nächsten Treffen versuchte ich Evas Theorien in die Praxis umzusetzen, doch mehr als zwanzig Sekunden Fummeln über der Kleidung vor dem Fernseher sprangen nicht dabei heraus, bevor sie aufsprang und in der Küche verschwand, um Kräutertee zu kochen.

Danach sahen wir uns seltener, setzten den SMS-Flirt allerdings fort. Es war wirklich seltsam, wir konnten uns die anzüglichsten Sachen schreiben, um dann ganz brav nebeneinander zu sitzen, Händchen zu halten und spießige Fernsehshows anzuschauen.

Je mehr Zeit zwischen unseren tatsächlichen Treffen verstrich, desto überzeugter war ich, dass unsere Beziehung von selbst im Sande verlaufen würde. Eines Abends klingelte es jedoch an der Tür. Eva hatte eine kleine Flasche Sekt und eine rote Rose mitgebracht, die sie mir mit einem Lächeln überreichte, das schelmisch sein sollte, jedoch eher ängstlich wirkte. Es war unsere letzte Chance, das war uns beiden klar.

Vielleicht ging es deswegen auch so gründlich in die Hose. Nach dem Sekt zogen wir uns pflichtschuldig ins Schlafzimmer zurück und versuchten ein bisschen animalisch zu sein. Doch der Tiger ließ mich im Stich. Ich bekam ihn nicht hoch, und Eva machte auch keine ernsthaften Versuche, mich in dieser Sache zu unterstützen. Also landeten wir wie üblich vor dem Fernseher. Dieses Mal tranken wir allerdings wenigstens Kaffee. Nach den Spätnachrichten küsste sie mich auf die Wange und ging. Danach habe ich sie nie wiedergesehen.

Ich weiß immer noch nicht, was zwischen uns schiefgelaufen ist. Vielleicht war ich zu fordernd am Anfang. Vielleicht hatte sie schlechte Erfahrungen in einer früheren Beziehung gemacht, und ich war zu unsensibel gewesen, es zu bemerken.

Hätte ich sie groß umwerben sollen, mit roten Rosen und allem Drum und Dran? Ihr sagen sollen, dass ich sie liebe? (Was eine Lüge gewesen wäre, aber damit hätte ich leben können.) Hätte ich in den gemeinsamen Trainingsstunden etwas anderes anziehen sollen als ein ausgewaschenes T-Shirt und ein Paar zu kurzer Shorts?

Oder hätte ich Eva mich ändern lassen sollen? Vielleicht hatte sie einen Plan, nach dem sie mich erst ordentlich in Form bringen würde, bevor wir zu animalischem Sex übergingen. Doch während unserer sogenannten Romanze nahm ich kein Gramm ab. Zwischen den gemütlichen Trainingsstunden kümmerte ich mich kein bisschen um ihre Bewegungs- und Ernährungsratschläge. Und irgendwo im Hinterkopf war sicher auch noch Mia präsent, auch wenn ich das nie zugeben würde.

Etwas lernte ich aber auf jeden Fall aus der SMS-Beziehung mit dem Optimismuscoach: Interpretiere niemals zu viel in die animalischen Einladungen von Frauen, und rede oder schreibe erst über Sex, *nachdem* die Kleider gefallen sind.

Dieses Mal würde ich auch etwas gegen mein Gewicht unternehmen. Preeti hatte meine überflüssigen Kilos zwar mit keinem Wort erwähnt, doch ich wollte meine Chancen bestmöglich ausnutzen, jetzt, wo ich das erste Mal seit Mia ernsthaft verliebt war. So wenig wie möglich dem Zufall überlassen und die Details perfektionieren.

Mein Trainingsrhythmus war leider durch das wilde Holi-Fest ein wenig durcheinandergeraten. Andererseits hatte die vegetarische Kost bei Yogi und seiner Mutter schiere Wunder bewirkt. Koma, Verliebtheit, Hitze und kein Ben & Jerry's weit und breit waren eine gute Diät, bemerkte ich, als ich meinen Körper im Spiegel betrachtete.

Wenn ich durch Sport und ein bisschen Diät noch sechs oder sieben Kilo verlor, dann würde ich fast normalgewichtig aussehen. Und das wäre doch eine ganz schöne Leistung für einen Mann, der seit mindestens zehn Jahren an seinem Übergewicht gearbeitet hatte.

Yogis Motivation war allerdings schon nach unserem ersten Besuch im *Hyatt* gestorben. Mein Freund machte stattdessen jeden Morgen zehn Minuten bewegungsloses Yoga, von dem er behauptete, dass es die beste Methode zur Gewichts- und auch zur Appetitkontrolle sei – frei nach der Devise, dass geistige Nahrung auch satt mache.

Allerdings merkte man noch nichts davon, weder am Essenstisch noch an seiner Figur. Doch Yogi standen seine überflüssigen Kilos. So wie es hübsche füllige Frauen gibt, gibt es auch Männer, die ihre Pfunde mit Stil herumtragen. Yogi gehörte dazu.

Ich hingegen gehörte im Moment zu den verliebten Männern im besten Alter, die vor lauter Grübeleien und Gefühlen, mit denen sie bombardiert wurden, nicht schlafen konnten. Als ich am Montagabend im Bett lag und mich in der verschwitzten Bettwäsche hin und her wälzte, kam eine SMS von Preeti.

»Gute Nacht.«

Zwei kleine Wörter, die einen wahren Endorphinsturm auslösten. Als der Trillerpfeifenterrorist an meinem Zimmer vorbeiging, stand ich auf und öffnete das Fenster:

»Gute Nacht!«, rief ich in die Dunkelheit, woraufhin die Hunde zu heulen begannen. Ein breites Grinsen überzog mein Gesicht.

KAPITEL 32

Die Frühlingswärme hatte Delhi erreicht. Für ein unwissendes Nordlicht war es allerdings eher eine unmenschliche Hitze. Das Thermometer kletterte auf über fünfunddreißig Grad am Tag, und aus Rajasthan wehte ein knochentrockener Wind, der einem das Gehirn pulverisierte.

Alle Klimaanlagen, die monatelang ausgeschaltet gewesen waren, sollten jetzt auf einmal mit Hochdruck laufen, was das Stromnetz natürlich überlastete und den Strom in regelmäßigen Abständen ausfallen ließ. Jedes Mal sprang der Reservegenerator an, bei dem das ganze Haus vibrierte. Außerdem zog der Dieselqualm durch die Fensterritzen. In meinem Badezimmer stank es wie in einem Maschinenraum.

Im Wohnzimmer, in dem die ständig frierende Mrs Thakur ihre Tage verbrachte, waren jedoch sowohl die Klimaanlage als auch der Deckenventilator immer ausgeschaltet. Erst wenn die Temperaturen auf vierzig Grad stiegen, brauchte die alte Dame etwas Abkühlung, erklärte Yogi. Sie trug weiterhin ihre Strickjacke, hatte jedoch die handgestrickten Wollstrümpfe gegen Sandalen eingetauscht, was laut Yogi eines der sichersten Zeichen dafür war, dass der Frühling in Delhi eingekehrt war.

Ein anderes Zeichen war der zunehmende Hunger der Affen. Ein paarmal im Monat fuhr Yogi in die Gegend um das Parlament und das Verteidigungsministerium im Zentrum von Delhi, um die streunenden Rhesusaffen dort zu füttern. Nun stand sein nächster Ausflug an, und er beharrte darauf, dass ich ihn begleitete.

Ich hatte für diesen Nachmittag eigentlich Schwimmen im schönen Hotel-Pool des *Hyatt*s eingeplant, ließ mich aber von Yogi mit dem Argument überreden, es sei von größter Wichtigkeit, dass ich den Affen vor meinem Treffen mit Preeti am folgenden Abend Respekt erweise.

»Schwimmen kannst du morgen auch noch. Die Affen brauchen uns heute, weil es so warm ist, dass niemand anderes sie füttern wird. Und du brauchst die Affen, damit deine Sterne dir am allergewogensten sind. Denn du weißt ja mittlerweile, Mr Gora, dass der Affengott Hanuman dem hochverehrten Rama geholfen hat, seine geliebte Frau Sita wiederzufinden, die der gefürchtete Dämon Ravan nach Sri Lanka entführt hatte«, ratterte Yogi die Geschichte herunter, die wohl sein religiöses Mantra war.

»Aber zuerst musst du versuchen, das Interview mit Shah Rukh Khan zu organisieren, es wird höchste Zeit«, fuhr er fort.

Yogi hatte vorgearbeitet und die Produktionsfirma des Bollywood-Stars ausfindig gemacht. Über den launischen Internetanschluss des Hauses konnte ich eine Mail mit einer höflichen Interviewanfrage abschicken. Ich hegte keine größeren Hoffnungen auf eine positive Antwort, doch es war auf jeden Fall gut, einen ersten, auch irgendwie ernst gemeinten Versuch unternommen zu haben.

Wegen der Hitze tauschte ich meine langen Hosen gegen ein Paar luftiger Bermudashorts aus. Bei meinem Anblick brach Yogi in Gelächter aus.

»Was ist das Problem?«, fragte ich.

»Eigentlich keins, zumindest ist es nicht meins«, sagte er und deutete erheitert auf meine kurzen Hosen.

»Und was ist daran so lustig?«

»Alles, könnte man sagen. Aber vor allem die Länge. Wenn du unbedingt diese Art Hose tragen möchtest, dann brauchst du auch Kniestrümpfe, damit du wenigstens ein bisschen englisch-kolonial aussiehst. So ist es irgendwie weder Fisch noch Fleisch.«

»Du meinst, die Hosen sind zu lang?«

»Eher zu kurz. Du weißt, Mr Gora, hier in Indien tragen nur kleine Jungen und die Männer aus dem Süden mit ihren Lungi-Röcken keine richtigen Hosen mit langen Beinen.«

»Ich bin also nicht anständig gekleidet?«

»Nein, nein. Du bist ja ein Gora, Mr Gora, und musst daher der indischen Kleidermode für erwachsene Männer nicht folgen. Aber falls du mich dennoch um Rat fragen solltest, dann solltest du meiner Meinung nach Hosen mit langem Bein anziehen. Sie sind in der Hitze auch viel besser.«

»Das kann doch wohl nicht sein?«, protestierte ich.

»Doch! Die langen Hosen schützen deine Beine vor der unbarmherzigen Hitze der Sonne. Am besten ist natürlich eine kühle Kurta, doch dieses Kleidungsstück wirkt ein wenig ältlich. Als der moderne Mann, der du ja schließlich bist, möchtest du sicher etwas Jugendlicheres tragen.«

Ich hatte keine Lust, weiter mit ihm zu diskutieren, und zog mich wieder um. Danach fuhren wir mit dem überraschend kühlen Tata los, der trotz seiner vielen Beulen mit einer gut funktionierenden Klimaanlage ausgestattet war. Nach einer Weile erreichten wir den großen Markt im Stadtteil Sarojini Nagar.

»Das gute Affenfutter liegt manchmal unter dem schlechten«, sagte Yogi und befühlte die Früchte an den Ständen mit kritischer Kennermiene. Nur das Beste war gut genug für seine Freunde.

Ich hatte erwartet, dass wir einige Bananenbüschel kaufen würden, doch es wurden insgesamt vierzig Kilo Obst. Yogi achtete darauf, dass ich die Hälfte bezahlte. Wir verstauten die Tüten auf dem Rücksitz und fuhren weiter.

Als wir zu einer der Affenkolonien hinter dem Präsidentenpalast kamen, scharte sich sofort eine Horde schnatternder Primaten um den Tata. Ein uniformierter Wachmann mit Bambusstock nickte Yogi beiläufig zu und ging dann davon.

»Eigentlich ist es verboten, sie zu füttern«, sagte Yogi.

»Warum?«

»Weil unser Vizebürgermeister, Friede sei seiner Seele, der hier wohnte, vor einiger Zeit starb, als ihn die Affen erschreckten und er vom Balkon fiel. Ein schreckliches Ereignis, aber kaum die Schuld der Affen. Sie wollten ihm überhaupt nichts Böses, sondern nur sehen, wie schick er wohnte, da bin ich mir zu hundertachtzig Prozent sicher. Deshalb schauen alle guten Wachen weg, wenn ich komme. Nur Idioten verderben es sich mit den Göttern.«

Yogi öffnete die Tür und stellte zwei Tüten auf die Straße. Nach weniger als einer halben Minute waren nur noch die Bananenschalen übrig.

»Schau, wie hungrig die Armen sind. Und es gibt hier in der Gegend noch mehr davon. Deshalb sollten wir besser noch ein bisschen Brot für sie kaufen.«

»Ein bisschen Brot« entpuppte sich dann als dreißig Packungen Toastbrot, das wir in einem Geschäft in der Nähe besorgten. Dann gingen wir eine Stunde durch das Viertel und fütterten die Affen mit Brot und Obst.

An manchen Plätzen saßen die Affen in großen Trauben auf dem Gehsteig und warteten auf uns, während Yogi sie an anderen Orten mit einem Ruf hervorlocken musste, der klang wie der Brunftschrei eines Gorillas. In meinem Reiseführer warnte man, dass Delhis Affen aggressiv sein konnten, doch bei Yogi waren sie friedlich. Sie schienen zu verstehen, dass sie ihr Futter auch bekamen, ohne es dem pummeligen Mann mit den großen, freundlichen Augen aus den Händen reißen zu müssen.

Und da ich in seiner Begleitung war, betrachteten sie mich offensichtlich auch als Freund.

»Das war eine der besten Taten des Tages«, sagte Yogi, als alles Futter verteilt war und die Affen satt und zufrieden da saßen. »Außerdem haben wir den Göttern den größten Respekt erwiesen, auf dass es uns in unserem derzeitigen Leben gut ergehe und in allen anderen, die darauf folgen werden.«

Ich mochte Yogis praktisch angewandten Götterglauben, bei dem ein Opfer für Hanuman zu einem Festschmaus für ausgehungerte Affen wurde. Doch es gab etwas an seiner Religiosität, das mich störte: dass auf eine gute Tat auch immer eine Belohnung folgen sollte. Und auch wenn einem die unterernährten Affen leidtun konnten, gab es gleichzeitig so viele arme und obdachlose Menschen in Delhi, die hungern mussten. Sollte man nicht lieber ihnen helfen?

Bevor ich diese Frage stellen konnte, gab Yogi mir schon eine Antwort darauf. Wir fuhren weiter nach Old Delhi, wo er zweihundert Portionen Gemüsecurry und Chapati von einer Straßenküche kaufte, die wir dann an die hungernden Menschen verteilten, die sich vor einem Hanuman-Tempel versammelt hatten. Ich war sprachlos vor Erstaunen.

»Sie gehören zusammen«, erklärte Yogi, als wir wieder im Auto saßen. »Man kann die Tiere nicht von den Menschen trennen und die Menschen nicht von Gott und Gott nicht von den Tieren. Alles gehört zusammen und bildet einen großen Kreis. Und nur dadurch, dass wir unser Bestes füreinander geben, kann unser Karma so stark werden, dass wir in einer besseren Form wiedergeboren werden.«

»Ich glaube eigentlich nicht an Karma und Wiedergeburt«, erwiderte ich.

»Das wirst du schon noch mit der Zeit.«

»Wann?«

»Tja, wenn nicht jetzt, dann in deinem nächsten Leben«, sagte er mit einem schlauen Lächeln. »Aber lass uns den Geschehnissen nicht vorweggreifen, Mr Gora. Ich weiß, dass es selbst unter euch Goras viele intelligente Philosophen und Dichter gibt, die ganz ausgezeichnet kluge Dinge gesagt und geschrieben haben. Carpe diem, zum Beispiel.«

»Nütze den Tag.«

»Genau! Und denk daran, dass nur der, der den Tag nutzen und im Moment leben kann, Gutes tun und sein Karma verbessern kann. Die Affen sind heute hungrig, ebenso wie die Menschen vor dem Tempel. Das, was du heute tust, bekommst du morgen zurück. Nur wenn ...«

Yogi unterbrach sich und zuckte mit den Schultern.

»Hier sitze ich und klinge wie ein scheinheiliger Swami«, fuhr er fort und öffnete das Handschuhfach mit seiner patentierten Einhandbewegung. »Ein bisschen Blenders Pride kann nicht schaden, um alles ins Gleichgewicht zu bringen.«

Ich goss jedem von uns die bewährte Whiskymischung ein, die wir tranken, während Yogi sich mit einer Hand auf der Hupe einer stehenden Autoschlange anschloss. Neben uns standen drei wiederkäuende Kühe, und etwas weiter vorne ragte der Rücken eines Elefanten über die Autodächer.

»Carpe diem«, sagte Yogi schmatzend, während sich die rotgoldene Sonne über die Stadt und all ihre Menschen, Tiere und hupenden Fahrzeuge senkte. Und über verliebte alternde Männer, nicht zu vergessen.

Yogis Worte klangen in meinen Ohren nach: »Das, was du heute tust, bekommst du morgen zurück.«

Zur Sicherheit kurbelte ich schnell das Fenster hinunter und gab den Kühen einige Kekse.

KAPITEL 33

Es war Viertel nach sechs am Mittwochabend, den 25. März, als ein schwarz-gelber Hindustan Ambassador mit fransigen Gardinen am Rückfenster endlich in der Straße vor dem Haus in Sundar Nagar auftauchte. Zwar hatte Yogi angeboten, mich zum Lodi Garden zu fahren, doch da das irgendwie so gewesen wäre, als ob einen der eigene Vater zu einem Date bringen würde, hatte ich abgelehnt und mir ein Taxi bestellt. Die Dienste des geschwätzigen Chauffeurs Harjinder Singh in Anspruch zu nehmen, war vollkommen ausgeschlossen im Hinblick auf die delikaten Umstände des Abends.

»Wie sehe ich aus?«, fragte ich Yogi nervös und musterte mich im Spiegel in der Diele.

Ich trug beige Leinenhosen und ein dunkelblaues, gestreiftes Hemd, das ich am selben Tag in einer schicken Boutique in Greater Kailash gekauft hatte. Die Verkäuferin hatte gesagt, dass es mich schlanker machte. Ich wusste nicht recht, ob das ein Kompliment oder eine Beleidigung sein sollte.

»Du siehst hervorragend aus! Wie der männlichste aller männlichen Männer«, antwortete Yogi und knöpfte einen weiteren Hemdknopf auf, so dass noch mehr meiner haarigen Brust zu sehen war.

»Indische Frauen mögen männliche Männer«, erklärte er und streckte den Daumen bestätigend in die Höhe.

Ich verabschiedete mich von meinem Freund und eilte zum Taxi. Wegen der fünfzehnminütigen Verspätung bat ich den Taxifahrer, ordentlich Gas zu geben, was er ohne Rücksicht auf die Stolperschwellen, die den Verkehr in Sundar Nagar verlangsamen sollten, auch tat.

Dem Auto bereitete das keine Probleme. Der in Indien hergestellte Ambassador sah immer noch so aus wie bei seiner Einführung in den Fünfzigerjahren und war mit seiner ausgezeichneten Federung und der bemerkenswerten Fahrgestellhöhe wie gemacht für die holprigen Straßen des Landes. Ein paar kleinere Schwellen stellten für ihn kein Hindernis dar.

Schlechter war es da um mich bestellt. Ich hüpfte wie ein Gummiball auf dem weichen Rücksitz auf und ab und schlug jedes Mal mit dem Kopf an die Wagendecke. Da diese mit weichem Stoff bespannt war, tat ich mir nicht weh, doch meine sorgfältig zurückgekämmte Frisur trug beträchtlichen Schaden davon.

Auf der Hauptstraße angekommen, standen wir schon nach wenigen Häuserblocks im Stau. Nervosität und Hitze ließen mir den Schweiß auf die Stirn treten.

»Könnten Sie bitte die Klimaanlage anstellen?«, bat ich.

»Keine Klimaanlage, Sir«, antwortete der Fahrer knapp, und genau das will man am allerwenigsten hören, wenn man auf dem Weg zu einem Date in einem kochenden Taxi in Delhi im Stau steht.

Ich kurbelte beide Seitenfenster nach unten für ein wenig Durchzug, doch die Luft stand still. Ein Bettler mit Kinderlähmung hievte seinen verdrehten Arm durchs Fenster und auf mein Knie. Mit Müh und Not kramte ich einen Zehn-Rupien-Schein hervor, den ich ihm in die Hand drückte, und kurbelte dann die Fenster schnell wieder nach oben.

Die Panik war jetzt ganz nahe. Die Schweißtropfen wurden größer und rollten mir über die Schläfen. Mein neues Hemd fühlte sich plötzlich genauso warm und eng an wie ein Taucheranzug, und mein Hintern war bereits schweißnass vom Kunststoffsitz unter mir.

Gleichzeitig schoss mir durch den Kopf, dass ich von Preeti nicht mehr wusste, als dass sie mit einem sehr reichen und sehr mächtigen Mann verheiratet war und in einem Schönheitssalon arbeitete. Unser SMS-Verkehr war zwar sehr vielversprechend gewesen, aber nicht gerade wortreich. Von Angesicht zu Angesicht hatten wir nur ein paar Sätze gewechselt, und meine Erinnerungen an das Holi-Fest waren mehr als bruchstückhaft.

In der unfreiwilligen Taxisauna begann ich zu zweifeln, ob die Entfremdung zwischen Preeti und ihrem Mann, die ich fast voraussetzte, tatsächlich existierte. Ihr Interesse an mir könnte ja auch auf die simple und unwahre Tatsache gründen, dass ich ihr Idol interviewen würde.

Wenn es so wäre, würde das bevorstehende Treffen mir zumindest Klarheit verschaffen. Es war mittlerweile fünf vor halb sieben. Mit hörbarer Verzweiflung in der Stimme fragte ich den Taxifahrer, ob es irgendeine Möglichkeit gäbe, diesem Stau zu entkommen.

Er sah mich mit verschlafenen Augen an und antwortete, es gäbe immer einen Weg, die Frage sei nur, wie viel der Kunde bereit wäre, für diesen Service zu zahlen.

Ich wedelte mit einem Fünfhundert-Rupien-Schein, was offensichtlich reichte, um den Fahrer sofort zu mobilisieren. Er rannte auf die Straße und begann wild gestikulierend, die Autos und Rikschafahrer herumzudirigieren, während er gleichzeitig zwei Männern ein paar Geldscheine in die Hand drückte, die ihn bei seiner Arbeit als Verkehrspolizist unterstützten.

Eine Minute später hatte sich eine kleine Gasse für uns zu einer Seitenstraße hin gebildet, die durch ein ruhiges Villenviertel führte. Der Taxifahrer gab Gas, kaufte sich den Weg durch ein geschlossenes Tor frei, schlängelte sich durch einen Basar und fuhr schließlich einige hundert Meter mit der Hand auf der Hupe auf dem Seitenstreifen der Gegenfahrbahn, bevor er scharf abbog und wir auf dem Parkplatz vor dem Lodi Garden standen.

Es war sechs Minuten nach halb sieben. Ich war also fast pünktlich, allerdings ziemlich derangiert. Schallplattengroße Schweißflecken zierten mein neues Hemd unter den Armen, und ich atmete so angestrengt wie nach einem Marathonlauf.

Ich versuchte meine Frisur zu richten, stieg mit zitternden Beinen aus dem Taxi und sah mich ängstlich um. Fast hoffte ich, dass sie nicht kommen würde.

Nachdem ich ein paar Minuten auf dem Parkplatz auf und ab gegangen war und Puls und Transpiration sich etwas beruhigt hatten, ging ich langsam über eine alte Steinbrücke in den Park. Da spürte ich plötzlich einen Finger am Rücken, und als ich mich umwandte, stand sie vor mir. Genauso kühl und schön, wie ich sie mir vorgestellt hatte, in einem hellen, geschmeidig fallenden Sommerkleid, einem grünen Schal über den Schultern, das dicke Haar im Nacken zu einem klassischen Knoten geschlungen.

Ich lächelte, sie erwiderte das Lächeln, so dass ihre Grübchen sichtbar wurden, und dann fragte ich, ob sie sich immer von hinten an die Leute heranschlich.

»Ich mag Überraschungen«, sagte sie und machte einige rasche Schritte an mir vorbei über die Steinbrücke.

Die Sonne ging gerade unter, die Dämmerung senkte sich über den Park und über mich und meine Schweißringe unter den Armen. Ich überlegte, was ich als Nächstes sagen sollte, als Preeti eine Tüte mit Pistazien aus ihrer Handtasche zog. Sie schälte eine und ging bei einem Eukalyptusbaum in die Hocke. Sofort erschien ein kleines Eichhörnchen und nahm ihr die Pistazie aus der Hand.

»Schau nur, wie süß!«, jubelte sie wie ein kleines Kind und

legte sich noch mehr geschälte Pistazien auf die Handfläche. Nach ein paar Sekunden war sie von zehn Eichhörnchen umringt, die sich frech an den Leckerbissen bedienten.

»Das war das Schönste als Kind, die Eichhörnchen im Lodi Garden zu füttern. Meine Großmutter kam jeden Sonntag mit mir hierher. Zuerst haben wir die Eichhörnchen gefüttert und dann Eis gegessen.«

Sie klang ein wenig nervös und angestrengt. Ich fasste es als gutes Zeichen auf.

»Warte kurz«, sagte ich und lief zurück über die Brücke auf den Parkplatz zu dem kleinen Eiswagen, den ich dort gesehen hatte. Ich kaufte zwei Eistüten und kehrte zu Preeti zurück. Sie lachte verlegen, als ich ihr eine gab, und ich dachte, dass das hier eine wunderbare Einleitung war, wie aus einer amerikanischen Romantic Comedy mit Happy End. Nur dass es nicht im Central Park in New York spielte, sondern im Lodi Garden in Neu Delhi.

»Wir könnten das auch zu einer Gewohnheit werden lassen, die Eichhörnchen füttern und Eis essen.«

Vielleicht war das ein etwas übermütiger Vorstoß, doch Preeti lachte wieder, was ein angenehmes Prickeln in meinen Armen und Beinen hervorrief. Wir aßen unser Eis, während wir langsam durch den Park gingen, an einem Kanal entlang mit weißen Gänsen, die in der Dämmerung fast wie Schwäne aussahen, vorbei an alten kuppelförmigen muslimischen Grabdenkmälern, deren Umrisse sich scharf vor dem weich orangefarbenen Himmel abzeichneten.

Lodi Garden war erfüllt von Blumenduft, Vogelgezwitscher und Romantik. Im Schutz der Dunkelheit saßen junge Liebespaare eng umschlungen auf Parkbänken, die ein Stück vom Weg entfernt standen.

»Sie verstecken ihre verbotene Liebe«, sagte Preeti und nickte in Richtung einer jungen Frau, die auf dem Schoß ihres Freundes saß und ihm die Arme um den Hals geschlungen hatte.

»Hinter beinahe jeder verstohlenen Umarmung, hinter jedem Kuss verbirgt sich eine tragische Liebesgeschichte.«

»Was meinst du damit?«

»Entweder wissen die Eltern nicht, dass sie sich treffen, oder sie akzeptieren die Beziehung nicht. Sie kommen vielleicht aus unterschiedlichen Kasten, oder irgendetwas anderes passt nicht.«

»Wirklich?«

Preeti nickte ernst.

»Wenn man in Indien jung und verliebt ist, verbringt man die meiste Zeit damit, sich wegzuschleichen und Ausreden zu erfinden.«

In ihrer Stimme klang deutliche Empörung mit, sie schien selbst Erfahrung in dieser Sache zu haben. Ich überlegte, ob ich sie danach fragen sollte, aber Preeti hatte schon das Thema gewechselt und erzählte stattdessen von der Schönheitsmesse in Bangalore, auf der sie Kontakte mit mehreren namhaften Stylisten und Friseuren aus Bombay – und sogar aus dem Ausland – für zukünftige Aufenthalte in Delhi geknüpft hatte. Bisher war es mir nicht bewusst gewesen, aber sie war nicht nur die Geschäftsführerin des Schönheitssalons im *Hyatt*, sondern auch die Besitzerin.

»Das Alltagsgeschäft könnte ich auch jemand anderem überlassen. Aber ich will richtig arbeiten und ein aktiver Teil des Salons sein. Sonst verliert man den Kontakt zur Realität, verpasst Trends und baut keine Kundenbeziehungen auf. Es gibt viel zu viele wohlhabende Frauen in Delhi, die nur daheim sitzen und Däumchen drehen, wie gelangweilte Galionsfiguren.«

»Woher weißt du das?«

»Weil einige meiner sogenannten Freundinnen so sind. Verbittert, arrogant und mittlerweile auch sehr dick. Haben für alles Dienstboten und würden nicht im Traum selbst Auto fahren. Für mich ist es genau andersherum, ich würde niemals von einem Chauffeur abhängig sein wollen.«

Ich nickte, weil ich nicht wusste, was ich sagen sollte, und fuhr mir mit der Hand durchs Haar, das immer noch leicht feucht von Schweiß war.

»Aber jetzt reden wir nicht nur von mir. Was hast du seit unserem letzten Treffen gemacht?«, fragte sie.

»Vor allem geschlafen. Das Fest hat mich ganz schön mitgenommen.«

In meinen SMS an Preeti hatte ich das Haschkoma nicht erwähnt, doch jetzt schien der passende Zeitpunkt dafür gekommen zu sein.

»Ich habe mehr als vierundzwanzig Stunden durchgeschlafen.«

»Machst du Witze?«

»Nein, es ist die absolute Wahrheit. Ich hatte keine Ahnung von der Wirkung dieses Bhang. Es sah so unschuldig aus.«

»Die grüne Gefahr, hast du es nicht so genannt?«

»Vielleicht, ich erinnere mich aber ehrlich gesagt nicht mehr. Ich habe eine ziemlich große Erinnerungslücke, was den letzten Teil des Festes anbelangt. Ich hoffe, du verzeihst mir. Es war sicher alles unglaublich peinlich.«

»Ich fand dich sehr lustig«, erwiderte Preeti lachend. »Zumindest bis du eingeschlafen bist. Außerdem ist Holi nur einmal im Jahr, und da darf man dann so ausgelassen und wild sein, wie man möchte. Wie geht es übrigens deinen Haaren? Hast du die Farbe herauswaschen können?«

Sie strich vorsichtig mit den Fingerspitzen über meine feuchten Schläfen. Trotz der warmen Luft bekam ich eine Gänsehaut.

»Es ist schwer zu erkennen im Dunkeln, aber ich glaube, ein

bisschen Rot ist noch drin. Wenn du willst, kann ich die Stelle färben.«

»Gern. Wann?«

»Morgen Abend, wenn es dir passt.«

»Wunderbar.«

»Sehr gut. Komm um Viertel nach acht in den Salon, nach Schließung.«

Das läuft ja wie geschmiert, dachte ich noch, als Preeti schon weitersprach.

»Wann wirst du eigentlich Shah Rukh Khan treffen?«

Auch wenn ich damit gerechnet hatte, dass die Frage früher oder später kommen würde, ernüchterte sie mich. Nicht nur weil ich nun lügen musste, sondern auch weil ich das Gefühl hatte, dass der Bollywood-Star mit dem muskulösen Bauch einen Keil zwischen mich und Preeti trieb.

»Wohl recht bald. Sein Manager hat versprochen, sich mit einem Termin zu melden«, erwiderte ich und zuckte selbst vor Unbehagen über meine eigenen Worte zusammen.

»Du bleibst also noch eine Weile in Indien?«

Der erwartungsvolle, fast schon flehende Tonfall ließ mich sofort wieder aufleben.

»Ich suche gerade nach einer Wohnung. Eine Weile möchte ich also auf jeden Fall noch bleiben.«

»Hier in Delhi?«

»Ja, so ist der Plan.«

»Darf man fragen, warum?«

»Darf man. Weil ich mich hier wohlfühle. Und weil du hier wohnst. Ich möchte in deiner Nähe sein.«

Göran Borg, jetzt hast du vollständig den Verstand verloren, du alter Idiot.

Die Dunkelheit verschluckte das letzte Sonnenlicht. Preeti sah schweigend für einige Zeit zu Boden, als suchte sie etwas.

Um uns herum wurde es auf einmal still. Die Vögel verstummten, und der starke Verkehr um den Park herum war nur als schwaches Brausen in der Ferne zu hören. Dann nahm Preeti meine Hand.

»Komm«, sagte sie und zog mich zu einer freien Parkbank.

KAPITEL 34

So begann mein Verhältnis mit der bezaubernden Schönheitssalonbesitzerin Preeti Malhotra, auf einer Parkbank für verbotene Liebe im Herzen von Neu-Delhi.

Am darauffolgenden Abend sahen wir uns im leeren Salon. Ich schlich mich nach offiziellem Geschäftsschluss wie ein Einbrecher durch die Tür, und Preeti schloss rasch hinter mir ab. Dann tönte sie mir meine Schläfen in einem Schweigen, das so voller fiebriger Erwartung war, dass es beinahe schmerzte. Es war, als ob wir beide fürchteten, das zarte Band zwischen uns zu zerreißen, wenn wir das Falsche sagten.

Danach liebten wir uns auf dem Sofa in ihrem Büro, mit einer hitzigen Leidenschaft, die ganz sicher Abzüge in der B-Note brachte. Ich kämpfte wie ein Teenager mit ihrem BH, und Preeti bekam einen Krampf im Bein, so dass wir mittendrin eine Pause einlegen und Lockerungsübungen machen mussten.

Aber das spielte überhaupt keine Rolle. Es war dennoch mit der beste Sex, den ich je gehabt hatte. Danach saßen wir außer Atem nebeneinander. Wenn ich noch geraucht hätte, hätte ich mir eine Zigarette danach angezündet, die garantiert himmlisch gewesen wäre. Es war einer dieser seltenen perfekten Momente.

»Das war fantastisch«, sagte ich und merkte, dass es überhaupt nicht banal klang.

Preetis schiefes Lächeln brachte ihre Grübchen zutage. Ihr Blick war leicht glasig, die Stimme ein wenig heiser. Kleine

Schweißbahnen zogen sich über ihre Stirn und wurden von den dichten, geschwungenen Augenbrauen aufgesaugt.

»Das finde ich auch. Aber wir müssen vorsichtig sein, damit uns keiner entdeckt.«

Der vielversprechende, aber auch ängstliche Unterton in ihrer Stimme erfüllte mich mit brennender Ungeduld.

»Wann sehen wir uns wieder?«

Sie fasste meine Haare im Nacken zu einem kleinen Schwänzchen zusammen und lächelte.

»Wenn du sie dir noch ein wenig wachsen lässt, kannst du dir einen Pferdeschwanz binden. Ich glaube, das würde dir stehen.«

Ja, dachte ich. Sie sieht es auch.

»Ich hatte früher mal einen Pferdeschwanz. Findest du nicht, dass ich zu alt dafür bin und die Haare zu dünn dafür sind?«

»Ich weiß nicht, wie alt du bist.«

»Ich bin zweiundfünfzig.«

»Da bist du immer noch jung. Nur fünf Jahre älter als ich.«

»Du machst Witze. Ich dachte, du wärst höchstens fünfunddreißig.«

»Du schmeichelst mir.«

»Ich meine jedes Wort, wie ich es sage. Du bist eine unglaublich schöne Frau, und ich liebe es, in deiner Nähe zu sein.«

Sie senkte verlegen den Blick.

»Ich bin nicht so gut mit solchen Worten. Ich weiß nicht recht, was sie bedeuten.«

»Ich kann es dir beibringen. Ich will nichts lieber, als dir beibringen, was sie bedeuten.«

»Du sagst solche Sachen also oft zu Frauen?«

»So habe ich das nicht gemeint.«

»Du bist süß, wenn du rot wirst.«

»Du auch.«

»Jetzt klingen wir wie Teenager«, sagte sie und versuchte ein lockeres und ungezwungenes Lächeln.

Sie rieb sich die Nase mit der Handfläche, was eine Geste der Verlegenheit zu sein schien. Das war auch süß, und am liebsten hätte ich mich von all ihren kleinen Bewegungen und subtilen Gesichtsausdrücken verschlingen lassen. Doch etwas hinderte mich daran, mich vollkommen hinzugeben. Schließlich kam ich auch darauf, was es war. Oder besser gesagt, *wer* es war.

Langsam schlich sich wieder ein formeller Ton in unsere Unterhaltung ein. Preeti erwähnte ihren Mann nicht direkt, doch sein Geist schien über uns zu schweben. Sie sprach von ihrem erwachsenen Sohn, Sudir, der in Edinburgh Wirtschaft studierte und den sie manchmal besuchte. Ich erzählte von meinen zwei Kindern, und dass ich seit einigen Jahren geschieden war. Preeti biss sich auf die Unterlippe.

»Was ist?«, fragte ich und strich ihr mit dem Handrücken über die Wange.

»Nichts.«

»Hast du Angst?«

»Nein, nicht mehr als notwendig.«

»Und was heißt das genau?«

»Dass wir vorsichtig sein müssen.«

»Das ist vollkommen okay. Wann sehen wir uns also wieder?«

»Deine Nägel sind immer noch schön«, sagte sie und streifte meine Hand. »Und du hast abgenommen. Auch das steht dir.«

»Jetzt schmeichelst du mir. Aber du antwortest nicht auf meine Fragen.«

Sie stand auf und zog sich wieder an. Mein Puls pochte schmerzhaft in den Schläfen. Es fühlte sich an, als sei ein Migräneanfall im Anmarsch.

»Das hier ist nicht so einfach, Goran«, sagte sie. Es war das erste Mal, dass sie versuchte meinen Vornamen auszusprechen. Einen kurzen Augenblick lang fürchtete ich, dass es auch das letzte Mal sein würde, doch dann setzte sie sich wieder neben mich und legte ihre Hand auf mein nacktes Knie.

»Ich will dich auf jeden Fall wiedersehen, aber es muss zu meinen Bedingungen sein«, sagte sie.

»Und wie sehen die aus?«

»Zuallererst müssen unsere Treffen von mir initiiert werden. Ich nehme Kontakt zu dir auf, nicht umgekehrt.«

Ich nickte schwach.

»So ist es am besten«, fuhr sie fort. »Und schick bitte nur direkte Antworten auf meine SMS. Man weiß nie, wer sie lesen könnte. Und komm nicht in den Salon, wenn ich nicht das Okay gegeben habe. Die Leute fangen so schnell an zu reden.«

So viele Restriktionen und Vorbehalte auf einmal, dachte ich. Jetzt, wo wir die Grenze überschritten haben.

»Wann sehen wir uns dann?«

»In einer Weile. Ich habe viel zu tun, aber ich schreibe dir, wenn ich Zeit habe.«

»Ich weiß nicht, ob ich so ein Warten in Unsicherheit aushalte. Ich will wissen, wann wir uns das nächste Mal sehen. In ein paar Tagen oder einer Woche? Oder wird es noch länger dauern?«

Mir war vollkommen bewusst, dass mein Drängen gegen jede Datingregel verstieß, aber auf der anderen Seite hatte ich auch nichts zu verlieren. Zum ersten Mal seit sehr langer Zeit war ich sowohl zu mir selbst ehrlich als auch zu meinem Gegenüber. Preeti musste es in meinem Gesicht erkannt haben.

»Ich wünschte, ich könnte dir eine Antwort geben, aber das geht nicht. Ich kann dir nur sagen, dass ich dich wiedersehen will. Ich verstehe, dass dir das nicht reicht, und wenn …«

Die Worte hingen in der Luft wie eine drückende Gewitterwolke. Mein Kopf war am Zerspringen, und ich suchte nach einer Antwort.

»Kann ich mir sicher sein, von dir zu hören?«, fragte ich schließlich.

»Ja, das kannst du. Vertrau mir.«

KAPITEL 35

Eine Woche später hatte ich immer noch nichts von Preeti gehört. Ich besuchte regelmäßig das Fitnessstudio im *Hyatt*, hielt mich aber wie vereinbart vom Schönheitssalon fern. Sie hatte versprochen, sich zu melden, und ich war mir eigentlich auch sicher, dass sie dieses Versprechen halten würde. Doch das Wissen, dass sie sich vielleicht im Stockwerk über mir befand, machte mich wahnsinnig vor Sehnsucht und Frustration.

Einen Teil der Anspannung konnte ich auf dem Laufband loswerden, das ich mittlerweile wieder benutzen durfte. Ich joggte in recht langsamem Tempo, dafür etwas länger, um die Operation Fettverbrennung, die so vielversprechend begonnen hatte, weiterzuführen.

Während des Sports schaute ich die indische Version von MTV, wo Shah Rukh Khan in regelmäßigen Abständen in lustigen Massentanzszenen à la Bollywood auftauchte. Ich redete mir ein, dass es gut war, ihn als den inneren Dämon ans Tageslicht zu holen, der er mittlerweile geworden war. Holzklotz Kent und Waschbrettbauch Shah Rukh Khan. Auch Preetis Mann gehörte jetzt zu meiner wachsenden Dämonengalerie, doch er war so extrem unheimlich, dass ich es noch nicht wagte, mich ihm im hellen Tageslicht zu stellen.

Nach dem Training entspannte ich mich im Spa-Bereich. Der Whirlpool war zu meinem Bedauern leider oft von einer Gruppe beleibter Inder besetzt, die in dem warmen Wasser lagen und auf einen von der Decke hängenden Fernseher starrten. Während ihre Bäuche wie Bojen auf der Wasseroberfläche schaukelten, verfolgten sie aufmerksam die Börsenkurse, die am unteren Rand des Bildschirms während der Dauersendungen des indischen Wirtschaftskanals entlangliefen. Gleichzeitig gaben sie über ihre Handys Anweisungen, welche Aktien gekauft oder verkauft werden sollten. Das unterwürfige Personal rannte hin und her und brachte Nimbu Pani, Obst, Handtücher und Wirtschaftszeitungen. Es schien ein sehr bequemes, wenn auch etwas wässriges Dasein zu sein, den halben Tag in einem Jacuzzi zu liegen und sein Geld zu verwalten.

Ich konnte dagegen ein wenig ökonomische Aufstockung gut gebrauchen. Das Luxusfitnessstudio war nicht billig, und auch sonst hatte ich mir ein paar teure Angewohnheiten zugelegt, wie etwa Restaurantbesuche in Fünf-Sterne-Hotels (um ohne Yogis wachsame Augen Fleisch zu essen) oder der unmotivierte Großeinkauf von schicken Hemden in schweißüberdeckenden Farben. Noch war ich von einem akuten Engpass weit entfernt, doch wenn ich so weitermachte, dann würde das Geld von den Kommunikatoren höchstens noch vier, fünf Monate reichen. Zumal ich ja bald auch Miete bezahlen würde müssen.

Als arbeitsloser Journalist mit äußerst unsicherer Zukunft hatte ich kein Bedürfnis, an mein Erspartes zu gehen, das außerdem noch für mindestens ein halbes Jahr fest angelegt war, was mir mein ex-kommunistischer Börsenmaklerfreund Rogge Gudmundsson geraten hatte. Meine Hoffnungen lagen auf Freund Nummer 2 in Malmö, dem Anti-Abnehm-Kolumnisten Richard Zetterström, der nach dem ersten Schock, dass ich nach Delhi ziehen wollte, versprach, sich um die Untervermietung meiner Wohnung am Davidhallstorg zu kümmern.

Ich hatte mit Yogi vereinbart, dass er mich um drei Uhr nachmittags am Haupteingang des Hotels abholen würde, doch um halb vier war er immer noch nicht aufgetaucht, und an sein

Handy ging er auch nicht. Ich bestellte mir in der Lobby eine Cola Light mit Eis und blätterte verärgert in der aktuellen *Hindustan Times.* Es war bei weitem nicht das erste Mal, dass Yogi Pünktlichkeit sehr großzügig auslegte. Wenn er anrief und sagte, in zehn Minuten sei er da, konnte es manchmal bis zu einer Dreiviertelstunde dauern, bis er endlich auftauchte.

Ich hatte natürlich gelernt, dass Zeit in Indien ein dehnbarer Begriff war, und in einer Großstadt wie Delhi gab es immer einen Stau, auf den man eine Verspätung schieben konnte, doch dieses Mal dauerte es bis kurz nach vier Uhr, bis er endlich eintraf. Da war ich wirklich sauer.

»Jetzt hast du mir schon wieder eine Stunde Lebenszeit gestohlen«, bemerkte ich wütend und schlug die Autotür lautstark hinter mir zu.

»Das musst du vollkommen falsch verstanden haben, Mr Gora. Eher habe ich dir eine Stunde *geschenkt*«, sagte Yogi und sah mich aus großen, unschuldigen Augen an, bevor er das Hotelgelände verließ und sich mit einem militärischen Gruß von den Wachen verabschiedete.

»Wovon redest du?«

Yogi sah auf seine Armbanduhr, atmete tief durch und seufzte schwer.

»Lass es mich erklären, aber ich bitte dich, mit deinen besten und nicht deinen schlechtesten Ohren zuzuhören, okay?«

»Ich werde mir Mühe geben, solange du nicht dauernd abschweifst.«

»Gut. Wenn wir wie heute vereinbart haben, uns um drei am Hotel zu treffen, und ich komme erst um vier, bedeutet das, dass du eine Stunde zu deiner freien Verfügung bekommen hast. In der du machen kannst, was du willst! Du kannst eine interessante Zeitung lesen oder mit einem dieser unglaublich spannenden Menschen aus aller Herren Länder hier reden. Vielleicht ein Glas Bier trinken oder eine Tasse italienischen Kaffee mit diesem Milchschaum, den du so magst. Es wird eine wunderbare Stunde, die du nicht gehabt hättest, wäre ich pünktlich gewesen, denn dann hättest du deine Aufmerksamkeit mir widmen müssen. Daher kann man sagen, dass du eine Stunde gewonnen hast.«

»Man muss schon mit sehr guten Ohren zuhören, um zu dieser Schlussfolgerung zu gelangen«, murmelte ich.

»Dann ist es ja gut, dass du das getan hast. Außerdem hast du auch in jeder anderen Hinsicht Anlass, dein Gesicht sofort von diesem missgelaunten Ausdruck zu befreien. Denn ich komme mit guten Neuigkeiten!«

Yogi erzählte, dass er über einen Bekannten der Familie eine Zwei-Zimmer-Wohnung für mich gefunden hatte. Sofort hatte ich ein schlechtes Gewissen wegen meiner üblen Laune, doch alles in allem überwog die Freude. Die beste Neuigkeit war die Miete, die bei neuntausend Rupien im Monat lag, was nicht mehr als fünfzehnhundert Kronen war. Ich hatte schon von Fantasiesummen von bis zu hundertfünfzigtausend Rupien im Monat gehört, ein halbes Jahr im Voraus bezahlt, für eine Zwei-Zimmer-Wohnung in Sundar Nagar. Konnte das wirklich wahr sein? Doch Yogi betonte, dass die Wohnung für meine Zwecke hervorragend geeignet sei. Außerdem fand er, ich solle mein hart verdientes Geld nicht den Hausbesitzern in Delhis besseren Stadtteilen in den Rachen werfen.

»Wir verdienen bereits mehr als genug.«

Die Sonne brannte vom wolkenlosen Himmel, als wir zwanzig Minuten später durch eine Einfahrt in das Wohnviertel RK Puram fuhren. Yogi war besonders mit dem Namen zufrieden. RK war eigentlich eine Abkürzung für den heiligen Swami Ramakrishna, dem zu Ehren sich die weltweit agierende Ramakrishna-Mission gebildet hatte. Doch die Buchstaben RK konnte man auch getrennt als Initialen für die Götter Rama und Krishna lesen, die Yogi neben dem Affengott Hanuman von den drei Millionen hinduistischen Gottheiten und deren genauso zahlreichen Inkarnationen am meisten verehrte.

»Das ist das Zeichen, auf das wir gewartet haben!«

»Ich kann dir nicht ganz folgen.«

»Aber lieber Mr Gora, siehst du das Muster nicht? Alles ist miteinander verbunden. Rama spricht zu dir, er ist dein innerer Gott!«

»Und woher willst du das wissen?«

»Sein Name taucht immer in meinem Kopf auf, wenn ich mit dir über Dämonen und Affen spreche und alles andere, was sich in unserer Welt aus Licht und Schatten befindet. Und jetzt hast du eine ausgezeichnete Wohnung in Ramas Viertel bekommen! Es kann also wirklich sein, was ich vermutet habe, dass die schöne Preeti ein Symbol für die bezaubernde Königin Sita ist.«

»Die die Ehefrau des hochverehrten Ramas war und vom furchtbaren Dämon Ravan nach Sri Lanka entführt wurde, bis sie vom Affengott Hanuman von dort gerettet wurde«, spulte ich herunter.

»Genau! Du hast deine Götterhausaufgaben gemacht.«

Ich musste über die wahnwitzigen Assoziationen meines Freundes lachen.

»Also, wenn ich Rama bin, dann bist du wohl Hanuman?«

»Lästere nicht«, antwortete Yogi streng. »Wir sind nur Menschen. Aber die Götter und ihre Inkarnationen leben in uns, und sollte Hanuman seinen Platz in meinem Herzen gefunden haben, dann wäre ich der glücklichste Mensch auf Erden.«

Ich setzte die göttliche Diskussion mit dem himmlischen Textilexporteur aus Delhi lieber nicht fort, sondern konzentrierte mich stattdessen auf die Atmosphäre in RK Puram Sektor 7, wie dieser Teil des riesigen Wohnviertels im Süden von Delhi hieß.

Es war wirklich ruhig und friedlich hier, mit viel Grün zwischen den schuhkartonartigen Wohnhäusern. Eine ältere Frau saß auf einem Stuhl im Schatten unter einem Baum und bürstete ihr langes, hennafarbenes Haar. Auf dem ausgedörrten Rasen vor ihr spielten einige Jungs gemächlich Cricket.

Aufgehäufte Müllsäcke und anderer Abfall, der in der Gasse hinter den etwas fadenscheinigeren Häusern am Rand des Wohnviertels lag, machten den guten Eindruck ein klein wenig zunichte, ebenso wie die Löcher im Boden, die man hier und da gegraben hatte. Doch im Großen und Ganzen sah es in RK Puram Sektor 7 an diesem warmen und verschlafenen Nachmittag richtig nett aus.

Ein einsamer Gemüsehändler kam mit seinem Fahrradkarren langsam an uns vorbei und pries seine Waren lautstark an, ohne dass die Hunde des Viertels aufwachten, die unter den Autos schliefen, um der infernalischen Hitze zu entgehen.

Yogi parkte vor einem roten einstöckigen Haus, wo ein uniformierter Wachmann mit dem Schlüssel bereitstand. Er führte uns ins Obergeschoss und öffnete die Tür zur Wohnung, in der es drückend warm und stickig war. Die Klimaanlage funktionierte nicht, aber nachdem wir den Deckenventilator in Gang gebracht hatten, konnte man sich wenigstens dort aufhalten.

Eine luxuriöse Unterkunft sah definitiv anders aus. Mein Fernseher und meine Stereoanlage von Bang & Olufsen würden nicht hierherpassen, um es mal so zu sagen. Aber die Wohnung hatte einen gewissen spartanischen Charme, der mir gefiel. Zwei dunkle Räume hintereinander, eine Küchenzeile, ein kleines Bad mit Dusche sowie einer Toilette (die zwar nur ein Loch im Boden war, dafür aber ein ungewöhnlich sauberes). Die Farbe blätterte ein wenig von den Wänden ab, und an der

Decke war ein alter Feuchtigkeitsfleck, aber das waren Kleinigkeiten, die ein Maler schnell reparieren konnte. Wenn erst einmal die Klimaanlage funktionierte, könnte man hier durchaus wohnen, dachte ich. Es fehlten noch Möbel, ein Kühlschrank, ein Herd und vielleicht ein Fernseher.

»Du kannst ein paar von unseren alten Stühlen haben, und bei uns stehen auch noch ein gutes Bett und ein bequemes Sofa. Alles andere bekommst du auf dem Elektronik-Markt im Viertel nebenan«, sagte Yogi.

Was mich letztendlich von der Wohnung überzeugte, war die kleine Dachterrasse. Sie war nicht größer als fünfzig Quadratmeter und wurde zur Hälfte von zwei Wassercontainern und einem alten rostigen Notstromaggregat eingenommen, doch der Rest lag herrlich im Schatten eines großen Banyan-Feigenbaumes. Zwei alte Korbstühle und ein kleiner Kunststofftisch standen herum, und ich bemerkte erfreut, dass noch Platz für eine Hängematte war.

»Ich nehme sie«, sagte ich zu Yogi, der sehr zufrieden wirkte.

»Das wird wie ein neues Leben für dich!«

»Jetzt schon? Ich bin ja noch nicht einmal gestorben.«

»Das war auf jeden Fall äußerst lustig«, erwiderte er grinsend.

Einen Vertrag musste ich nicht unterschreiben, es reichte, die Miete einen Monat im Voraus zu bezahlen, da der Vermieter ein alter Freund der Familie war. Der Wachmann überreichte mir gähnend den Schlüssel, was in seiner prosaischen Einfachheit irgendwie sehr feierlich wirkte. Jetzt war ich also ein richtiger Dilliwala.

»Du kannst in ein paar Wochen einziehen.«

»Ich dachte eigentlich früher.«

»Ein Meister der Geduld«, murmelte Yogi, holte jedoch sofort sein Mobiltelefon hervor und begann den Umzug zu organisieren. Nach einer halben Stunde war alles besprochen. Ein Maler würde am nächsten Tag kommen und die Wohnung streichen, am Tag darauf ein Elektriker sich um die Elektroinstallationen kümmern und die Klimaanlage reparieren. Wenn Lavanya die Wohnung über das Wochenende geputzt und ein gemieteter Fahrer am Montag die Möbel hertransportiert hatte, könnte ich schon in fünf Tagen einziehen.

Auf dem Weg zurück nach Sundar Nagar wurde meine Freude von einer SMS von Preeti noch gesteigert, in der sie fragte, ob wir uns am Donnerstag in einer Woche um sieben Uhr abends im Lodi Garden treffen wollten.

»Wir sollten uns besser bei mir treffen«, schrieb ich voller Vorfreude zurück, zusammen mit der neuen Adresse.

Preeti antwortete sofort mit einem »Okay« und einem Smiley, und ich dachte, dass es jetzt wirklich prächtig lief. Nach all diesen von Bitterkeit und Scheitern geprägten Jahren, hatte sich mein Schicksal ernsthaft gewendet.

Ich fühlte mich unsterblich. Die Welt gehörte mir, die Liebe, der Erfolg. In Ewigkeit. Oder zumindest für eine ganze Weile.

Amen.

KAPITEL 36

»Carpe diem!«

Ich rieb mir den Schlaf aus den Augen und setzte mich benommen im Bett auf. Die überschwängliche Stimme gehörte Yogi, der seinen kugelförmigen Kopf durch die Tür gesteckt hatte. Bevor ich etwas erwidern konnte, stand er schon im Schlafzimmer.

»Jetzt, Mr Gora! Jetzt hast du eine der besten Chancen deines Lebens bekommen!«, rief er enthusiastisch. »Jetzt wirst du den Tag nutzen! Nein, viel besser. Du wirst Shah Rukh Khan treffen, und zwar heute. Carpe diem! *Challo*!«

Dieser Überfall hatte folgende Vorgeschichte: Zu Yogis großem, weitverzweigtem Netzwerk gehörte auch ein kanadischer Freelance-Journalist in Neu-Delhi, dem er von meinem Wunsch, den Bollywood-Star zu treffen, erzählt hatte. Vor ein paar Tagen hatte der Journalist eine Mail geschickt, die Yogi allerdings erst an diesem Morgen gelesen hatte. Mr Sixpack würde an diesem Mittwoch, der gleichzeitig der große Tag meines Umzugs sein sollte, eine Pressekonferenz exklusiv für die Mitglieder des Foreign Correspondents' Club hier in Neu-Delhi geben. Der Filmstar war sowieso wegen eines Werbeauftrags in der Stadt und wollte die Gelegenheit nutzen, den ausländischen Korrespondenten von seiner Rolle als Mogul Akbar der Große im nächsten Projekt von Oliver Stone zu erzählen. Khan spielte die Hauptrolle, die ihm hoffentlich den Durchbruch in Hollywood bescheren würde, was seiner bisher so strahlenden Karriere noch fehlte.

»Die Pressekonferenz ist um drei Uhr nachmittags. Deine Chance, endlich das Exklusivinterview mit dem hochverehrten Shah Rukh Khan zu bekommen!«

Ich sah sofort zwei große Probleme:

1. Auf einer Pressekonferenz werden in der Regel keine Exklusivinterviews gegeben.
2. Ich war kein Mitglied des Foreign Correspondents' Club.

Yogi wischte meine Einwände mit dem üblichen Optimismus beiseite. Schließlich war ich akkreditierter Senior Correspondent mit einem vorzüglichen Presseausweis der Chiliorganisation ICTO, und die private Unterredung mit Shah Rukh Khan würde sich sicher organisieren lassen, wenn er sah, was für ein hervorragender Journalist ich war.

»Ich kann dir helfen und ein wenig auf Hindi mit ihm sprechen, das wird ihm gefallen!«

Ich beugte mich Yogis Argumenten. Seine positive Einstellung und meine momentane Glückssträhne waren eine schwer zu übertreffende Kombination. Wenn ich überhaupt je die Chance haben würde, mit Shah Rukh Khan zu sprechen, dann heute. Carpe diem.

Um halb drei parkten wir vor dem Foreign Correspondents' Club, der sich in einer alten Villa im Grünen gegenüber dem großen Messegelände Pragati Maidan befand. Vor dem Eingang warteten in einer Schlange sicher fünfzig Journalisten in Sommerkleidung. Die Miene des großen rotblonden Mannes, der neben einem kleinen dunkelhäutigen Wachmann stand und die Presseausweise kontrollierte, versprach nichts Gutes.

»Das wird nicht klappen«, sagte ich zu Yogi, der mir als Antwort aufmunternd in den Rücken boxte.

Wir stellten uns an. Als ich an der Reihe war, zeigte ich meinen gelben Presseausweis vor und versuchte so weltgewandt auszusehen, wie ein Senior Correspondent wohl aussah. Der rotblonde Mann drehte den Ausweis einige Male hin und her.

»Sie sind kein Mitglied, nicht wahr?«, sagte er in ausgeprägtem britischen Englisch.

»Noch nicht.«

»Deutscher?«

»Nein, Schwede.«

»Welche Zeitung?«

»Freelancer.«

»Okay. Aber bitte beantragen Sie für das nächste Mal die Mitgliedschaft«, sagte er und winkte mich weiter.

Ich war so überrascht, dass ich Teil II unseres Plans vollkommen vergaß. Yogi boxte mich wieder in den Rücken, diesmal etwas energischer.

»Ach ja, stimmt. Mein Fotograf ist mit dabei«, sagte ich beiläufig und deutete mit dem Daumen auf Yogi, der eine kleine Kamera in die Höhe hielt als vielleicht nicht hundertprozentig überzeugenden Beweis seines Berufsstandes.

Der rothaarige Mann musterte ihn kritisch.

»Haben Sie einen Presseausweis?«

»Natürlich, Sir! Ich habe ihn nur leider im Büro vergessen.«

»Dann fahren Sie zurück und holen Sie ihn.«

»Das schaffe ich nicht, Sir. Das Büro liegt in Noida, die Fahrt dahin dauert über eine Stunde.«

»Das ist nicht mein Problem.«

»Aber vielleicht können wir es trotzdem lösen, Sir. Ich kenne Mr Bill Lancaster, den besten Reporter Kanadas und mein hochverehrter Freund, der ein angesehenes Mitglied dieses hervorragenden Clubs ist. Er ist vielleicht heute hier und kann bezeugen, dass ich Fotograf bin?«, schlug Yogi vor.

»Ich habe ihn nicht gesehen, aber das spielt auch keine Rolle. Ich will nicht Bills Presseausweis sehen, sondern Ihren. Und selbst wenn Sie einen haben, sind Sie immer noch kein Mitglied. Tun Sie uns also allen einen Gefallen und verschwinden Sie.«

»Aber, Sir …«

»Sind Sie taub? Wir lassen nur richtige Journalisten herein. Das hier ist keine Veranstaltung für Shah Rukh Khans indische Fans«, zischte der Rothaarige und blickte verächtlich auf Yogi herab, bevor er sich an mich wandte.

»Ich geben Ihnen einen kleinen Rat«, sagte er leise. »Hier im FCC haben wir die Nase voll von all den indischen Möchtegernjournalisten, die sich einschmuggeln wollen. Stellen Sie meine Geduld nicht noch einmal auf die Probe, wenn Sie wollen, dass Ihr Mitgliedsantrag bewilligt wird.«

Eigentlich konnte man nichts dagegen sagen, dass Yogi der Eintritt verwehrt wurde. Dieses Mal hatte seine kreative Auslegung der Wahrheit nicht den gewünschten Effekt gehabt. Doch die verächtliche Reaktion des Rothaarigen, in der eine gehörige Portion kolonialer Arroganz mitschwang, machte mich wütend. Aber Yogi zwinkerte mir beschwichtigend zu. Ich dachte an Preeti, schluckte meinen Zorn hinunter und folgte dem Journalistenstrom durch den Vordergarten ins Clubhaus.

Wir kamen durch einen Korridor in einen lauten Raum, der sich als Bar herausstellte. Der Durst eines Schreiberlings ist universell, dachte ich und bestellte ein kaltes Kingfisher. Schon bald war ich in ein Gespräch mit einer spanischen Journalistin verwickelt, die wegen der anstehenden Parlamentswahlen in Indien war, jedoch eine kleine Pause von der Politik machen und einen Artikel über das faszinierende Phänomen Shah Rukh Khan schreiben wollte. Danach wechselte ich ein paar Worte mit einem französischen Kameramann namens Jean Bertrand, der wohl an die sechzig Jahre alt sein musste. Er sah aus wie ein Hippie aus Goa, mit seinem langen, grauen, strähnigen Pferdeschwanz und der selbstgedrehten Zigarette hinter dem Ohr, die verdächtig nach einem Joint aussah. Der Franzose war gerade in Pakistan bei seinem x-ten selbstmordähnlichen Auftrag gewesen und behauptete, dass ihn Shah Rukh Khan nicht die Bohne interessierte.

»Aber ich muss mal unter die Menschen und ein paar Bier trinken, bevor ich zurück in den Wahnsinn fahre. Werde nächste Woche eine Gruppe Taliban in Afghanistan begleiten«, sagte er und leerte sein Kingfisher in einem Zug.

Der Rothaarige erschien in der Tür und blickte mit wichtiger Miene über die Menschenmenge.

»Wer ist das?«, fragte ich den Franzosen.

»Jay Williams, auch bekannt als die arrogante Gans aus London. Journalist bei der *Financial Times* und Präsident des Clubs. Ich verstehe nicht, was er in Indien macht, da er alle Inder zu hassen scheint, die nicht besonders reich oder besonders berühmt sind. Aber bei der nächsten Vorstandswahl wird er sicher abgewählt. Und im Swat-Tal in Pakistan hätte er sich bestimmt schon nach einer halben Stunde gehörig in die Hosen geschissen.«

Die Gans bat um unsere Aufmerksamkeit mit einem langgezogenen und extrem hochnäsigen: »Meine Daaaamen und Heeerreeeen!«

Als die Gespräche weitgehend verstummt waren, fuhr er fort: »Mr Khan kommt in etwa fünfzehn Minuten, wenn ich Sie also bitten dürfte, in den hinteren Garten zu gehen, wo die Pressekonferenz stattfinden wird. Wer in zehn Minuten seinen Platz nicht eingenommen hat, bekommt keinen Zutritt mehr. Die Bar ist ab jetzt für eine Stunde geschlossen.«

»Verdammter Faschist«, schnauzte Jean Bertrand und ergatterte rasch ein letztes Bier, bevor die Bar dichtmachte und er auf dem Trockenen sitzen würde.

KAPITEL 37

Fünf Minuten später saßen alle Journalisten auf Klappstühlen im Garten, der mit einem großen Zeltdach überspannt war. Ventilatoren mit Wasserfontänen verbreiteten eine angenehme Kühle, was sich sehr gut traf, denn es dauerte noch eine halbe Stunde, bis Shah Rukh Khan endlich unter Blitzlichtgewitter das Podium betrat.

Er war etwas kleiner, als ich erwartet hatte, jedoch sehr charismatisch. Nach einigen einleitenden Sätzen über seine Rolle im neuen Oliver-Stone-Film dankte die Gans ihm in einer schleimigen Tirade von Ehrfurchtsbekundungen, bevor er mit einem strengen Blick auf uns betonte, dass Mr Khan nur auf Fragen in Verbindung mit seiner Arbeit als Schauspieler antworten würde.

»So streng müssen wir wohl nicht sein«, sagte der Waschbrettbauch, woraufhin die Gans ihr sowieso schon fliehendes Kinn fast verlor und auch nicht mehr wiederfand.

Shah Rukh Khans Intervention nützte allerdings nicht viel, da sein Zeitplan so eng war, dass er nur etwa dreißig Fragen beantworten konnte. Keine davon kam von mir, auch wenn ich die ganze Zeit mit meinem Kugelschreiber wedelte.

Nach der Pressekonferenz bekam die BBC ein zehnminütiges Interview mit Khan in einem Extraraum, bevor er einige weitere vereinzelte Fragen auf dem Weg aus dem Presseclub beantwortete, begleitet von vier breitschultrigen Leibwächtern.

Meine einmalige Chance drohte im Sand zu verlaufen, weshalb ich mich brüsk durch die Menge bis an den wartenden Mercedes mit den getönten Scheiben drängte.

»Mr Khan! Mr Khan!«, rief ich so laut, dass er sich schließlich zu mir umdrehte.

»Ich bin ein schwedischer Journalist.«

»Wir haben alle unsere Probleme«, antwortete er mit einem Zahnpastalächeln.

»Bitte, ein Autogramm nur«, bat ich und streckte ihm ein leicht zerdrücktes Foto von ihm selbst hin, obwohl er bereits am Einsteigen war.

»Bitte, es ist für meine Frau«, rief ich verzweifelt.

Gelächter brach um mich herum aus, und ich spürte, wie ich errötete. Ein Leibwächter packte mich am Arm, um mich wegzuziehen, doch Shah Rukh Khan hinderte ihn daran.

»Das muss eine sehr spezielle Frau sein«, sagte er lächelnd. »Wie heißt sie?«

»Preeti.«

Er kritzelte seinen Namen und einige Worte auf das Bild und reichte es mir. Aus dem Augenwinkel sah ich, wie Yogi mit der kleinen Kamera knipste, als ginge es um sein Leben. Shah Rukh Khan winkte ein letztes Mal den Vertretern der Weltpresse in Neu-Delhi und glitt auf den Rücksitz des Mercedes, der sich rasch entfernte. Ich blieb mit meiner Trophäe in der Hand zurück und wusste nicht, ob ich glücklich oder verlegen sein sollte. Die Gans sah mich verächtlich an, doch die spanische Journalistin kam zu mir und gratulierte. Sie sagte, mein Auftritt hätte sie beeindruckt, und stellte einige zögerliche Fragen, wer denn die betreffende Frau sei.

»Niemand Bestimmtes«, antwortete ich abwehrend und merkte erst, als sie ihren Fotografen zu sich rief, dass ich Gefahr lief, in der *El Mundo* zu landen.

Ich schaffte gerade noch einen Rückzieher und eilte zu Yogi, der mir sofort den Arm um die Schultern legte, als wäre ich ein Star und er mein Leibwächter.

»Mr Gora, das hast du ganz wunderbar gemacht! Ich wusste es! Ich wusste, dass du der fähigste Shah-Rukh-Khan-Interviewer der Welt bist!«

Er zeigte mir stolz die Bilder auf dem Kameradisplay. Sie waren überraschend gut und ganz auf mich und den Bollywood-Star konzentriert. Ein Foto war besonders gelungen: Man bekam den Eindruck, als stellte ich Shah Rukh Khan eine interessante Frage, der mit gerunzelter Stirn lächelte, was ihn etwas amüsiert, aber auch nachdenklich aussehen ließ.

Mein ganzer Körper vibrierte vor Aufregung, als ich zusammenfasste, was ich an diesem in jeder Hinsicht heißen Mittwoch im April aus dem Foreign Correspondents' Club mitgenommen hatte:

1. Drei exklusive SRK-Zitate:
   »Wir haben alle unsere Probleme.«
   »Das muss eine sehr spezielle Frau sein.«
   »Wie heißt sie?«
2. Ausgezeichnete Bilder, die man nicht einmal mit Photoshop nachbearbeiten musste.
3. Ein signiertes Foto mit persönlicher Widmung: »Für Preeti, alles Liebe – Shah Rukh Khan.«
4. Die beruhigende Sicherheit, dass der Bollywood-Star nicht länger zu meinen inneren Dämonen gehörte. Im Gegenteil, er war ein Freund. Den Liebesgruß an Preeti schrieb er ja meinetwegen.

Zusammengenommen war das richtig viel. Punkt 4 verschaffte mir Seelenruhe, Punkt 3 war das perfekte Geschenk für Preeti und gleichzeitig die Rettung aus meinen früheren Lügen. Die Punkte 1 und 2 sollten für einen Artikel über ein exklusives Treffen mit Shah Rukh Khan reichen. Die *Kvällsposten* machte einmal einen Aufmacher und zwei Doppelseiten aus einem Greta-Garbo-Zitat (»Lassen Sie mich in Ruhe«) sowie zwei körnigen Bildern der Primadonna und einem Reporter der Zeitung, die mit einem Teleobjektiv aufgenommen worden waren, als sie sich auf einem Fußweg begegneten. Es wäre doch gelacht, wenn ich aus drei vollständigen Zitaten und mindestens einer Handvoll gestochen scharfer Bilder keine Story zusammenschustern könnte.

Es war wirklich ein Glückstag. In einigen Stunden würde ich in meine Wohnung einziehen können, und morgen war die Einweihungsfeier, zu der nur ein besonderer Gast geladen war: Preeti.

KAPITEL 38

Apartment Nummer 520, erster Stock. RK Puram, Sektor 7. 201 112 Neu Delhi, Indien.

FINDE FÜNF FEHLER! Gesagt, getan:

1. Die Klimaanlage funktionierte immer noch nicht, obwohl sie »repariert« wurde.
2. Man hörte *jedes* Geräusch von den Nachbarn (was umgekehrt bedeutete, dass sie auch *jedes* Geräusch von mir hören mussten).
3. Die Malerfarbe war noch feucht und stank bestialisch.
4. Es gab kein Wasser in der Dusche.
5. Nebenan befand sich ein Slum. Den Gehsteig, der von dort an meinem Fenster vorbeiführte, benutzten die Kinder als Toilette.

Für neuntausend Rupien im Monat kann man keinen Luxus erwarten, aber das Gefühl, die Katze im Sack gekauft zu haben, war doch nicht zu verachten, als die Sonne mich nach meiner ersten Nacht in der Wohnung weckte. Schon am Abend vorher hatte ich während eines Spaziergangs in der Umgebung mit Überraschung und Erschrecken den großen Slum gleich nebenan bemerkt. Dass er mir bei der ersten Wohnungsbesichtigung nicht aufgefallen war, lag an der hohen, dichten Hecke, die unser Viertel abtrennte. Außerdem waren Yogi und ich von der anderen Seite in die Wohngegend gefahren.

In der drückenden Hitze hielten sich die meisten Bewohner des Slums in den dunklen Gassen zwischen den Hütten auf, doch als die Sonne unterging und so etwas wie Abkühlung eintrat, strömten die Menschen hinaus auf die große Straße, die als fließende Grenze zum Rest der Stadt fungierte. Kleine einfache Straßenküchen mit Gasbrennern wurden aufgebaut, Stände mit Limonade und Snacks hervorgerollt, Musik dröhnte aus riesigen, trichterförmigen Lautsprechern, die plötzlich überall auftauchten, und barfüßige Kinder setzten sich in langen Reihen nebeneinander an den Gehsteig, um ihr Bedürfnis zu verrichten. An den Gehsteig, auf den ich von meinem Fenster aus sah.

Eine verdorrte Grasfläche und ein Zaun lagen zwischen meinem Haus und dieser öffentlichen Freilufttoilette, und die Dämmerung verschleierte die intimsten Einzelheiten. Doch der Anblick der Kinder und ihrer Tätigkeit war trotzdem sehr aufdringlich.

Andererseits war alles recht schnell vorbei, so als ob die Verdauung der Kinder synchron laufen würde. Um halb sieben Uhr abends kamen die ersten, und eineinhalb Stunden später waren die meisten fertig. Am Morgen sah man nichts mehr von ihrer Abendtoilette. Irgendjemand hatte alle Spuren beseitigt und ein weißes Desinfektionspulver auf dem Gehsteig verstreut. Diesem jemand, wer auch immer es war, galt meine tiefste Dankbarkeit.

Ansonsten fühlte ich mich hauptsächlich, als hätte ich die Nacht in einer Dose mit Verdünnungsflüssigkeit verbracht. Die beißenden Farb- und Lösungsmitteldämpfe hingen immer noch dick in der Wohnung, auch wenn ich mit offenem Fenster geschlafen und den Deckenventilator auf höchste Stufe eingestellt hatte. Mein Hals war geschwollen, beim Atmen pfiff es in den Lungen, und meine Augen brannten, als hätte ich Chili hineingerieben.

Wenigstens gab es wieder Wasser, so dass ich eine Dusche

zur Abkühlung nehmen konnte, nach der es mir etwas besser ging. Ich band mir ein Handtuch um die Hüften und überlegte, wie ich die akute Wohnungskrise angehen sollte. Yogi war überstürzt erneut nach Madras geflogen, um eine weitere Partie dieser fantastischen Bettüberwürfe zu kaufen, von denen es unzählige im Süden von Indien geben musste. An einen vorübergehenden Rückzug nach Sundar Nagar war also nicht zu denken. Mit anderen Worten, ich war mir selbst überlassen, und das war kein schönes Gefühl.

Der Farbgestank würde mit der Zeit sicher verschwinden, wenn ich den Ventilator weiter eingeschaltet und die Fenster den restlichen Tag geöffnet ließ, doch die Dämmerungsaussicht auf die kackenden Kinder war nicht wegzulüften, und die Klimaanlage war komplett tot. Und heute Abend würde Preeti in meine Wohnung mit den hauchdünnen Wänden kommen.

Ich hörte, wie der Mann nebenan ein halbes Kilo Morgenschleim hochhustete und seine Frau einen indischen Schlager summte (Shah Rukh Khans »Om shanti om«, auch das noch!), wie ihre Kinder Tee tranken (ich meinte sogar, Unterschiede in den Schlürfgeräuschen zu hören, die auf einen Jungen beziehungsweise ein Mädchen hindeuteten). Mit anderen Worten: Diese Wohnung war nun wirklich kein geeignetes Liebesnest für animalische und hemmungslose Bettspiele.

Ich zog mir ein Paar dünne Baumwollhosen und ein ebensolches Hemd an und ging hinaus, um etwas Luft zu schnappen und mir den Slum genauer anzusehen. Einerseits wollte ich wissen, wie nahe er wirklich war, andererseits war ich neugierig. Da ich ja nun hierbleiben würde, konnte man auch die Nachbarn kennenlernen.

Ich ging durch unser bewachtes Tor und um die Ecke. Auf Höhe meiner Wohnung auf der anderen Seite des Zauns begann ich meine Schritte zu zählen, bis ich beim Slum ankam. Neunzig Schritte.

Kleine Rauchfahnen stiegen über Blechdächern, Planen und Ziegelbaracken auf. Hundegebell, vermischt mit Stimmengewirr, schallte aus dem Hüttenmeer. Ich war unsicher, ob ich hineingehen oder hierbleiben sollte. Es klang, als ob das Viertel langsam zum Leben erwachen würde.

Schließlich machte ich ein paar vorsichtige Schritte durch eine schmale, dunkle Gasse. Nach etwa zehn Metern verzweigte sie sich in alle Himmelsrichtungen. Bunte Wäscheleinen hingen wie dekorative Girlanden über den schmalen Gassen, und in den Telefonmasten hingen große Nester aus Kabeln, die kreuz und quer zwischen den Baracken verliefen. Vor blau gestrichenen Häusern mit dunklen Zimmern saßen Menschen auf Charpais - den traditionellen, mit Stoffstreifen bespannten Bettrahmen -, tranken Tee oder aßen ihr Frühstück, während Hühner Krümel und Reiskörner vom Boden aufpickten. In anderen Gassen hatte man bereits mit dem Tagwerk begonnen, und meistens waren es Frauen, die die härteste Arbeit erledigten. Junge Mädchen kurbelten eifrig ihre handbetriebenen Nähmaschinen, eine zerfurchte alte Frau saß an einer Feuerstelle und frittierte Berge von Pakoras in einer großen Schale mit zischendem Öl. An der Wasserpumpe stand eine lange Schlange Frauen, die Eimer und andere Gefäße auf ihren Köpfen balancierten. In jeder kleinen Gasse wurde ich von Kindern in Schuluniformen mit Lachen und einfachen Sätzen auf Englisch begrüßt. Nachdem ich mich an das Gedränge und den Lärm gewöhnt hatte, beeindruckte mich die ansteckende Freude, die die Bewohner ausstrahlten, und ihre saubere und ordentliche Kleidung. Trotz ihrer Armut waren es stolze Menschen.

Nachdem ich eine Weile in dem scheinbar willkürlich gebauten Barackenviertel umherspaziert war, erkannte ich eine deutliche Struktur. In der Mitte des Slums und an den Wegen lagen die besseren Behausungen, mit richtigen Ziegelwänden, eigenen Latrinen und manchmal sogar dieselbetriebenen Generatoren für die Stromversorgung, wie in jedem anderen Viertel von Delhi. Es gab sogar Fernsehantennen und Satellitenschüsseln auf einigen Dächern. Dazwischen und im hinteren Teil neigten sich zerbeulte Blechhütten gegen Bruchbuden, die aus unregelmäßigen Brettern zusammengefügt waren. Die schlimmsten Behausungen, aus Pappe und Planen, lagen an einem stinkenden Wasserlauf, der als Müllhalde diente. Wohlgenährte Schweine wühlten in dem durchweichten Abfall, und einige Jungen mit großen Säcken auf dem Rücken suchten dort nach Plastikflaschen und anderen wiederverwertbaren Dingen. Offensichtlich gab es auch im Slum eine Hierarchie.

Eine junge, zartgliedrige Frau blieb vor mir stehen. Mit einer Hand hielt sie das Ende ihres Schleiers vor das Gesicht, so dass nur die Augen zu sehen waren.

»Haben Sie zehn Rupien für Chapati, Sir?«, fragte sie und streckte die andere Hand aus.

Die etwas nasale Stimme hatte einen verschämten Unterton, und der entschuldigende Ausdruck in ihren Augen verwirrte mich.

Ich suchte in meinen Hosentaschen, doch sie waren leer.

»Es tut mir leid, aber ich habe kein Geld dabei.«

»Woher kommen Sie?«, fragte sie.

»Schweden.«

»Das ist in Nordeuropa, nicht wahr?«

»Genau. Du bist gut in Geographie und sprichst gut Englisch.«

»Wohnen Sie in Indien, Sir?«

»Ja, gleich hier nebenan«, antwortete ich und deutete in Richtung RK Puram.

»Brauchen Sie Hilfe im Haushalt?«

»Ich weiß nicht recht«, erwiderte ich zögernd.

»Ich kann putzen und kochen, Sir. Sehr billig! Ich bin eine sehr tüchtige Haushaltshilfe.«

Bei der Aussicht auf Arbeit wurde die junge Frau so aufgeregt, dass sie den Schleier so weit sinken ließ, dass ich einen Blick auf Mund und Nase werfen konnte, die zu einer schweren Kiefer-Gaumen-Spalte zusammengewachsen waren. Instinktiv zuckte ich ein paar Zentimeter zurück, woraufhin sie sich verlegen wieder den dünnen Stoff vor das missgestaltete Gesicht zog. Ein unangenehmes Schweigen breitete sich zwischen uns aus, das ich schließlich mit der Frage nach ihrem Namen brach.

»Shania, Sir. Brauchen Sie eine Putzhilfe?«

»Ich glaube nicht.«

»Aber Sie müssen sich nicht gleich entscheiden, Sir! Ich kann mit in Ihre Wohnung gehen und Ihnen zeigen, wie tüchtig ich bin, ohne dass es Sie etwas kostet«, sagte sie und sah sich unruhig um.

»Ein anderes Mal vielleicht«, erwiderte ich und lächelte gezwungen, bevor ich langsam davonging.

»Ich kann Ihnen helfen, Sir!«, rief sie mir hinterher. »Ich bin sehr tüchtig! Bitte!«

Ich warf einen letzten Blick über die Schulter zurück und meinte eine Hand zu sehen, die das Mädchen in eine Gasse zog. Einen Augenblick überlegte ich, ob ich zurückgehen sollte, verließ dann jedoch den Slum mit einem nagenden Unwohlsein im Bauch.

Zurück in der Wohnung legte ich mich aufs Bett und schloss die Augen. Sofort sah ich es wieder vor mir, das große, fleischige Loch zwischen Nase und Lippe, das die schiefen Zähne entblößte. Die Verzweiflung in der nasalen Stimme hallte in meinen Ohren wider.

Sie hatte einen Nerv bei mir getroffen, den ich bisher nicht gekannt hatte, etwas viel Tieferes als das rasch vorübergehende Mitleid, das ich für notleidende Menschen hier in Indien bisher empfunden hatte. Sie ließ mir keine Ruhe, das Mädchen mit dem entstellten Gesicht und den ernsten, schönen Augen.

KAPITEL 39

Glücklicherweise gelang es mir noch, genügend Energie und Konzentration aufzubringen, um die dringendsten Probleme in der Wohnung anzugehen. Auf dem Elektromarkt auf der anderen Seite des Slums fand ich einen batteriebetriebenen CD-Player und zwei indische Shah-Rukh-Khan-CDs als Musikschutz gegen die Nachbarwohnung. Nachdem ich ein wenig bei den Geschäften herumgefragt hatte, fand ich schließlich auch einen Elektriker, der mit mir in die Wohnung kam und die Klimaanlage reparierte. Er schraubte außerdem eine lange Holzstange über das Fenster mit der unappetitlichen Aussicht, an die ich ein Stück Stoff als provisorische Gardine hängte. Durch ausgiebiges Lüften sowie das Verbrennen von Räucherstäbchen gelang es mir, den Farbgestank auf ein Minimum zu reduzieren.

Nachdem der Strom zwischendurch immer wieder ausfiel, füllte ich den Kühlschrank nur mit Bier, Mineralwasser und Obst. Ein Tuch auf dem Tisch, eine Vase mit einer roten Rose und eine brennende Kerze verliehen der Wohnung einen gewissen romantischen Anstrich. Oberflächlich sah sie wirklich gut aus, als es um Punkt sieben Uhr an der Tür klopfte.

Sie ist pünktlich, dachte ich und atmete tief durch, bevor ich öffnete. Doch statt Preeti standen drei hochgewachsene Frauen im Treppenhaus, die sich an mir vorbei in die Wohnung drängten und die Tür hinter sich schlossen.

Eine der Frauen hatte Hundert-Rupien-Scheine zwischen den Fingern und wedelte mit der Hand vor meinem Gesicht wie mit einem Fächer, während sie etwas auf Hindi rief. Mit ihrer gebogenen Nase und dem scharfen Blick erinnerte sie mich an einen Raubvogel. Die Stimme klang nicht nur aggressiv, sondern auch sehr tief, wahrscheinlich war sie eigentlich ein Mann. Was bei näherer Betrachtung auch für die anderen beiden galt, angesichts der markanten Gesichtszüge und des Bartschattens unter der dicken Schminke.

Als die Eindringlinge zu singen und im Kreis um mich herumzutanzen begannen und dabei bedrohlich in die Hände klatschten, bekam ich richtig Angst.

»Was wollt ihr?«, quiekte ich verängstigt und warf einen raschen Blick durch das Fenster. Zu meiner Verzweiflung war der Wachmann verschwunden. Stattdessen sah ich zwei weitere in Saris gekleidete männliche Gestalten durch das Tor kommen. Eine Minute später waren auch sie in meiner Wohnung. Da stand ich also in meinem neuen spartanischen Heim und war Geisel von fünf offensichtlich wahnsinnigen indischen Transvestiten, von denen ich nicht wusste, was sie von mir wollten (und eigentlich wagte ich auch nicht, darüber nachzudenken).

Sobald ich einen Versuch unternahm, mich aus dem wild tanzenden Kreis zu befreien, stieß man mich zurück und streckte mir die Hand mit den Geldscheinen ins Gesicht.

Darum scheint es hier zu gehen, dachte ich, und brachte ein jämmerliches »Geld?« hervor.

Yogi hatte mir beigebracht, dass Indien das Land der heiligen Götter war, doch die Erfahrung hatte gezeigt, dass es in gleichem Maße das Land der heiligen Rupien war. Die Transvestiten hielten sofort in ihrem ritualartigen Tanz inne, und der Raubvogel wiederholte »Geld«, gefolgt von einem längeren Monolog, den ich nicht verstand. Mit zitternden Händen zog ich mein Portemonnaie aus der Tasche und holte einen Hundert-Rupien-Schein hervor. Als ich ihn überreicht hatte, begannen die ungebetenen Gäste wieder, zu heulen und bedrohlich in die Hände zu klatschen. In dem unendlichen Strom harscher Worte erkannte ich eines, das ständig wiederkehrte: Bakschisch. Trinkgeld, Schmiergeld, Provision, Belohnung. Geliebtes Kind trägt viele Namen. Trotz meiner Angst wurde ich langsam wütend.

»Haut ab, sonst rufe ich die Polizei«, rief ich so barsch, wie ich nur konnte, und hielt mein Handy in die Höhe.

Das hätte ich nicht tun sollen. Sofort riss mir der größte der Transvestiten das Gerät aus der Hand und brach in Hohngelächter aus, bevor er seinen rosafarbenen, pailettengeschmückten Sari hob und haarige Beine entblößte. Ich verstand es als Warnung, dass er noch mehr von sich zeigen würde, wenn ich nicht noch mehr herausrückte. Ich nahm drei weitere Hundert-Rupien-Scheine aus dem Geldbeutel und bemerkte, dass dies mein letztes Bargeld war. Irgendetwas sagte mir, dass das nicht genügte und dass die Transvestiten auch keine Kreditkarten nahmen.

Plötzlich ertönte eine verärgerte Stimme, die mir bekannt vorkam. Ich zuckte zusammen, ebenso wie der zeigefreudige Transvestit im rosa Sari. Mit einem Mal wurde es totenstill in meiner Wohnung, und alle blickten zur Tür, wo Preeti stand und die Eindringlinge aus schwarzen Augen musterte.

Die Transvestiten sagten etwas, das sehr herausfordernd klang, doch Preeti ließ sich davon nicht einschüchtern. Nach einer Weile wandelte sich ihr Zorn zu einer belehrenden Zurechtweisung. Die Aggressivität der ungebetenen Gäste ebbte ab. Der rosa Sari schnaubte verärgert und gab Preeti mein Mobiltelefon, die dem Raubvogel dafür einen Fünfhundert-Rupien-Schein reichte, bevor sie die ganze Gruppe hinausscheuchte.

Als der letzte Eindringling die Wohnung verlassen hatte,

schloss Preeti die Tür und sah mich mit ernster Miene an. Ungefähr fünf Sekunden lang. Dann brach sie in schallendes Gelächter aus, bei dem ihr die Luft wegblieb und sie sich den Bauch halten musste. Erschöpft sank ich auf einen Stuhl und blickte sie verständnislos an.

»Entschuldige«, sagte sie und trocknete sich die Lachtränen. »Aber das ist so wahnsinnig komisch. Ein armer Ausländer, der von einer Gruppe Hijras attackiert wird. Das passiert wirklich nicht jeden Tag. Normalerweise lassen sie die Touristen in Ruhe. Das hier war demnach der endgültige Beweis, dass du jetzt ein echter Dilliwala bist.«

»Hijras?«

»Männer, die sich wie Frauen kleiden. Einige von ihnen sind außerdem kastriert. Und gefürchtet für ihre Hexenkünste.«

»Hat sich der Wachmann deshalb versteckt?«

»Vielleicht. Oder vielleicht war es auch er, der gegen ein wenig Bakschisch erzählt hat, dass du neu im Viertel bist, und ihnen dann den Weg freigemacht hat.«

Preeti gab mir einen raschen Kuss auf die Wange. Ich war immer noch so mitgenommen von dem Erlebnis mit den Sarimännern, dass ich zu keiner Antwort fähig war.

»Wenn jemand in eine Wohnung neu einzieht oder ein Junge geboren wird, dann kommen sie zu Besuch«, erklärte sie. »Sie singen und tanzen und sprechen einen Segen über die Wohnung oder das Kind. Wenn man sie jedoch nicht bezahlt, dann verwünschen sie einen. Man nennt sie auch das dritte Geschlecht; sie stammen von den Eunuchen ab, die die Harems der Maharadschas und Mogule bewachten. Sie gehören zu einer eigenen Kaste und haben sogar eine eigene Religion, eine Mischung aus Hinduismus und Islam.«

»Was bin ich dann jetzt, gesegnet oder verwünscht?«

»Gesegnet, zweifellos. Auch wenn sie sich beschwert haben,

als sie gingen, waren sie dennoch mit dem Erlös recht zufrieden«, erwiderte Preeti.

»Wie viel bin ich dir schuldig?«

»Das geht auf mich als Dank für die Vorstellung.«

Ich schüttelte den Kopf und verzog einen Mundwinkel zu einem schiefen Lächeln.

»Männer in Frauenkleidern, die die Menschen erschrecken. Dieses Land überrascht mich immer wieder.«

»Wir sind gut darin, fantasievolle Lösungen für Probleme zu finden«, sagte Preeti.

»Was meinst du damit?«

»Man muss erfindungsreich sein, wenn man in Indien eine von der Norm abweichende sexuelle Orientierung hat. Mithilfe von ein wenig Religion und Mystik haben sich die Hijras eine Identität geschaffen, die akzeptiert wird, wenn auch widerwillig. Zu dieser Gruppe gesellt sich alles, von richtigen Transvestiten bis zu normalen homosexuellen Männern, die sich nur wie Frauen anziehen, um sich nicht verstecken zu müssen.«

»Aber warum sind sie so aggressiv?«

»Das ist ihre Art, zu überleben. Wenn wir keine Angst vor den Hijras hätten und ihre Verwünschungen nicht fürchten würden, dann würden wir ihnen ja auch kein Geld geben.«

»Ich muss sagen, ich kann irgendwie wenig Sympathie für gewaltbereite Transvestiten aufbringen.«

»Ach, man darf ihre Drohungen nicht zu ernst nehmen. Das meiste ist nur Schau und wird von ihnen erwartet. Und vielleicht ist es auch eine Art, zu zeigen, dass man noch seinen Stolz hat und sich nicht unterdrücken lässt. Denn auch wenn viele die Hijras fürchten, spucken ihnen auch manche auf der Straße hinterher. Sie bekommen keine normalen Jobs, deshalb halten sie sich im besten Fall mit Singen und Tanzen über Wasser. Sehr viele prostituieren sich auch.«

»Ich verstehe«, sagte ich und zog Preeti auf meinen Schoß.

Sie verschränkte ihre Hände in meinem Nacken und sah mir in die Augen.

»Jetzt weiß ich, was ich so sehr an dir mag«, sagte sie. »In deiner Gesellschaft passiert immer etwas. Du bist anders und neugierig. Nicht so steif wie viele andere Männer in deinem Alter.«

Das war eines der schönsten Komplimente, das ich seit langem bekommen hatte. Gleichzeitig war es auch schwer anzunehmen, weil es dem alten Bild von mir selbst als ängstlichem Gewohnheitsmenschen widersprach.

»Ich bin nur froh, dass ich noch lebe«, sagte ich. »Danke, dass du mein Leben gerettet hast, und willkommen in meinem neuen Heim. Ich habe dich vermisst.«

»Und ich habe etwas für dich«, antwortete sie und deutete auf einen Korb mit Mangos, den sie beim Hereinkommen auf den Tisch gestellt hatte. »Die ersten der Saison. Magst du Mangos?«

»Und wie«, log ich. »Vielen Dank!«

»Es ist die nahrhafteste Frucht der Welt. Hat sehr viele Vitamine und löscht den Durst besser als alles andere.«

Preeti stand auf und ging langsam durch die Wohnung.

»Ich muss dich vor der Aussicht warnen«, sagte ich, woraufhin sie natürlich den Stoffvorhang hob und auf den Gehsteig hinunterblickte.

»Ja, was soll man machen, wenn man keine richtige Toilette hat«, sagte sie mit einem leicht verlegenen, entschuldigenden Seufzen, als ob sie selbst Schuld an der Situation der Kinder hätte. »Aber ich mag deine Wohnung. Sie ist einfach und gemütlich.«

»Ich habe auch etwas für dich«, erwiderte ich und holte das signierte Foto von Shah Rukh Khan.

Sie strahlte vor Freude, als ich es ihr gab.

»Für mich? Wie war er?«

»Sehr nett.«

»Du warst also in Mumbai?«

»Nein, wir haben uns in Delhi getroffen, weil er geschäftlich hier war.«

»Erzähl mehr!«

Drei klebrige Mangos später, nach einer etwas modifizierten Version meines exklusiven Treffens mit dem Bollywood-Star, schaltete ich den CD-Spieler ein.

»Ich liebe dich«, sagte ich und zog sie zu mir aufs Bett.

Es knarrte. Shah Rukh Khan sang für uns.

»*Do dil mil rahe hain*« – zwei Herzen, die sich treffen.

KAPITEL 40

Meine Beziehung zu Preeti war von diesen kurzen und wunderschönen Treffen geprägt, doch vor allem von den langen und ermüdenden Wartezeiten dazwischen. Das nächste Treffen stand immer in den Sternen. Unsere Vereinbarung, dass ausschließlich sie sich melden würde, hatte weiterhin Bestand.

Um die Wartephasen zu überbrücken, stürzte ich mich auf das sogenannte Interview mit Shah Rukh Khan. Es war lange her, dass ich mich in kreativer Formulierungskunst geübt hatte, was man zu Beginn des Artikels auch deutlich merkte. Doch nach ein paar Tagen wurde es leichter, und bald hatte ich einen langen und meiner Meinung nach auch richtig guten Bericht über meine Begegnung mit ihm geschrieben. Etwas geschwindelt war er allerdings, mit aus dem Zusammenhang gerissenen Zitaten, die der Bollywood-Star in einem anderen Kontext gesagt hatte und die er so nicht wiedererkennen würde, bekäme er den Text je zu lesen. »Wir haben alle unsere Probleme«, was ja eigentlich eine scherzhafte Spitze in meine Richtung war, musste als Antwort auf die Frage »Warum ist Ihnen der Durchbruch in Hollywood bisher verwehrt geblieben?« herhalten. Doch ich hatte mein Material geschickt zusammengesetzt, und der Ton des Artikels war durchgehend positiv. Ich hatte ihn mit vielen Informationen aus Lavanyas Zeitschriften angereichert, und zusammen mit den anschaulichen Beschreibungen der Gesten des Filmstars wirkte der Text sowohl fachmännisch als auch persönlich.

Da ich immer noch keinen Computer hatte, schrieb ich alles

mit der Hand. Erik war aber bereits auf dem Weg nach Delhi und hatte am Telefon versprochen, meinen Laptop im *Star Hotel* zu hinterlassen, bevor er am nächsten Montag frühmorgens auf die letzte Rundreise der Saison mit *Unglaubliches Indien!* aufbrechen würde. Er erzählte, dass er direkt im Anschluss nach Rishikesh fahren würde, um Josefin zu treffen, und schlug vor, dass Yogi und ich uns ihnen anschließen sollten. Der bloße Gedanke an Eriks wiedergeborene Freundin verursachte mir Übelkeit, aber in einem Anfall von Kameradschaft und irgendwie auch Dankbarkeit sagte ich zu. Immerhin war es ja Eriks Verdienst, dass ich nach Indien gereist war.

Am Dienstagvormittag nahm ich ein Taxi zum *Star Hotel.* Es war ein merkwürdiges Gefühl, die Lobby zu betreten und die schäbige Rezeption wiederzusehen mit dem mindestens ebenso schäbigen Rezeptionisten, der mir meinen Laptop unter einem ausgedehnten Gähnen sowie einem langgezogenen Rülpsen überreichte. Hier hatte meine indische Reise so voller Schrecken begonnen. Jetzt lächelte ich bei der Erinnerung an meine erste Nacht in Delhi unter dem blinkenden Neonstern.

Ich fuhr zurück nach RK Puram, tippte sofort das Interview in den Rechner und schickte es über die etwas launische Internetverbindung, die es im Haus gab, an zwei schwedische Filmzeitschriften, zusammen mit den Fotos von Shah Rukh Khan und einem Angebot, das ganze Paket zum Schnäppchenpreis von sechstausend Kronen zu kaufen.

Danach sah ich meinen Posteingang durch. Siebenhundertvierzehn ungelesene Nachrichten, von denen etwa sechshundert sofort gelöscht werden konnten. Unter den übrigen waren nur zwei private Mails; eine von Richard Zetterström, der erst fragte, wie es mir ging, und dann erzählte, dass er meine Wohnung leider noch nicht untervermieten konnte. Die andere Mail war von meiner Tochter Linda, die zuerst fragte, wie es mir ging, und dann, ob sie nicht in meine Wohnung einziehen könne. Sie hatte ihre Pläne für eine Auslandsreise ad acta gelegt und wollte stattdessen weiterstudieren (diesmal wirklich Kunstgeschichte!). Das bedeutete allerdings höhere Kosten für Kursliteratur, was dazu führte, dass sie sich ihr Studentenzimmer in Lund nicht mehr leisten konnte.

»Und ich will nicht wieder zurück zu Mama ziehen«, schrieb das schlaue Mädchen.

Die beiden Mails hebelten sich effektiv aus und beraubten mich somit meiner ersehnten Extraeinkunft, auf die ich gehofft hatte. Ein Vater, der sich selbst ins Gesicht schauen können möchte, kann seiner studierenden Tochter ja nicht das Dach über dem Kopf verwehren. Widerwillig erlaubte ich ihr den Umzug, allerdings mit einer langen Liste an Verhaltensregeln.

Danach konnte ich der Verlockung nicht widerstehen, die Himmelreich-Seite aufzurufen, aus der hervorging, dass der Malmö FF die neue Saison mit drei Siegen in Folge begonnen hatte. Vor einigen Monaten hätte diese Nachricht meinem ansonsten so traurigen und langweiligen Leben einen ordentlichen Energieschub verpasst. Jetzt war ich nur … zufrieden. Ich klickte weiter durchs Forum, um die Kommentare zu lesen, hatte nach ein paar Minuten aber schon keine Lust mehr. Es war nicht wichtig, sich in Meniskusverletzungen, Auswärtsspielstatistiken, Torwartprobleme und Differenzen zwischen den Fangruppierungen zu vertiefen. Nach meinem kalten Entzug war ich endgültig geheilt von der langen Abhängigkeit. Das machte mich zwar einerseits glücklich, andererseits aber auch etwas unentschlossen. Denn in all ihrer Destruktivität vermittelte einem so eine Zwangshandlung ja auch Sicherheit, war wie ein Verbündeter, der verhinderte, dass man an seine tatsächlichen Probleme dachte.

Ich hatte schon viele solcher Verbündeter im Leben, von der

klassischen Kindheitsphobie, nicht auf die Ritzen zwischen den Gehsteigplatten zu treten, bis zur wahrscheinlich sinnlosesten Freizeitgestaltung der Welt: Autokennzeichenspotting.

Ein vollkommen unterforderter Angestellter des Baureferats in Malmö wies mich in dieses Spiel ein, als ich für die Kommunikatoren dort das städtische Infomaterial, das online bereitgestellt wurde, moderner gestalten sollte. Die Regeln waren einfach: Rechne und sammle Nummern von Autokennzeichen. Beginne mit einem, das auf 001 endet, und hake alle ab, bis du die Reihe mit einem Schild beendest, das auf 999 endet.

Es klang so dämlich, dass ich nicht widerstehen konnte. Nachdem ich schon am ersten Tag zwei Treffer gelandet hatte, war ich süchtig. Es ging sogar so weit, dass ich diverse Kilometer fuhr, nur um einen weißen Volvo 245 mit den Schlussziffern 114 abzuhaken, den ich einen Monat zuvor auf einem Parkplatz in Vellinge gesehen hatte und der jetzt in meine Reihe passte. Ein anderes Mal blieb ich eine Extraschleife im Bus sitzen, weil ich das Gefühl hatte, dass ich endlich die Ziffer 200 sehen würde, nach der ich seit zwei Wochen suchte. Es gab eine Webseite, auf der man seine Erfolge auch posten und von den wirklichen Könnern des Spiels lesen konnte. Solche, die fünfzehn Autos an einem Tag gesehen oder sogar einen Dreifachtreffer auf einem Bild verewigt hatten. Einen großen Teil meines Arbeitstages verbrachte ich auf dieser Seite. Das war noch vor Kents Zeit. Es bestand also keine Gefahr.

Ich kam erst von dieser Sucht los, als ich auf die Idee kam, zu schwindeln. Es begann mit einem roten Renault Clio, dessen Nummernschild eigentlich auf 278 endete, das ich jedoch »zufällig falsch las«, weshalb eine 287 daraus wurde, die ich gerade brauchte. So ging es weiter mit einem hellgrauen Kia Sorento, dessen Nummernschild verschmutzt und die Zahlen daher schwer zu lesen waren. Ich interpretierte die seit Stunden gesuchte 312 hinein. Ich versuchte so zu tun, als wäre alles nach den Spielregeln, doch das schlechte Gewissen holte mich an einem sonnigen Septembertag an einer roten Ampel in der Amiralsgatan ein. Das Auto vor mir war zufällig derselbe hellgraue Kia Sorento, allerdings frisch gewaschen. Kennzeichen 848. Nicht eine Zahl richtig übernommen.

Wenn ein nicht mehr ganz junger Mann allein für sich errötet, weil er beim Kennzeichenspotten geschummelt hat, dann gibt es zwei Möglichkeiten:

1. Er gibt zu, dass er ein Problem hat, und sucht sich professionelle Hilfe.
2. Er sucht sich eine neue zwanghafte Beschäftigung.

Richtig, ich entschied mich für Nummer 2. Am selben Tag begann ich Frauen zu zählen. Die Regeln waren meine eigenen. Immer noch einfach, aber etwas raffinierter. Wähle unter den ersten fünfundzwanzig Frauen, die dir in die Augen schauen, eine, mit der du *unbedingt* schlafen musst. (Und man *muss* sich wirklich bemühen, *jeder* Frau, der man begegnet, in die Augen zu schauen, sonst schummelt man wieder.)

Wenn mir eine richtige Wahnsinnsfrau in die Augen sah, war die Wahl einfach und das tägliche Zwangsspiel beendet. Doch das geschah sehr selten. Meistens wartete ich die nächste ab, die ja besser aussehen könnte, und die nächste und die nächste … Manchmal ging ich auf Nummer sicher und nahm eine mittelprächtige Frau zwischen Nummer fünfzehn und zwanzig, doch oft wartete ich bis Nummer vierundzwanzig und wusste, dass die *nächste*, die meinem Blick begegnete, *unabänderlich* die war, mit der ich schlafen *musste.*

Alles spielte sich natürlich nur in meinem Kopf ab, aber ich wurde trotzdem manchmal panisch und atemlos, wenn Nummer fünfundzwanzig eine neunzigjährige alte Oma mit Buckel und Rollator war.

Ein halbes Jahr etwa beschäftigte mich dieses Spiel, bis ich erkannte, dass ich während dieses halben Jahres mit keiner Frau tatsächlich geschlafen hatte und ich selbst aus Frauenperspektive vermutlich auch das Prädikat »ich warte den nächsten ab« bekommen würde.

KAPITEL 41

Doch jetzt war ich ja alle früheren Zwangshandlungen los, ebenso wie einen meiner drei inneren Dämonen: den furchterregenden Shah Rukh Khan, den ich mittlerweile nach Yogi als meinen besten Freund in Indien betrachtete. Blieben also nur noch zwei: Kent, den ich trotz seines Ängelholm-Üs auf meiner Visitenkarte noch nicht entzaubert hatte, sowie der Überdämon Vivek Malhotra (der in meiner Welt sehr viel gefährlicher und schrecklicher war als dieser Ravan, der dem hochverehrten Rama seine Sita entführt hatte).

Es war an der Zeit, sich diesem Monster zu stellen. Mit Schweißperlen auf der Stirn, die nicht nur von der Wärme herrührten, googlete ich seinen Namen und hatte nach einer Stunde umfangreiches Material über den mächtigen Industriemagnaten gesammelt.

Er war noch größer, als ich gedacht hatte. Vivek Malhotra besaß zwei Fünf-Sterne-Hotels, eine halbe Fluggesellschaft, ausgedehnte Teeplantagen mit Fabriken in Darjeeling und Kerala, Zinkgruben in Rajasthan, eine große und populäre einheimische Kleidermarke, eine Ladenkette, die exklusives indisches Handwerk verkaufte, große Anteile an der führenden Kinokette des Landes, vier riesige Callcenter, eine Firma für Elektrogroßgeräte, eine Handvoll Spitzenrestaurants in Delhi und Mumbai und bestimmt noch zwanzig andere kleinere Unternehmen. Die Mischung zeigte sein Talent, sein Imperium nicht auf einem Wirtschaftszweig aufzubauen, sondern alles zu Geld zu machen, was er anfasste.

Vivek Malhotra war zwei Jahre älter als ich. Ich konnte nicht herausfinden, wie lange er und Preeti schon verheiratet waren (und sie selbst hatte ich noch nicht zu fragen gewagt), doch der älteste Eintrag über beide als Paar war zwanzig Jahre alt. Die Bildsuche ergab mehrere Treffer zu Vivek Malhotra, aber ich fand nur ein Foto, auf dem er mit Preeti zusammen auftauchte, auf einer Wohltätigkeitsgala im schicken *Oberoi Hotel* in Delhi vor zwei Jahren. Preeti trug damals einen reizenden Sari und er eine geschmackvolle Festtagskurta. Sie waren zweifellos ein ungewöhnlich schönes Paar, doch sie sahen zu meiner Zufriedenheit etwas steif und kühl nebeneinander aus.

Allerdings war das auch das Einzige, worüber ich mich während meiner Recherche freuen konnte. Alles andere über Vivek Malhotra war nur zu seinem Vorteil. Mehrere Artikel behandelten seine vergleichsweise einfache Herkunft. Sein Vater war ein mäßig erfolgreicher Kleinunternehmer in der Elektrobranche gewesen, und die Familie hatte ein einfaches Mittelklasseleben ohne Extravaganzen in Ghaziabad, einem Vorort von Delhi, gelebt. Erst als der älteste Sohn Vivek nach Abschluss seines Wirtschaftsstudiums an der Universität von Delhi den Familienbetrieb übernahm, begann dieser zu florieren. Sein Geniestreich war, sich ausschließlich auf Kühlschränke und Waschmaschinen zu spezialisieren, nach denen bei der wachsenden indischen Mittelschicht immer größere Nachfrage herrschte. CAC hieß die Firma, eine Abkürzung für *Cold and Clean.* Und irgendwie kam mir das Logo bekannt vor …

Ich ging zum Kühlschrank und stellte ganz richtig fest, dass er von CAC war. Jetzt würde ich also jedes Mal an meinen Dämon erinnert werden, wenn ich mir ein kaltes Kingfisher holte, was bei dieser Hitze gar nicht so selten war. Zuerst Kents Ü und jetzt auch noch Mr Malhotras Kühlschrank. Meine inneren Dämonen gaben wirklich alles, um mich zu prüfen.

Nach dem Durchbruch als Kühlschrankkönig heimste Vivek einen Erfolg nach dem anderen ein. Vor allem die Tatsache, dass er sich aus eigener Kraft hochgearbeitet hatte und nicht wie so viele andere namhafte Industrielle in die Oberklasse hineingeboren war, verschaffte ihm eine Menge Respekt. Der Großteil der Artikel war beinahe schon unterwürfig geschrieben.

Wenn man seine Verdienste betrachtete, war er mir ganz klar überlegen, doch andererseits stärkte sein Glanz meine eigenen Aktien. Denn wenn Preeti bereit war, durch unsere heimlichen Treffen all diesen Reichtum und den sozialen Status, den die Ehe mit Vivek Malhotra mit sich brachte, aufs Spiel zu setzen, dann musste sie ja wohl mehr als nur ein bisschen in mich verknallt sein.

Pling! Eine eintreffende Mail unterbrach meine Gedankengänge. Als ich sie öffnete, sah ich zu meiner Verwunderung, dass sie von *Cinema* war, einer der Filmzeitschriften, denen ich erst vor wenigen Stunden meinen Artikel geschickt hatte. Und sie wollten ihn haben! Ohne auch nur eine Krone mit dem Preis hinunterzugehen!

»Wir denken schon länger über eine größere Reportage über Bollywood nach, Ihr Artikel kommt also genau zur rechten Zeit. Sehr gut geschrieben und interessant. Wir werden ihn in der Sommerausgabe in einem Monat bringen. Bitte schicken Sie uns Ihre Kontaktdaten und eine Rechnung. Melden Sie sich gern wieder, wenn Sie etwas haben, das uns interessieren könnte.«

Shah Rukh Khan – was sollte man über diesen transformierten Dämon sagen? Zuerst hatte er mir die Tür zu Preetis Herz geöffnet und jetzt die auf den Arbeitsmarkt.

Es war heiß, mir floss der Schweiß in Strömen über die Stirn, aber ich war nicht länger arbeitslos. Ich war Senior Correspondent, und ich war voll dabei. Jetzt würde ich Artikel schreiben, bis die Tastatur glühte!

Motiviert von dem Erfolg beschäftigte ich mich sofort mit der indischen Parlamentswahl. Eine kurze Recherche im Netz ergab, dass in den schwedischen Medien lächerlich wenig darüber berichtet wurde, dass die weltgrößte Demokratie bald eine neue Regierung wählen würde. Offenbar hatte nur das *Svenska Dagbladet* einen Korrespondenten in Indien.

Weil die Marathonwahl in vier Durchgängen über einen ganzen Monat organisiert war, hatte ich noch genügend Zeit. Ich begann damit, mich durch einen Stapel englischsprachiger indischer Zeitungen zu arbeiten, und schrieb eine Analyse über die fünf wichtigsten Wahlthemen, die ich dann auf gut Glück an Schwedens größte Tageszeitungen schickte, zusammen mit der Anmerkung, dass ich in Delhi wohnte und für zukünftige Aufträge bereitstünde. Am nächsten Tag antworteten *Upsala Nya Tidning* und *Göteborgs-Posten* positiv. Die Auslandsredakteurin der *Göteborgs-Posten* fragte zudem, ob ich eine Reportage machen könnte, die nicht das stereotype Bild von Indien wiedergab. »Gern etwas Junges und gern etwas mit Frauen!«

Altersfaschismus und Emanzentum breiten sich aus, knurrte ich leise vor mich hin. Doch Geld ist Geld, und jetzt hatte ich Blut geleckt. Ich blätterte durch die Visitenkarten vom Holi-Fest und fand eine von der recht jungen Nordindien-Chefin von McDonald's. Soweit ich mich erinnern konnte, war sie gegangen, bevor ich zugedröhnt war, was sich als richtig herausstellte, als ich sie anrief. Sie dankte mir für die interessante Diskussion, die wir über schwedisches versus indisches Fastfood geführt hatten (ich hatte eine Lobrede auf meinen Favoriten vom Sibylla-Imbiss gehalten, dicke Bratwurst mit Kartoffelbrei, Bostongurke und ein Pucko-Kakaogetränk, während sie das indische McDonald's-Menü gepriesen hatte mit Bestsellern wie dem Vegiburger mit Masala-Gewürz und dem Paneerwrap mit Chilisoße).

Sie erklärte sich freudig zu einem Interview am nächsten Tag bereit, wo ich auch drei junge Frauen treffen würde, die etwas weiter unten in der Hierarchie des Konzerns arbeiteten. Das war zwar etwas wenig, doch die Redakteurin beim *GP* war sehr zufrieden mit meinem Blickwinkel: »Frauen auf dem Vormarsch in Indien – jetzt beginnt die Wahl über ihre Zukunft.« Zusammen mit zwei guten Bildern verkaufte ich den Artikel für sechstausend Kronen.

Einen Tag später kam eine Mail der *Sydsvenskan*, die die einleitende Analyse haben wollte, die ich bereits an zwei andere Zeitungen verkauft hatte, zusammen mit einer persönlich gehaltenen Kolumne über die Wahl. Ich setzte ihr Vertrauen in mich in einem Text um, der bei Delhis Duft nach fauligen Eiern begann, auf die unmögliche Verkehrssituation einging und schließlich bei einer Reflexion darüber endete, warum die Umweltfrage im Wahlkampf keine Rolle spielte.

Die Ideen sprudelten nur so aus mir heraus. Die Reise nach Rishikesh stand vor der Tür, und ich mailte Anfragen an einige Reisemagazine, ob Interesse an einer ausführlichen Reportage über diesen spirituellen und schönen Ort am Fuße des Himalayas und am heiligen Fluss Ganges bestand. Prompt kam eine Antwort vom Magazin *När & Fjärran*. Man konnte mir zwar keine hundertprozentige Zusage geben, doch wenn der Artikel gut geschrieben und die Bilder zu gebrauchen waren, dann würde die Zeitschrift zwölftausend Kronen dafür zahlen.

Am Abend lag ich in meiner neuen Hängematte auf der Dachterrasse mit einem Bier in der Hand und genoss die abendliche Brise und meinen Arbeitserfolg. In fünf Tagen hatte ich für über zwanzigtausend Kronen Artikel geschrieben und verkauft.

Auch wenn das Finanzamt die Hälfte davon kassieren würde, war es sowohl finanziell als auch perspektivisch ein fantastischer Start für meine neue Karriere. Das Einzige, was noch zum absoluten Glück fehlte, war ein neuer Termin für ein Treffen mit Preeti. Sie hatte mir eine SMS geschickt, dass unser nächstes Date leider mindestens noch eine Woche warten müsse. Auch wenn ich enttäuscht war, war das Timing eigentlich gut. Denn so konnte ich problemlos für ein paar Tage verreisen.

KAPITEL 42

Am nächsten Tag war Yogi zurück aus Madras. Seine Geschäfte liefen glänzend, und als er von meinen jüngsten Erfolgen hörte, mit dem Verkauf des Shah-Rukh-Khan-Interviews als Höhepunkt, war er Feuer und Flamme.

Mein Freund wollte unbedingt mit mir nach Rishikesh fahren, um Erik wiederzusehen und im Ganges zu baden. Ich buchte in einem Reisebüro die Zugtickets, und am nächsten Tag wurden wir frühmorgens von Chauffeur und Plaudertasche Harjinder Singh – dem wir den Spaß gründlich verdarben, indem wir den ganzen Weg über schwiegen – zum Hauptbahnhof gefahren.

Nachdem Yogi uns durch den bunten Flickenteppich aus Menschen, die kreuz und quer auf dem Boden in der Abfahrtshalle schliefen, gelotst hatte, außerdem erfolgreich die aufdringlichen Gepäckträger, die uns unsere Koffer entreißen wollten, abgewehrt und mich schließlich davon überzeugt hatte, dass die fetten Ratten, die die Gleise entlangliefen, nicht durch die Toiletten in die Züge hinaufklettern würden, bestiegen wir den Dehradun Shatabdi Express.

Meine erste Zugfahrt in Indien erwischte mich im wahrsten Sinne des Wortes eiskalt. In meiner Angst, auf einer engen Pritsche in drückender Hitze zu landen oder sogar auf dem Dach eines Waggons, hatte ich Erster-Klasse-Tickets für ein klimatisiertes Abteil gekauft. Und wir bekamen etwas für unser Geld. Ich fühlte mich wie ein eisgekühltes Kingfisher in einem von Mr Malhotras ausgezeichneten Kühlschränken, als wir nach sechs Stunden endlich in Haridwar ankamen. Nach zwei Minuten bei vierzig Grad im Schatten war ich wieder aufgetaut, nach weiteren zwei Minuten kochend heiß.

»Nur die Ruhe, Mr Gora. Bald wirst du die beste Balance zwischen allen Temperaturen finden. Endlich darfst du in Mutter Ganges eintauchen. Es wird der Anfang deines neuen Lebens sein!«

So langsam wurden meine von Yogi angekündigten Wiedergeburten etwas inflationär, doch die Freude, den himmlischen Textilexporteur wieder an meiner Seite zu haben, ließ mich seine religiösen Übertreibungen tolerieren. Wir nahmen ein Taxi von Haridwar nach Rishikesh und checkten eine Stunde später in die kleine Pension ein, in der auch Erik wohnte. Ich erwischte ihn auf dem Mobiltelefon, und nachdem Yogi und ich es uns in unseren Zimmern eingerichtet hatten, trafen wir Erik in einem Café im Zentrum der gemütlichen Kleinstadt.

Das Café quoll über vor jungen Backpackern aus dem Westen mit Dreadlocks und Bandanas, die in ihren *Lonely-Planet*-Reiseführern lasen und nicht nur Zigaretten unter den sich drehenden Deckenventilatoren rauchten. Es roch süßlich und angenehm nach Räucherstäbchen und Hasch. Aus den Lautsprechern drang spirituelle Musik gemischt mit The Doors und Janis Joplin. Der Nostalgiefaktor war hoch. Es gab offensichtlich eine neue Generation von Hippies, die dieselben Sachen wie ihre Vorgänger liebten.

Erik saß ganz hinten auf einem Kissen auf dem Boden, trank Bier und rauchte eine Marlboro. Das Erste, was ich an ihm bemerkte, war ein leichter Schatten unter den Augen. Nach den üblichen harten Männerumarmungen und Rückenklopfern bestellten wir eine Runde Kingfisher und dann noch eine gegen die Hitze.

»Jetzt bist du also ein Inder geworden, Göran. Das hätte man wirklich als Letztes von dir erwartet, du altes Gewohnheitstier«, sagte Erik auf seine typisch unbekümmerte Art.

Doch sein Lachen wirkte gezwungen, und er zündete sich nervös eine neue Marlboro an.

»Seit wann rauchst du denn?«, fragte ich.

»Ach, nur ein wenig im Urlaub. Erzähl mal von deinem Leben in Delhi.«

Ich berichtete, ließ jedoch alles, was mit Preeti zu tun hatte, aus. Yogi steuerte eine farbenfrohe Beschreibung seines letzten Besuchs bei den Textillieferanten in Tamil Nadu bei, bevor Erik übergangslos von der letzten Reise der Saison mit *Unglaubliches Indien!* erzählte.

»Wie läuft es mit Josefin?«, fragte ich.

»Äh … super. Sie wohnt in einem Ashram etwas außerhalb von Rishikesh. Im Moment befindet sie sich in einer intensiven Meditations- und Yogaphase, weswegen wir uns nur kurz gesehen haben. Sehr viel Hokuspokus«, antwortete Erik und zwinkerte, bevor er wieder in Gelächter ausbrach, das dieses Mal jedoch fast schon manisch klang. »Aber heute Abend werden wir uns in dem großen Shiva-Tempel treffen, nach der Ganga-Aarti-Zeremonie.«

»Wunderbar, Mr Erik«, rief Yogi. »Ganga Aarti ist die wichtigste Puja überhaupt. Wir kommen natürlich mit. Es wird ein solches Vergnügen sein, die Frau zu treffen, die unsere Götter zu respektieren versteht.«

Früh am Abend gingen wir drei zu dem Shiva-Tempel, der auf der anderen Seite einer langen, schwankenden Hängebrücke über den Ganges lag. Viele Menschen hatten sich dort bereits versammelt. Ich begann sofort, eifrig zu fotografieren und Material für meine Reisereportage zu sammeln.

Erik ließ rastlos den Blick über die große Menschenmenge

wandern, die in engen Reihen auf Treppenstufen bis hinunter zum heiligen Ganges saß. Nach einer Weile blieben seine Augen an einer Gruppe westlicher Frauen hängen, die ganz in Weiß gekleidet waren. Die meisten trugen auch weiße Schals, die wie Turbane um den Kopf gewunden waren. Sie hatten die Handflächen zusammengelegt und die Augen geschlossen und befanden sich offenbar in tiefer Meditation. In der Mitte der Gruppe thronte ein Inder in einem safranfarbenen Gewand, mit langen Haaren und Rauschebart und einem Tilaka auf der Stirn. Während der Zeremonie schwenkte er langsam eine Feuerschale mit glimmendem Räucherwerk vor sich hin und her. Die Frauen antworteten mit Gebetszeilen, die nach und nach in einen melodischen Gesang übergingen.

»Da ist sie«, flüsterte Erik mir schmachtend ins Ohr und deutete auf eine Frau, die direkt vor dem Guru saß.

Es dauerte eine Weile, bis ich Josefin ohne die langen blonden Haare, die jetzt unter dem Turban versteckt waren, erkannte. Als sie endlich die Augen öffnete, begegnete sie Eriks Blick, und er winkte ihr aufgeregt zu. Sie lächelte rasch zurück, bevor sie die Augen wieder schloss und erneut in einen tranceartigen Zustand versank.

Ich sah dem alten Schwerenöter an, wie frustriert er über diese Situation war, nur mit Mühe schaffte er es, seine Gefühle hinter seiner patentierten Nonchalance zu verbergen.

»Ist zwischen euch etwas vorgefallen?«, fragte ich.

»Warum glaubst du das?«

»Sie scheint nicht sehr empfänglich für deine Kontaktversuche zu sein.«

Erik seufzte tief und kratzte sich den blonden Schopf.

»Verdammt, merkt man das so deutlich?«

»Was war los?«

»Dieser scheinheilige indische Troll hat ihr das Gehirn gewaschen. Sie ist wie ausgewechselt! An meinem ersten Tag hier hatte sie nicht mal Zeit, mich zu treffen, und gestern konnten wir nur eine Tasse ekligen Tee trinken, bevor sie zurück zu irgendeiner dämlichen Yogaübung musste. Sie hat die ganze Zeit davon geredet, dass sie dank des Gurus auf dem Weg sei, ihr wahres Ich zu finden. Als ich sie küssen wollte, sagte sie, das ginge nicht, sie sei gerade in einer Phase der Reinheit. Hast du schon mal sowas Dummes gehört? Ich wette mit dir, dass dieser alte Sack hinter allem steckt. Es würde mich auch nicht wundern, wenn er sich an seine Jünger heranmacht, nachdem er mit seiner Gehirnwäsche fertig ist. Was für ein Schwindler! Zu hässlich, um eine Frau abzubekommen, dann gründet er eine Sekte, und schon hat er das ganze Haus voller williger Weiber.«

Erik tat mir ein wenig leid, doch ich verspürte auch eine gehörige Portion Schadenfreude darüber, dass der Mann, der mir damals Mia ausgespannt hatte – mir, seinem besten Freund! – und dem die Frauen sonst reihenweise aus der Hand fraßen, jetzt ernsthafte Konkurrenz bekommen hatte, wenn auch in Form eines Sektenführers mit langem strähnigem Haar und einem Wohlstandsbauch unter dem safrangelben Gewand.

»Hat sie dir nichts gesagt, bevor du hergefahren bist?«

»Nicht mehr, als dass sie gerade in eine neue Ära ihres vierten Lebens eingetreten sei, oder vielleicht war es auch das fünfte. Aber so hat sie früher ja auch schon geredet.«

»Vielleicht wäre es besser, Josefin zu vergessen.«

»Auf keinen Fall! Ich brauche nur eine Stunde mit ihr, dann programmiere ich sie schon wieder um.«

»Lohnt sich das denn, Erik? In ganz Rishikesh laufen hübsche, spirituell angehauchte Frauen herum. Du kannst dir doch eine andere suchen? Schau mal, die da drüben zum Beispiel, sie sieht aus, als könnte sie einen Mann zum Anlehnen gebrauchen«, sagte ich und deutete auf eine einsame Hippiefrau mittleren Alters, die ganz versunken in ihren persönlichen Ausdruckstanz war. Entweder war sie high oder verrückt. Wahrscheinlich beides.

Eriks Blick hätte töten können.

»Streu nur noch mehr Salz in die Wunde«, erwiderte er.

»Ich wusste nicht, dass dir Josefin so viel bedeutet.«

»Das hat sie am Anfang auch nicht, da war sie ein netter Zeitvertreib. Doch jetzt denke ich fast, dass ich mich in sie verliebt habe. Und das ist verdammt anstrengend.«

Ach, das tut mir aber leid, murmelte ich stumm und wandte mich ab, um mein teuflisches Grinsen zu verbergen und gleichzeitig nach Yogi zu suchen. Ich erspähte ihn schließlich im Ganges, wo er bis zu den Knien, die Hosen sorgfältig hochgekrempelt, im Wasser stand, die Handflächen gen Himmel gereckt und den Blick fest auf die mächtige Shiva-Statue gerichtet, die von einem Scheinwerfer beleuchtet wurde. Ich zückte meine Kamera und machte einige Bilder im effektvollen Dämmerlicht. Der himmlische Textilexporteur aus Delhi in himmlischer Pose. Wenn das Reisemagazin das Foto nicht wollte, würde ich auf jeden Fall einen Abzug anfertigen und Yogi für seinen Altar daheim in Sundar Nagar schenken.

Ein anderer heiliger Mann, wahrscheinlich der Tempelguru, entzündete am Ufer des heiligen Flusses ein Feuer. Jungen in safranfarbenen Gewändern gingen zwischen den Tempelbesuchern umher und teilten Feuerschalen mit Räucherwerk aus. Yogi eilte aus dem Wasser und schnappte sich eine davon, die er unter gemurmelten Gebeten vor sich her schwenkte. Als Erik und ich zu ihm kamen, überreichte er sie uns mit ernster Miene.

»Macht nun euer Ganga Aarti mit reinem und offenem Geist, dann werdet ihr sehen, dass alles Gute, was ihr euch von Herzen wünscht und nicht aus egoistischen Gründen, sich erfüllen wird.«

Erik und ich packten gemeinsam die Feuerschale und richteten sie in den herrlichen Abendhimmel.

»Glaubst du daran?«, flüsterte ich.

»Keine Ahnung. Ich weiß nur, dass ich zu allem bereit bin«, antwortete er, während ich überlegte, ob der Wunsch nach der ewigen Liebe einer Frau unter »Herzenswunsch« oder »egoistisch« einzusortieren war.

»Jetzt werden wir richtig im Ganges baden«, verkündete Yogi feierlich und zog sich bis auf die Unterhosen aus.

Erik folgte seinem Beispiel, ich jedoch zögerte, nachdem ich die Zehen ins Wasser getaucht hatte. Der Ganges war eiskalt vom Schmelzwasser aus dem Himalaya.

»Können wir das nicht morgen bei Sonnenschein machen?«, fragte ich.

»Man kann immer in den Ganges eintauchen, aber gerade jetzt ist ein ausgezeichneter Moment, so dass wir rein sind, wenn wir Mr Eriks wunderbare Verlobte treffen«, antwortete Yogi und zog Erik mit sich in den dunklen Fluss. Als sie zitternd und blaugefroren wieder auftauchten, entschied ich, meine Begegnung mit Mutter Ganges aufzuschieben. Meine Freunde zogen sich wieder an, und wir gingen gemeinsam zu Josefin.

KAPITEL 43

Die Zeremonie war nun vorbei, doch der Guru mit den strähnigen Haaren war immer noch die Lichtgestalt für die weißgekleideten Ausländerinnen. Sie standen im Kreis um ihn herum und warfen sich wie die Hühner vor dem Hahn in Pose.

Erik legte Josefin vorsichtig die Hand auf den Arm. Als sie sich umwandte und ihn erkannte, verschwand ihr Lächeln für einige Sekunden, bevor es etwas gezwungen zurückkehrte.

»Hallo Erik. Wie … nass du bist«, sagte sie und ging ein paar Schritte von den anderen weg.

»Ich habe gerade im Ganges gebadet und bin jetzt sowohl körperlich als auch seelisch rein. Kommst du mit, etwas essen? Ich bin mit meinen Freunden da«, sagte Erik und zog mich zum Beweis nach vorne.

»Göran kennst du von der Busreise, mein Kumpel, der krank wurde und in Jaipur bleiben musste.«

»Das hat dich also nicht abgeschreckt? Du bist schon zurück in Indien«, sagte Josefin mit diesem überheblichen Gesichtsausdruck, den ich von der Reise her kannte.

»Ich habe das Land gar nicht verlassen. Ich wohne jetzt in Delhi. Eine wunderbare Stadt, wunderbare Menschen. Überall echte Gefühle. Nichts wird vorgespielt.«

Sie hob überrascht die Augenbrauen und rümpfte leicht die Nase.

»Und das hier ist Yogi, mein indischer Freund, von dem ich dir erzählt habe«, fuhr Erik fort.

»Ich habe so viel von Ihrem fantastischen Respekt für unsere hinduistischen Götter gehört, Madam. Es ist eine große Ehre für mich, Mr Eriks Verlobte kennenlernen zu dürfen«, sagte Yogi.

»Verlobte? Wir sind ganz bestimmt nicht verlobt«, erwiderte Josefin und schüttelte so entschieden den Kopf, dass der Turban leicht verrutschte.

»Kommst du mit etwas essen?«, fragte Erik erneut, in dessen Blick langsam etwas Wildes trat.

Josefin entfernte sich noch weiter von ihren Glaubensschwestern und senkte die Stimme.

»Das geht leider nicht. Wir müssen zurück in den Ashram. Swami Bababikandra leitet die Abendmeditation, und die darf ich nicht verpassen. Es tut mir leid, aber deswegen bin ich schließlich hier. Um tiefer in meine Seele einzutauchen.«

Ich warf Erik einen Blick aus dem Augenwinkel zu. Seine Nasenflügel weiteten sich, der Brustkorb hob und senkte sich angestrengt. Wenn man einen Menschen als tickende Bombe beschreiben konnte, dann war er gerade das beste Beispiel dafür.

»Swami Barbapapa? Heißt der Fettsack so?«

»Wie kannst du nur so etwas sagen!«

»Barbapapa, genau! Der Fettsack in dem gelben Laken sieht aus wie dieser Zeichentrickklops Barbapapa.«

»Ich glaube nicht, dass wir uns noch etwas zu sagen haben«, erwiderte Josefin eiskalt und drehte sich um.

Erik packte ihre Hand und hielt sie krampfhaft fest.

»Josefin, das kannst du mir nicht antun! Du kannst nicht einfach auf alles pfeifen, was wir zusammen haben, und mit einem schleimigen Sektenführer abhauen!«

»Wir haben nichts zusammen, und Swami Bababikandra ist kein Sektenführer! Lass mich los!«

»Du tust wohl besser, was deine Verlobte sagt«, schaltete sich Yogi gebieterisch ein.

Doch Erik war nicht mehr bei Verstand. Als Swami Bababikandra sich einmischte und Erik am Arm packte, schmorte die letzte Sicherung in seinem überhitzten Gehirn durch. Mit einem kraftvollen rechten Haken schickte er den Guru zu Boden und hätte vermutlich weiter auf ihn eingeprügelt, wenn Yogi und ich ihn nicht rasch daran gehindert hätten. Unruhiges Gemurmel brach unter den weißgekleideten Frauen aus, die neben ihrem gefallenen Hahn auf die Knie sanken, während andere Tempelbesucher von dem Tumult angelockt wurden. Nach der ersten Neugier reagierten die Leute zunehmend aggressiv auf uns.

»Wir müssen hier weg! Jetzt!«, rief Yogi und zog Erik die Treppen hoch und aus dem Tempel.

Ich blieb noch einige Sekunden zögernd stehen, bevor ich ihnen nachrannte, eine wachsende Menge wütender Gläubiger hinter mir her.

Als wir auf eine Marktstraße kamen, spürte ich das Keuchen unserer Verfolger im Nacken, wurde jedoch von einigen Kühen gerettet, die sich der Meute plötzlich in den Weg stellten und mich für einige Sekunden verdeckten. Das reichte, um in dieselbe Gasse wie Erik und Yogi zu verschwinden.

Wir rannten durch ein Gassenlabyrinth und über eine Treppe auf eine Dachterrasse hinauf. Von dort kletterten wir über eine Leiter hinunter auf die Gebäuderückseite und landeten in einem kleinen ummauerten Hof mit einem offenen Tor, das zu einer etwas größeren Straße führte.

Yogi schloss das Tor und bedeutete uns mit an die Lippen gelegtem Zeigefinger, mucksmäuschenstill zu sein. Er selbst schien beim Atmen aus dem letzten Loch zu pfeifen. Wir drängten uns sicher zehn Minuten schweigend aneinander und lauschten nervös auf jedes Geräusch von der Straße. Nach weiteren fünf Minuten, ohne dass jemand durch das Tor gestürzt war, atmete Yogi tief ein und wieder aus. Dann hob er die Hand und gab Erik eine schallende Ohrfeige.

»Verdammt, was soll das?«

»Sei still«, schnauzte Yogi und starrte ihn mit weitaufgerissenen Augen an. »Wenn du auch nur einen Ton von dir gibst, bekommst du noch eine Ohrfeige. Und dann bete ich zu Shiva, dass er dich bis in alle Ewigkeit verflucht, so dass du weder auf dieser Erde noch sonst wo im Universum wiedergeboren werden kannst. Hast du mich verstanden?«

Angesichts eines vor Wut rasenden Yogis erkannte sogar Erik, dass er jetzt wirklich besser den Mund hielt.

»Man schlägt niemals einen heiligen Mann in einem Tempel nieder! *Niemals*! Du hast unsere Religion geschändet und uns alle den allergrößten Gefahren ausgesetzt. Eigentlich hätten wir dich dem Mob überlassen sollen, aber dann wärst du nicht mehr Mr Erik gewesen, sondern Mr Erik, er ruhe in Frieden!«

»Bitte entschuldige«, wimmerte Erik.

Yogi kniff die Augen zusammen und sah sich im Dunkeln um.

»Ihr zwei bleibt hier«, flüsterte er. »Rührt euch nicht vom Fleck, bis ich zurück bin. Ich gehe zum Hotel und hole unser Gepäck und versuche, eine Transportmöglichkeit für uns zu finden.«

»Ist es so schlimm?«, fragte ich nervös.

»Ich fürchte, ja«, antwortete Yogi und schlich sich durch das knarzende Tor.

KAPITEL 44

Am darauffolgenden Tag waren wir immer noch am Leben. Und damit nicht genug, wir aßen auf der Veranda einer kleinen Pension zu Mittag, etwa eine Autostunde nördlich von Rishikesh, und blickten über den wild dahinströmenden Ganges. Das hatten wir dem himmlischen Textilexporteur aus Delhi und seinen diplomatischen Fähigkeiten zu verdanken.

Nachdem er uns aus unserem Hotel auschecken konnte, hatte Yogi sofort ein Taxi zum Ashram von Swami Bababikandra genommen und sich in Eriks Namen auf die unterwürfigste Art bei dem Guru entschuldigt, der abgesehen von einem blauen Auge und leichten Kopfschmerzen bei bester Gesundheit war. Durch eine Spende von zwanzigtausend Rupien hatte Yogi den heiligen Mann davon überzeugt, den Angriff nicht anzuzeigen. (Unter der Voraussetzung, dass Erik nie wieder einen Fuß nach Rishikesh setzte und sich in Zukunft von Josefin fernhielt.)

Was die Angelegenheit sicher auch erleichtert und den Zorn der Tempelbesucher eingedämmt hatte, war sehr wahrscheinlich die Tatsache, dass Swami Bababikandra selbst keine weiße Weste hatte. Nicht nur Erik hatte den Verdacht, dass die Frauengemeinde in Wahrheit ein verdeckter Harem war, wie Yogi vom Hotelportier erfahren hatte. Doch es gab keine Beweise, und ein heiliger Mann war er immer noch, und heilige Männer schlägt man nicht ungestraft in einem Tempel nieder, was für geile Böcke sie auch sonst sein mochten.

Bevor Yogi den Ashram verließ, sprach er noch kurz mit

Josefin, die sagte, sie verzeihe Erik, weil er »der unreifste Mann sei, den sie je getroffen habe«, das solle Yogi ihm unter allen Umständen ausrichten. Danach hatte Yogi uns mit dem Taxi aus dem dunklen Innenhof abgeholt, wo uns die Mücken in der Zwischenzeit nahezu aufgefressen hatten, und wir waren zu der Pension mit dem passenden Namen *Himalayan Hideaway* gefahren.

Es war wirklich ein perfektes Versteck, in ausreichender Entfernung zu Rishikesh und in einem kleinen Gehölz gelegen, das sich bis zum Ganges hinunterzog. Die Aussicht von der Terrasse war überwältigend, und das »kontinentale Mittagessen« – das aus mit Tandoori gewürztem Gemüse, Dal, Pommes Frites und Nudeln mit süßsaurer Soße bestand – schmeckte hervorragend.

»Zwanzigtausend Rupien. Das ist ganz schön viel Geld«, knurrte Erik, als Yogi seine Auslagen von ihm zurückforderte.

»Halt die Klappe!«, entgegnete ich wütend. »Das ist genau so viel, wie du in einer Stunde bei diesem Schmuckhändler in Jaipur einnimmst. Oder findest du, dass Yogi für deine Dummheit bezahlen soll?«

»Okay, okay«, lenkte Erik verschämt ein und holte alles Bargeld aus seinem Portemonnaie.

»Das hier sind fast zehntausend. Du bekommst den Rest später.«

Yogi wedelte abwehrend mit der Hand.

»Ich habe eine bessere Idee, Mr Erik. Du bezahlst unseren Aufenthalt hier, dann sind wir quitt.«

»Aber das wird mehr als zwanzigtausend kosten.«

»Ja. Bestimmt das Doppelte, denn ich hatte mir vorgestellt, dass wir auf dem heiligsten aller Flüsse noch raften könnten. So etwas ist nicht billig, musst du wissen.«

Erik erkannte, dass er quasi keinen Verhandlungsspielraum

hatte, und nickte ergeben. Ich lehnte mich zufrieden zurück und dachte, dass ein Mann wie Yogi nicht jedes Jahr geboren wird, und dass ich mich glücklich schätzen konnte, zu seinen engsten Freunden zu gehören.

Wir verbrachten einige schöne Tage zusammen in dieser herrlichen Umgebung. Erik war immer noch am Boden zerstört, sah jedoch seinen schweren Fehler ein und ließ sich wirklich nicht lumpen, um seinen früheren Geiz zu kompensieren. Drei kostspielige Raftingtouren ließ er springen, unter der Leitung eines freundlichen nepalesischen Guides, der uns durch Wasserfälle mit so furchteinflößenden Namen wie »Die Wand« und »Die Mausefalle« lotste. Ein paarmal fielen wir aus dem Gummiboot, so dass ich zu Yogis Entzücken doch noch zu meiner eiskalten Taufe im heiligen Fluss kam. Am letzten Nachmittag fotografierte ich die anderen vom Ufer aus, um etwas Material für meine Reportage zu sammeln.

Am Abend vor der Abfahrt nach Delhi saßen wir auf der Terrasse, lauschten dem Fluss und den Grillen und tranken Blenders Pride, von dem Yogi aus Gewohnheit stets einige Flaschen im Gepäck hatte.

»Ich glaube, dass Josefin die einzige Frau ist, in die ich je wirklich verliebt war«, seufzte Erik und nahm einen tiefen Zug von seiner Marlboro.

»Bist du dir ganz sicher, dass deine Trauer etwas mit Liebe zu tun hat?«, fragte ich.

»Womit denn sonst?«

»Mit der Abfuhr vielleicht. Das ist doch das erste Mal, dass eine Frau dich abserviert hat, oder? Schau nach vorn. Das kannst du doch sonst so gut.«

Eriks müde Augen blitzten auf.

»Projizier deine eigenen Gefühle nicht auf mich, Göran! Du heulst Mia nach zehn Jahren immer noch hinterher. Dann darf ich ja wohl eine Woche um Josefin trauern, ohne dass ich mir deine pseudopsychologischen Kommentare anhören muss?«

»Wenn du keinen gutgemeinten Rat von einem Freund annehmen kannst, dann hast du ein Problem, Erik.«

»Na, na, wir werden doch nicht streiten«, mahnte Yogi, schon etwas angeheitert. »Außerdem bin ich davon überzeugt, dass Mr Gora nicht mehr so oft an diese alte Frau denkt. Er hat sicher alle Hände voll zu tun mit seiner neuen, wunderbaren indischen Liebe.«

Erik blieb vor Erstaunen der Mund offen stehen.

»Du hast eine Frau kennengelernt?«

»Vielleicht, ja.«

»Eine Inderin?«

»Ja.«

»Wer ist sie?«

»Du kennst sie nicht.«

»Jetzt rück schon raus damit!«

»Lass mich erklären«, schaltete sich Yogi ein. »Sie ist die schönste Frau, die man sich nur vorstellen kann. Und sie ist sehr klug und sehr reich.«

Ich warf Yogi einen wütenden Blick zu.

»Wo ist der Haken?«, fragte Erik.

»Im Großen und Ganzen gibt es keine Haken, an denen man hängen bleiben könnte«, antwortete Yogi ausweichend.

»Ach was. Ich war über fünfzig Mal in Indien. Ich weiß, dass ich mich in Rishikesh wirklich danebenbenommen habe, aber das heißt nicht, dass ich gar keine Ahnung von indischer Kultur habe. Wenn Göran eine hübsche, kluge und reiche Inderin getroffen hat, dann muss es einen Haken geben.«

»Warum?«

»Weil alle hübschen, klugen und reichen Inderinnen verheiratet sind.«

Die Stille, die auf diese überaus logische Argumentation folgte, war drückend.

»Verdammt!«, platzte Erik heraus und sah mich mit einer Mischung aus Schrecken und Entzücken an. »Und da sagst du, ich hätte ein Problem?«

KAPITEL 45

Erik hatte natürlich recht. Es war ein großes Risiko, sich mit einer verheirateten Inderin zu treffen. Und es war der helle Wahnsinn, sich mit einer mit einem mächtigen Industriemagnaten verheirateten Inderin zu treffen. Doch ich war verliebt und wahnsinnig, und je heißer es wurde, desto häufiger und risikoreicher wurden meine Treffen mit Preeti.

Sie nahm sich immer öfter und länger frei. Wir trafen uns tagsüber in den klimatisierten Kinos in einem der luxuriösen Shoppingcenter und knutschten, um dann, wenn die Temperaturen auf ein erträgliches Maß gesunken waren, auf einer Parkbank im Lodi Garden weiterzumachen.

Ein paarmal fuhren wir zum Treffpunkt aller Rucksacktouristen, Paharganj, dem Viertel am Bahnhof, wo ein ausländischer Mann mit einer Inderin Händchen halten konnte, ohne Aufmerksamkeit zu erregen.

Der Schönheitssalon war immer noch verbotenes Terrain, doch nach meinem Training im *Hyatt* holte mich Preeti immer öfter mit ihrem Auto einige Häuserblöcke entfernt ab. Dann fuhren wir für einen von Shah Rukh Khan übertönten Quickie zu mir.

Erik war schon längst wieder mit eingeklemmtem Schwanz nach Schweden zurückgeflogen, und auch Yogi befand sich gerade in Europa, auf einer Textilmesse in Vilnius, wo er die fantastischen Bettüberwürfe aus Madras präsentieren wollte, von denen er wahre Unmengen eingekauft haben musste, so oft, wie er sich in der südindischen Metropole aufhielt.

Doch am besten war, dass auch Vivek Malhotra sich auf einer längeren Auslandsreise befand. Preeti und ich trafen uns fast jeden Tag. Mittlerweile konnte ich es mir auch leisten, sie in Delhis bessere Restaurants einzuladen, was ich der Parlamentswahl zu verdanken hatte, die vor ein paar Wochen mit zwei klaren Siegern geendet hatte:

1. Der Kongresspartei.
2. Göran Borg.

Die mächtige politische Partei stärkte ihr Regierungsmandat und ich meine finanzielle Situation. Während der Wahlzeit hatte ich Artikel für über sechzigtausend Kronen verkauft und mir damit einen Ruf als verlässlicher Journalist unter den Auslandschefs der großen schwedischen Tageszeitungen erarbeitet. Außerdem kaufte *När & Fjärran* meine Reportage über Rishikesh zusammen mit dem Foto von Yogi als Aufmacherbild.

»Ich fühle mich mit dir zusammen so lebendig«, flüsterte Preeti.

Wir saßen in einem schummrigen italienischen Restaurant im Stadtteil Vasant Vihar und tranken nach einem späten Abendessen noch einen Espresso. Ich streckte meine Hand über den Tisch aus und umfasste ihre.

»Bist du ein glücklicher Mensch, Preeti?«

»Im Moment bin ich das. Sehr glücklich«, antwortete sie und drückte meine Hand.

»Aber sonst? In deiner Ehe?«

Es war das erste Mal, dass ich sie so direkt auf dieses heikle Thema ansprach. Preeti zog ihre Hand zurück, und ich hatte Angst, eine dieser dünnen, unausgesprochenen Grenzen überschritten zu haben, mit denen wir unsere Beziehung instinktiv umschlossen hatten. Doch sie sah mir immer noch in die Augen.

»Ich war früher einmal glücklich mit meinem Mann. Als er noch mit mir verheiratet war.«

Ich stutzte.

»Aber …«

»Entschuldige. Ich meine damit, dass er heute mit seiner Arbeit verheiratet ist und nur noch das Geld im Sinn hat.«

Sie strich sich eine Haarsträhne hinters Ohr.

»Wie lange seid ihr schon verheiratet?«, fragte ich.

»Bald dreiundzwanzig Jahre. Die Zeit vergeht.«

»Und wie habt ihr euch kennengelernt?«

»Ist das wirklich interessant?«

»Ich würde es gern wissen.«

Preeti trank ihren Espresso aus und blickte mich ernst an.

»Ich werde es dir erzählen, wenn du versprichst, das Thema danach ruhen zu lassen«, sagte sie.

Ich nickte. Preeti atmete tief durch die Nase ein, als ob sie sich für einen Sprint bereitmachte.

»Wir haben uns auf einer großen Hochzeit bei einem meiner Cousins kennengelernt«, sagte sie. »Wir waren uns sympathisch, und dann haben wir uns ein paarmal heimlich getroffen. Doch es verlief im Sande – er war viel auf Reisen, und ich hatte gerade einen neuen Job als Maklerin angefangen, der mich sehr beanspruchte. Aber eines Tages, etwa ein Jahr später, rief Vivek an und fragte, ob ich mit ihm Abendessen gehen wollte. Wir trafen uns in einem schicken Restaurant, und danach machte er mir mit Blumen und Einladungen den Hof. Einen Monat später fragte er, ob ich seine Frau werden wolle. Erst wusste ich nicht, was ich sagen sollte, es kam so plötzlich. Aber ich mochte ihn wirklich, und der Zeitpunkt war der richtige. Meine Eltern hatten schon lange auf mich eingeredet, dass es Zeit für mich war, zu heiraten, und bevor sie eine Ehe für mich arrangierten mit jemandem, den ich nicht kannte, gab ich Vivek mein Ja-Wort.«

Preetis Augen glänzten. Ich nahm wieder ihre Hand und drückte sie. Ein schwaches Lächeln zog sich über ihre Lippen.

»Und deine Eltern haben zugestimmt?«

»Wir haben das Problem mithilfe eines Bekannten gelöst, der von unseren Treffen wusste. Er unterstützte uns und sagte meinen Eltern, er habe einen geeigneten Mann für mich gefunden, einen erfolgreichen Unternehmer. Wir gehörten zwar nicht derselben Kaste an, aber als meine Eltern Vivek trafen, waren sie davon überzeugt, dass wir gut zusammenpassten. Und das taten wir wirklich.«

»Tut ihr es immer noch?«

»Wirkt es denn so?«

»Willst du etwas dagegen tun?«

»Das reicht jetzt, Goran. Setz mich bitte nicht unter Druck.«

Ich hatte Preeti eigentlich fragen wollen, ob sie schon einmal an Scheidung gedacht hatte, doch ich hielt mich zurück. Wir bewegten uns ganz eindeutig auf vermintem Gelände. An diesem Abend blieb sie zum ersten Mal über Nacht bei mir. Als ich am nächsten Morgen früh aufwachte, weil der Strom ausgefallen war und die Klimaanlage nicht mehr lief, erkannte ich, wie sehr ich fürchtete, die Frau neben mir zu verlieren.

KAPITEL 46

Als ich einige Tage später nach dem Training im Taxi nach Hause saß, stockte der Verkehr an einer der viel befahrenen Kreuzungen in der Nähe des *Hyatt.* Trotz der Ampel bildete sich immer genau an dieser Stelle ein riesiger Stau, egal, ob die Ampel auf Rot oder Grün stand. Das machte den Platz besonders attraktiv für Bettler und Straßenhändler, die zwischen den hupenden Autoschlangen hin und her liefen.

Ich hatte mich daran gewöhnt und versteckte mich normalerweise hinter einer Zeitung, wenn das Blumenmädchen mit ihren schlaffen Rosen auftauchte oder der leprakranke Mann seine Bettlerschale mit verkrüppelter Hand vorstreckte. Doch dieses Mal traf mich ein kleiner Schock, als ich nach einem verschämten Klopfen die *Hindustan Times* senkte und geradewegs durch das Fenster in Shanias missgestaltetes Gesicht blickte. Im Unterschied zu unserer ersten Begegnung im Slum machte sie hier keine Anstalten, ihre Missbildung zu verbergen, im Gegenteil. Doch als sie mich nach ein paar Sekunden erkannte, zog sie sich rasch den Schleier vors Gesicht. Ich kurbelte das Fenster herunter und fragte sie, wie es ihr ging.

»Ich mag nicht mehr, Sir, ich will hier weg«, flüsterte sie mit ängstlicher Stimme.

»Was ist passiert?«

»Lassen Sie mich bei sich putzen. Ich bin eine gute Haushaltshilfe, ich kann alles. Bitte, bringen Sie mich hier weg, damit ich Ihnen zeigen kann, wie tüchtig ich bin.«

Das Flehen in ihrer Stimme zusammen mit meinem eigenen

schlechten Gewissen, das mich seit unserer ersten Begegnung nicht losgelassen hatte, ließ mich instinktiv handeln. In dem Moment, in dem sich das Taxi langsam in Bewegung setzte, öffnete ich die Autotür und zog Shania auf den Rücksitz. Der Fahrer starrte uns misstrauisch an, doch ich versicherte ihm, dass alles in Ordnung war, und deutete ihm an, einfach weiterzufahren.

Da klopfte es hart und nachdrücklich ans Fenster. Ich wandte den Kopf und sah einem wütenden jungen Mann ins Gesicht, der erst auf Shania zeigte und sie dann aggressiv zu sich winkte. Der Taxifahrer bremste und wirkte ratlos.

»Fahren Sie!«, rief ich und boxte ihm leicht in den Rücken. »Ich bezahle extra! Aber fahren Sie!«

Der junge Mann schlug mittlerweile mit der Faust ans Fenster und trat rasend vor Wut gegen die Autotür, während er mir auf Englisch zuschrie, die Tür zu öffnen.

Der Fahrer zögerte immer noch, kam aber schließlich zu dem Schluss, dass ich hier der Gute war, oder zumindest der mit dem meisten Geld. Geschickt lenkte er das Auto durch eine kleine Lücke im Verkehrschaos und konnte so die Spur wechseln, bevor sich die Blechwand hinter ihm wieder schloss.

Nach einer weiteren halben Minute ließ der junge Mann von uns ab. Ich blickte mich um und sah ihn kleiner werden. Die Angst im Blick des Mädchens verblasste langsam. Mit leeren Augen starrte sie vor sich hin.

»Na, na, jetzt wird alles gut«, sagte ich und tätschelte Shania verlegen das Knie mit zitternder Hand, ohne eine Ahnung zu haben, was ich mit ihr anfangen sollte.

Als das Taxi vor meiner Wohnung hielt, hatte ich das Gefühl, als ob ihr Schicksal nun in meinen Händen ruhte, als ob ich jetzt auch persönlich für sie verantwortlich wäre.

Der Taxifahrer stieg aus seinem alten Ambassador und begutachtete die hintere Tür mit übertrieben gerunzelter Stirn. Die Tür war voller Beulen und Kratzer, aber es war nicht zu erkennen, welche der junge Mann hinterlassen hatte. Im Grunde war es auch egal, denn das Auto war ein Schrotthaufen, das sich schon lange nicht mehr lohnte, repariert zu werden. Ich gab dem Fahrer dennoch fünfhundert Rupien, was ihn sofort wieder besänftigte.

Oben in der Wohnung bat ich Shania, sich aufs Sofa zu setzen, und reichte ihr ein Glas Wasser. Sie hob vorsichtig den Schleier und trank, den Blick auf die Tischkante geheftet, bevor sie den Stoff wieder sinken ließ.

»Was hast du denn auf der Kreuzung gemacht, und wer war der junge Mann, der an die Autotür gehämmert hat?«, fragte ich mit so ruhiger und fester Stimme wie möglich.

»Ich kann bei Ihnen putzen, Sir!«

»Eins nach dem anderen. Zuerst möchte ich wissen, wer du bist und was du für Probleme hast.«

»Ich werde keine Probleme machen, Sir! Das verspreche ich!«

»Das glaube ich auch nicht. Aber ich möchte gern wissen, was du durchgemacht hast. Und du musst deinen Mund nicht verstecken. Ich weiß, wie du aussiehst, und ich möchte nicht gern mit einem Schleier sprechen. Ich möchte mit dir reden.«

Langsam senkte sie den Stoff und begann, zuerst stockend, dann immer sicherer zu erzählen, und die Worte sprudelten nur so aus ihr heraus. Als ob sie das Bedürfnis, ihre Geschichte zu erzählen, zu lange unterdrückt hatte, und jetzt alles aus ihr herausbrach, da jemand nicht nur zuhören wollte, sondern sogar verlangte, alles von ihr zu hören.

Shania kam aus Bangladesch. Ihr Vater starb, als sie ein Jahr alt war, und sie wuchs zusammen mit ihrer Mutter bei Verwandten in einer Großfamilie auf dem Land auf. Das Mädchen wurde wegen ihres Aussehens von den anderen Dorfkindern ständig gehänselt, fand jedoch Trost in der Schule, wo sie Bestnoten hatte.

Als sie zwölf war, zwang eine schwere Dürre die Großfamilie, von ihrem ausgezehrten Land wegzugehen. Sie wurden in alle Winde verstreut. Shania und ihre Mutter reisten illegal über die Grenze nach Indien ein und landeten in Kalkutta, wo sie sich als Putzhilfe bei Familien der unteren Mittelklasse und durch den Verkauf von Blumen an roten Ampeln über Wasser hielten.

Doch dann wurde ihre Mutter auf einer Kreuzung überfahren, und Shania war auf sich allein gestellt. Eine Frau nahm sie mit in einen Slum auf eine Müllkippe, wo die Slumbewohner den Müll sortierten, den die Lastwagen aus den großen Luxushotels herbrachten. Shania schuftete von morgens bis abends für zwanzig Rupien und zwei wässrige Mahlzeiten aus Dal und Reis am Tag. Nach ein paar Jahren flüchtete sie zusammen mit zwei anderen Mädchen und schmuggelte sich auf einen Zug Richtung Delhi.

Hier in der indischen Hauptstadt schlug sie sich einige Jahre mit Toilettenputzen und Müllsammeln durch. Doch vor einigen Monaten hat ein Mann sie auf eine Lastwagenladefläche gelockt mit der Lüge, dass sie und die anderen Arbeit im Straßenbau bekämen.

»Aber man hat uns in einen großen Slum außerhalb Delhis gefahren, wo es schon viele Bettler gibt. Seitdem muss ich zwischen den Autos umherlaufen und mein Gesicht zeigen, damit die Leute Mitleid mit mir haben und mir Geld geben«, schloss Shania ihre Erzählung.

Eine Träne rann ihr über die Wange.

»Was geschieht mit dem Geld, das du beim Betteln bekommst?«

»Von zehn Rupien darf ich nur eine behalten. Den Rest bekommt der Chef.«

»Wer ist das?«

»Das weiß ich nicht, ich habe ihn nie gesehen. Aber seine Helfer sagen, dass ich den Chef bezahlen muss, weil er mir eine Unterkunft verschafft. Doch ich habe kein Dach über dem Kopf. Wir werden in ganz Delhi herumgefahren und an verschiedenen Orten abgesetzt. Nachts muss ich unter einer Brücke schlafen.«

»Und der Mann, der an unsere Autotür geschlagen hat, wer war das?«

»Einer der Helfer. Er steht an den Ampeln und passt auf, dass wir kein Geld unterschlagen oder weglaufen. Irgendwer passt immer auf mich auf.«

»War er das, der dich bei unserer ersten Begegnung in die Gasse gezogen hat?«

Sie nickte und trocknete sich die Augen mit ihrem Schleier.

»Warum gehst du nicht zur Polizei?«

Shania riss die Augen auf und krallte die Hände in ihren Sari.

»Bitte bringen Sie mich nicht zur Polizei, Sir! Bitte, lassen Sie mich hierbleiben!«

»Ganz ruhig. Ich verspreche, dich nicht zur Polizei zu bringen. Aber was wäre so schlimm daran?«

»Der Chef besticht sie, damit wir an den roten Ampeln betteln dürfen. Wenn mich die Polizei erwischt, liefert sie mich nur an die Bande aus.«

Sie sah mich mit glänzenden, flehenden Augen an.

»Oder ich lande im Gefängnis, und dann schickt man mich nach Bangladesch. Ich bin Muslima und habe keine Aufenthaltsgenehmigung. In Indien hält man uns für Terroristen.«

Shanias Geschichte war so herzzerreißend, dass ich ihr schon allein deshalb den Job als Haushaltshilfe geben wollte. Doch ein paar Punkte waren nicht wegzudiskutieren: Ich befand mich mit einem Touristenvisum in Indien, das ich bald verlängern lassen musste, und da war es nicht besonders klug, einen illegalen Flüchtling einzustellen. Außerdem konnte es auch für mich gefährlich werden, einem Bettlersyndikat seine sichere Einkommensquelle auszuspannen. Auf der anderen Seite konnte ich das Mädchen einfach nicht im Stich lassen, vor allem nicht jetzt, nachdem es sich mir anvertraut hatte.

»Wenn du hier arbeitest, wo willst du dann wohnen?«

»Vielleicht gibt es eine Dienstbotenwohnung, Sir? Normalerweise gibt es die in Häusern wie diesem hier. Ich brauche keinen Lohn, nur ein kleines Zimmer, Arbeit bei Ihnen, und dass ich nicht zurück auf die Straße muss. Bitte, Sir, lassen Sie mich Ihnen zeigen, wie gut ich putzen kann!«

Bevor ich antworten konnte, war sie schon aufgestanden und spülte einige schmutzige Teller und Gläser in meiner Küchenzeile ab. Eineinhalb Stunden später war die Wohnung blitzeblank, nachdem sie Staub gewischt, Staub gesaugt, die Toilette geputzt und den Boden gewischt hatte. Auch wenn ich die Wohnung grundsätzlich in Ordnung gehalten hatte, übertraf mich Shania zweifellos um Längen.

»Du hast nicht übertrieben, du bist eine unglaublich tüchtige Haushaltshilfe.«

»Ich kann auch kochen, Sir. Indisch, kontinental, vegetarisch, Hühnchen und Nachspeisen. Was Sie sich nur wünschen!«

Mein Magen knurrte erwartungsvoll. Die Sache war entschieden. Wenn Shania nur halb so gut kochte, wie sie putzte, dann konnte ich mich auf eine Menge herrlicher selbstzubereiteter Mahlzeiten freuen. Und das hatte ich seit dem Umzug wirklich vermisst.

Ich ging hinunter zum Wachmann und fragte, ob es in dem Gebäude leerstehende Dienstbotenzimmer gab, die zu vermieten waren. Im Nebenhaus standen einige Zimmer frei. Er gab mir die Telefonnummer des Vermieters, und drei Stunden später war alles organisiert. Shania hatte eine Unterkunft. Es war ein dunkles Zimmer mit einem winzigen Fenster, einer nackten Glühbirne an der Decke, rissigen Wänden und einer schmutzigen Matratze auf dem Boden. Die Toilette teilte sie sich mit anderen Angestellten, und Wasser musste sie von einem rostigen Wasserhahn vor dem Haus holen. Aber es gab eine Steckdose, und wenn ich ihr einen Tischventilator kaufte, wäre dieses Loch tausendmal gemütlicher und komfortabler als die Verschläge aus Karton und Planen am stinkenden Wasserlauf.

Das Zimmer kostete tausend Rupien im Monat. Darüber hinaus wollte ich Shania dreitausend Rupien im Monat als Lohn für Putzen und Kochen geben. Sie ließ den Schleier sinken, und zum ersten Mal sah ich sie breit lächeln.

KAPITEL 47

Wenn es eine eigene Hölle für Journalisten gibt, dann befindet sich eine ihrer irdischen Niederlassungen in der Bürokratenhochburg Shastri Bhawan in Neu-Delhi.

Ich war zwar vorgewarnt, hatte jedoch trotzdem keine Ahnung, was mich eigentlich erwartete, als ich um elf Uhr vormittags an einem mörderisch heißen Julitag durch die Sicherheitskontrolle der Presse- und Informationsabteilung des Ministeriums für Auswärtige Angelegenheiten ging.

Mein Ziel war es, mein auslaufendes Touristenvisum in ein so lange wie möglich gültiges Journalistenvisum umzuwandeln. Das war eigentlich gegen die Regeln, aber laut meinem Freund aus dem Foreign Correspondents' Club, dem französischen Kriegsfilmer und Trinker Jean Bertrand, nicht unmöglich. Er kannte sowohl einen japanischen Freelancer als auch einen norwegischen Pressefotografen, die diese Kraftprobe bestanden hatten. Das Geheimnis war, sich mit Starrsinn, Geduld und einer Dokumentenmappe auszustatten, die so dick war, dass alle Formulare, die eventuell fehlten, in der Masse der vorhandenen Formulare einfach untergingen.

Um diese Hürde überhaupt zu nehmen, musste man zuerst zu Zimmer 137, weil das laut dem Franzosen das Epizentrum aller medienrelevanten Anliegen war. Das erwies sich als, milde ausgedrückt, heikle Angelegenheit.

Ein kurz angebundener Polizist mit Bambusstock und einem bedrohlich aufgeknöpften Pistolenholster hatte nicht die geringste Lust, mir den Weg dorthin zu zeigen, sondern räusperte sich nur tief und scheuchte mich wie einen Esel mit seinem Stock in Richtung einer vollen kleinen Bude gleich beim Eingang, gefolgt von einem roten Betelstrahl, den er auf den Boden spuckte.

Dort lag auch das Anmeldungsbuch.

Überall in Indien traf man auf diese abgegriffenen Kladden, in die man Name, Adresse, Telefonnummer, Ankunftszeit, Begehr, Unterschrift und manchmal auch den Namen des Vaters eintragen musste (egal, ob er schon tot war). Normalerweise dauerte das nur ein paar Minuten.

Aber das hier war kein normaler Fall.

Der Mann, der über dieses Buch gebot, war in eine weiße Kurta und eine graue Weste gekleidet, die trotz der drückenden Hitze bis zum Hals zugeknöpft war. Auf der Nase saß eine runde Brille, und sein haarloser Kopf wurde von einer klassischen weißen Nehru-Mütze mit schwarzem Schweißrand gekrönt. Ein quietschender Deckenventilator verteilte die stickige Luft im Raum. Man fühlte sich wie in einer Dampfsauna.

Nach einer halben Stunde in Gesellschaft anderer stark schwitzender Wartender war ich endlich zum Schreibtisch vorgedrungen. Ich trug mein Anliegen vor, woraufhin der Mann mit der Nehru-Mütze langsam mit seinem Zeigefinger über nicht weniger als zehn Spalten im Buch fuhr, die ich ausfüllen sollte. Während ich mich an die Arbeit machte, lehnte er sich in seinem knarzenden Stuhl zurück und las zerstreut in der *Dainik Jagran*, vollkommen ungerührt angesichts der flehenden Stimmen, die seine Aufmerksamkeit zu erheischen versuchten. Als ich fertig war, legte er die Zeitung seufzend beiseite, bevor er, gleichsam in Überschallgeschwindigkeit, den Telefonhörer abhob und eine Nummer wählte. Nach einer halben Minute ergebnislosen Wartens legte er den Hörer wieder auf und sah mich aus ausdruckslosen Augen an.

»Der leitende Beamte für Presse und andere Medien ist im

Moment nicht am Platz. Sie müssen nach dem Mittagessen zurückkommen.«

»Aber Sir, gibt es niemanden, mit dem ich stattdessen sprechen kann?«, flehte ich.

»Nein.«

»Ich könnte doch hier warten, und Sie versuchen in ein paar Minuten noch mal, ihn anzurufen.«

»Kommen Sie nach dem Mittagessen wieder«, antwortete der Mann so gelangweilt wie unerbittlich.

Bevor ich ihn fragen konnte, was er mit »nach dem Mittagessen« meinte, hatte sich der Nächste in der Schlange schon an den Schreibtisch gedrängt und mich gleichzeitig mithilfe der anderen Wartenden beiseitegeschoben. Plötzlich befand ich mich vor dem Raum, als ob die feuchte Menschenmasse ein verschlungener Darm wäre, der mich geradewegs ausgeschieden hatte.

Um zwei Uhr mittags war ich zurück, nur um festzustellen, dass die Tür zum Anmeldungsbuch und dessen verhandlungsunwilligem Hüter nicht nur nicht offen, sondern sogar verschlossen war.

»Kommen Sie nach dem Mittagessen wieder«, sagte der Polizist mit dem Bambusstock.

»Aber jetzt ist doch nach dem Mittagessen.«

»Nicht für alle. Manche haben immer noch Mittagspause.«

»Aber ich habe mich doch schon am Vormittag eingeschrieben! Können Sie mir nicht einfach freundlicherweise den Weg zu Zimmer 137 zeigen?«

»Wo haben Sie Ihre Quittung?«

»Was für eine Quittung?«

»Die bezeugt, dass Sie schon eingeschrieben sind.«

»So etwas habe ich nicht bekommen.«

»Ohne die wird keiner eingelassen. Kommen Sie in einer Stunde zurück und schreiben Sie sich in das Besucherbuch ein, dann bekommen Sie Ihre Quittung«, sagte er gebieterisch und warf sich in die Brust.

Um Viertel vor vier hatte ich endlich den ersehnten Zettel ergattert, unterschrieben von dem Mann mit der Nehru-Mütze, der einen durch das erste Nadelöhr brachte. Die nächste Hürde war, Zimmer 137 zu finden. Eine halbe Stunde irrte ich durch die heruntergekommenen labyrinthartigen Gänge im ersten Stock, umgeben von indischen Beamten, die vollauf damit beschäftigt waren, Aktenordner hin und her zu schieben. Ein paar hatten dennoch die Freundlichkeit, mir zu erklären, wo ich Zimmer 137 fand. Oder sie versuchten es zumindest. Denn da die Nummernfolge in dieser Hölle vollkommen unlogisch war, dauerte es eine weitere Viertelstunde, bis ich den richtigen Raum fand. Woraufhin sich das nächste Problem offenbarte: Es war abgeschlossen.

Voller Verzweiflung öffnete ich stattdessen eine andere Tür, auf der »Presseraum« stand. Darin saß ein Mann an einem kleinen Tisch. Mit einem Besucherbuch.

»Sprechen Sie Englisch?«, fragte ich.

»*Yes*!«, antwortete er lächelnd.

»Wissen Sie, wo der leitende Beamte für Presse und andere Medien ist?«

»*Yes*!«, wiederholte er mit einem solchen Eifer, dass ich Hoffnung schöpfte.

»Und wo ist er?«

»*Yes*! *Yes*!«

Im Unterschied zu dem humorlosen Klotz mit der Nehru-Mütze im Erdgeschoss war der Mann, der die Macht über dieses Besucherbuch hatte, gut gelaunt, mit einem blendendweißen Lächeln und einer offenbar brennenden Lust, anderen

Menschen zu helfen. Doch da sein Englisch nur ein Wort umfasste und er der einzige Mensch im Presseraum war, und weil die Uhr unerbittlich auf das Ende der Bürozeiten zusteuerte, kam ich hier nicht weiter. Mein erster Tag in Shastri Bhawan in Neu-Delhi war vorbei. Noch einige sollten folgen.

Vier, genauer gesagt.

Es gab Momente auf meinen Irrwegen durch die Korridore, in denen ich mich fragte, wer ich war, wohin ich ging und vor allem – warum. Doch am fünften Tag, nach einem Papierkrieg, der alles bisher in diesem Bereich Erlebte übertraf, und zwei langen, erschöpfenden Gesprächen mit dem leitenden Beamten für Presse und andere Medien in Zimmer 137, das schließlich seine Pforten für mich geöffnet hatte, ereignete sich das Wunder. Ein Empfehlungsschreiben der Auslandsredakteurin der *Göteborgs-Posten* und die englische Übersetzung der Reportage über Rishikesh, in der Indien so positiv dargestellt wurde, entschieden schließlich zu meinen Gunsten. Nach einem harten Kampf war ich glücklicher Besitzer eines Dokuments mit Stempel und einer Unterschrift des leitenden Beamten für Presse und andere Medien des Ministeriums für Auswärtige Angelegenheiten, in dem er untertänigst den leitenden Beamten am FRRO, dem Foreign Regional Registration Office, Delhis Ausländerbehörde, bat, ein Journalistenvisum mit einjähriger Gültigkeit für Mr Güran Borg auszufertigen. (Er schrieb den Namen natürlich von der Visitenkarte ab, auch wenn er unzählige andere Dokumente hatte, inklusive einer Kopie meines Passes, in denen mein Name richtig geschrieben war. Dämon Kent wollte mich wohl nicht so schnell aus seinen Klauen lassen.)

Dass es danach noch einmal zwei Tage dauerte, bis der leitende Beamte bei der FRRO (noch eine Niederlassung der Hölle auf Erden) auch wirklich das Visum mit allen erforderlichen Stempeln und Unterschriften in sowohl Pass als auch

Aufenthaltsgenehmigung eingetragen hatte, konnte mich dann auch nicht mehr erschüttern. Nun war ich wirklich ein Journalist.

»Jetzt kannst du mitkommen, wenn ich das nächste Mal nach Afghanistan reise«, sagte Jean Bertrand, als ich mich am selben Abend mit ihm an der Bar des Foreign Correspondents' Clubs traf, um meinen Eintritt in die Schar der Auslandskorrespondenten zu feiern.

Die arrogante Gans aus London war auch da, und es passte ihm gar nicht, dass ich nun als vollwertiges Mitglied seines feinen Clubs durchging. Jean Bertrand fing seinen verächtlichen Blick vom Nebentisch auf und hob sein Kingfisher.

»Schön, wenn etwas frisches Blut dazukommt, nicht wahr, Jay? *Salut, Monsieur le Président*!«

Die Gans war so überrumpelt, dass sie den Toast mit einem gezwungenen Lächeln erwiderte.

»Na, kommst du mit nach Afghanistan? Ich fliege nächste Woche zurück nach Kabul.«

»Ganz ehrlich, Jean, Kriegsjournalismus ist überhaupt nicht mein Ding.«

»In Afghanistan herrscht kein Krieg, das sind nur kleine Scharmützel.«

»Aber ich bin auch für kleine Scharmützel zu ängstlich.«

»Über was willst du dann schreiben?«

»Ich habe schon einige Ideen. Außerdem habe ich eine Anfrage einer schwedischen Zeitung bekommen, die mich mit einer größeren Reportage über Kinderarbeit in Indien beauftragen will. Hast du einen Tipp, wo ich da am besten anfangen könnte?«

»Da musst du nicht weit fahren, nur bis Shahpur Jat im Süden von Delhi. Dort gibt es viele Kleider- und Designerläden zwischen den normalen alten schäbigen Geschäften. In den hinteren Gassen sind viele Kleiderfabriken, in denen Kinder von Hand sticken und mehr oder weniger als Sklaven gehalten werden. Meistens handelt es sich um kleine Jungen. Die Mädchen werden normalerweise als Haushaltshilfen verkauft. Vor ein paar Jahren wurde viel über Shahpur Jat geschrieben, als herauskam, dass die amerikanische Kleiderkette GAP mit Zwischenlieferanten arbeitete, die Kinder in der Produktion beschäftigten. Daraufhin wurden ein paar Razzien durchgeführt, doch jetzt soll alles wieder wie früher sein, was ich gehört habe.«

»Wie zieht man einen solchen Auftrag auf?«

»Das ist das Problem. Die Fabrikanten mit Dreck am Stecken passen gut auf seit dem GAP-Skandal. Man kann nicht mehr einfach mit der Kamera um den Hals in die Fabrik laufen und die Kinder fotografieren, so wie früher, und dann mit einer Freiwilligenorganisation sprechen, die ihnen die Polizei auf den Hals hetzt. Du musst dich irgendwie einschleichen.«

»Das klingt gefährlich.«

»So gefährlich ist es nicht. Die Zwischenlieferanten sind kleine Fische, die es kaum wagen würden, einen Ausländer auszuschalten. Das Schlimmste, was dir passieren kann, ist eine ordentliche Tracht Prügel.«

»Klingt immer noch gefährlich. Ich glaube, ich lege das erst einmal auf Eis.«

Jean Bertrand trank sein Kingfisher aus und bestellte gleich ein neues.

»Ich verstehe nicht, wie man ohne Gefahr leben kann«, sagte er. »Das Einzige, was mir wirklich Angst macht, ist, eines Tages aufzuwachen und mich keiner Gefahr gegenüberzusehen. An dem Tag werde ich mit dem Trinken anfangen.«

»Entschuldige, aber was machst du dann jetzt?«

»Ich meine, ernsthaft trinken. Mich restlos zusaufen. Sämtliche Gehirnzellen töten und ins Nirwana eintreten.«

»Klingt gefährlich«, meinte ich.

KAPITEL 48

Ich wachte vom Dröhnen der Klimaanlage auf – oder zumindest dachte ich das. Es klang ungefähr wie Regen, der durch die Blätter eines Baumes rauscht. Doch da es unerträglich warm im Zimmer war und außerdem stockfinster, egal, wie oft ich den Lichtschalter betätigte, wurde mir schnell bewusst, dass der Strom wieder einmal ausgefallen und der Regen draußen echt war.

Ich schaltete die Taschenlampe ein, setzte mich auf die Bettkante und spürte zu meinem Entsetzen, dass meine Füße nass waren. Ich richtete mich vorsichtig auf, leuchtete das Schlafzimmer ab und entdeckte, dass ich in einem kleinen Teich stand. Der ganze Boden war überschwemmt.

Mit der Taschenlampe suchte ich die Wände ab und sah Risse in der Decke, durch die das Wasser drang. Ich watete in den Flur, zwang die Wohnungstür auf und ging die Treppe zur Dachterrasse hoch. Der Regen prasselte vom pechschwarzen Himmel herab. Ich stand knöcheltief im Wasser und erkannte, dass es bei diesem Wolkenbruch unmöglich war, die Risse im Hausdach zu lokalisieren.

Mehrere Wochen hatte ich mich wie alle anderen nach dem Monsun gesehnt, der uns endlich Linderung von der drückenden Sommerhitze verschaffen sollte. Doch jetzt, als er endlich da war, fühlte ich mich wie ein einsamer Schiffbrüchiger im weiten Meer; klein, verlassen und nur von Wasser umgeben.

Ich rannte zur Wohnung zurück, um mein Hab und Gut zu retten. Der Rechner lag sicher verpackt auf dem Tisch im

Wohnzimmer, und die Musikanlage hatte auch keinen Schaden genommen. Mr Malhotras ausgezeichneter Kühlschrank in der Küchenzeile hielt den Wassermassen noch stand, und meine persönlichen Wertgegenstände waren in der obersten Schreibtischschublade eingeschlossen. Das Einzige, was in Gefahr war, war mein neuer Drucker, den ich auf die Matratze warf, bevor ich nach unten rannte, um den Wachmann um Hilfe zu bitten.

Auf der Straße drängten sich die Menschen, obwohl es mitten in der Nacht war. Doch kein einziger schien meine Beunruhigung zu teilen. Stattdessen lachten alle und unterhielten sich fröhlich oder standen nur da und starrten mit einem verzückten Lächeln im regengepeitschten Gesicht in den dunklen Himmel hinauf. Ein ohrenbetäubender Donner ertönte genau über uns, und der Wolkenbruch schien auf unerklärliche Weise noch an Kraft zuzunehmen. So einen starken Regen hatte ich noch nie erlebt. Einige Kinder juchzten begeistert und warfen sich in den rauschenden Strom, in den sich die Straße verwandelt hatte.

Ich erspähte meinen Nachbarn von hinten und packte ihn an seinem durchweichten Hemdsärmel. Als er sich umwandte und mich erkannte, wurde sein Lächeln noch breiter.

»Endlich! Ist das nicht fantastisch!«, rief er, während ihm das Wasser in die glänzenden Augen lief.

»In meine Wohnung regnet es rein!«, schrie ich aus vollem Hals, um den Regen zu übertönen.

»In unsere auch«, jubelte der Mann und schlug mir aufmunternd auf den Rücken, als ob wir eine große Gunst teilten.

Nach zwanzig Minuten war der Wolkenbruch vorbei. Als die Sonne einige Stunden später über Delhi aufging, fürchtete ich, dass das Tageslicht das wahre Ausmaß der Katastrophe in meiner Wohnung enthüllen würde. Doch zu meiner großen Verwunderung war es gar nicht so schlimm. Die Wand, an der das Wasser hinuntergelaufen war, war zwar immer noch nass, aber nicht vollkommen durchweicht. Indische Häuser mochten zwar lecken wie ein Sieb, doch sie trockneten auch in Rekordschnelle wieder, wie ich erleichtert feststellte. Ich sprach mit dem Nachbarn über die Risse in der Dachterrasse, und er versprach, nach einem Handwerker zu suchen, der diese abdichten konnte.

Shania kam wie immer um neun und stürzte sich gleich auf die Aufräumarbeiten. Wie ein Orkan wirbelte sie mit Eimer, Mopp und Putzlappen durch die Wohnung. Sie entfernte die Schmutzränder, die der Regen an Wänden und Boden hinterlassen hatte, und desinfizierte die überschwemmte Toilette mit Chlor.

Das Mädchen war seit bald einem Monat bei mir und fühlte sich mittlerweile so entspannt in meiner Gesellschaft, dass sie ihr Gesicht nicht mehr verhüllte, wenn sie mit mir sprach. Sie kam am Vormittag, um das Bett zu machen, zu putzen und ein einfaches Mittagessen zu kochen, bevor ich ihr Geld gab, damit sie auf dem Markt die Zutaten für das Abendessen einkaufen konnte.

Wir redeten nicht viel, wenn sie hier war. Ich arbeitete meistens, während sie putzte und kochte. Doch sie war eine angenehme Gesellschaft, und sie kochte fantastisch.

Ein weiterer großer Vorteil war ihre absolute Diskretion: Wenn Preeti kam, verschwand Shania lautlos.

Wenn mir jemand vor einem Jahr gesagt hätte, ich sollte eine Haushaltshilfe in Vollzeit anstellen, um mehr Zeit für meine eigene Selbstverwirklichung zu haben und gleichzeitig damit jemandem Arbeit zu geben, hätte ich das weit von mir gewiesen. Jetzt war es vollkommen selbstverständlich. Und ich musste auch kein schlechtes Gewissen haben. Ich war froh über Shanias Hilfe, und sie war froh über ihre Arbeit. Eine perfekte

Win-Win-Situation, um Eriks abgegriffenen Ausdruck zu gebrauchen.

Ihre Freizeit verbrachte Shania normalerweise in ihrem Zimmer, wo sie unter der Glühbirne gebrauchte englische Taschenbücher las, die ich für sie in einem kleinen Antiquariat besorgte. Sie ging auch jeden Tag spazieren, verließ jedoch nie das eingezäunte Wohnviertel, aus Angst, von einem Geist aus der Vergangenheit entdeckt zu werden. Als ich sie fragte, ob sie sich nicht manchmal einsam fühlte, sah sie mich mit ihren schönen, ausdrucksvollen Augen an.

»Ich habe Sie getroffen, Sir. Das reicht. Und dann habe ich ja die Bücher. Wenn man früher nie allein sein durfte und man immer zu etwas gezwungen wurde, dann ist das Alleinsein etwas sehr Wertvolles. Wie ein Freund, der einfach nur still neben einem sitzt und einen niemals beschuldigt oder anschreit oder schlägt. Einer, der einfach nur da ist.«

Preeti kam am Nachmittag vorbei mit einem Korb Mangos, die allerletzten der Saison. Sie schälte und zerteilte drei der Früchte in kleine Stückchen und stellte sie in einer Schale auf den Tisch.

»Wenn der Monsun vor Ende der Mangosaison nach Delhi kommt, bedeutet das Glück«, sagte sie und steckte mir ein Stück in den Mund.

Ich lächelte, war jedoch vor allem wehmütig. Es fühlte sich genau so an, als ob man daheim in Schweden die letzten Erdbeeren des Sommers aß und wusste, dass es beinahe ein Jahr dauern würde, bis man sie wieder genießen konnte. Als ich nach Indien kam, mochte ich Mangos überhaupt nicht. Doch Preeti hatte mich gelehrt, die Frucht mit der weichen Konsistenz und der leicht klebrigen Süße zu lieben. Sie gehörte irgendwie zu ihr, von ihrem ersten Besuch in meiner Wohnung an, als sie einen Korb mit Mangos als Einzugsgeschenk mitbrachte.

Etwas Bedrückendes lag über unserem Treffen. Preeti würde am nächsten Tag nach Edinburgh zu ihrem Sohn Sudir fliegen und sechs Wochen dort bleiben. Danach würden die beiden für ein Wochenende nach London reisen und sich dort mit Vivek Malhotra treffen.

»Ein Wochenende im Jahr – so viel Zeit widmet mein Mann seiner Familie«, sagte sie mit einem leicht bitteren Unterton.

»Ich dachte, die Familie sei so wichtig in Indien.«

»Die Familie ist *alles* in Indien. Nur bei den Malhotras ist es anders.«

Sie blickte in sich gekehrt aus dem Fenster, als ob sie nach etwas in ihrer Erinnerung suchte. Doch dann lächelte sie mich an, und ich vermisste jetzt schon ihr Lächeln mit den Grübchen so sehr, dass es schmerzte. Sechs Wochen mit ihrem erwachsenen Sohn, war das wirklich notwendig? Ich dachte flüchtig an meine eigenen Kinder. Was ich zu Mia gesagt hatte, dass sie mich ja besuchen kommen konnten, war plötzlich sehr weit weg. Mit Linda hatte ich zwar sporadischen Kontakt via Mail und Telefon, doch mit John hatte ich nur ein Mal gesprochen, als ich beschloss, nach Delhi zu ziehen.

Preeti und ich liebten uns lange und intensiv. Danach schlief sie in meinen Armen unter dem angenehmen Lüftchen des Deckenventilators ein. Nach einer halben Stunde wachte sie ruckartig auf und zog sich rasch an. Als ich ihre Hand nahm und sie ins Bett zurückzuziehen versuchte, machte sie sich los und lächelte angestrengt.

»Ich würde so gern bleiben. Aber ich muss zurück in den Salon und noch alles erledigen, bevor ich abreise.«

»Sechs Wochen sind lang.«

»Ich weiß. Und ich habe keine Ahnung, wie ich es so lange ohne dich aushalten soll«, sagte sie und gab mir einen Kuss auf die Wange, bevor sie mir das letzte Stück Mango in den Mund steckte.

»Etwas Süßes für einen süßen Mann.«

Ich ließ das Stück auf der Zunge zergehen, um den Geschmack so lange wie möglich zu bewahren, während ich ihren sich entfernenden Schritten lauschte.

KAPITEL 49

Nach dem ersten dramatischen Sturzregen schien der Monsun massiv an Kraft verloren zu haben. Die anfängliche Freude der Einwohner von Delhi schlug in Enttäuschung um, als im Juli und Anfang August nur noch eine Handvoll kleinerer Schauer niederging. Die warme Luft war allerdings so feucht, dass man nach wenigen Minuten im Freien vollkommen durchgeschwitzt war.

Yogis Mutter hingegen liebte die klebrige Hitze, die gut für ihr Rheuma war. Sie hatte ihren durchgesessenen Sessel im Wohnzimmer gegen einen knarzenden Schaukelstuhl auf der Veranda eingetauscht. Auch dieser Platz war strategisch gut gewählt, sodass sie Lavanyas Glöckchen immer noch hören und gleichzeitig die Straße und die Wachleute sowie Harjinder Singh durch ein Loch in der Hecke im Zyklopenauge behalten konnte, wenn sie ihre *Dainik Jagran* umblätterte.

Ich war zum Abendessen bei Yogi eingeladen, und bevor Mrs Thakur zu uns stieß, fragte ich ihn nach dem Textilviertel im Süden von Delhi, von dem mir Jean Bertrand erzählt hatte. Die Auslandsredakteurin der *Göteborgs-Posten* hatte mich noch einmal danach gefragt, und ich wollte sie nicht enttäuschen. Vor allem dank ihres Empfehlungsschreibens hatte ich mein Journalistenvisum bekommen, und die Zeitung war außerdem meine sicherste Einkommensquelle. Zudem würde mich ein großer Auftrag, der viel Zeit und Konzentration erforderte, von Preeti ablenken. Erst in drei Wochen würde sie zurückkehren, und ich starb fast vor Sehnsucht.

Auch wenn ich Jean Bertrands Tipps immer noch für etwas gefährlich hielt, passte mir der Auftrag eigentlich recht gut. Mit einem indischen Textilexporteur als bestem Freund konnte ich Informationen aus erster Hand über Kinderarbeit in der Branche bekommen.

»Dein französischer Freund hat zweihundertfünfundfünfzig Prozent recht!«, rief Yogi indigniert und zündete seine dritte Bidi in Folge an. »In Shahpur Jat wimmelt es von kriminellen Gierschlunden, die arme Eltern aus Bihar und Uttar Pradesh dazu verlocken, ihre Kinder als Sklaven zu verkaufen. Und dann sitzen andere Gierschlunde noch höher in der Pyramide und kaufen all den billigen Stoff und die Kleider mit den hübschesten Stickereien, ohne auch nur die kleinste Frage zu stellen, wer das alles angefertigt hat. Dabei wissen sie genau, dass es Kinder waren. Mr Gora, wenn du einen Enthüllungsartikel über diese Verbrechen schreibst, wirst du so viel gutes Karma sammeln, dass dein nächstes Leben ein einziger Glücksrausch wird!«

Yogi eilte in sein Zimmer und kam mit einem bunten Folder zurück mit Bildern von jungen Frauen an Webstühlen, aber auch an Schulbänken, an denen sie konzentriert in Büchern lasen.

»Man muss sich nicht die Hände mit Stoffen von Kindersklaven schmutzig machen. Du kennst doch die Fabrik in Madras, zu der ich oft fahre«, sagte er eifrig und hielt mir die Broschüre hin. »Dort hat der Lieferant ein Programm initiiert, bei dem die Mädchen, die dort arbeiten, nicht nur Geld für Essen verdienen, sondern auch Unterricht von guten Lehrern bekommen. Dafür bezahle ich ein paar Rupien mehr für den Meter, schlafe aber nachts gut. Und die Preise sind immer noch so gut, dass ich einen hervorragenden Gewinn mache, wenn ich alles nach Europa weiterverkaufe.«

»Aber wie kommt man in die Fabriken, in denen die Kinder arbeiten?«, fragte ich. »Ich habe gehört, dass es jetzt viel schwerer geworden ist als früher.«

An diesem Punkt mussten wir unsere Diskussion abbrechen, denn Mrs Thakur betrat auf Lavanya gestützt den Raum. Das Mädchen setzte die alte Dame vorsichtig auf dem Stuhl am Kopfende des Tisches ab, als ob sie aus Porzellan wäre.

»Igitt, deine Bidis stinken furchtbar«, beschwerte sich Mrs Thakur mit einem scharfen Blick auf ihren Sohn, bevor sie sich mit einem sanften Lächeln an mich wandte.

»Mr Borg, es ist lange her, dass wir uns gesehen haben. Was haben Sie in letzter Zeit gemacht?«

»Danke der Nachfrage, Madam. Ich habe einige Artikel für verschiedene schwedische Zeitungen geschrieben.«

»Ich hoffe, sie sind verlässlicher als der Humbug, der in der *Dainik Jagran* steht.«

Wenn man bedachte, dass Yogis Mutter etwa die Hälfte des Tages damit zubrachte, besagte Zeitung zu lesen (die andere Hälfte nahmen alte Bollywood-Filme ein), war die Frage verlockend, warum sie nicht etwas anderes las. Doch die Erfahrung ließ mich schweigen. Mrs Thakur war am verträglichsten, wenn sie sich über Dinge beschweren durfte, ohne infrage gestellt zu werden. Solange ihr Sarkasmus und ihre Ironie nicht von diesem weichen, aber streitlustigen Unterton begleitet wurden, hatte man nichts zu befürchten.

»Liebe Amma«, sagte Yogi und tätschelte seiner Mutter liebevoll die Hand. »Mr Gora ist ja nicht irgendein Journalist. Er hat sogar Shah Rukh Khan interviewt!«

»Diesen Emporkömmling«, murmelte die alte Dame. »Wäre ein Interview mit Big B nicht besser gewesen? Das ist wenigstens ein Schauspieler mit Charakter.«

»Was für eine großartige Idee!«, rief Yogi.

»Absolut! Ein Treffen mit Amitabh Bachchan, das muss der nächste große Artikel werden«, stimmte ich ein, um Mrs Thakur ruhigzustellen, biss mir jedoch sofort auf die Zunge. Ich hatte keine Lust, noch ein Exklusivinterview mit irgendeinem schwer greifbaren Bollywood-Star zu versprechen.

Der Koch Shanker rettete mich, als er mit einem blubbernden Curry hereinkam und es auf dem Tisch abstellte.

»Mhm, das riecht göttlich! Niemand kann Navratan Korma so gut wie du, Shanker!«, lobte Yogi das Essen.

»Was für Nüsse hast du verwendet?«, fragte seine Mutter skeptisch.

»Geschälte Mandeln und Cashewkerne, Madam. Genau, wie Sie es möchten«, antwortete der Koch und schaufelte ihr einen halben Schöpflöffel auf den Teller.

Der würzige Gemüseeintopf mit Paneer schmeckte wirklich hervorragend, ebenso wie das Kartoffelcurry und das Palak Dal, ein sehr viel milderer Linsenbrei mit Spinat. Zusammen mit dem luftigen Reis und dem frischgebackenen Naan-Brot war es eine perfekt komponierte Mahlzeit. Ich aß viel und das guten Gewissens, da ich heute schon zehn Kilometer auf dem Laufband im *Hyatt* gejoggt war.

Als Dessert servierte Shanker ein selbstgemachtes Kulfi, süßes indisches Eis, das nach Kardamom schmeckte.

»Ich verstehe nicht, warum er es so kalt machen muss«, beschwerte sich Mrs Thakur und rief nach Lavanya, die sofort erschien.

»Schalt die Klimaanlage aus. Wir werden hier von zwei Seiten gekühlt und erfrieren beinahe.«

Weder Yogi noch ich waren einer Meinung mit seiner Mutter, schwiegen jedoch um des Hausfriedens willen. Nach dem Essen ließ sich Mrs Thakur in ihrem Sessel vor dem Fernseher nieder, während Yogi und ich unter dem Vorwand, er wolle eine

Bidi rauchen, in den Garten verschwanden. Das stimmte zwar, doch wollten wir vor allem dem scharfen Gehör seiner Mutter entgehen.

»Ich habe eine Idee, wie du dich in die Fabriken einschleichen kannst«, flüsterte er, auch wenn wir uns außer Hörweite befanden. »Du gibst vor, ein Textilimporteur aus Europa zu sein, der Geschäfte machen möchte.«

»Und wie soll das gehen?«

»Ganz einfach! Wir drucken dir eine neue schöne Visitenkarte mit einem hochgradig falschen Namen, die dich als Textilhändler ausweist. Und dann kannst du nach Lieferanten in dem Viertel suchen und nach der Produktion fragen und darum bitten, dir alles anzuschauen.«

»Aber ich weiß doch gar nichts über Textilien. Mein Unwissen wird mich sofort entlarven.«

»Da hast du allerdings recht«, antwortete Yogi und knetete sein Doppelkinn auf die für ihn so charakteristische Art und Weise, bevor ein triumphierendes Lächeln auf seinem Gesicht auftauchte.

»Aber *ich* weiß alles über Textilien und Stickereien! Ich kann als dein indischer Partner mitkommen. Das macht alles noch glaubwürdiger, und ich kann dann heimlich Bilder von den armen Kindern machen.«

»Meinst du das im Ernst?«

»Absolut! Ich habe schon immer davon geträumt, diese Blutsauger ans Messer zu liefern, und jetzt ist endlich die Gelegenheit dazu. Lass uns sofort zur Tat schreiten!«

KAPITEL 50

Gesagt, getan. Am nächsten Tag bestellten wir neue Visitenkarten für Yogi und mich in einer kleineren Druckerei am Khan Market, die im Gegensatz zu der in Old Delhi nur einen Tag für die Fertigstellung benötigte. Kein Gold, keine Verzierungen dieses Mal, nur falsche Namen, erfundene Firmennamen und die Nummern von zwei neugekauften Prepaid-Handys. Ich hieß Jan Lundgren und war Geschäftsführer von Lundgren Import, und Yogi hieß Sanjay Chauhan und leitete Hanuman Garment Export.

Nach weiteren zwei Tagen waren wir fertig, nachdem Yogi uns eingekleidet, mir eine Minieinführung in das ABC der Textilhändler gegeben und einen Plan für unseren Undercover-Einsatz ausgearbeitet hatte. In kühle Leinenanzüge von bester Qualität aus einer guten Schneiderei am Connaught Place gekleidet, jeder mit einer Aktentasche unter dem Arm, stiegen wir schon um zehn Uhr vormittags in den Tata, um der größten Hitze zu entgehen. Ich fand unseren Partnerlook zuerst lustig, doch auf dem Weg nach Shahpur Jat erklärte Yogi, dass unsere Uniform eine ungewöhnlich schlaue Wahl war.

»Es zeigt, dass wir ein Team sind«, sagte er. »Außerdem signalisieren die Anzüge, dass wir schon früher ganz ausgezeichnete Geschäfte miteinander gemacht haben. Stoffe dieser Qualität findet man nicht auf irgendeinem Markt. Das ist schließlich das feinste und teuerste Leinen aus Ägypten«, brüstete er sich zufrieden und rieb seinen Jackettärmel zwischen den Fingern.

Yogi parkte im Schatten einer Baumgruppe am Rand des

Viertels, und wir gingen zu Fuß in die dunklen, kühlen Gassen. Ein süßes Aroma von frischgekochtem Masala Chai mischte sich mit dem Geruch nach gebratenen Zwiebeln und undichten Abflussrohren zu dieser aufdringlichen Mischung, die so typisch für indische Marktviertel war.

Das Rattern der Metalljalousien der Geschäfte hallte zwischen den Hauswänden wider, und bei den Friseuren saßen Männer mit eingeseiften Unterkiefern nebeneinander und bekamen ihre Morgenrasur.

Wir gingen an mehreren dunklen Löchern in den Hauswänden vorbei, in denen Männer und Frauen hockten und verschiedene Arbeiten ausführten, Kartoffeln schälten oder Stoffstücke sortierten. Nach einer Weile kamen wir in den Teil von Shahpur Jat, der von den Kleidergeschäften dominiert wurde. Nachdem er einige Läden verschmäht hatte, blieb Yogi schließlich unter einem Schild mit der zierlichen Aufschrift BEST FASHION stehen.

»Dieses Etablissement ist, wenn mich meine Erinnerung nicht trügt, eine ziemlich große Fabrik. Lass uns hier anfangen«, schlug er vor und öffnete die Tür.

Ein erfrischender Luftzug der Klimaanlage empfing uns und verursachte ein wohliges Schaudern. Sofort waren wir von drei jungen Verkäufern umringt, die einladend lächelten und uns fragten, wie sie uns behilflich sein könnten.

Yogi wedelte abwehrend mit der Hand und setzte eine wichtige Miene auf, woraufhin ein älterer Herr in einem eleganten Anzug und mit grauem Ansatz am Scheitel seiner ansonsten pechschwarzen Haare seinen Platz hinter dem Tresen verließ und zu uns kam.

»Was kann ich für Sie tun, meine Herren?«, fragte er höflich.

»Wir würden gern mit dem Geschäftsführer sprechen«, antwortete Yogi.

»Darf ich fragen, in welcher Angelegenheit?«

»Aber natürlich. Wir sind hier, um über mögliche gemeinsame Geschäfte zu sprechen«, erwiderte Yogi und reichte ihm mit hochmütigem Lächeln seine falsche Visitenkarte.

Der Mann nahm die Karte entgegen und warf einen raschen Blick darauf.

»Da sind Sie hier richtig, Mr Chauhan«, sagte er und legte seine rechte Handfläche unterwürfig auf die Brust, bevor er mich mit einem schlaffen Händedruck begrüßte. Ein Gefühl, als ob man fünf kalte Wienerwürstchen drückte.

»Ich bin der Besitzer von Best Fashion. Wir weben, nähen und besticken alles nach dem Wunsch des Kunden. Mein Name ist Varun Khanna, angenehm.«

»Jan Lundgren«, sagte ich mit einem knappen Nicken. »Kleiderimporteur aus Schweden.«

»Aus Schweden? Das ist ja außerordentlich interessant, Mr Lundgren. Mein Traum ist es, einmal in Ihr Land zu fahren und die hohen Alpengipfel zu sehen. Ich liebe Bollywood-Filme, die in Schweden gedreht wurden! Und ich mag den Käse mit den großen Löchern sehr gern, den Sie herstellen. Ich habe ihn in einem ausgezeichneten Restaurant hier in Delhi gegessen. Ein sehr spezieller Geschmack, aber auch sehr gut.«

»Sie meinen die Schweiz.«

»Ja, Ihr Land ist wirklich großartig.«

»Aber ich komme nicht aus der Schweiz, sondern aus Schweden. Das ist ein vollkommen anderes Land und liegt im Norden von Europa. Unsere Berge sind nicht so hoch wie die in der Schweiz, und unser Käse hat keine so großen Löcher. Aber wir haben die welthöchsten Steuern«, sagte ich und blinzelte ein wenig in dem Versuch, eine entspannte Stimmung zu schaffen.

Der Mann wirkte für einen Moment verwirrt, bevor er sich wieder fasste.

»Ja, es gibt so viele interessante Länder in Europa. Ich liebe Ihren fantastischen Kontinent wirklich.«

»Ausgezeichnet. Dann können Sie meinem europäischen Freund ja vielleicht auch einen guten Preis anbieten«, schaltete sich Yogi ein.

»Natürlich! Aber kommen Sie doch bitte mit, dann kann ich Ihnen etwas Kühles zu trinken anbieten«, sagte Mr Khanna und geleitete uns höflich in einen Raum hinter dem Tresen.

KAPITEL 51

Wir setzten uns auf ein Sofa, wo uns Kekse und Nimbu Pani von einer mageren Frau im Sari serviert wurden, die einen ausgeprägten Duft nach Rosenwasser hinter sich her zog. Nach weiteren Ehrbekundungen Europa im Allgemeinen betreffend (weil Varun Khanna nichts über Schweden wusste), wandte sich unser Gespräch dem Geschäftlichen zu. Ich erklärte, dass ich vor allem nach gutgenähten Damenkleidern aus edlen Materialien suchte.

»Es muss echte Naturseide sein, handbestickt. Meine Kunden in Skandinavien sind sehr anspruchsvoll«, betonte ich.

»Natürlich. Wir können die Produktion ganz nach Ihren Wünschen anpassen.«

Ich nahm einen Schluck Limettensaft und verzog das Gesicht bei dem sauer-salzigen Geschmack.

»Sie müssen entschuldigen, ich habe leider etwas schlechte Erfahrungen aus früheren Geschäften in Indien, bei denen die Lieferanten nicht die versprochene Qualität gehalten haben. Deshalb wäre es gut, wenn wir uns hier etwas umsehen könnten, bevor wir weitersprechen«, erklärte ich.

»Natürlich, Mr Lundgren. Wir können gern eine der Werkstätten besuchen, vielleicht schon morgen?«

Das Lächeln des Textilhändlers war so breit, dass die Goldfüllungen in seinen Backenzähnen sichtbar wurden.

»Wenn wir zusammen Geschäfte machen wollen, möchte ich die Produktion heute sehen. Vorbereitete Besuche interessieren mich nicht«, entgegnete ich. »Und vor allem die Stickereien möchte ich mir näher ansehen. Ich muss ganz sicher sein, dass es hundert Prozent Naturseide und alles wirklich handgemacht ist.«

»Aber das kann ich Ihnen garantieren, Mr Lundgren! So feine Stickereien kann man nicht mit der Maschine anfertigen«, sagte Mr Khanna rasch und zeigte uns einen Saristoff mit einem zarten Muster aus Blumen und Vögeln.

Yogi zog ein paar dünne Seidenfäden aus dem Stoff und zündete sie mit seinem Feuerzeug an. Sie verwandelten sich sofort in grauschwarze Asche, ohne zu brennen oder zu schmelzen, wie sie es getan hätten, wenn sich Polyester darin befunden hätte.

»Da sehen Sie es! Hundert Prozent echte Ware«, sagte der Textilhändler sichtlich zufrieden mit dem Ergebnis von Yogis Stoffprobe.

»Sehr gut. Aber ich möchte auch die Stickereiarbeiten besichtigen«, erwiderte ich bestimmt. »Und das jetzt.«

Mr Khanna rieb die Handflächen gegeneinander und sah auf seine Armbanduhr.

»Es ist noch sehr früh am Tag, und ich bin nicht sicher, ob man schon mit der Arbeit angefangen hat. Wenn Sie noch ein paar Stunden Zeit haben, dann …«

»Ich komme gleich zur Sache, damit wir hier kein Theater spielen müssen. Ich bin nicht aus wohltätigen Gründen in Indien. Ich bin hier, um Geschäfte zu machen, und für mich zählen nur Qualität und Preis. Wie es in Ihren Fabriken aussieht, was für Löhne Sie bezahlen und wer die Arbeit macht, interessiert mich nicht im Geringsten. Ich finde es im Übrigen heuchlerisch, wenn Leute aus dem Westen, die hierherkommen und Geld verdienen wollen, sich über die Arbeitsumstände beschweren. Immerhin schaffen Unternehmer wie Sie Arbeitsplätze für die Armen. Und Kinder sterben auch nicht davon, wenn sie ihre Familien ein wenig unterstützen. Im Gegenteil.«

Nachdem ich den Köder ausgeworfen hatte, dauerte es nur ein paar Sekunden, bis Mr Khanna zuschlug.

»Über was für eine Größe sprechen wir bei der Bestellung?«, fragte er.

»Sie müssen verstehen, dass ich noch keine Zahlen nennen kann, bevor wir nicht gesehen haben, was Sie uns anbieten können und wie es hergestellt wird. So viel kann ich sagen, dass es sich um signifikante Mengen handeln wird, unter der Voraussetzung natürlich, dass Sie Handarbeit garantieren.«

»Und Sie haben keinen solchen Verhaltenskodex wie viele andere europäische Unternehmen?«

»Mein einziger Verhaltenskodex ist zwischen Ihnen und mir. Wir zwei müssen uns aufeinander verlassen können.«

Ich hörte meine eigenen Worte und war überrascht, wie glaubhaft ich klang. Meine letzte Annäherung an die Schauspielerei – wenn man nicht das ganze Leben als ein einziges Drama betrachtete – war fast vierzig Jahre her. Damals war mir in meiner Eigenschaft als Lieblingsschüler der Musiklehrerin die Rolle des Mr Higgins in der Schulaufführung von »My Fair Lady« zugeteilt worden. Nach drei Proben entzog man sie mir allerdings schon wieder, weil ich mich an einer Stelle im Text immer aufs Peinlichste versprach. Jedes Mal lief ich knallrot an, während sich der Rest des Ensembles vor Lachen bog. Die nette Musiklehrerin versuchte wirklich, mir zu helfen, musste jedoch schließlich aufgeben. Janne bekam stattdessen die Rolle, ein selbstsicherer, wenn auch vollkommen unmusikalischer Klassenkamerad, der dann zu allem Übel auch noch mit der unglaublich niedlichen Louise Andersson zusammenkam, die das Blumenmädchen Eliza spielte und die mir selbst auch sehr gut gefiel. Seither hatte ich etwas Bühnenangst.

Doch dieses Mal saßen meine Antworten perfekt. Vielleicht war ich in einem früheren Leben ein Textilimporteur mit zweifelhafter Moral gewesen? Vielleicht hatte ich auch nur meine innere Kraft gefunden? Meinen inneren Gott sogar? Warum auch immer, ich klang überzeugend genug, dass mir Mr Khanna auf den Leim ging.

»Okay, Mr Lundgren, dann wissen wir, wo wir stehen. Ich schätze Ihre Ehrlichkeit und teile Ihre Ansichten vollkommen. Einen kleinen Augenblick bitte, dann können Sie sich die Produktion ansehen.«

Er telefonierte kurz, und zehn Minuten später befanden wir uns in einer fensterlosen Halle, die von grellen Neonleuchten erhellt wurde, nur ein paar hundert Meter vom Geschäft entfernt. Auf dem kalten Boden saßen zwanzig kleine Jungen, die zwischen sechs und zwölf Jahre sein mochten, und bestickten in große Holzrahmen eingespannte Seidenstoffe. Mit raschen, monotonen Bewegungen glitten die Nadeln durch die aufgezeichneten Linien. Einige der Jungen nähten Pailletten und kleine Perlen an. Ein Mann in einem schmutzigen Unterhemd saß auf einem Stuhl und überwachte mit strengem Blick die Arbeit. Kein Lüftchen regte sich, und der beißende Geruch nach eingetrocknetem Schweiß wie in einer Turnhalle lag im Raum. Ich suchte vergeblich nach einem Ventilator. Es mussten mindestens dreißig Grad hier drin herrschen.

»Im Moment verzieren die Jungen Saris und indische Hochzeitskleider. Aber sie können auch kleinere Damenblusen von westlichem Schnitt besticken«, versicherte uns Varun Khanna und zerzauste einem der kleinsten Kindersklaven die Haare.

Der Junge zuckte bei der plötzlichen Berührung zurück und versteifte sich, als ob sein kleiner Körper sich auf einen Schlag vorbereitete. Doch seine Augen blieben leer und ausdruckslos.

Yogi hatte schon die Kamera hervorgeholt und einige Nahaufnahmen der Stickereien gemacht, ohne den Fabrikbesitzer um Erlaubnis zu fragen. Er tat dies mit der Selbstverständlichkeit eines qualitätsbewussten Einkäufers, und es wirkte so natürlich, dass man schon paranoid sein musste, um Misstrauen zu schöpfen. Und ich war überzeugt, dass ich als Einziger sah, wie mein Freund manchmal heimlich die Kamera anwinkelte, so dass er auch die Jungen aufs Bild bekam.

Nach der Führung kehrten wir ins Geschäft zurück, wo man uns Tee und Samosas anbot, mit dieser roten Chilisoße, die Yogi so liebte. Ich nahm Notizblock und Stift aus meiner Aktentasche und begann Fragen nach Kosten und Kapazität zu stellen.

»Die Preise werden Sie nicht abschrecken, sie sind sehr angemessen. In Sachen Kapazität sind unsere Möglichkeiten nahezu unbegrenzt. Wir haben ausreichend Produktionseinheiten, die auch kurzfristig in Betrieb genommen werden können«, erklärte Mr Khanna. »Allein hier in Shahpur Jat haben wir zwölf Werkstätten wie die, die Sie gerade gesehen haben.«

»Aber wie zuverlässig können Sie liefern?«, fragte Yogi mit gespielter Skepsis und leckte sich die fettigen Finger.

»Sehr zuverlässig.«

»Das sagen alle. Bitte entschuldigen Sie mein Nachbohren, aber wie sollen wir wissen, dass es in diesem Fall zutrifft? Es handelt sich wie gesagt um sehr große Mengen, und Mr Lundgren muss sicher sein können, dass der Zeitplan eingehalten wird. Und vor allem muss *ich* dessen sicher sein. Als indischer Partner eines großen europäischen Einkäufers lebe ich ein besonders gefährliches Leben. Wenn etwas schiefgeht, ist es mein hübscher Kopf, der rollt, nicht Ihrer«, sagte Yogi und fuhr sich mit der Handkante am Hals entlang, bevor er in lautes Lachen ausbrach.

Ich steuerte ein zustimmendes Lächeln bei. Mr Khanna verknotete die Hände und zögerte.

»Dann muss ich die Größe der Bestellung wissen«, sagte er. »Über welche Mengen reden wir hier, meine Herren?«

»Wenn wir uns auf einen Preis einigen können, würde die erste Bestellung hundertfünfzigtausend Blusen umfassen, die in einem Zeitraum von drei Monaten geliefert werden müssen«, antwortete ich.

»Das wird kein Problem sein«, erwiderte Mr Khanna und befeuchtete die Lippen nervös mit der Zunge.

»Bei allem Respekt, ich glaube, dass Mr Lundgren einen etwas handfesteren Beweis für Ihre phänomenale Liefersicherheit braucht, um beruhigt zu sein. Oder?«, sagte Yogi und wandte sich an mich.

»Absolut. Es wäre gut, wenn Sie uns andere potente Kunden nennen könnten, die große Mengen von Ihnen gekauft haben.«

»Das unterliegt zum Teil dem Geschäftsgeheimnis«, sagte Mr Khanna und senkte die Stimme. »Aber unter uns kann ich Ihnen sowohl ein großes Unternehmen in Dubai nennen sowie drei namhafte indische Kleidermarken.«

»Keine europäischen oder amerikanischen Firmen?«

»Bisher nicht.«

Dass der Betrieb keine westlichen Kunden hatte, war eine große Enttäuschung. Die Enthüllung, dass hier Kinderarbeit betrieben wurde, war brutal gesagt sehr viel weniger wert, wenn nur für den asiatischen Markt produziert wurde.

»Mr Lundgren würde dennoch gern das eine oder andere respektable Dokument als Beweis sehen, dass es Geschäfte mit namhaften Kunden gab«, fuhr Yogi fort, immer noch Feuer und Flamme.

»Ich weiß nicht …«

»In diesem Fall bedanken wir uns aufs Höflichste und werden uns nach einem anderen Lieferanten umsehen«, verkündete mein Freund und stand auf.

»Warten Sie doch, meine Herren! Wir werden doch so eine

Kleinigkeit nicht unsere Zusammenarbeit gefährden lassen. Natürlich sollen Sie sehen, was Sie verlangen. Doch ich muss darauf bestehen, dass das zwischen uns bleibt.«

»Selbstverständlich«, sagte ich.

Der Textilfabrikant nickte knapp und holte dann einen zerfledderten Auftragsblock aus einer Schreibtischschublade. Er blätterte eine Weile darin herum, bevor er uns hineinsehen ließ.

»Hier ist ein Auftrag aus Dubai«, sagte er und blätterte dann rasch um.

Er zeigte uns weitere Bestellungen von verschiedenen Kunden und ratterte Namen von kleineren indischen Firmen und prominenten Privatpersonen herunter, die mir nichts sagten. Yogi gähnte demonstrativ, nahm sein klingendes Mobiltelefon aus der Jacketttasche und begann ein Gespräch mit seiner Mutter. Seine unterwürfige Stimme und das regelmäßige »liebe Amma« ließ Mr Khanna mir ein vielsagendes Lächeln zuwerfen. Ich fühlte mich vor allem enttäuscht und müde, als er am Ende des Auftragsblockes angekommen war.

»Das Beste habe ich zum Schluss aufgehoben. Diese Bestellung für bestickte Saristoffe hat ungefähr dieselbe Größe wie die von Ihnen beabsichtigte, sowohl in Sachen Umfang als auch Arbeitsaufwand. Die ganze Partie war für Indian Image, eine sehr bekannte und renommierte indische Kleidermarke.«

Der Name klang bekannt, aber ich konnte ihn nicht einordnen.

Ich warf Yogi einen raschen Blick zu, der mir verschwörerisch zublinzelte, während er gleichzeitig seiner Mutter versprach, in einer Stunde zu Hause zu sein.

Da fiel plötzlich der Groschen. Mein Puls raste, mein Mund wurde staubtrocken.

Indian Image.

Wenn ich mich nicht vollkommen falsch an meine früheren

Nachforschungen erinnerte, gehörte die Firma zu einem großen Imperium.

Ein Imperium, das wiederum einem gewissen Industriemagnaten gehörte.

KAPITEL 52

Das ist das deutlichste Zeichen bisher, Mr Gora! Ein Zeichen, so außergewöhnlich deutlich, dass nur jemand, der auf beiden Augen hochgradigst blind ist, es nicht sehen kann!«

Yogi war nach unserem Besuch in Shahpur Jat so aufgeregt, dass er sich bei der Rückfahrt noch unkonzentrierter und rücksichtsloser als sonst durch Delhis wahnsinnigen Verkehr schlängelte. Ich selbst wusste noch nicht so recht, was ich mit den Informationen von unserem Treffen mit Varun Khanna anfangen sollte. Dass Vivek Malhotras bekannte indische Kleidermarke einen zwielichtigen Lieferanten hatte mit noch zwielichtigeren Unterlieferanten, die vielleicht Kinder als Arbeitssklaven beschäftigten, war kaum etwas, worüber man sich aufregen würde, und stellte auch keinen Treffer auf dem schwedischen Markt für Freelancer dar. Es war sehr zu bezweifeln, dass selbst die enthusiastische Auslandsredakteurin der *Göteborgs-Posten* einen Artikel kaufen würde, der auf so unsicheren Fakten basierte.

Auf der anderen Seite musste ich Yogi recht geben, denn auf *persönlicher* Ebene war es wirklich ein himmlisches Zeichen, dass der Mann, der zwischen mir und meiner Herzensdame stand, möglicherweise seinen guten Ruf durch die indirekte Beschäftigung von Kinderarbeitern beschmutzt hatte. Die Frage war nur, wie ich dieses neuerworbene Wissen einsetzen sollte. Ich kannte Preeti so gut, um zu wissen, dass sie sehr böse auf ihren Mann werden würde, wenn eine Verwicklung seinerseits in das Ganze nachweisbar wäre. Doch das setzte wiederum voraus, dass meine starke persönliche Motivation hinter der journalistischen Arbeit nicht zu offensichtlich wurde.

»Wir haben allerdings, um bei der Wahrheit zu bleiben, keine greifbaren Beweise, dass Vivek Malhotra Geschäfte mit Khanna macht«, sagte ich.

»Das finde ich aber schon«, protestierte Yogi und reichte mir sein Mobiltelefon. »Schau auf das letzte Bild im Album.«

Ich klickte auf das entsprechende Symbol, und ein Foto erschien auf dem Display, das zwar etwas verschwommen war, aber dennoch die Namen sowohl des Lieferanten als auch des Bestellers des letzten Großauftrages erkennen ließ, den Mr Khanna uns gezeigt hatte: Best Fashion und Indian Image. Vielleicht ließ sich damit ja doch etwas anfangen.

»Du hast heimlich fotografiert, während du mit deiner Mutter telefoniert hast?«

»Nicht so ganz. Ich hatte überhaupt nicht die liebe Amma am Apparat, sondern ich habe nur auf Klingeln gedrückt und so getan, als würde ich mit ihr sprechen. Das war nicht so schwer. Wir haben ja schon viele tausend Male miteinander gesprochen, so dass es kein Problem war, ein realistisches Gespräch vorzutäuschen. Wenn ich nur an meine Mutter denke, höre ich ihre Stimme.«

»Beeindruckend. Wie kommst du nur auf solche Ideen?«

Yogi streckte den Rücken durch und trommelte mit den Fingern aufs Lenkrad.

»Es ist eher so, dass wir zwei uns so gut ergänzen. Ich glaube wirklich, Mr Gora, dass du und ich das allerbeste Team bilden, das man in Indien seit den ehrenvollen Tagen unseres hochverehrten Königs Rama und seines fliegenden Dieners Hanuman gesehen hat. Bei allem demütigen Respekt für die Götter und der Erkenntnis, dass wir nur minderwertige Menschen sind, natürlich.«

Das Bild von der Großbestellung war vielleicht für Vivek Malhotra kompromittierend, doch weder das noch die Aufnahmen von den stickenden Jungen bewiesen eindeutig, dass sein Unternehmen in die systematische Ausbeutung von Kindern verwickelt war.

»Was machen wir jetzt?«, fragte ich.

»Das ist doch wohl sonnenklar«, antwortete Yogi. »Du wirst darüber schreiben und Mr Malhotra so außer Gefecht setzen, wie Rama seinen mächtigen Pfeil und Bogen angewandt hat, um den widerwärtigen Dämon Ravan auszuschalten, der seine geliebte Frau Sita geraubt hatte. Du machst es genauso, wenn auch etwas anders, weil du nicht Ramas göttliche Macht und Kraft hast. Der Stift ist dein Schwert! Es wird auch nicht so blutig und passt daher besser zu deinem Temperament.«

»Jetzt hast du mich. Aber es ist nicht so leicht, einfach einen Artikel zu schreiben und irgendwelche Sachen zu behaupten.«

»Wer hat denn gesagt, dass es leicht sein würde? Rama brauchte viel Mut und List, um Ravan zu besiegen, und das wirst auch du brauchen. Doch wie Rama kämpfst du nicht allein. Du hast meine vollste Unterstützung, und ich könnte mir vorstellen, dass auch dein französischer Freund, der den Alkohol so gern mag, behilflich sein könnte, diesen wichtigen Artikel am besten zu verbreiten. Und vergiss nicht, dass alles einem guten Zweck dient. Nicht nur die umwerfend schöne Schönheitssalonbesitzerin soll von dem bösen Dämon befreit werden, so dass ihr den Rest eures Lebens heiße Chiliwangen haben könnt. Denk auch an die ganzen Kinder, die du mit deinem Stift rettest, der so scharf ist wie einer von Ramas Pfeilen!«

Das klang sehr beeindruckend, doch ich hatte mich ohnehin schon entschieden, Yogis Aufforderung zu folgen. Drei Mal im Leben hatte ich mich bitterem Selbstmitleid hingegeben, nachdem man mir meine Liebe gestohlen hatte:

1. Als der unmusikalische Janne die bezaubernde Elisa Doolittle alias Louise Andersson aufriss.
2. Als der aalglatte Erik sich meine Mia geschnappt hat.
3. Als der Teflonanzug Max zwanzig Jahre später denselben Diebstahl beging.

Jetzt, da ich selbst der Dieb war und Yogi mich außerdem als den gutherzigen Robin-Hood-Typen darstellte, ließ ich mich von Verner von Heidenstams beflügelnden Worten erfüllen, dass es schöner sei, eine Sehne reißen zu hören, als niemals den Bogen gespannt zu haben. Ich würde nicht ohne Kampf aufgeben. Ich hatte es so unendlich satt, immer Mister Zweite Wahl zu sein.

Am Tag darauf rief ich Jean Bertrand an, der in einer Bar auf dem Indira Gandhi International Airport saß und auf das Boarding für seinen Flug nach Karatschi wartete, um von dort weiter nach Kabul zu reisen. Bevor er sowohl wörtlich als auch im übertragenen Sinn in den Wolken verschwand, stellte er den Kontakt zu einer indischen Journalistin und Menschenrechtsaktivistin her, die auf Kinderarbeit spezialisiert war. Sie hieß Uma Sharma und war eine Frau Mitte dreißig, mit kurzem Haar, einer großen runden Brille und von so scharfer Intelligenz, dass man sich beinahe daran schnitt.

Wir trafen uns in einer der Cafeterias im Indian Habitat Centre, dem riesigen Kulturzentrum, das hinter dem Lodi Garden lag und an einen gewaltigen Gefängnisbunker erinnerte. Noch vor meinem ersten Schluck Kaffee hatte Uma bereits alle Probleme angesprochen, die vor der großen Enthüllung noch zu lösen waren.

»Zuerst einmal brauchen wir verlässliche Zeugenaussagen von den Jungen, dass sie wirklich als Kindersklaven arbeiten.

Danach müssen wir noch mehr Geschäfte zwischen Best Fashion und Indian Image belegen können oder zwischen Indian Image und anderen Textilfabriken, die Kinder beschäftigen. Ein einziger Auftrag reicht nicht, der kann als Versehen und Einzelfall dargestellt werden.«

»Aber wenn wir die Polizei einschalten?«, fragte ich.

»Wegen einer Razzia? Ja, das wäre eine Möglichkeit, wenn wir einen ehrlichen leitenden Polizisten erwischen. Aber was ist das Ergebnis? Ein einmaliger Einsatz, einige pflichtschuldige Zeitungsartikel, eine Handvoll Jungen, die wir im besten Fall vorübergehend befreien, damit sie einen Monat später in einer anderen Fabrik landen. So arbeiten nur schlampige, faule Journalisten. Wenn hier wirklich etwas Gutes herauskommen soll, dann brauchen wir eine wasserdichte Enthüllung. Etwas, das nicht mit Bestechung und korrupten Polizisten unter den Teppich gekehrt werden kann.«

»Das klingt relativ unmöglich«, antwortete ich niedergeschlagen.

Sie klatschte in die Hände und bedachte mich mit dem harten Blick einer strengen Lehrerin. Auch wenn ich mindestens zwanzig Jahre älter als Uma Sharma war, fühlte ich mich in ihrer Gegenwart wie ein kleiner Schuljunge.

»Es ist überhaupt nicht unmöglich! Wenn du bereit bist, dich darauf einzulassen, und nicht beim ersten kleinen Widerstand aufgibst, dann haben wir sogar ganz gute Chancen«, sagte sie. »Du hast gute Vorarbeit geleistet, und der Kontakt zum Textilfabrikanten ist der Schlüssel zu weiteren Erfolgen. Bau das noch weiter aus und versuch so viele Beweise wie möglich zu sammeln, dann werde ich schauen, ob ich Zeugenaussagen von einigen der Jungen bekommen kann. Wenn dieses Unternehmen tatsächlich so groß ist, wie der Besitzer behauptet, mit mehr als zehn Stickereien allein in Shahpur Jat, kann eine Enthüllung ein wirklicher Durchbruch sein, auch wenn keine ausländischen Unternehmen darin verwickelt sind. Indian Image ist ein großer Player in der Branche. Wenn die Geschichte in Indien ordentlichen Wirbel verursacht und gut aufgebaut ist, dann springen auch die internationalen Medien auf den Zug auf.«

»Welche zum Beispiel?«

»BBC, CNN, *New York Times*, *Wall Street Journal*. Wenn die Lawine erst mal ins Rollen gekommen ist, kann sie viel bewegen. Doch für dich als Initiator ist es wichtig, dass alles felsenfest recherchiert ist, sonst hast du am Ende das Problem.«

Ihr Hinweis, dass sämtliche Verantwortung bei mir lag, bereitete mir Kopfzerbrechen.

»Wer außer uns beiden weiß von dieser Sache?«, fragte sie.

»Jean in Auszügen und mein Freund Yogi, der mit mir in der Kleiderfabrik war.«

»Und du möchtest, dass ich dir helfe.«

»Sehr gern.«

»Unter einer Bedingung: Außer uns vier bisher involvierten Personen darf niemand etwas erfahren, bis ich das Zeichen gebe. Kann ich dir in dieser Sache vertrauen?«

»Natürlich.«

»Gut. Wenn wir genügend hieb- und stichfestes Material für einen Artikel gesammelt haben, nutze ich meine Medienkontakte, um die Story auf bestmögliche Weise zu verbreiten. Doch bis dahin dringt nichts nach außen, zur Sicherheit aller Beteiligten.«

»Es ist also gefährlich?«, fragte ich mit peinlicherweise sich ins Falsett steigernder Stimme.

Uma Sharma rückte ihre Brille zurecht und machte sich eine Notiz auf ihrem Block.

»Jeder wichtige Journalismus ist gefährlich, besonders der, der die Machthaber herausfordert. Stell dich also darauf ein, dass das hier eine Weile dauern kann. Ich mag keine Schluderei. Alles muss wahr und zielführend sein. Geduld und Diskretion sind Ehrenworte. Gib mir ein paar Tage, damit ich unseren Schlachtplan im Detail entwerfen kann, dann melde ich mich mit weiteren Anweisungen bei dir.«

Sie klang wie eine Guerillakämpferin, die einen Angriff plante. Das hier ist Krieg, dachte ich und biss mir so stark auf die Unterlippe, dass ich Blut schmeckte.

KAPITEL 53

An dem Tag, an dem Preeti endlich nach Delhi zurückkehrte, öffneten sich die Himmelspforten. Es war ein wunderbarer Septemberregen, der die Temperatur um mindestens zehn Grad sinken ließ und die Luft mit dem Duft nach feuchter Erde erfüllte.

Wir wollten uns am Nachmittag im Lodi Garden bei dem Eukalyptusbaum mit den Eichhörnchen treffen, und als ich sie zwischen den Pfützen heranspazieren sah, begleitet von den Libellen, die der Regen zum Leben erweckt hatte, verspürte ich ein unbeschreibliches Glück. In diesem Augenblick schrumpften die sechs Wochen Trennung zu nichts zusammen. Und als wir uns kurz darauf auf eine immer noch nasse Parkbank setzten und sie mich mit einem Hunger und einer Intensität küsste, die alles bisher Erlebte übertraf, wurde mir schwindelig. Ich lächelte so selig, wie es nur ein unheimlich verliebter Mann in den mittleren Jahren kann.

Die Zeit nach unserem Wiedersehen war ein einziger Glücksrausch. Am Abend trafen wir uns im Lodi Garden, und ein paarmal übernachtete sie auch bei mir. Das einzig wirklich Schlimme war, dass ich Preeti nicht erzählen konnte, was ich über die Geschäfte ihres Mannes wusste. Ich hatte Uma schließlich versprochen, mit niemandem zu sprechen, bevor sie nicht grünes Licht gab, und daran hielt ich mich auch.

Zusammen mit Uma und Yogi war ich ein gutes Stück mit meinem Enthüllungsartikel weitergekommen, der Vivek Malhotra hoffentlich vom Thron stürzen oder ihn zumindest so weit ins Wanken bringen würde, dass er ordentlich um sein Gleichgewicht ringen musste.

Der zwielichtige Textilfabrikant Varun Khanna in Shahpur Jat war zwar nicht gerade begeistert, dass wir den in Aussicht gestellten Großauftrag immer wieder verschoben, nachdem es am Anfang doch so eilig gewesen war. Aber da er immer noch große Hoffnungen auf eine lange und gewinnbringende Zusammenarbeit mit dem Textilimporteur Jan Lundgren aus Schweden zu hegen schien, hatte er uns vier weitere Großaufträge von Indian Image für handbestickte Stoffe gezeigt, um uns von seiner Liefersicherheit und seinen Kapazitäten zu überzeugen.

Außerdem hatten Yogi und ich bei weiteren Undercover-Einsätzen in der Gegend drei kleinere Lieferanten getroffen, von denen wir zwei überreden konnten, uns ihre Werkstatt zu zeigen und Namen von wichtigen Kunden zu nennen. Beide Firmen beschäftigten Jungen aus Bihar und anderen armen Bundesstaaten, und beide hatten Aufträge für Varun Khanna ausgeführt.

Darüber hinaus hatte Uma mithilfe ihres großen Kontaktnetzes bei den Kinderrechtsorganisationen vier Jungen ausfindig gemacht, die früher von Khanna als Kindersklaven gehalten worden waren, vor einem Jahr von dort gerettet wurden und jetzt in einem Kinderheim lebten. Damals hatte sich der Textilfabrikant der Gerechtigkeit entzogen, indem er die Anschuldigungen von sich wies und einen Kompagnon beschuldigte, der außer Landes geflohen war. Laut Uma würde Khanna nicht noch so einen öffentlichen Skandal überstehen. Mit dem Wissen, das wir mittlerweile besaßen, würde auch Vivek Malhotra ordentlich in Mitleidenschaft gezogen werden, auch wenn er versuchen sollte, sich herauszureden.

Das, was zu Beginn wie der Embryo eines Skandals ausgesehen hatte, hatte sich mittlerweile zu einem richtigen Fötus entwickelt. Ich persönlich fand, dass wir mehr als genug hatten für einen ordentlichen Enthüllungsartikel, doch Uma war anderer Meinung. Ihrer Ansicht nach brauchten wir mindestens ein paar aktuelle Zeugenaussagen von ausgebeuteten Kindern. Zwei Wochen später teilte sie mir mit, den Ersten gefunden zu haben.

Es war ein zwölfjähriger Junge aus der untersten Kaste der Dalits, der zuerst aus einer von Khannas Fabriken und dann aus der Polizeistation von Shahpur Jat weggelaufen war, nachdem ein korrupter Polizist ihn wieder an die Textilfabrik zurückverkaufen wollte. Jetzt lebte der Junge in einer Unterkunft für Straßenkinder in Paharganj, wo Uma und ich ihn auch treffen sollten.

Sie hatte eine Videokamera dabei und konnte die Heimvorsteherin davon überzeugen, dass es absolut notwendig war, das Interview mitzuschneiden. Man bat uns, behutsam mit dem Jungen umzugehen, der »speziell« war. Wir durften ihn jedoch allein in einem stickigen kleinen Raum treffen, in dem ein großes Bild von Mahatma Gandhi an einer Wand hing. Ein kleines Fenster ging auf eine dunkle, stinkende Gasse hinaus.

Ich hatte einen schüchternen und verzagten kleinen Jungen erwartet. Doch nur bei der Größe lag ich richtig. Die Gefügigkeit, die ich bei den anderen Kinderarbeitern gesehen hatte, fehlte völlig im Gesicht des Jungen. Nachdem er sich auf einem der schmutzigen Plastikstühle, die um einen abgewetzten Holztisch standen, niedergelassen hatte, musterte er mich eingehend und kritisch mit seinen funkelnden Augen. Dann streckte er die rechte Hand aus und zischte: »Zigarette!«, mit leiser, aber dennoch durchdringender Stimme.

Er trug ein ausgewaschenes T-Shirt mit einem Bild von Britney Spears und eine Jeans mit Schlag und vielen seltsam platzierten Taschen, die weit über dem Bauchnabel saß. An den Füßen hatte er etwas zu große, spitz zulaufende Herrenschuhe aus Kunstleder.

»Tut mir leid, aber ich rauche nicht«, sagte ich.

»Und du solltest es auch nicht tun«, fügte Uma streng hinzu.

Darauf folgte eine längere Unterhaltung auf Hindi zwischen den beiden, die damit endete, dass ich zu dem Kiosk vor dem Gebäude laufen und eine kleine Packung Gold Flake kaufen musste. Kanshi, so hieß der Junge, nahm das Päckchen ohne Dank entgegen und zündete sich sofort eine Zigarette an. Nach ein paar tiefen Zügen wurde sein junges, aber schon zerfurchtes Gesicht merklich entspannter.

»Hier ist beschissen«, sagte er plötzlich in gebrochenem, aber verständlichem Englisch und sah mich an. »Zu viele Regeln. Zu viele Kinder. Will raus, will atmen.«

Er nahm einen weiteren tiefen Zug und pulte sich einen großen Popel aus der Nase, den er zuerst eingehend musterte, als überlege er, was damit zu tun sei, um ihn schließlich an der Tischkante abzustreifen.

»Was ich bekomme?«, fragte er.

»Was meinst du?«

»Ihr wollt, dass ich spreche. Ihr gebt Geld, ich spreche. Zweitausend.«

Uma schüttelte verärgert den Kopf und wechselte wieder ins Hindi. Ich verstand, dass sie versuchte, den Jungen dazu zu bewegen, seine Geschichte ohne Bezahlung zu erzählen, doch er war unerbittlich. Kanshi wandte sich erneut an mich und lächelte listig.

»Zweitausend. Dann ich spreche. Sonst ich still. Dann ihr vergesst Artikel in Zeitung.«

Er lehnte sich trotzig mit verschränkten Armen zurück. Ich empfand einen gewissen Respekt für ihn und nahm zwei Tausend-Rupien-Scheine aus meinem Geldbeutel. Uma protestierte schwach.

»Ich bezahle nie für Interviews. Allein der Verdacht, dass wir Informationen kaufen, kann sich gegen uns wenden.«

»Das ist keine Bestechung. Es ist eine legitime Bezahlung dafür, dass wir die kostbare Zeit des jungen Herrn Kanshi in Anspruch nehmen«, sagte ich.

Der Junge lächelte zufrieden, woraufhin Uma widerwillig nickte. Nachdem er das Geld eingesteckt hatte, begann er sofort mit seinem Bericht, was für dreckige Wichser Varun Khanna und seine Handlanger waren, dass sie aus ihren fauligen Mündern nach Scheiße stanken, genau wie aus ihren haarigen Arschlöchern auch.

Uma errötete beim Übersetzen, filterte nach einer Weile aber einfach die unflätigsten Worte heraus und konnte das Gespräch schließlich auf die Erfahrungen des Jungen lenken.

Am einfachsten war Kanshis Leben als eine einzige lange Flucht zu beschreiben. Er kam ursprünglich aus einer Familie von Latrinenleerern in Bihar, und eine Zukunft in diesem schmutzigen und verachteten Gewerbe war ihm sicher, als sein betrunkener und gewalttätiger Vater ihn eines Abends so hart schlug, dass ihn die örtlichen Behörden in einem Kinderheim unterbrachten. Ein Jahr später flüchtete er von dort und kämpfte sich nach Delhi durch, wo er von einer Bande angeworben wurde, die Kinder als Taschendiebe am Bahnhof arbeiten ließ. Schnell geriet er mit dem Vorsteher aneinander, der für die Verteilung der Beute verantwortlich war, und zog weiter, um in den Fängen eines Zuhälters zu landen, für den er den Laufburschen spielte. Diesem lief er schließlich mit den halben Tageseinnahmen der Prostituierten weg. Er landete in Shahpur

Jat, wo ein vordergründig netter Teestandbetreiber sich des Jungen annahm und ihm Arbeit gab.

Kanshi wusste allerdings nicht, dass dieser Mann mit allen ausgerissenen Jungs so umging, die in dem Viertel auftauchten, um sie dann gegen eine ansehnliche Summe an die Textilfabriken weiter zu verschachern, wo man die Kinder einsperrte und gefügig machte, dass sie sich über kurz oder lang in apathische Kindersklaven verwandelten, genau wie die Jungen, die direkt von ihren armen Eltern hierher verkauft worden waren.

Doch Kanshi bewahrte sich seine Trotzigkeit und konnte schließlich auch von Varun Khannas Handlanger mit dem schmutzigen Unterhemd fliehen. Ich hatte den Verdacht, dass er über kurz oder lang auch aus dieser Unterkunft abhauen würde, weshalb ich ihn bat, um seiner Sicherheit willen noch so lange zu bleiben, bis unser Artikel erschienen war. Das versprach er für den Preis von tausend Rupien zusätzlich.

Uma seufzte tief, als ich den Geldbeutel erneut öffnete. Kanshi pfiff jedoch fröhlich und stopfte das Geld in einen Socken, bevor er sich eine weitere Gold Flake anzündete. Danach berichtete er detailliert und mit vielen anschaulichen Flüchen, wie die Jungen in den Stickereien bis zu vierzehn Stunden am Tag ohne Lohn schuften mussten, nur mit Essen und Unterkunft versorgt, und wie die, die zu fliehen versuchten, mit Prügel bestraft wurden. Er selbst hatte mehrere Male ordentlich Schläge einstecken müssen, seine Fluchtversuche jedoch nie eingestellt, im Unterschied zu den anderen Feiglingen.

Leider erkannte Kanshi Vivek Malhotra nicht wieder auf dem Bild, das ich ihm zeigte. Aber ich hatte eigentlich auch nicht damit gerechnet, dass der mächtige Industriemagnat persönlich in so einer schäbigen Fabrik voller Kinderarbeiter auftauchen würde. Immerhin wusste der Junge von nicht weniger als neun Stickereien zu erzählen, in denen er gearbeitet hatte, die alle von Unterlieferanten von Varun Khanna betrieben wurden. Derselbe Khanna, der Indian Image belieferte. Das war eine starke Indizienkette, die auf jeden Fall ausreichen dürfte, Malhotra in einen Skandal zu verwickeln.

»Beeilt euch mit eurer verdammten Zeitung«, sagte Kanshi.

Er spuckte aus dem offenen Fenster und fixierte mich mit seinen trotzigen Augen.

»Damit ich abhauen kann. Muss verdammt noch mal atmen. Muss mich wie freier Mann fühlen. Muss verdammt noch mal mich wie freier Mann fühlen.«

KAPITEL 54

Rechtzeitig zu Diwali Anfang Oktober kehrte Yogi von einer weiteren Reise nach Madras zurück, mit einem Sonnenbrand, der darauf hindeutete, dass er dieses Mal dort nicht nur gearbeitet hatte.

»Ich war auch ab und zu am Strand spazieren. Muss doch alle meine Bäuche in Form halten«, sagte er und griff beherzt in den straffen Rettungsring, der ihm über den Hosenbund hing.

Die Inder bereiteten sich auf das größte hinduistische Fest des Jahres mit derselben Hysterie vor, mit der wir Schweden Weihnachten in Angriff nehmen. Mein Freund schleifte mich zu unendlichen Einkaufstouren in den großen neuen Kaufhäusern und auf die Märkte, die vor kauflustigen Menschen überquollen. Er wollte Geschenke und Süßigkeiten für seine Mutter und seine Schwestern und deren Männer kaufen, außerdem für Onkel und Tanten und Dienstboten und viele andere Menschen, die es offensichtlich verdienten.

Ich selbst begnügte mich damit, drei Taschenbücher auf Englisch für Shania zu kaufen sowie einen Ring mit einem einzelnen Diamanten, den ich Preeti zu einem geeigneten Zeitpunkt geben wollte. Yogi war bei der Auswahl dabei und überredete mich, eine günstigere Preisklasse zu wählen, als ich ein paar sehr teure Stücke bei einem Juwelier in Old Delhi ins Auge gefasst hatte.

»Natürlich verdient sie nur das Allerbeste, aber deshalb musst du dich nicht gleich in Armut stürzen. Irgendetwas sagt mir, dass deine ausgezeichnete Aufmerksamkeit die schöne Preeti viel mehr anspricht als das Preisschild an einem Ring.«

Der Goldschmied mit dem hennafarbenen Haar und den blendendweißen Zähnen warf Yogi einen wütenden Blick zu und versuchte mir dann noch ein Armband aufzuschwatzen. Aber da biss er bei Yogi auf Granit, der ihn auch bei dem Ring noch herunterhandelte.

Doch ansonsten gab es für die Juweliere der Stadt keinen Grund, sich zu beschweren, im Gegenteil. Sie machten hervorragende Umsätze, ebenso wie die Süßwarenhersteller und die Feuerwerksverkäufer, die Raketen und Knaller in einem Ausmaß unters Volk brachten, das mich einen neuen Urknall fürchten ließ.

Dazu kamen alle Frauen, die neue Saris brauchten, und ihre Männer, die wie gehorsame Schuljungen auf den langen Bänken in den engen Geschäften saßen, in denen die Verkäufer eine farbenfrohe Stoffbahn nach der anderen ausbreiteten. Die Stoffe wurden kritisch beäugt und befühlt, es wurden gesundheitsgefährdende Mengen Masala Chai getrunken, und nach einem langen, mühsamen Entscheidungsprozess wählte man schließlich den Stoff für einen Sari, der dann noch auf den richtigen Preis heruntergehandelt werden musste (was noch einmal genauso viel Zeit in Anspruch nehmen konnte). An den ergebenen Gesichtern der Männer konnte man ablesen, dass es eine traditionsreiche Prozedur war, die sie vor jedem Diwali durchleiden mussten, um anschließend das restliche Jahr der Herr im Haus sein zu dürfen.

Ich dachte an die kleinen Jungen, die in Shahpur Jat schufteten, und an Vivek Malhotra. Vor allem aber dachte ich an Preeti. Ich hatte vorgeschlagen, zusammen Diwali zu feiern, da ihr Mann auf Geschäftsreise in den USA war, doch da hatte sie mir nur zärtlich das Haar zerzaust, als sei ich ein kleiner Junge, und dann fest meine Hand gedrückt.

Ich mochte das, denn dabei fühlte ich mich jung und gebraucht. Dass sie mir die Haare zerzauste, natürlich, nicht die Tatsache, dass wir uns schon wieder trennen mussten.

Am Tag nach unserem Treffen flog sie nach Hyderabad, um die Feiertage bei ihrer Schwester und deren Familie zu verbringen, wie es sich für eine verheiratete Inderin, deren Mann sich im Ausland befand, gehörte. Wir würden uns in zwei Wochen wiedersehen. Da wollte ich ihr alles erzählen, egal, wie Uma Sharma dazu stand.

Die Veröffentlichung war in drei Wochen geplant. Uma hatte mit dem Redakteur der Zeitschrift *Tehelka*, einem unabhängigen Wochenmagazin mit sozialem Schwerpunkt und großer Durchschlagskraft, einen Großauftritt über mehrere Seiten vereinbart. Bevor die Story in Druck ging, wollten wir Vivek Malhotra mit allen Fakten konfrontieren, wie seine Firma Kinderarbeiter ausbeutete, und Preeti sollte das unbedingt vorher erfahren. Mein Schweigen könnte ich dann damit rechtfertigen, dass ich zufällig über diese Sachen gestolpert sei (was ja stimmte) und erst einmal alles überprüfen wollte, um falsche Anschuldigungen zu vermeiden und nicht unnötig Staub aufzuwirbeln (was beinahe stimmte).

In manchen Momenten hatte ich darüber nachgedacht, Uma alles zu überlassen und es als ihre Arbeit auszugeben, während ich hinter den Kulissen das Ergebnis der Enthüllung abwartete. Doch meine Eifersucht in Verbindung mit Yogis Erwartungen hielten mich davon ab. Ich wollte die ganze Zeit dabei sein, um den vollen Überblick zu haben, und mein indischer Freund war geradezu besessen davon, dass ich den Dämon letztendlich besiegen würde.

Ein weiteres delikates Problem war, dass Uma nichts von meinem Verhältnis mit Mr Malhotras Frau wusste. Ich war fest davon überzeugt, dass es mich in ihren Augen viel zu befangen machen würde. Die vielen Lügen lasteten schwer auf mir. Als ich meine Gewissensbisse mit Yogi teilte, sah er mich fragend an.

»Es gibt da Sachen, die ich bei euch Goras nicht verstehe, Mr Gora. Seit wann ist es eine Lüge, zu schweigen? Du hast nicht gelogen, du hast nur nicht alles erzählt, was du weißt, und das kann man ja auch nicht immer verlangen. Da würden wir Menschen ja nichts anderes tun, als unsere Leben und Gedanken in einem unendlichen ewigen Fluss zu offenbaren, etwa so wie in den alten Bollywood-Filmen mit Big B, und dann gäbe es auf unserer schönen Welt irgendwann keine Luft mehr zum Atmen und keine Zeit mehr für irgendetwas anderes. Wir würden nur noch unsere gehetzten Stimmen hören, wo es doch so viele andere schöne Geräusche gibt, denen man viel eher lauschen könnte.«

Er atmete angestrengt und versuchte, sich eine Bidi anzuzünden. Doch dabei blies er immer wieder die Streichhölzer aus. Nach drei missglückten Versuchen gab er auf.

»Ich finde, du bist etwas vom Thema abgeschweift«, wandte ich ein. »Dass ich nicht alles erzählen muss, bedeutet nicht, dass es klug ist, das Wichtigste zurückzuhalten.«

»Und woher weißt du, dass eben das, was du für das Wichtigste hältst, das auch ist? Das wissen nur die Götter! Wir können nur unser Leben hier auf Erden leben, so gut wir können, und einander nicht alles erzählen, denn sonst gäbe es ja gar keine Mystik mehr und keine Geheimnisse. Geheimnisse sind gut, Mr Gora. Der, der sie nicht hat, ist ein armer Mann, egal, wie vermögend er ist. Geheimnisse sind Karten für verborgene Schätze. Man soll sie nah am Herzen tragen und nur hervorziehen, wenn es absolut notwendig ist.«

Yogi legte mir die Hand auf die Schulter und deutete in den dunklen Abendhimmel über der beleuchteten Fassade von Red

Fort. Durch den Smog waren nur ein paar flackernde kleine Sterne zu erkennen. Der Verkehr donnerte in einem nie enden wollenden Lavastrom aus knatternden Autorikschas, knarzenden Pferde- und Ochsenkarren, hupenden Autos und dröhnenden Bussen, aus deren offenen Türen die Menschen in Trauben hingen, an uns vorbei. Mitten in diesem Wahnsinn lagen arme Tagelöhner und schliefen unter dünnen Decken. Die Stadt selbst war jedoch immer wach. Seit meiner Ankunft hatte ich noch keinen Moment der absoluten Stille erlebt. Jetzt hatte ich mich so an das pulsierende Leben gewöhnt, dass ich mir Delhi ohne den ganzen Lärm gar nicht vorstellen konnte.

»In einigen Tagen wird der Himmel explodieren, wenn wir Diwali feiern. Du wirst dir das Glück wünschen, das du verdienst, wenn die Feuerwerkskörper explodieren und ihre glitzernden Kaskaden über die Stadt ergießen.«

»Du bist ein Poet, Yogi.«

Er tätschelte mir den Rücken und zog mich durch die Menschenmenge zum Tata, der ganz hinten auf einem staubigen Parkdeck zwischen einem Laster mit tropfendem Wassertank und einem Touristenbus stand, in den gerade eine Gruppe Japaner mit selbstleuchtenden grünen Baseball-Kappen einstieg.

»Du bist mein allerbester Freund«, sagte er, als wir uns nach einer halben Stunde aus dem Labyrinth von Autos auf dem Parkdeck befreit hatten, nur um im allgemeinen Verkehrschaos auf der Straße festzustecken. »Aber du bist auch ein in mancher Hinsicht blinder Mann, der die deutlichen Zeichen am Himmel nicht sieht. Du weißt doch, warum wir Hindus Diwali feiern?«

»Es hat was mit Rama zu tun.«

Yogi verdrehte die Augen und äffte mich nach.

»*Es hat was mit Rama zu tun.* Ist das alles, was du über deinen inneren Gott zu sagen hast? Wir feiern seine Rückkehr, nachdem er Ravan besiegt hat! Wir beleuchten seinen Weg zurück zu uns mit Milliarden von Lichtern und Fackeln. Und wir tun das, Mr Gora, in einer Zeit, in der du dich für deinen wichtigsten Kampf rüstest. Lass dich inspirieren! Schau in den Himmel, wenn alles explodiert, und lass dich führen! Schmiede Mut und Tinte in deinen Stift, genau wie Rama seinen Bogen mit göttlicher Kraft füllte vor dem entscheidenden Kampf mit Ravan!«

Yogis Schwäche für religiös motivierten Schwulst war nicht zu leugnen, ebenso wie der brüllende Hunger, der normalerweise darauf folgte. Auf dem Weg zu mir hielten wir an einer Straßenküche und kauften Samosas mit Chilisoße. Yogi aß vier Stück, die er mit zwei Gläsern Zuckerrohrsaft hinunterspülte.

»Nein, jetzt ist genug. Es muss schließlich noch etwas Platz für das Abendessen mit Amma sein. Wann, glaubst du, ist dein großer Artikel fertig?«

»Bald. Wenn alles wie geplant läuft, werden wir ihn in drei Wochen veröffentlichen.«

»Gut, ich kann es kaum erwarten. Denk daran, was ich dir gesagt habe, Mr Gora. Schau mit Zuversicht in den Himmel, wenn die Raketen explodieren. Atme tief ein und lass dich von der Energie erfüllen.«

Ich tat wie geheißen. Am Abend von Diwali, als die Sonne untergegangen war und die Feuerwerke begonnen hatten, stellte ich mich mit Shania auf meine Dachterrasse und sah nach oben. Es war wunderschön und inspirierend.

Eine halbe Stunde lang.

Allerdings knallten die Raketen zwei volle Tage lang, weitestgehend ohne Unterbrechung. Der Pulverrauch legte sich wie eine undurchdringliche Decke über Delhi. Die Lungen mit lebensspendender Energie zu füllen, war undenkbar. Es stank nach fauligen Eiern.

KAPITEL 55

Nach ein paar Tagen fiel einem das Atmen wieder leichter, doch auch wenn Diwali dieses Jahr ungewöhnlich früh war, markierten die Feiertage eine Grenze zwischen Sommer und Herbst in Delhi. Nach dem Feuerwerk zu Ehren Ramas setzte die Nachtkühle ein, was zur Folge hatte, dass der schwefelartige Geruch nach fauligen Eiern niemals richtig in die Atmosphäre aufsteigen konnte.

Ich saß an meinem Laptop und arbeitete an den letzten Details meiner Recherchen über Indian Image, schrieb allerdings auch an anderen Sachen, während ich auf Preeti wartete. Eines Abends war ich für eine Wirtschaftszeitung mit einem Artikel über die Erfolge von Ericsson in Indien beschäftigt, als mein Handy klingelte. Auf dem Display erkannte ich die schwedische Vorwahl. Als ich dranging und die Stimme des Anrufers erkannte, wäre ich beinahe vom Stuhl gefallen.

»Göran, *wünderbar*, dass ich dich endlich erwische!«

Kents Stimme verschlug mir die Sprache.

»Bist du dran, Göran?«

»Ja…«

»Wunderbar, deine Stimme zu hören! Du bist offenbar ein sehr beschäftigter Mann.«

»Ja…«

»Sehr unterhaltsame Artikel über Indien, die du da schreibst. Sowohl informativ als auch lustig.«

Ich hatte Mühe, mich zu fangen.

»Bist du noch dran, Göran?«

»Ja …«

»Entschuldige, aber die Verbindung ist nicht so gut, scheint mir. Als ob deine Stimme verschwindet, ich höre immer nur den Satzanfang.«

»Wie bist du an meine Telefonnummer gekommen?«

»Jetzt kann ich dich besser verstehen. Was hast du gesagt?«

»Wie bist du an meine Telefonnummer gekommen?«

»Ich habe bei der *Sydsvenskan* angerufen und mit deren Auslandsredakteur gesprochen. Du hast ja einige doppeldeutige Kolumnen dort geschrieben. Ich muss sagen, ich bin beeindruckt. Du bist wirklich ein hervorragender Schreiber.«

Während der drei Jahre, in denen er mein Chef bei den Kommunikatoren war, hatte Kent mich nicht ein einziges Mal gelobt. Jetzt sprudelten die Superlative nur so aus ihm heraus. Es klang so falsch, dass mir schlecht wurde. Der Mann, der mir eine Blutgrätsche verpasst und mich nach fünfundzwanzig Jahren Betriebszugehörigkeit, ohne mit der Wimper zu zucken, vom Platz gestellt hatte, klang plötzlich wie mein größter Fan. Da musste doch mehr dahinterstecken.

»Was willst du?«

»Ich wollte nur hören, wie es dir geht, und dann dachte ich, dass du vielleicht Lust hast, einen Auftrag für uns zu übernehmen. Ich habe hier etwas, das perfekt zu dir passen würde. Und ich bezahle natürlich den im Vertrag festgelegten Tarif.«

Ich hatte die Absprache mit den Kommunikatoren verdrängt, dass mir zwei Aufträge im Jahr zustanden, und ich war nicht besonders erpicht darauf, jetzt einen davon zu erledigen, wo ich so viel anderes um die Ohren hatte.

»Im Moment ist es etwas eng. Kann es vielleicht warten?«

»Eigentlich nicht, Göran. Wir haben ja schließlich einen Vertrag, und ich fände es wirklich toll, wenn du dich darum kümmern würdest. Ich glaube auch nicht, dass es besonders viel Zeit kosten wird. Es ist eher ein lustiger Text über Essen.«

»Über Essen?«

»Ja, wir haben einen Auftrag von einer Schulküche bekommen, etwas in der Gemeindezeitung *Vårt Malmö* zu schreiben, anlässlich der Aktionswoche ›Internationale Genüsse‹, die bald in den Schulen stattfinden soll. In einem schwachen Moment sagte ich, ich könnte das selbst schreiben, aber jetzt habe ich so unglaublich viel anderes zu tun, dass ich es nicht schaffe, und den anderen in der Firma geht es nicht anders. Da dachte ich, dass du das vielleicht übernehmen könntest, wo du doch jetzt in Indien lebst und es da so stark gewürztes Essen gibt. Vielleicht etwas über Curry?«

»Du willst, dass ich eine Kolumne über Curry schreibe?«

»Ja, so etwas in der Richtung. Aber so, wie ich es ausdrücken würde, wenn du verstehst, was ich meine. Ich habe ja versprochen, es selbst zu schreiben, du könntest doch dann so tun, als würdest du in meinem Namen schreiben, und ich schaue mir alles noch mal an, bevor ich es abschicke, so dass es richtig und nach mir klingt.«

Daher wehte also der Wind. Kent wollte, dass ich sein Ghostwriter wurde, und gab vor, selbst keine Zeit zu haben. Ich wusste natürlich, dass er schlicht kein Talent hatte. Der kleine Idiot in seinem Wollpullover wollte sich zusätzlich zu seinen Tabellen- und Zahlenkenntnissen als gewandter Kolumnist profilieren. Und dann hatte er natürlich Muffensausen bekommen, als er merkte, dass das Schreiben gar nicht so einfach war, und jetzt wollte er, dass ich ihn rettete. Ohne die Bezahlung wäre es in etwa so irrsinnig gewesen, wie wenn ein sowjetischer Strafgefangener auf der Flucht aus dem Gulag an einem Loch im Eis vorbeikäme, in dem ein einsamer Josef Stalin gerade am Ertrinken war, und der ehemalige Häftling sich ins Wasser stürzen würde, um den Diktator zu retten. Vielleicht etwas übertrieben ausgedrückt, aber es ging in die Richtung.

»Bist du noch dran, Göran?«

»Ja …«

»Also, ich dachte, dass du den Artikel allgemein halten könntest, da ich selbst ja noch nicht in Indien war. Aber trotzdem mit einem persönlichen Touch. Gern ein bisschen lustig. Und gern über Curry, wie gesagt.«

»Ich weiß nicht.«

»Hör zu, Göran, ich bezahle auch das Doppelte, wenn du das bis übermorgen schaffst.«

In seiner Stimme lag eine unüberhörbare Verzweiflung, die mir gefiel. Und doppelter Lohn bedeutete schließlich zwanzigtausend Kronen. Das war mehr als fürstlich für einen einfachen Artikel.

»Warum eilt es so?«

»Weil die Deadline immer näher rückt.«

»Okay. Aber wenn ich etwas Persönliches aus deinem Blickwinkel schreiben soll, dann musst du mir etwas Material geben. Was weißt du selbst über Curry?«

»Kein bisschen, muss ich zugeben. Aber ich finde, es ist ein wunderbares Gewürz. Hühnereintopf mit Curry ist eines meiner Lieblingsgerichte. Gern auch mit Erdnüssen. Und gebratenen Bananen. Das habe ich einmal auf dem Malmö-Festival gegessen. Das wird man auch während der Aktionswoche den Schulkindern servieren. Du kannst doch bestimmt etwas zusammenbasteln. Und dann kann ich den Text mit eigenen Gedanken und Überlegungen vervollständigen. Damit es richtig und nach mir klingt.«

Da kam mir eine Idee.

»Aber dann möchte ich im Voraus bezahlt werden.«

»Natürlich! Ich kann das Geld sofort anweisen! Es ist wirklich großartig, dass du den Auftrag übernimmst.«

Die Erleichterung in Kents Stimme war nicht zu überhören. Ich gab ihm meine Bankdaten und versprach, den Artikel fertigzuhaben, sobald das Geld auf dem Konto eintraf.

»Dann musst du aber schnell schreiben, denn ich überweise es in dieser Sekunde!«, antwortete Kent lachend. »Wirklich wunderbar, deine Stimme zu hören, Göran. Und dass keine *hard feelings* mehr zwischen uns sind.«

Darauf antwortete ich lieber nicht, sondern verabschiedete mich nur höflich. Dann nahm ich ein kaltes Kingfisher aus Mr Malhotras ausgezeichnetem Kühlschrank, setzte mich wieder an den Laptop und schrieb CURRY in ein leeres Dokument. Kent hatte einen lustigen Text bestellt, doch er hatte nichts davon gesagt, dass er wahr sein musste. Meine Finger tanzten nur so über die Tastatur, und eine Stunde später war mein Kent-Text fertig. Einen besseren Stundenlohn hatte ich noch nie. Der Text handelte von der fantastischen Curry-Nuss, die parallel zur Eroberung der Welt durch die indische Küche den Reis als größten Nahrungsmittelexportposten bald übertreffen würde.

Ich fügte einige Kent-typische scherzhafte Formulierungen hinzu, wie »das Neueste auf dem Markt« und »ein brennendes Interesse für Curry«. An den Schluss setzte ich eine Kent-inspirierte Lobeshymne auf Hühnereintopf mit Erdnüssen und gebratener Banane, das sogenannte Curry Curry Nam Nam, das beliebteste Curry-Gericht gleich nach der Currywurst. Als Kuriosa erwähnte ich noch, dass der in Curry eingelegte Hering noch auf seinen großen Durchbruch außerhalb Kashmirs wartete, wo er so wie im dänischen Odense die unangefochtene Nummer eins unter den nicht-vegetarischen Vorspeisen war.

Natürlich war das alles hochgradig zusammengedichteter Unsinn, doch alles in allem ein wirklich amüsanter Text. Kurz überlegte ich, noch einige Üs einzustreuen, doch das wäre wohl etwas zu viel des Guten gewesen.

Ich loggte mich in meinen Bankaccount ein und sah zufrieden, dass das Geld von Kent bereits eingetroffen war. Dann wartete ich noch zwei Stunden, bis ich ihm den Text mailte. Es war ein *wünderbares* Gefühl, auf »Senden« zu klicken.

Als das Handy eine Stunde später klingelte und dieselbe Nummer wie zuvor im Display stand, hatte ich mich schon darauf vorbereitet, was ich dem Wortschwall über Betrug und Vertragsbruch entgegensetzen würde. Doch zu meiner großen Verwunderung zwitscherte er wie eine aufgedrehte Nachtigall.

»Wunderbarer Text, Göran! Und so viel Neues, das man erfährt! Ich hatte ja keine Ahnung, dass Curry eine Nuss ist. Ich dachte, es sei eine Pflanze. Und den Ton hast du perfekt getroffen. Wirklich so, als ob ich alles geschrieben hätte. Alles klingt total nach mir.«

Zuerst dachte ich, Kent hätte auf einmal Humor, doch nach einer Weile merkte ich, dass er mir mit meiner Geschichte von der Curry-Nuss wirklich auf den Leim gegangen war. Seine Reaktion war so unwahrscheinlich, dass sie echt sein musste. Ich betete im Stillen, dass er nicht noch zur Sicherheit Curry googlen würde, und verabschiedete mich rasch von dem Ekel aus Ängelholm. Im selben Atemzug erkannte ich, dass er seine Dämonenkraft verloren hatte. Ich nahm meine Visitenkarte und blickte auf meinen misshandelten Namen. Güran Borg. Jetzt rief er nur noch ein zufriedenes Lächeln hervor. Der Fluch war gebrochen!

Zuerst Shah Rukh Khan und jetzt Kent Hallgren. Mit anderen Worten war nur noch ein Dämon übrig, doch der war nicht irgendwer.

Der mächtige und furchteinflößende Vivek Malhotra.

Danach wäre ich endlich ein freier Mann.

Frei von meinen Dämonen und frei, die weltschönste Schönheitssalonbesitzerin zu lieben.

Ohne Wenn und Aber.

KAPITEL 56

Einige Tage später bekam ich eine Mail von Kent, in der er mir noch einmal für meine Mühe dankte. Er fügte eine PDF-Datei an mit der Seite aus *Vårt Malmö*, auf der neben dem Text ein großes Bild von ihm zu sehen war, auf dem er breit grinste.

DANKE, GÖRAN!
Perfekter Humor! Perfekte Ironie! Curry nam nam ;)
GENAU DAS WOLLTE ICH HABEN, GÖRAN! Du hast meine Worte und meinen Humor perfekt eingefangen!!
DAS HABEN WIR GUT GEMACHT!!! Es kam sehr gut an!! Ich hoffe, deine Dienste auch in Zukunft in Anspruch nehmen zu können!! Auf dass wir noch mehr lustige Texte zusammen schreiben können!
ALLES GUTE!
Kent

Ich hatte von Kent bisher noch nie eine solche Mail gesehen. Normalerweise fügte er immer einige Tabellen und viele Zahlen in seine staubtrockenen Nachrichten ein, in denen sich schlechtes Behördenschwedisch mit ein paar englischen Branchenvokabeln mischte. Jetzt hatte er anscheinend das Ausrufezeichen und den VERSTÄRKENDEN EFFEKT von GROSSBUCHSTABEN auf der Tastatur entdeckt!!!

Zum Kotzen.

Ich weiß nicht, welcher Schutzengel ständig über diesem

Idioten wachte. Denn nach reiflicher Überlegung meinerseits musste es folgendermaßen abgelaufen sein:

Kent hatte den Artikel an die Redaktion geschickt in dem Glauben, dass Curry wirklich eine Nuss war. Der Redakteur, der den Text einbauen sollte, fand ihn in seiner lügenhaften Überzogenheit so lustig, dass er ihn übernahm und noch eine entwaffnende Überschrift formulierte: »So knackte ich die Nuss – das Geheimnis des Currys entschlüsselt.« Dazu hatte er dann noch ein Foto vom lachenden Kent gesetzt plus einem P.S., in dem die wahre Bedeutung des Wortes als Gewürzmischung und Eintopfgericht erklärt wurde.

Kent blieb gar nichts anderes übrig, als mitzuspielen. Mir hätte klar sein sollen, dass er sich auch dieses Mal aus der Affäre ziehen würde, ohne sein charakterloses Gesicht zu verlieren. Er berief sich einfach auf einen Kolumnisten der *Kvällsposten*, der sich einen Namen damit gemacht hatte, über wirklich alles zu lügen. Er erfand Treffen mit Menschen, die es nicht gab, Gespräche im Bus, die er nie gehört hatte, Bücher, die nie geschrieben, Filme, die nie gedreht worden waren, und historische Begebenheiten, die sich nie ereignet hatten. Und da Humor- und Ironiebefreitheit das Schlimmste waren, was man sich als Leser vorwerfen lassen konnte, kam er mit allem durch.

Niemals würde Kent öffentlich zugeben, dass man ihn hinters Licht geführt hatte. Er war zwar doof, aber ganz und gar nicht dumm. Hätte ich ihn direkt konfrontiert, hätte er gesagt, dass er nur einen Witz gemacht hatte und mir selbstverständlich nicht auf den Leim gegangen war. Es wäre ihm wahrscheinlich auch egal, wenn ich bekannt machte, dass kein Wort des Artikels von ihm stammte. Viele große Männer und Frauen vor ihm hatten schon die Dienste von Redenschreibern in Anspruch genommen.

Doch im wichtigsten Punkt hatte ich den kleinen Mistkerl

dennoch besiegt. Er hatte *mir* seine Einfalt gezeigt, und ich lachte den ganzen Weg zur Bank darüber. Und tief im Inneren wusste er es, sosehr er es auch zu verbergen versuchte. Nie wieder würde ich vor solchen Kent-Typen kuschen. Diese Genugtuung konnte mir keiner nehmen.

Früh am nächsten Morgen nahm ich ein Taxi zum Nehru-Park, eine der grünsten Oasen im Süden von Delhi und Treffpunkt für Schönwettersportler. Ich wollte mich mit Uma auf dem Joggingpfad treffen, um den zeitlichen Ablauf unserer Artikelserie zu besprechen.

Das Taxi setzte mich an dem kleinen Teestand am Parkplatz ab, wo sich eine Gruppe Chauffeure bei einem Becher Tee unterhielten und auf ihre Dienstherren warteten. Ein kleingewachsener Mann ging mit verlegenem Gesichtsausdruck an der Gruppe vorbei, während er einen kleinen Wagen mit einem alten und stark übergewichtigen Pudel hinter sich her zog.

»Na, gehst du mal wieder Gassi mit Madames kleinem Prinzen, Sunil? Pass auf, dass er dir nicht abhaut!«, rief einer der Chauffeure dem seltsamen Paar nach, woraufhin seine Kollegen in raues Gelächter ausbrachen.

Zu dieser Morgenstunde war der Nehru-Park voller Menschen und Hunde, die sich in den verschiedensten Bewegungsstadien befanden. Die Dienstboten bewegten die Hunde, während die Mittelklasse selbst Sport zu treiben versuchte. Die meisten gingen spazieren, doch vereinzelt gab es auch Jogger. Ein fettleibiger Sikh mit Turban, einem Dolch in einem Holster um den Kugelbauch und fabrikneuen Nikes an den Füßen keuchte angestrengt, als eine Frau im Salwar Kamiz und mit Sandalen an ihm vorbeilief. Ich ging rasch den ausgetretenen Pfad entlang bis zu einem Platz gegenüber einem Tempel, wo die meisten Sportler für ein kurzes Morgengebet zu halten pflegten. Uma war bereits vor Ort und bedeutete mir mit einem Nicken, ihr zu folgen.

Ich fand es etwas übertrieben, ständig unsere Treffpunkte zu wechseln, um das Risiko einer Entdeckung möglichst gering zu halten, doch ich vertraute ihr. Varun Khanna war es mittlerweile zu bunt geworden. Er wollte keine Geschäfte mehr mit mir und Yogi machen. Vielleicht hatte er auch den Verdacht, dass wir eigentlich auf etwas anderes aus waren, und ließ uns beschatten. In Delhi passierten noch weitaus seltsamere Sachen, betonte Uma, die selbst schon oft verfolgt worden war. Und ich musste ihr recht geben, dass es in Delhi keinen besseren Platz für ein vertrauliches Gespräch gab als am frühen Morgen im Nehru-Park. Hier konnte man als Sportbegeisterter in der Menge untertauchen und gleichzeitig sicher sein, dass einen niemand belauschte.

»Alles ist fertig. Ich habe noch vier Zeugenaussagen von Jungen bekommen, die von Khanna als Kinderarbeiter festgehalten wurden«, sagte Uma und schwenkte die Arme energisch hin und her, als würde sie sich wirklich voll und ganz auf das Verbrennen von Kalorien konzentrieren.

»Außerdem habe ich mit zwei früheren leitenden Angestellten von Indian Image gesprochen, die sagen, dass Vivek Malhotra immer von den Verhältnissen in Khannas Fabriken gewusst hat.«

»Werden sie aussagen?«

»Anonym, ja. Das ist natürlich nicht optimal, und es besteht das Risiko, dass sie noch eine alte Rechnung mit Malhotra offen haben. Doch zusammen mit unserem anderen Material dürften wir hier einen handfesten Skandal verursachen.«

Wir hatten wirklich ganze Arbeit geleistet. Auftragsbestätigungen, Rechnungen und andere Dokumente als harte Fakten und dazu noch eine Menge Gefühl in Form von Zeugenaussagen der Jungen und einem Interview, das Uma mit einem verzweifelten Paar aus Uttar Pradesh geführt hatte, das unwissentlich dazu überredet worden war, ihr Kind als Arbeitssklave zu verkaufen. Außerdem hatte sie ein Interview mit dem Sozialminister vereinbart, den sie mit der Frage konfrontieren wollte, warum die Behörden seit Jahren der Kinderarbeit tatenlos zusahen.

Viele würden mit Namen und Bild erwähnt werden: Varun Khanna, sein Handlanger mit dem schmutzigen Unterhemd, der Teestandbesitzer in Shahpur Jat, der korrupte Polizist im selben Stadtteil und noch einige andere.

Im Hinblick auf unser Alpha-Tierchen, den hoch geachteten Industriemagnaten Vivek Malhotra, wollte Uma unbedingt die Zügel in der Hand behalten und ihn erst kurz vor Veröffentlichung konfrontieren. Ich hatte keine Einwände. Die bloße Vorstellung, ihn anzurufen oder – noch schlimmer – ihm persönlich zu begegnen, ließ mich vor Angst erzittern.

Wir verteilten die letzten Arbeiten und vereinbarten, alle fertigen und im Entstehen begriffenen Texte innerhalb von zwei Tagen auszutauschen, damit Uma sie zusammenstellen und mein Englisch aufpolieren konnte. Danach würde es nur noch eine Woche bis zur Veröffentlichung dauern.

»Wir haben fünfzehn Seiten bekommen. Die Titelseite und sieben Doppelseiten! Das wird ihm die Hosen vollständig ausziehen und die anderen Medien auf den Plan rufen«, sagte Uma und schwenkte die Arme weiter wie ein Roboter.

»Fünfzehn Seiten?«

»Ich habe doch gesagt, dass das hier groß werden könnte.«

»Ja, aber …«

»Ist das ein Problem?«

»Nein, warum denn?«

Uma musterte mich eindringlich über ihre Brille hinweg.

»Hast du kalte Füße bekommen?«

»Nein, nein«, sagte ich nachdrücklich und schüttelte entschieden den Kopf.

Allein schon, um mich selbst davon zu überzeugen.

KAPITEL 57

Die letzten Nächte waren unruhig gewesen, doch an diesem speziellen Morgen waren Nervosität und Zweifel von mir abgefallen. Es war, als hätte ich wirklich erkannt, dass man für einen großen Gewinn auch große Risiken eingehen musste.

Obwohl ich nicht mehr als drei oder vier Stunden geschlafen hatte, fühlte ich mich fit. Ich hatte mit Preeti ein Treffen für den Nachmittag vereinbart, bei dem ich ihr von der geplanten Artikelserie berichten wollte. Es gab keine andere Möglichkeit.

Shania kam um acht Uhr und bereitete ein Omelett mit Chili auf Toastbrot zu, zu dem ich zwei Tassen starken Kaffee trank. Mein Magen war mittlerweile wirklich abgehärtet. Dann schrieb ich ohne Unterbrechung bis zum Mittagessen. Danach nahm ich ein Taxi zum Shoppingviertel Basant Lok und schlenderte zwischen den Geschäften umher. Weil drei müde Kühe den Eingang zu Benetton blockierten, ging ich stattdessen zu Rockports, wo ich zu meiner großen Freude ein dünnes schwarzes Poloshirt fand, das ich gleich anzog. Es war eigentlich immer noch zu warm, um meine Lieblingskluft zu tragen, aber was tut man nicht alles für das Wiedersehen mit einem lieben alten Freund. In einem Monat, wenn die Temperaturen noch weiter gesunken waren, würde ich sogar wieder mein Cordsamtjackett anziehen können.

Schon um Viertel vor drei saß ich im Schatten auf unserer üblichen Bank im Lodi Garden und wartete auf Preeti. Ich strich mit der Hand über die raue Oberfläche der Holzbretter und blickte über den Park mit seinen dicht bewachsenen Verstecken und Winkeln. Es herrschte eine angespannte Stimmung, aber der Park hatte auch etwas Vertrautes und Sicheres. Hier waren wir ein Paar unter vielen, mit Ängsten und Hoffnungen. Wir sprachen nie mit den Jugendlichen, die eng umschlungen auf den anderen Bänken saßen, doch ich spürte eine stille Gemeinschaft mit ihnen. Wir legitimierten einander. Wir waren viele, und das gab mir paradoxerweise eine Ruhe, die ich nie empfand, wenn ich mit Preeti zusammen in meiner hellhörigen Wohnung in RK Puram war.

Sie tauchte erst eine halbe Stunde später auf, im selben hellen Kleid und dem grünen Schal wie bei unserem ersten Date. Preeti setzte sich neben mich auf die Bank und gab mir einen Kuss. Der Geruch ihres Parfüms vertrieb sofort den Gestank nach fauligen Eiern, der immer noch in der Luft hing.

»Ich muss dir etwas Wichtiges erzählen«, sagte ich nach einer Weile und strich mir mit der Hand durchs Haar.

»Du solltest dir wirklich einen Pferdeschwanz binden, so lang, wie die Haare schon geworden sind«, sagte sie, als ob sie meine Worte nicht gehört hätte, und begann in ihrer Handtasche zu kramen. Schließlich fand sie ein Haarband, das sie um meine Haare wickelte. Ein kleiner Rattenschwanz war das Ergebnis.

»Jetzt kommen deine schönen Gesichtszüge noch besser zur Geltung.«

»Du meinst meine dicken Backen?«

»Nein, ich meine wirklich deine schönen Gesichtszüge. Ich verstehe nicht, warum du immer sagst, du seist dick. Das bist du nicht. Nur ein wenig kleidsam füllig.«

»Kleidsam füllig? Das klingt wie ein Samosa.«

Preeti lachte und kniff mich liebevoll in die Wange.

»Hast du eine Art Midlife-Crisis? Diese Selbstironie ...«

»Ich glaube, da hast du den Nagel auf den Kopf getroffen.

Aber ich muss dir immer noch etwas Wichtiges erzählen. Willst du es nicht hören?«

Ihr Blick flackerte, und für einen Augenblick wurde eine kleine Falte zwischen ihren Brauen sichtbar, bevor sich ihr Gesicht wieder entspannte.

Jetzt oder nie.

»Ich habe etwas über deinen Mann herausgefunden.«

»Hat er eine Geliebte?«

Ihre Frage kam so schnell und war so überraschend, dass mir kurz die Sprache wegblieb.

»Nein, soweit ich weiß, nicht …«

»Was ist es dann?«

»Er beutet Kinder aus.«

Im selben Moment erkannte ich, wie falsch das klang.

»Also, nicht so. Sondern anders.«

»Wie?«

»Eine der Firmen deines Mannes beschäftigt systematisch Kinderarbeiter.«

»Und woher weißt du das?«

Ihre Stimme hatte einen leicht misstrauischen Unterton, der mich verunsicherte.

»Durch meine Recherche als Journalist. Lass mich erklären.«

Ich nahm ihre Hände und begann zu erzählen, langsam und in allen Einzelheiten. Sie zog sie nicht zurück, im Gegenteil, nach und nach umklammerte sie meine Finger immer fester.

»Ich bin wirklich ganz zufällig darüber gestolpert, Preeti, Ehrenwort. Dann konnte ich nicht aufhören, weiterzuforschen und zu überprüfen, ob es wirklich stimmt«, sagte ich. »Bitte entschuldige.«

Sie schniefte und trocknete sich die Augenwinkel mit dem kleinen Finger.

»Du hast das schon richtig gemacht, Goran. Du musst dich nicht erklären, sondern Vivek. Ich verstehe nicht, wie er…«

Still saßen wir nebeneinander und hielten uns an den Händen. Ich suchte vergeblich nach Worten.

»Wann soll alles veröffentlicht werden?«, fragte sie schließlich.

»In einer Woche, wenn du damit einverstanden bist?«

Ich musste sie einfach fragen, auch wenn ich zu diesem Zeitpunkt eigentlich keinen Einfluss mehr auf den Lauf der Dinge hatte. Wenn ich einen Rückzieher machte, würde das Uma nicht stoppen, zumal sie ja auch alles Material hatte.

»Ich finde es gut, dass es herauskommt«, erwiderte Preeti. »Weiß Vivek davon?«

»Noch nicht, aber bald. Die indische Journalistin, mit der ich zusammenarbeite, will ihn damit konfrontieren. Ich wäre sehr dankbar, wenn du bis dahin nichts sagen könntest. Das könnte schließlich auch uns beide auffliegen lassen.«

Sie nickte und schloss die Augen.

»Es ist lange her, dass sich Vivek um andere Menschen gekümmert hat.«

Sie ließ ihren Kopf auf meine Schulter sinken. Ich legte den Arm um sie und zog sie vorsichtig an meine Brust, während ich mit der freien Hand meine Hosentasche abtastete, in der sich der Ring befand, den ich für sie gekauft hatte. Doch der Zeitpunkt war gerade alles andere als ideal, weshalb ich sie einfach nur küsste.

Vielleicht habe ich mir das nur im Nachhinein so zurechtfabuliert, aber ich hatte den Eindruck, in diesem Moment in meinem Kopf Barry Whites »Can't get enough of your love, babe« zu hören, genau wie bei meiner Nahtoderfahrung im Fitnessstudio des *Hyatt*s. In diesem Fall hätte es mir eine Warnung sein müssen, denn schon bekam ich einen Schlag auf den Hinterkopf und fiel vornüber auf den Boden.

Ich spürte, wie ich gerade bewusstlos zu werden drohte, als Preetis Schreie mich aufschreckten. Mühsam hievte ich mich auf ein Knie und versuchte zu fokussieren.

Eine Männerstimme brüllte etwas auf Hindi, und wie durch Milchglas sah ich eine verschwommene Gestalt, die die Arme hob und mit irgendeiner Waffe auf mich einzuschlagen drohte. Im letzten Moment riss ich einen Arm hoch, der den Schlag abfing, bevor ich über den Boden rollte. Als ich auf die Füße kam, hatte sich mein Blick geklärt, und ich sah mich verzweifelt nach Preeti um.

»Hilfe! Polizei! Hilfe«, schrie ich laut und machte ein paar unsichere Schritte rückwärts.

Vor mir stand nicht nur ein Mann, sondern insgesamt sieben oder acht weitere. Alle hielten Bambusstöcke in den Händen, die sie bedrohlich schwenkten, während sie aggressiv auf mich einbrüllten.

Ich meinte, Preeti wieder schreien zu hören, dieses Mal etwas weiter entfernt, als ob sie weglief oder weggeschleppt wurde. Zwischen ihrer leiser werdenden Stimme und mir die zum Angriff bereiten Männer. Meine Chancen standen nicht besonders gut. Zum einen, weil die Gegner in der Überzahl waren, sehr viel jünger als ich und bewaffnet, und zum anderen, weil sich meine Erfahrungen mit Schlägereien auf exakt drei Situationen beschränkten:

1. Als ich fünf war und Eskil, ein rothaariger Junge im Kindergarten, den ich geärgert hatte, mit einer Banane auf mich einschlug, so dass ich Nasenbluten bekam.
2. Als ich in der achten Klasse aus Versehen auf Pia spuckte, ein toughes Mädchen aus der Parallelklasse, als wir in der

Raucherecke standen und qualmten. Sie gab mir einen Schubs, den ich erwiderte, woraufhin sie mir in den Schritt trat und das Knie ins Gesicht rammte, so dass meine Lippe aufplatzte. Vier Stiche.

3. Als ich mich während des Karnevals in Lund 1982 neben einen alten Säufer auf eine Bank im Stadtpark setzte und mich auf seine Kosten vor meinen Kommilitonen über ihn lustig machen wollte. Ich fragte ihn, welcher der neuen Weine im Sortiment von Systembolaget, dem staatlichen Alkoholgeschäft, seiner Meinung nach das beste Bouquet hatte, woraufhin er mir – natürlich völlig zu Recht, wie ich rückblickend zugeben muss – ein blaues Auge verpasste.

Ich erzähle das alles, damit deutlich wird, mit welchem Todesmut ich an diesem Nachmittag im Lodi Garden zur Tat schritt. Ich hatte die wahnsinnige Idee, die Männer mit den Bambusstöcken zu überrumpeln, indem ich mich auf sie warf, etwa wie beim American Football, allerdings ohne Schutzkleidung, und mich so an ihnen vorbeikämpfte. Ich preschte also auf die menschliche Mauer zu, wurde jedoch sofort wieder niedergeschlagen.

Dieses Mal trafen die Knüppel meine Kniescheiben. Doch ich war so voller Adrenalin, dass ich den Schmerz kaum spürte. Die Angst um Preeti ließ mich sofort wieder aufspringen. Da sah ich den Mann mit der Videokamera. Er bewegte sich ungehindert zwischen den Angreifern auf der Suche nach dem besten Kamerawinkel. Wieder wurde ich zu Boden geprügelt. Als ich meinen hämmernden Kopf drehte und nach oben sah, blickte ich direkt in die Kamera.

»Hilfe! Hilfe!«, schrie ich mit letzten Kräften und hörte endlich die Trillerpfeifen der Polizei in der Ferne.

Dann gab es einen Knall. Ein weiterer Schlag landete mit voller Kraft auf meinem Rücken.

Jemand stieß mir seinen Bambusstock in den Solarplexus.

Mein Kopf brannte.

Dann nichts mehr. Alles war mit einem Mal schwarz, leer und grabesstill.

KAPITEL 58

Ich erwachte in einem Krankenhausbett. Um mich herum war es nicht länger schwarz, leer und still, sondern blendend weiß, und irgendwer spielte Schlagzeug und E-Gitarre in meinem Schädel. Es klang ungefähr wie unsere alte Rockband *Twins* zu der Zeit, als wir gerade mit den Proben begonnen hatten und sozusagen alles durchexperimentierten, um es sehr freundlich auszudrücken. Ich wollte mich auf die Ellbogen stützen, um mich aufzurichten, doch eine Handfläche auf dem Brustkorb hinderte mich daran.

»Ganz ruhig, Sir.«

Hand und Stimme gehörten einer Krankenschwester mit narbiger Haut und einem zurückhaltenden Lächeln.

»Lassen Sie mich Ihnen helfen«, sagte sie und fuhr das Kopfteil des Krankenhausbettes hoch. Dann legte sie mir ein zusätzliches Kissen in den Nacken, wo eine beträchtliche Beule schmerzhaft pulsierte.

Mein Kopf wollte immer noch zerspringen, und jetzt registrierte ich auch die Schmerzen im restlichen Körper. Es fühlte sich an wie eine Reihe Messerstiche zwischen den Rückenwirbeln und pochte unerträglich in den Knien. Ich schaute auf meine Beine hinab, die unter einem dünnen Laken verborgen waren. Als ich vorsichtig die Zehen bewegte, bekam ich Krämpfe in der Fußsohle. Doch die Nerven meines Bewegungsapparates schienen zu funktionieren, was eine gewisse Erleichterung war.

»Wo bin ich?«, fragte ich und verzog das Gesicht, weil selbst das Sprechen neue Schmerzwellen in Bauch, Hals und Gesicht auslöste.

»Im Max Healthcare Hospital in Saket, Sir«, antwortete die Krankenschwester und zog einen Spiegel, der am Kopfende des Bettes befestigt war, heran, so dass ich mich ansehen konnte.

Die Lippen waren blutig geschlagen und geschwollen. Ich hatte eine Prellung unter dem rechten Auge und ein großes Pflaster am Haaransatz. Ich war nicht hübsch, aber stellte gleichzeitig mit Erleichterung fest, dass es hätte schlimmer sein können.

»Was ist passiert?«

»Erinnern Sie sich nicht?«

»Ich wurde überfallen. Im Lodi Garden.«

»Genau. Eine Polizeistreife hat Sie hergebracht.«

Momentaufnahmen flimmerten an meinem inneren Auge vorbei. Die Parkbank, die plötzliche Bekanntschaft mit dem Boden, die schreienden, gewalttätigen Männer mit den Bambusstöcken, die aufdringliche Linse der Videokamera.

Preeti! Beim Gedanken an sie schärften sich meine verschwommenen Sinne.

»Wo ist mein Handy?«

»Ganz ruhig, Sir. Ihre Besitztümer werden sicher verwahrt. Sie waren vier Stunden bewusstlos und sind gerade erst wieder aufgewacht. Warten Sie, ich hole den Arzt.«

Ich packte die Krankenschwester am Arm.

»Bitte geben Sie mir sofort mein Mobiltelefon.«

»Das ist leider nicht möglich. Es ist zusammen mit Ihrem Portemonnaie beim Wachmann am Eingang eingesperrt. Es wird ein wenig dauern, es hierherbringen zu lassen.«

Ihr zurückhaltendes Lächeln wurde etwas offener.

»Wir haben nur die Nummer Ihrer Kreditkarte notiert, wegen der Bezahlung. Das machen wir immer, wenn bewusstlose

Patienten eingeliefert werden. Aber Sie haben vermutlich eine Krankenversicherung, die Ihren Aufenthalt hier übernimmt, Sir.«

Die hatte ich ganz bestimmt nicht. Max Healthcare war eines der besten Privatkrankenhäuser in Delhi. Ich sah die Tausender schon davonflattern, aber das war gerade mein kleinstes Problem.

»Wo sind meine Kleider?«

»Die bekommen Sie, wenn Sie entlassen werden. Doch vor der Entlassung müssen wir Sie erst aufnehmen. Ich möchte Sie also bitten, dieses Formular auszufüllen«, sagte sie und reichte mir ein Blatt Papier.

Ich kritzelte meine persönlichen Daten sowie Adresse und Telefonnummer in die entsprechenden Felder und unterschrieb. Man konnte mit Fug und Recht behaupten, dass Delhi mich vollkommen umgehauen hatte. Ich, der ich abgesehen von der legendären Budapest-Reise niemals ohnmächtig gewesen war, hatte diese Erfahrung seit meiner Ankunft in Indien nun bereits dreimal gemacht. Doch dieses Mal war es nicht selbstverschuldet, und dieses Mal war auch Yogi nicht an meiner Seite, als ich aufwachte. Und jetzt saß ich in einem Krankenhausbett fest, nur mit einem Krankenhauspyjama bekleidet, ohne mein Handy und ohne einen Schimmer, was mit Preeti passiert war, der Frau, die mich mit ihrem unwiderstehlichen Charme und ihrer Schönheit ebenfalls umgehauen hatte.

»Es könnte sich um Leben und Tod handeln, Schwester.«

»Überhaupt nicht«, erwiderte sie lächelnd. »Sie haben eine starke Gehirnerschütterung, und Ihr Körper ist mit Prellungen übersät. Wir haben eine stark blutende Wunde an Ihrem Kopf geklammert, aber nichts ist gebrochen, und ich kann Ihnen versichern, dass Ihr Leben in keinster Weise gefährdet ist.«

»Nicht meins, das von jemand anderem! Deshalb brauche ich mein Mobiltelefon. Und zwar jetzt, nicht erst in einer Stunde!«

Ich befühlte das Pflaster auf meiner Stirn und sah die Krankenschwester flehend an. Eine Viertelstunde später bekam ich mein Handy zusammen mit meinem Geldbeutel und meinen Schlüsseln in einem versiegelten Plastikbeutel, dessen Empfang ich mit einer Unterschrift quittierte. Ich holte das Telefon mit zitternden Händen heraus und versuchte vergeblich, es einzuschalten.

Mausetot.

»Gibt es hier im Krankenhaus ein Ladegerät für ein Nokia-Handy?«

»Das glaube ich nicht, Sir. Aber Sie haben doch ein Telefon hier am Bett, das Sie kostenlos benutzen können.«

Das war zwar sehr nett, half mir nur nicht. Ich hatte alle Nummern im Handy eingespeichert und konnte nicht eine auswendig, nicht einmal meine eigene. Manchmal war das Leben früher doch einfacher gewesen, als man sich noch auf sein Gedächtnis verlassen musste.

Die immer zugänglicher werdende Schwester schickte dann einen Laufburschen zum nächsten Markt, der eine Viertelstunde darauf mit einem nachgemachten Nokia-Ladegerät für den moderaten Preis von fünfzig Rupien zurückkam. Es wackelte ein wenig, lieferte aber so viel Strom, dass ich sofort meine Nachrichten ansehen konnte. Ich hatte fünf neue, alle von Preeti. Sie schrieb, dass es ihr gutging, und fragte nach mir. Mir fiel ein riesiger Stein vom Herzen. Ich lud das Telefon noch weiter auf und rief sie dann an.

»Goran! Bist du es wirklich?«

Die Erleichterung in ihrer Stimme ließ mich meine eigene betrübliche Situation vergessen. Eine angenehme Wärme breitete sich in meinem geschundenen Körper aus. Ich erzählte ihr, was passiert war, und sie berichtete, wie sie aus dem Park geflohen war, verfolgt von drei jungen und sehr wütenden Männern mit Bambusstöcken. Sie hatte sie im Verkehrschaos an der Straße abschütteln können und sich dann eine halbe Stunde in einem Café am Khan Market versteckt, bevor sie sich zurückschlich, um nach mir zu suchen.

»Aber da warst du weg, und ich hatte solche Angst. Bist du sicher, dass es dir gutgeht?«

»Ich bin völlig zerbeult, und mir ist etwas schwindelig, aber die Krankenschwester sagt, dass keine Gefahr besteht. Wer steckt denn hinter dem Angriff? Dein Mann?«

»Aber weißt du das nicht?«, fragte sie verwundert.

»Nein, ich weiß nichts. Ich bin erst vor einer knappen Stunde aufgewacht.«

»Vivek hat nichts damit zu tun. Das waren die Hindutva Sainik.«

»Und wer sind die?«

»Eine politische und religiöse Schlägertruppe. Hindutva ist ein verbreiteter Begriff für Aufstand unter den Hindus, und Sainik bedeutet Soldaten.«

So sahen sie sich selbst, erklärte Preeti, als Moralpolizei. Es gab viele solcher hindu-nationalistischer Gruppierungen, und Hindutva Sainik war eine von der fanatischen Sorte. Sie bekämpften Religionen und Kulturen, die nicht ihren Ursprung in Indien hatten. Eigentlich waren Muslime ihre Hauptfeinde, doch man hatte auch die sogenannte westliche Dekadenz ins Auge gefasst.

»Im letzten Jahr haben die Hindutva Sainik Frauen überfallen, die allein in Bars gegangen sind, und jetzt gehen sie gegen das Küssen in der Öffentlichkeit vor. Ich dachte, wir wären in Delhi von ihnen verschont, doch offenbar haben sie auch hier ihre Anhänger«, sagte Preeti.

Ich seufzte erleichtert. Der Überfall war ein Zufall und hatte nichts mit der Artikelserie zu tun. Meine Prellungen würden heilen und die Kopfschmerzen in ein paar Tagen sicher nachlassen. Es gab keinen Grund zur Panik.

Dachte ich. Bis Preeti weitersprach.

»Wir haben allerdings ein Problem«, sagte sie. »Ein großes.«

»Und das wäre?«

»Wir sind im Fernsehen.«

KAPITEL 59

EILMELDUNG!!!

Ich hatte mich schon lange an den blinkenden Text am unteren Bildschirmrand, der bei indischen Nachrichtensendern in Dauerschleife lief, gewöhnt. Doch mich selbst in den Hauptnachrichten zu sehen, war etwas Neues.

Der Nachrichtensprecher schrie überdreht auf Schnellfeuer-Hindi, während das Video des Überfalls immer wieder im Hintergrund lief. Es wurde von einem Kameraschwenk über den Lodi Garden eingeleitet, um schließlich Preeti und mich von hinten heranzuzoomen, wie wir uns auf der Parkbank küssten. Unsere Gesichter sah man nicht, doch ich ging davon aus, dass Vivek Malhotra seine Frau an Körperhaltung, Frisur und Kleidung wiedererkennen dürfte. Dann folgte die brutale Prügelattacke auf mich, die in einer Nahaufnahme meines blutüberströmten Gesichts endete, das direkt in die Kamera blickte.

Die dramatischen Bilder wären wahrscheinlich relativ unbemerkt im Nirwana verschwunden, wenn nur der obskure Nachrichtenkanal mit dem – vermutlich absichtlich – leicht zu verwechselnden Namen CN, eine Abkürzung für *Crime News*, sie gebracht hätte. Doch die Aufnahme war anscheinend auch an andere Fernsehgesellschaften verkauft worden. Egal auf welchem Kanal, blickte mir mein verängstigtes Gesicht in den Nachrichten entgegen. Es stellte sich heraus, dass Hindutva Sainik parallel Angriffe in anderen Großstädten auf Paare verübt hatten, die ihre Zuneigung in Parks oder an anderen öffentlichen Orten zeigten. Ausgerechnet der Überfall auf mich diente als Illustration für die konzertierte Aktion.

Ich dachte an den Mann mit der Videokamera und fluchte leise. Entweder gehörte er zu Hindutva Sainik und hatte die Bilder an die Medien weitergeleitet, oder er war ein Reporter ohne Moral von CN, der von vornherein in alles eingeweiht gewesen war und sich so eine ordentliche Stange Geld verdient hatte.

Als ich kurz vorher mein Gespräch mit Preeti beendet hatte, hatte sie mich gewarnt, ich solle mich beim Einschalten des Fernsehers auf einen Schock vorbereiten, mir jedoch gleichzeitig versichert, dass sie sich nicht in Gefahr befand.

»Vivek hat noch nie die Hand gegen mich erhoben und wird es auch jetzt nicht tun. Werde du erst einmal gesund, dann hören wir uns in ein paar Tagen wieder. Ich rufe dich an. So ist es am besten, du kannst sowieso nichts tun. Das muss ich selbst klären.«

Vermutlich hatte sie recht. Es gab nichts, was ich im Moment tun konnte, außer hochrot anzulaufen. Meine Krankenschwester, die mir mit dem an der Wand hängenden Fernseher geholfen hatte, sah mich mitleidig an. Und als der Ärztin, die kurz darauf kam, um mich zu untersuchen, eine ganze Schar von Männern und Frauen in weißen Kitteln folgten, erkannte ich, dass ich Tagesgespräch war. Mit schwacher Stimme sagte ich der Ärztin, dass ich mich gut genug fühlte, um das Krankenhaus sofort zu verlassen, doch sie überredete mich ohne größere Mühe, noch wenigstens die Nacht über zu bleiben.

»Zum einen ist es aus medizinischer Sicht ratsam. Wir sollten Sie über Nacht beobachten, zur Sicherheit. Zum anderen glaube ich, dass es für Ihr eigenes Wohlbefinden besser ist, eine Weile hierzubleiben. Vor dem Haupteingang stehen immer noch Reporter, die mit Ihnen reden wollen.«

Ich wusste nicht, wie die Schmierfinken hierhergefunden

hatten, aber ich wusste, dass ich sie ganz bestimmt nicht sehen wollte. Ironie des Schicksals. Da bereitete ich mich auf die Veröffentlichung eines Enthüllungsartikels über Vivek Malhotras schmutzige Geschäfte vor und geriet selbst ins Scheinwerferlicht wegen meiner schmutzigen Geschäfte mit seiner Frau.

Rasch stellte sich heraus, dass die Journalisten nicht die Einzigen waren, die mich sehen wollten. Am späten Abend bekam ich Besuch von einem Kommissar in Uniform mit großem Schnauzbart und einer tief zerfurchten Stirn. Er stellte sich als Kommissar Chopra vor, ließ sich im Besucherstuhl nieder und legte langsam ein Bein übers andere, wie um zu zeigen, dass er es in keiner Weise eilig hatte.

Als Erstes gab er mir eine Kopie des Krankenhausformulars, das ich unterschrieben hatte, und bat mich, alle Angaben zu kontrollieren. Dann fragte er nach meinem Ausweis. Ich gab ihm meinen schwedischen Führerschein.

»Was machen Sie in Indien?«

»Ich wohne und arbeite hier. Als Journalist.«

Chopra hob die Augenbrauen und rümpfte gleichzeitig die Nase, was seine Stirn noch mehr zerfurchte. Danach erklärte er, dass die Polizei von Neu-Delhi bereits sechs der Schläger festgenommen hatte. Die Beweise waren erdrückend, da ihre Verbrechen ja auf Video festgehalten worden waren. Sie hatten ohne Umschweife alles zugegeben.

»Idioten. Jetzt glauben sie, dass sie so eine Art Märtyrer werden«, schnaubte der Kommissar und strich sich mit Daumen und Zeigefinger über den üppigen Schnurrbart.

»Es wird wohl zu einem Prozess kommen«, fuhr er fort.

»Wann?«

»Wenn die Zeit reif ist.«

Nach meinen bescheidenen Kenntnissen von indischen Prozessen bedeutete das frühestens in einem Jahr. Ich würde dieses peinliche und schmerzvolle Erlebnis am liebsten auf der Stelle vergessen. Deshalb war auch Kommissar Chopras nächste Frage besonders unangenehm.

»Wer war die Frau auf der Bank?«

»Wen meinen Sie?«

»Wollen Sie sich über mich lustig machen?«

»Nein.«

»Dann sollten Sie wirklich sagen, wen Sie da vor den Augen der ganzen indischen Nation geküsst haben. Oder war das eine optische Täuschung?«

Ich versuchte den Kloß hinunterzuschlucken, der meinen wunden Hals blockierte.

»Warum wollen Sie ihre Identität wissen?«

»Weil sie Opfer eines Verbrechens ist, genau wie Sie. Weil wir Angst haben, es könnte ihr etwas zugestoßen sein. Doch vor allem«, sagte Kommissar Chopra und starrte mich unerbittlich an, »weil ich frage.«

»Ich kenne nur ihren Vornamen.«

»Und der wäre?«

»Pre… Priyanka.«

»Wo kann ich sie finden?«

»Keine Ahnung.«

»Ist sie eine Prostituierte?«

»Nein!«

»Wie haben Sie sie dann kennengelernt?«

»Wir haben uns im Park getroffen und angefangen, uns zu unterhalten. Dann … dann führte das eine zum anderen …«

»Sie haben eine indische Frau im Park getroffen, mit der Sie nahezu sofort intim wurden?«

»Nein, nicht sofort. Wir haben uns erst unterhalten.«

»Und Sie glauben ernsthaft, dass ich Ihnen das abnehmen soll?«

»Ja.«

»Das tue ich jedoch nicht, Sir. Nicht einen Moment lang. Erzählen Sie jetzt, wer sie ist. Wenn ihr etwas passiert, sind Sie mit dafür verantwortlich.«

»Es geht ihr gut.«

»Und woher wissen Sie das?«

»Ich habe gesehen, wie sie aus dem Park entkommen konnte, bevor die Männer auf mich losgingen.«

In diesem Moment klingelte mein Telefon. Im Display sah ich Umas Nummer und drückte den Anruf weg.

»Warum gehen Sie nicht dran?«

»Ich kann mich später darum kümmern.«

»War das Priyanka?«

»Nein.«

»Wer dann?«

»Jemand anderes.«

Kommissar Chopra erhob sich langsam aus dem Besucherstuhl und stellte sich breitbeinig an mein Bett. Er nahm eine Visitenkarte aus seinem Portemonnaie und reichte sie mir.

»Ich weiß nicht, was Sie verbergen, aber ich mag es nicht. Wenn Sie es sich noch mal überlegt haben, rufen Sie mich an.«

Er hielt das Formular mit meinen Daten in die Höhe.

»Sonst hören Sie von mir. Guten Abend.«

Damit verließ er mich. Meine Krankenschwester kam ins Zimmer und wünschte mir eine gute Nacht. Dann rief Uma erneut an. Für einen brutal verprügelten Menschen, der sich ausruhen musste, wurde ich ganz schön aus allen Richtungen bedrängt. Das Gespräch mit Uma besserte meine Stimmung jedoch etwas. Sie wollte nicht wissen, wer die Frau auf der Parkbank war (»Ich bin Journalistin, keine Klatschtante.«) und glaubte außerdem, dass das Interesse der indischen Medien an den Hindutva Sainik bald wieder erlöschen würde.

»Gerichtlich wird es natürlich ein Nachspiel haben, aber für unsere verehrten Berufskollegen ist die Geschichte bald tot und wird von anderen Sensationen abgelöst. Ich denke also, wir sollten mit unseren Plänen wie vereinbart weitermachen. Diese Story hat zumindest Substanz. Alle Seiten sind gesetzt. In vier Tagen wird die Ausgabe gedruckt und kommt dann in den Handel.«

Jetzt geht es los, dachte ich. Jetzt geht es verdammt noch mal los.

KAPITEL 60

Meine Generaluntersuchung am nächsten Tag verlief ohne ernsthafte Auffälligkeiten. Danach wurde ich mit leichten Kopfschmerzen, wehen Knien und um fünfzehntausend Rupien ärmer entlassen. Doch in Anbetracht der medizinischen Versorgung und des Komforts, den ich genossen hatte, war es gar nicht so teuer – etwa wie eine Übernachtung im *Hyatt* oder in einem anderen Fünf-Sterne-Hotel in Delhi.

Uma hatte recht. Es waren keine Reporter zu sehen, als ich aus dem Haupteingang humpelte, und selbst wenn die großen englischsprachigen Morgenzeitungen die gestrigen Angriffe der Hindutva Sainiks erwähnten, waren die Artikel kleiner und ohne mein Bild.

Yogi hatte am Morgen aus Madras angerufen und keine Ahnung von meinen Erlebnissen. Die Nachrichten hatte er nicht gesehen, weil er am Abend zuvor zum Abendessen eingeladen war, »bei dem guten Textilfabrikanten, der sich vorbildlich um seine Angestellten kümmert, im Gegensatz zu dem gierigen Dämon Vivek Malhotra«.

Auch wenn ich die brutale Misshandlung herunterzuspielen versuchte, war mein Freund sehr schockiert und sagte, er würde unverzüglich nach Delhi zurückfliegen, um sich um mich zu kümmern.

Abends um halb acht klingelte es dann an der Tür. Yogi stand mit leidendem Gesichtsausdruck davor, warf sich mir um den Hals und umarmte mich so fest, dass mein geschundener

Körper protestierte. Physische Zuneigungsbekundungen unter Männern waren mir immer schwergefallen, doch sein Mitgefühl und sein Engagement freuten mich sehr.

»Mr Gora, wie konnte ich dich nur im Stich lassen? Ich bin so unglücklich, dass ich nicht an deiner Seite war, als du mich am allermeisten gebraucht hast. Was bin ich nur für ein Freund? Der nur an seine eigenen unwichtigen Geschäfte denkt, während du deinem entscheidendsten und bewundernswertesten Kampf gegenüberstehst.«

»Jetzt übertreib mal nicht. Wenn du in Delhi gewesen wärst, wärst du ja auch nicht mit mir in den Lodi Garden gekommen, als ich mich mit Preeti traf.«

Yogi hörte meinen Einwänden nicht zu, sondern geißelte sich weiter.

»Ich schäme mich wie ein Hund, und ich hoffe, dass du mir in deiner allergroßherzigsten Großherzigkeit verzeihen kannst.«

»Das reicht jetzt, Yogi.«

»Wie soll ich das nur wiedergutmachen?«

»Schluss! Auf gar keinen Fall war das hier in irgendeiner Weise deine Schuld«, sagte ich und klopfte ihm etwas verlegen auf die Schulter.

Yogi bestand darauf, dass ich mit zu ihm kommen und in Sundar Nagar schlafen solle, weil es nicht gut war für einen Mann, der so einem schändlichen Verbrechen ausgesetzt war, allein daheim mit seinen Grübeleien zu sitzen.

»Aber da wird deine Mutter mich doch nur über die Ereignisse im Park ausfragen. Das halte ich nicht aus.«

»Bester Mr Gora, in diesem Punkt kannst du vollständig beruhigt sein. Die liebe Amma mag eine Frau sein, die über das ein oder andere informiert ist, doch bedenke, sie schaut nur alte Bollywood-Filme im Fernsehen. Und die einzigen Nachrichten, die sie liest, sind die in der *Dainik Jagran*, die keine Bilder von dir enthält.«

»Aber wenn Harjinder ihr alles weitergetratscht hat?«

»Das glaube ich kaum. Unser guter Chauffeur ist im Moment in Amritsar und besucht den Goldenen Tempel.«

»Und wie soll ich das blaue Auge und die geschwollene Lippe erklären?«

»Du hast beim Cricket einen Ball ins Gesicht bekommen, bist gestürzt und hast dich verletzt.«

»Cricket?«

»Na klar! Du warst bei einem dieser Cricket-Spiele, die für Ausländer manchmal organisiert werden. Amma mag diesen Sport fast noch weniger als Kälte, das wird ihr also genug Grund geben, sich darüber auszulassen, und das mag sie ja bekanntlich sehr gern. Außerdem beschwert sie sich dann vielleicht weniger über andere Dinge.«

»Win-Win?«

»Du sprichst ein wahres Wort, Mr Gora. Die Luft ist anders ausgedrückt so rein, wie sie nur sein kann.«

»Okay, dann komme ich mit.«

»Amma wird überglücklich sein!«

Die Frage war nur, wie sie dieses Glück ausdrücken würde. Aber in Gesellschaft von Yogi und seiner bissigen Mutter würde ich zumindest auf andere Gedanken kommen. Preeti hatte sich nach unserem Gespräch im Krankenhaus noch nicht gemeldet. Sie hatte ausdrücklich gesagt, sie wolle das allein regeln, und so sehr es mich auch in den Fingern juckte, eine SMS zu schreiben, hielt ich mich doch zurück.

Mrs Thakur lebte bei meinem Besuch wirklich auf. Als ich ihr die Lüge mit dem Cricket-Ball auftischte, erging sie sich in einem langen Monolog über diese nationale Seuche, deretwegen Wachmänner ihre Pflichten vernachlässigten, korrupte Wettfirmen die Spiele manipulierten, die Grünflächen in Parks von störenden Halbwüchsigen besetzt wurden und sportverrückte Politiker vergaßen, wie man ein Land führte, nur weil ein paar Männer in albernen Kleidern sich einen steinharten Ball zuwarfen.

»Und dann wollen all diese Emporkömmlinge sich in dem sogenannten Glanz dieses lächerlichen Spiels sonnen und Cricket-Mannschaften kaufen. Wie dieser Shah Rukh Khan!«

Nachdem die alte Dame ihren abendlichen Wutanfall gehabt hatte, beruhigte sie sich ein wenig und hoffte, dass ich nun meine Lektion gelernt habe und mich in Zukunft vom lebensgefährlichen Cricket-Feld fernhalten würde.

»Sie verstehen, Mr Borg, ich will nicht, dass Sie Ihrem Gehirn Schaden zufügen. Denn so ganz dumm sind Sie eigentlich nicht«, sagte sie, und das war definitiv ein Kompliment.

Yogi zwinkerte mir zufrieden zu. Er sah wie ein glückliches Kind aus, wie er da so auf dem Sofa neben seiner anstrengenden Mutter saß.

»Hier ist es kalt«, beschwerte sich Mrs Thakur und rief nach Lavanya, die sofort mit einer Decke herbeigeeilt kam, in die sie die alte Dame einpackte.

»Leg auch Wärmflaschen in Ammas Bett«, trug ihr Yogi auf. »Sie wird bald schlafen gehen.«

»Das werde ich ganz bestimmt nicht! Bald fängt ein guter Film an, den ich sehen möchte.«

»Dann gehen wir in den Garten und unterhalten uns dort, damit wir dich nicht stören, liebe Amma.«

»Und was ist so wichtig, worüber ihr unbedingt sprechen müsst?«

»Nichts Besonderes. Aber wir haben uns ja eine Weile nicht gesehen.«

»Und das ist allein deine Schuld! Dauernd fliegst du nach Madras zu diesem Textilfabrikanten und vernachlässigst deine Freunde und deine Mutter. Wenn du dich nur endlich entschließen könntest zu heiraten, damit aus dir noch etwas wird.«

Auch wenn Mrs Thakur wie eine knarzige Grammophonplatte mit Sprung klang, lag doch ein leicht versöhnlicher Ton in ihrer Stimme. Als Yogi und ich mit unserem Masala Chai im Garten saßen, erklärte er die bessere Laune seiner Mutter damit, dass ihr Rheuma trotz der Herbstkühle sich gebessert habe.

»Ich habe einen Naturheilkundler gefunden, der im Prinzip alles heilen kann! Du solltest ihn mal konsultieren, Mr Gora, er kann deine Schmerzen mit wirksamen Suden und Kräutern heilen.«

»Die Schmerzen sind nicht so schlimm. Mein größtes Problem ist, dass ich im Moment nicht vernünftig schlafen kann.«

»Dagegen weiß ich auf jeden Fall ein Mittel.«

Yogi erhob sich aus dem Korbstuhl auf der Terrasse und ging zu einer Komposttonne in der Gartenecke, schob eine Klappe beiseite und kam mit einer Flasche Blenders Pride und einer Flasche Wasser zurück.

»Der Gärtner füllt die Vorräte immer auf, wenn sie leer sind. Sehr praktisch«, erklärte Yogi und mischte uns ein paar steife Whiskys in unseren Teegläsern.

»Du kannst gut Sachen vor deiner Mutter verbergen«, sagte ich lachend.

»Wir haben alle unsere Geheimnisse«, erwiderte er lächelnd.

KAPITEL 61

Ich weiß nicht, ob es die Nachwirkungen der Gehirnerschütterung waren oder die ganze Flasche Blenders Pride, die Yogi und ich uns am Abend hinter die Binde gekippt hatten, doch als ich um neun am nächsten Morgen aufwachte – nachdem ich endlich eine Nacht durchgeschlafen hatte –, spielten die Twins schon wieder in meinem Kopf.

Starker Kaffee und zwei Aspirin halfen jedoch etwas, ebenso wie die Tatsache, dass Mrs Thakur bereits mit ihrer Zeitung in ihrem Sessel im Wohnzimmer saß und mich und Yogi in Ruhe frühstücken ließ.

Im Nachhinein habe ich öfter daran gedacht, diesen Augenblick trotz der Kopfschmerzen einzufrieren. In Gesellschaft meines Freundes in aller Ruhe am Frühstückstisch, genau bevor Lavanya mit dem *Indian Express* zu uns kam, der Tageszeitung, die Yogi morgens immer las.

Ich breitete die Zeitung aus und erstarrte, als ich die Schlagzeile sah:

MALHOTRA GRÜNDET STIFTUNG
GEGEN KINDERARBEIT
Der bekannte Unternehmer spendet
50 Crore zur Rettung ausgebeuteter Kinder

Ich wurde in den Text hineingesogen, der mich durch einen Tunnel aus bedrohlichen Buchstaben in die Mitte der Ausgabe führte. Der ausführliche Artikel, der von einem ernsten Bild des

Industriemagnaten und einem weiteren Bild eines namenlosen Jungen am Webstuhl illustriert wurde, handelte von Vivek Malhotras Entschluss, Kinderarbeit massiv zu bekämpfen, nachdem er herausgefunden hatte, dass einige Lieferanten und Unterlieferanten seiner Firmen darin verwickelt waren.

»Es gab schon früher Hinweise darauf, doch ich hatte die Augen leider verschlossen. Aber es ist nie zu spät, aufzuwachen, und nun werde ich alles tun, was in meiner Macht steht, um ein für alle Mal diesen Sumpf trockenzulegen. Unter keinen Umständen darf in einer meiner Firmen oder bei deren Zulieferern samt deren Zulieferern ungesetzliche Kinderarbeit ausgeübt werden. Und ich rufe alle auf, sich beim geringsten Verdacht an unsere neue Stiftung zu wenden. Wer gegen unsere Richtlinien verstößt, wird sofort geschlossen und vor Gericht gebracht«, sagte er.

Fünfzig Crore waren fünfhundert Millionen Rupien, eine in diesem Zusammenhang schwindelerregende Summe, die mehr als fünfundsiebzig Millionen Schwedischen Kronen entsprach! So viel Geld hatte ein einzelner Unternehmer in Neu-Delhi niemals zuvor wohltätigen Zwecken zur Verfügung gestellt, erklärte der Artikel.

»Ich bin an einem Punkt in meinem Leben gekommen, wo ich mich mit mir selbst und meinen Wertvorstellungen konfrontieren muss. Ich will am Abend in der Gewissheit einschlafen können, dass ich nach besten Kräften zu einer besseren Zukunft für Indiens benachteiligte, ausgesetzte Kinder beitrage. Ziel der Stiftung ist es, ihnen sichere Unterkunft und Ausbildung zu gewährleisten und sie, wenn möglich, wieder mit ihren Eltern zusammenzubringen. Gleichzeitig werden wir uns auch auf nationaler Ebene diesem Problem widmen.' Es ist höchste Zeit, dass wir, die wir zu Reichtum und Macht gekommen sind, Verantwortung übernehmen, um den Schwächsten und Verletzlichsten der Gesellschaft zu helfen, statt sie auszunutzen. Ich hoffe, dass viele andere in meine Fußstapfen treten.«

Laut dem Artikel war noch nicht ganz klar, wie die Stiftung arbeiten sollte. Aber sie hatte bereits einen Namen: »Preeti-Malhotra-Fonds für Kinderschutz«.

Die meisten Menschen standen wohl schon einmal vor dem Spiegel und wurden von dem seltsamen Gefühl überfallen, ein anderer Mensch zu sein. Sprachen mit sich selbst und bemerkten, dass die eigene Stimme von weither zu kommen schien und sich nicht vollkommen mit den Lippenbewegungen deckte. Genau dieses Gefühl der Unwirklichkeit erlebte ich in diesem Moment.

»Was ist los, Mr Gora? Du bist noch bleicher als sonst.«

Ich schob Yogi die Zeitung zu, der förmlich in die Höhe schoss, als er die Überschrift sah. Nachdem er den ganzen Artikel gelesen hatte, schaute er mich verwirrt an. Es war das erste Mal in unserer Freundschaft, dass ich ihn sprachlos erlebte.

»Preeti hat es ihm erzählt«, murmelte ich.

Bevor ich mich sammeln konnte, klingelte das Handy. Uma. Ein Unglück kommt selten allein, dachte ich.

»Hast du gesehen, was die Zeitungen heute über Malhotra schreiben?«, fragte sie hektisch.

»Die Zeitungen? Ich habe bisher nur den *Indian Express* gelesen.«

»*Hindustan Times*, *The Hindu* und *Times of India* haben es auch als Aufmacher, ebenso wie die Hindi-Zeitungen. In den Fernsehnachrichten wird auch verkündet, dass er der neue große Wohltäter ist, der die Nation aufwecken und einen der größten Schandflecke unserer Zeit beseitigen will.«

»Machst du Witze?«

»Es klingt zwar wie ein schlechter Witz, aber das wird tatsächlich gesagt.«

»Ich verstehe nicht, wie er Wind davon bekommen hat, dass wir ihn bald auffliegen lassen wollten«, log ich mit einem schweren Seufzer.

»Das ist tatsächlich etwas seltsam. Aber das kann passieren, wenn man wie wir mit vielen verschiedenen Menschen spricht. Es kann jeder gewesen sein – der Herbergsvorsteher oder einer der früheren Angestellten von Indian Image, der vielleicht aus finanziellen Gründen etwas hat durchsickern lassen. Und dann hat Malhotra blitzschnell reagiert. Das Risiko einer undichten Stelle muss man immer einberechnen, wenn man einer so großen Sache auf der Spur ist. Aber ich habe noch nie erlebt, dass jemand einer kritischen Berichterstattung mit einer Spende von fünfzig Crore zuvorgekommen ist. Das ist ein unglaublicher Betrag!«

Uma klang merkwürdig aufgeregt für die Tatsache, dass ihr gerade eine große Enthüllungsstory durch die Lappen gegangen war.

»Aber das hier macht unsere Arbeit doch vollkommen zunichte«, sagte ich. »Die ganzen Recherchen, der Aufwand … alles wertlos.«

»Wie kannst du das nur sagen? Wenn Vivek Malhotra aufgrund *unserer* Recherchen so viel Geld für eine Stiftung gegen Kinderarbeit zur Verfügung stellt, ist das die wichtigste Arbeit, die ich je getan habe. Verstehst du nicht, wie viel das bedeutet? Selbst wenn wir alle Medien der Welt auf unsere Seite gebracht hätten, hätte das niemals ein solches Gewicht wie diese Aktion jetzt. Es eröffnet ganz neue Perspektiven, wenn ein einflussreicher Unternehmer sich als großer sozialer Wohltäter präsentiert und andere auffordert, es ihm gleichzutun. Dass er damit sicher auch seine eigenen Firmen schützen will, ist mir ehrlich gesagt in diesem Fall ziemlich egal. Das Geld wird Wunder bewirken, und die Kinder, die davon profitieren, kümmert die

Herkunft der Mittel nicht. Ganz zu schweigen vom positiven Nachahmungseffekt!«

So hatte ich die Angelegenheit noch gar nicht betrachtet, geblendet von meinen eigenen persönlichen Gründen wie ich war. Doch Uma war nicht nur Journalistin, sondern vor allem Kinderrechtsaktivistin, und aus dieser Perspektive waren Malhotras Geld und sein öffentliches Bekenntnis natürlich eine fantastische Neuigkeit.

»Sollen wir den Artikel dann zurückziehen?«, fragte ich.

»Auf keinen Fall! Aber wir werden unsere Reportage eine Woche schieben und einige Abschnitte umschreiben. Vivek Malhotra muss immer noch eine Menge Fragen beantworten, die nur wir stellen können, und Varun Khanna und sein Handlanger sollen selbstverständlich auffliegen. Aber wir können Malhotra natürlich nicht als gewissenlosen Verbrecher darstellen, wenn er gerade erst ein Vermögen in den Kampf gegen die Kinderarbeit investiert hat.«

Damit beendeten wir das Gespräch. Ich stützte die Ellbogen auf die Tischplatte, legte das Gesicht in die Handflächen und starrte auf das Bild des Elefantengottes Ganesha an der Wand. Der glückbringende Typ mit dem Rüssel. Ich weiß nicht, wie lange Yogi versucht hatte, meine Aufmerksamkeit zu erregen, bis er schließlich einen meiner Unterarme wegzog und ich zusammenzuckte.

»Bitte entschuldige, Mr Gora, aber du musst etwas sagen. Was wirst du jetzt tun?«

»Was denkst du?«, fragte ich mit einer Stimme, die immer noch aus weiter Ferne zu kommen schien.

»Ich denke, du solltest einen Anruf tätigen. Einen sehr wichtigen.«

»Da hast du recht«, antwortete ich und ging hinaus in den Garten, an Mrs Thakur vorbei, deren Blick mir neugierig durch das Vergrößerungsglas folgte. Im Freien setzte ich mich in einen der Korbstühle und wählte Preetis Nummer. Schon nach dem ersten Klingeln nahm sie ab.

»Goran, ich wollte dich gerade anrufen.«

»Was ist passiert?«, fragte ich.

»Ich will das nicht am Telefon besprechen. Können wir uns treffen?«

»Wann?«

»Komm heute Abend in den Salon, nach Geschäftsschluss.«

KAPITEL 62

Dieses Mal schlich ich mich nicht in den Salon, und Preeti sah sich auch nicht unruhig um, als sie die Tür zum Foyer öffnete und mich um Viertel nach acht am Abend einließ. Vorsichtig fuhr sie mit den Fingern über den Bluterguss unter meinem rechten Auge.

»Dem Himmel sei Dank, dass nichts Schlimmeres passiert ist. Hast du große Schmerzen?«

»Nur, wenn ich lache«, sagte ich und verzog die Mundwinkel zu einem gekünstelten Lächeln.

Sie sah mich mit einem so mitleidigen Ausdruck an, dass der Kloß in meinem Hals immer größer wurde.

»Erzähl mir genau, was passiert ist. Wie kommt es, dass dein Mann gerade jetzt eine Stiftung gründet, die deinen Namen trägt?«, brachte ich mühsam hervor.

»Lass mich deine Hände machen«, sagte sie. »Währenddessen können wir reden.«

Ich nickte und folgte ihr in den Salon, den Blick starr auf ihren ordentlichen Haarknoten geheftet, aus dem sich dennoch eine widerspenstige Locke gelöst hatte, die jetzt über ihren Jackettkragen hing. Sie roch gut nach Parfüm und Shampoo, und ich musste mich zurückhalten, um nicht ihren Nacken zu küssen.

Ich setzte mich in den Stuhl, und sie seifte meine Hände behutsam ein.

»Ich will wissen, was passiert ist«, wiederholte ich.

»Ja doch, ich werde alles erzählen«, sagte sie gepresst. »Vivek kam an diesem Abend spät nach Hause. Er hatte im Fernsehen die Berichte über den Vorfall im Lodi Garden gesehen und mich wiedererkannt. Ich konnte ihn nicht länger belügen und habe ihm von uns erzählt.«

»Alles?«

»Nein, nicht alle Einzelheiten. Aber ich habe gesagt, dass wir uns schon eine ganze Weile treffen.«

»Wurde er nicht wütend?«

»Oh doch, sehr sogar. Hat eine teure Vase auf den Boden geworfen, geschrien und herumgebrüllt. Seit zehn Jahren habe ich ihn nicht so wütend gesehen. Doch dann hat er zu weinen begonnen, und auch das war das erste Mal seit zehn Jahren. Es war, als ob alle Dämme in ihm brachen, alle Gefühle stürzten auf einmal aus ihm hervor.«

Da ahnte ich schon, wie der Abend wohl geendet hatte. Es lag etwas Zartes und Weiches in ihrer Stimme, als sie den Namen ihres Mannes aussprach, was meine Ahnung noch verstärkte. Sie trocknete meine Hände sorgfältig ab und begann, die Nägel zu schneiden.

»Ist es normal, dass indische Männer weinen, wenn ihre Frauen …«

Das Wort blieb mir im Hals stecken.

»Untreu sind?«, vervollständigte Preeti den Satz. »Es ist vor allem sehr ungewöhnlich, dass indische Frauen ihre Männer betrügen. Doch wenn es passiert, glaube ich, dass die Männer genauso viel wie die Frauen weinen, auch wenn nur sehr wenige es zeigen. Viele werden stattdessen gewalttätig. Werfen Sachen durchs Zimmer, wie Vivek zuerst. Oder schlagen ihre Frauen.«

»Aber das tut Vivek nicht? Dich schlagen?«

»Nein. Er hat noch nie die Hand gegen mich erhoben, noch nie.«

»Hast du ihm von dem Artikel erzählt?«

»Ja.«

»Aber warum, Preeti? Ich habe dich doch um Stillschweigen gebeten.«

»Das ging nicht. Ich weiß, das klingt wie eine schlechte Ausrede, aber so war es tatsächlich. Wenn alles auf der Kippe steht, muss man schwere Geschütze auffahren. Deshalb habe ich es ihm erzählt, ich habe ihm gesagt, wie kalt, zynisch und gefühllos er geworden ist. Und als er sich verteidigen wollte, habe ich ihm gesagt, dass ich weiß, dass seine Firmen Kinderarbeit unterstützen und dass es bald an die Öffentlichkeit kommen würde. Da wurde er ganz still, und dann hat er gesagt, er würde alles in Ordnung bringen. Ich habe ihn noch nie so schuldbewusst gesehen. So nackt, so wehrlos.«

»Du hättest mich gestern anrufen und vor den Zeitungsberichten heute warnen können.«

»Ich wusste es aber nicht, Goran! Vivek sagte nur zu mir, dass er alles in Ordnung bringen würde und dass ich ihm einen Tag Zeit geben soll. Einen Tag, damit er mir zeigen kann, dass er meiner Liebe immer noch würdig ist. Dass er seine alten Ideale nicht verloren hat. Dass er mir verzeihen wird, wenn ich ihm verzeihen werde. Dann verschwand er und hat die Medien von seinem Vorhaben mit der Stiftung informiert. Ich war genauso überrumpelt wie du heute Morgen.«

Die Bilder zogen an meinem inneren Auge vorbei. Vivek Malhotra, der mit dem Frühstückstablett zu seiner Frau kam, auf dem neben der Teetasse eine Rose und die Morgenzeitungen lagen.

»Tolle Liebeserklärung. Fünfhundert Millionen Rupien in eine Stiftung investieren und die auch noch nach der geliebten Frau nennen. Da habe ich natürlich keine Chancen.«

Preeti hielt beim Feilen meiner Nägel inne und sah mich mit tränenfeuchten Augen an.

»Goran, du bist mit das Beste, was mir je passiert ist. Du bist ein wunderbarer Mann mit einem großen lebendigen Herzen. Aber ich kann nicht einfach mein Leben aufgeben. Es geht nicht nur um Vivek, sondern auch um meinen Sohn Sudir. Ohne ihn bin ich nur ein halber Mensch. Sollte ich mich von Vivek scheiden lassen, riskiere ich, Sudir zu verlieren.«

»Aber liebst du deinen Mann wirklich?«

Preeti nickte leicht, was mehr als ihre Worte schmerzte.

»Aber ich werde dich nie vergessen, Goran. Du bist in mein Leben getreten und hast mir die Augen geöffnet.«

Und dann habe ich dir auch noch die Augen für deinen Holzklotz von Mann geöffnet, dachte ich und schwieg tieftraurig, während Preeti weiter meine Hände manikürte.

Es war mehr als Ironie des Schicksals, dass mein Liebesleben zu einer Art Seifenoper geworden war, die sich von Shah Rukh Khan über religiöse Schläger und weinerliche Milliardäre erstreckte, die sich plötzlich als soziale Wohltäter wiedererfanden, und in einem verwässerten Finale enden sollte, das in einer Woche in der Zeitschrift *Tehelka* stattfinden würde, unsere »große Enthüllung«.

Am schlimmsten aber war, dass der Dämon mich besiegt hatte, ohne dass ich die Chance bekommen hatte, ihn herauszufordern, diesen hinterhältigen Teufel.

»Ist jetzt Schluss?«, fragte ich.

»Ja, aber ich will, dass du weißt …«

»Liebe Preeti, bitte sag nichts mehr. Es ist genug. Bist du fertig mit den Händen?«

Sie nickte.

»Sie sind schön geworden. Delhis schönste Hände.«

KAPITEL 63

Am nächsten Tag fand ich im C-Block Market in Vasant Vihar ein Geschäft, das Ben & Jerry's führte. Eine Halbliterpackung kostete mit den utopischen Zöllen auf importierte Lebensmittel sechshundertfünfzig Rupien. Ich kaufte drei Packungen und nahm eine Autorikscha zurück zu meiner Wohnung, ging auf die Dachterrasse, legte mich in die Hängematte und begann das langsam schmelzende Eis zu essen. Dazu hörte ich »I'm not in love« von 10CC in Endlosschleife auf meinem Laptop. Shania kam mit einer Sorgenfalte zwischen ihren hübschen Augenbrauen nach oben und fragte, wie es mir ginge.

»Ich möchte allein sein«, sagte ich.

»Aber Sir, wollen Sie nicht eine Tasse Tee oder ein richtiges Mittagessen? Ich kann Chicken Tikka Masala machen, das mögen Sie doch so gern.«

Mein Handy klingelte erneut. Mein verdammtes aufdringliches Mobiltelefon, das nie Ruhe gab. Im Display stand Yogis Nummer. Ich drückte den Anruf weg und schrieb ihm eine SMS, dass ich heute und morgen in Ruhe gelassen werden wollte.

»Ich brauche Zeit für mich, Kumpel. Ruf dich am Freitag an.«

Danach gab ich Shania viertausend Rupien und die erste leere Eispackung, mit genauen Anweisungen, wo sie Nachschub holen sollte, den ich dann in regelmäßigen Abständen serviert bekommen wollte und gerne auch in dieser flüchtigen Konsistenz zwischen gefroren und geschmolzen.

Als sie gegangen war, weinte ich hemmungslos, ich schluchzte nicht einmal, sondern ließ die Tränen einfach über die Wangen laufen, so dass sich ihr Salz mit der Süße des Eises vermischte.

Das perfekte Gleichgewicht, wie Yogi gesagt hätte.

Über Nacht schlief ich unruhig in der Hängematte, um am nächsten Tag meine ungesunde Diät und die eintönige Musiktherapie unter der Banyan-Feige wieder aufzunehmen, mit einem Schwarm grün glänzender Wellensittiche als einziger Gesellschaft.

Mit einem Menschen, der so viel Zucker isst und so oft ein und dasselbe Lied hört, geschieht etwas. Vielleicht in etwa so, wie wenn ein Sadhu fastet und sich mithilfe eines Mantras in meditative Trance versetzt. Die Gedanken werden frei, Zusammenhänge deutlich.

Wer war ich eigentlich? Ein Katalysator für das Glück der anderen? Ein auslösender Faktor, durch den ein anderer Mann erkannt hatte, wie sehr er seine Frau liebte, und die Frau, dass sie während all der Jahre nur deutliche Zeichen seiner Liebe vermisst hatte? Wertschätzung. Leidenschaft. Hitze. Anziehung. Liebeserklärungen. All das, was ich ihr gegeben hatte, was sie jedoch im tiefsten Inneren von ihm wollte und schließlich auch bekam.

Ich überdachte meine Zeit mit Preeti. Wie sie mich von Anfang an im Sturm und mit Charme eingenommen hatte. Wie die fiebrige Hitze bei unseren Begegnungen von einem so starken Hunger gezeugt hatte, dass es beinahe wehtat. Aber auch, dass sie manchmal unerklärlich distanziert war, wenn wir uns unterhielten, und dass sie nicht einmal gesagt hatte, dass sie mich liebte, auch wenn ich ihr diverse Male meine Liebe beteuert hatte.

Ich war warm, hatte ein großes Herz, ich war lebendig und lustig und sogar gutaussehend. Aber sie liebte mich nicht. Ich war der Ersatz für jemand anderen. Ich war Mister Zweite Wahl, der keine Ahnung hatte, was er jetzt mit seinem wertlosen Leben anfangen sollte.

Wenn es wirklich einen Gott gab, oder, wie Yogi behauptete, mehrere Millionen Götter, musste einer der einflussreicheren sich gedacht haben, dass es jetzt reichte, dass ich genug gelitten hatte für dieses Mal. Dass es mit meinem Karma endlich wieder bergauf gehen sollte und dass ich dringend das Gefühl brauchte, etwas wert zu sein. Denn als ich am Freitag den letzten Löffel aus der letzten Ben & Jerry's-Packung gegessen hatte und mein Handy einschaltete, fand ich eine SMS von Rogge Gudmundsson, meinem alten Freund und Börsenmakler.

»Ruf an! Ich habe gute Neuigkeiten. Rogge.«

Das tat ich auch und wurde von einer verschlafenen Stimme empfangen.

»Ah, tut mir leid, Rogge, ich habe den Zeitunterschied vergessen.«

»Bist du das, Göran? Wie gut, dass du anrufst! Wie geht's?«

»Okay«, log ich.

»Keine Lust, nach Schweden zurückzukommen?«

»Weshalb fragst du?«

»Du hast einen Job. Einen verdammt guten, Göran!«

Zugegebenermaßen, es klingt ein bisschen so, als würde ich das erfinden, als wäre das Timing etwas zu gut, um wahr zu sein, aber ich schwöre beim Grab meines Vaters, dass es stimmt: Rogge hatte eine Anfrage von einem Bekannten aus Stockholm bekommen, der ein erfolgreiches Werbebüro betrieb und eine Niederlassung in Malmö aufmachen wollte. Dafür suchte er einen guten Texter. Rogge hatte meinen Namen ins Spiel gebracht, von meiner langen Berufserfahrung erzählt und ihm ein paar meiner journalistischen Perlen aus Indien gezeigt. Das war sofort auf fruchtbaren Boden gefallen. Ich war genau der, den er suchte, ein erfahrener Mitarbeiter mit Lokalwissen über Skåne, viele Jahre in der Branche, doch mit internationalem Blickwinkel und der Fähigkeit, zu überraschen. Jemand, der neue Sachen ausprobierte.

»Ich wusste es, Göran, dass du aufblühst, sobald du aus dieser Tretmühle heraus bist. Jetzt, wo du endlich ein wenig lockerer bist«, sagte Rogge aufgeregt.

Er erzählte, dass der Stockholmer meinen Text über Rishikesh geliebt und Tränen über einige meiner eher lustig gehaltenen Kolumnen über Indien in der *Göteborgs-Posten* gelacht hatte.

Wenn ich wollte, konnte ich so bald wie möglich in Malmö die neue Stelle antreten. Die Rahmenbedingungen waren auch nicht zu verachten: ein Anfangsgehalt von fünfundvierzigtausend Kronen im Monat und ein Dienstwagen. Das war nicht nur gut. Das war die Rettung aus meiner seelischen und finanziellen Havarie.

»Ich mach's«, sagte ich ohne den geringsten Zweifel.

»Wirklich? Das freut mich sehr! Wann kannst du anfangen?«

»Gib mir drei Wochen, bis dahin habe ich alles organisiert. Danke, Rogge, der Zeitpunkt hätte wirklich nicht besser sein können.«

KAPITEL 64

Yogi war am Boden zerstört, als ich ihm meine Entscheidung, nach Schweden zurückzukehren, mitteilte. Wir saßen an meinem Küchentisch und tranken jeder ein kaltes Kingfisher aus Mr Malhotras ausgezeichnetem Kühlschrank.

»Aber, Mr Gora, was soll ich denn jetzt tun? Wenn du gehst, ist es, als würde mir der rechte Arm abgeschlagen. Ich brauche dich, du bist mein allerbester Freund! Du bist wie der ältere Bruder, den ich als kleiner Junge in kurzen Hosen so gern gehabt hätte!«

Wir weinten beide.

»Du bist auch mein bester Freund, Yogi, und du wirst immer hier drin bei mir sein«, sagte ich und legte die Hand aufs Herz. »Du musst mich in Schweden besuchen, und ich komme wieder hierher.«

»Lass das nicht nur Worte sein«, erwiderte Yogi und schneuzte sich in sein Taschentuch.

»Das verspreche ich, bei allem, was mir heilig ist.«

Wenn Menschen sentimental werden, hat das in der Regel einen der drei folgenden Gründe:

1. Sie sind betrunken.
2. Sie sind alt und damit näher am Wasser gebaut.
3. Sie sind Amateurschauspieler, die es nie auf die Schauspielschule geschafft haben und dieses Trauma nun mit einem Spektrum gekünstelter Gefühle kompensieren wollen.

Doch ich hatte nur ein halbes Kingfisher getrunken, war immer noch zwölf, dreizehn Jahre von der Pensionierung entfernt und litt, wie zuvor schon erwähnt, unter leichter Bühnenangst. In diesem Moment meinte ich schlicht und ergreifend alles so, wie ich es sagte. Yogi war mein bester Freund, und als er aufstand und sich mir für eine lange und erdrückende Umarmung in die Arme warf, strich ich ihm mit der Hand über die sorgfältig gekämmte Frisur.

»Ich hatte unrecht mit all dem Gerede über Rama und Hanuman und Sita und Ravan«, schniefte er. »Das war nur meine törichte Einbildung. Etwas, an das ich so gern glauben wollte.«

»Sprich nicht so. Das, was du mir über Glauben und Freundschaft beigebracht hast, werde ich immer in mir tragen. Und ich muss dann wohl einfach weiter nach meinem inneren Gott suchen. Die Auswahl ist ja nicht so klein.«

Yogi gab mich frei und lächelte unter Tränen.

»Da muss ich dir auf jeden Fall absolut recht geben, Mr Gora!«

Yogi war nicht der einzige, von dem der Abschied schwerfiel. Ich erkannte, wie viele gute Freunde ich in der kurzen Zeit in Delhi gewonnen hatte, zusammen mit dem einen oder anderen Feind natürlich. Uma Sharma hielt eine wunderbare Abschiedsrede zu meinen Ehren in der Bar des Foreign Correspondents' Club, wo sich unter anderem ein äußerst missmutiger Jay Williams, alias die arrogante Gans aus London, sowie ein begeisterter Jean Bertrand, alias der alkoholkonservierte Kameramann aus Paris, versammelt hatten.

Die Reportage in der Zeitschrift *Tehelka* war trotz der etwas entschärften Variante ein voller Erfolg. Zwei herausfordernde Interviews von Uma mit Vivek Malhotra und dem indischen Sozialminister sowie die Enthüllung von Varun Khannas unzweifelhafter Schuld waren immer noch aufsehenerregende Meldungen. Und in Delhis Journalistenkreisen – vielleicht mit Ausnahme der Gans – herrschte kein Zweifel, dass unsere Arbeit erst Vivek Malhotra zum sozialen Wohltäter gemacht hatte. Ich wurde dabei zu einer Art Mythos – der schwedische Freelancer mit der mysteriösen Geliebten, der von religiösen Schlägern verprügelt wurde und eine Reportage über gierige Männer und Kinderarbeit initiiert hatte.

»Das Beste ist aber, dass der Kerl die Stiftung nach seiner Frau benannt hat. Man könnte fast glauben, dass er fremdgegangen ist und das jetzt wiedergutmachen will«, sagte Jean Bertrand.

Alle bis auf die Gans lachten. Ich auch. Manche Geheimnisse blieben besser geheim. Darüber waren Vivek Malhotra und ich uns sicher einig.

Uma rückte ihre Harry-Potter-Brille gerade und hob ihr Glas mit Mineralwasser.

»Als ich Goran zum ersten Mal traf, sagte er, er sei ein einfacher Werber, der zufällig über eine gute Story gestolpert sei, bei der er meine Hilfe bräuchte. Ich wünschte, es gäbe mehr einfache Werber, die über etwas stolpern und sich dann an mich wenden. Prost, Partner, das haben wir verdammt gut gemacht!«

Uma war nicht nur eine von Delhis besten Journalistinnen, sie war auch eine der großherzigsten. Als ich ihr von meiner Sorge erzählte, was aus Shania werden sollte, verschaffte sie ihr eine neue Arbeit, als Sekretärin und Mädchen für alles in einem Heim für Waisenmädchen, das in einer großen Villa außerhalb von Gurgaon untergebracht war.

Ich schenkte Shania auch den Diamantring, der ursprünglich für Preeti bestimmt gewesen war, außerdem meine gesamte Wohnungseinrichtung.

»Du kannst die Sachen verkaufen. Allein der Ring ist dreißigtausend Rupien wert«, sagte ich.

»Den werde ich behalten. Als Erinnerung«, erwiderte sie.

Und dann weinten wir beide nicht nur ein bisschen.

Der Dezembermorgen meiner Abreise war neblig und kalt. Es war höchste Zeit, wegzukommen. Kommissar R. V. Chopra hatte mich für den darauffolgenden Tag zum Verhör geladen, und auch wenn mir Uma versichert hatte, dass ich nichts über die Frau im Lodi Garden preisgeben müsse, wollte ich mich gar nicht erst der Gefahr aussetzen, vielleicht doch etwas zu verraten.

Trotz Yogis beharrlicher Proteste konnte ich ihn überreden, nicht mit zum Flughafen zu fahren. Ich wollte den Abschied nicht in die Länge ziehen und brauchte Zeit allein, um mich von Delhi zu verabschieden.

Die Stadt häutete sich ständig. In den besseren Wohnvierteln schossen neue Häuser aus den Kratern, die die alten hinterlassen hatten, die man nach nur wenigen Jahren wieder abgerissen hatte. Draußen am Indira Ghandi International Airport konnte ich im Morgennebel das neue riesige Terminal sehen, das gerade gebaut wurde. In einem guten halben Jahr sollte es mit großem Pomp eingeweiht werden und Indiens Hauptstadt in eine internationale Metropole verwandeln. So war zumindest der Plan.

Der Taxifahrer hielt nur zwanzig Meter vor dem Eingang zur Abflughalle, was die unzähligen Gepäckträger jedoch nicht daran hinderte, sich um mich zu scharen und mir ihre Dienste aufzudrängen. Ich scheuchte sie gerade freundlich weg, als mein Arm fest von einem mageren Jungen gepackt wurde. Als ich ihm ins Gesicht sah, traf mich ein bekannter schalkhafter Blick.

»Mr Reporter, lassen Sie mich helfen. Ihr Tasche sehr groß und sehr schwer!«

Es war Kanshi, der Junge, der uns von Varun Khannas Übergriffen auf die Kinderarbeiter in Shahpur Jat erzählt hatte. Er trug dieselben Sachen wie bei unserer letzten Begegnung, ergänzt von einem leuchtend gelben Kunstfaserjackett, das ihm viel zu groß war. Ich gab ihm meine Tasche.

»Du hast die Unterkunft also verlassen?«

»Ja, bin jetzt eigener Geschäftsmann. Gepäck tragen und verkaufen. Kaufen Sie etwas für die Reise?«

»Ich glaube nicht.«

»Old Monk? Safran aus Kashmir? Paschminaschal? Indische Pornos? Ich beschaffe alles. Sehr billig! In zwei Minuten!«

»Nein, danke. Aber du sollst natürlich gut für deine Arbeit bezahlt werden«, sagte ich und gab ihm einen Hundert-Rupien-Schein.

»Mr Reporter, noch etwas mehr. Ich bin doch jetzt Geschäftsmann.«

Warum er deshalb noch mehr als die sowieso schon äußerst großzügige Bezahlung verdiente, erschloss sich mir nicht, aber ich mochte Kanshis Geschäftssinn und gab ihm noch einen Hunderter.

Als er das Geld in Empfang genommen hatte, holte er einen Dollarschein hervor und fragte, ob ich ihn einwechseln könnte.

»Was hast du denn für einen Kurs?«

»Besten Kurs! Sie kaufen den Amerikadollar für nur hundert Rupien. Keine Wechselgebühr!«

Das war der schlechteste Kurs, der mir je begegnet war, aber ich brauchte das indische Geld ja sowieso nicht mehr, weshalb ich Scheine und Münzen aus meinen Taschen zusammensuchte und Kanshi gab. Es waren sicher weit über tausend Rupien.

Als er erkannte, dass er mich nicht weiter melken konnte, tätschelte er mir dankbar den Arm.

»Sie guter Mann, Mr Reporter. Sehr großzügig. Sie fahren jetzt nach Amerika?«

»Nein, nach Schweden. Das liegt in Europa.«

»Europa? Nein, Amerika besser! Wenn ich viel Geld verdiene, dann fahre ich nach Amerika und verdiene noch mehr.«

»Bist du nicht etwas zu jung dafür?«

»Ich wachse. Dann wachsen meine Geschäfte und das Geld noch mehr. Und dann fahre ich nach Amerika.«

Er gab mir meine Tasche und lächelte.

»Ich bin freier Mann, Mr Reporter. Und freier Mann kann tun, was er will.«

KAPITEL 65

Malmö empfing mich mit seinem üblichen Dezembercharme. Schneeregen peitschte mir ins Gesicht, als ich den Hauptbahnhof verließ, nachdem ich vom Flughafen in Kopenhagen den Öresund-Zug genommen hatte. Ich eilte zum Taxistand auf der anderen Seite der Bushaltestelle und stieg in das erste in der Reihe, das mich die knappen zwei Kilometer nach Hause zum Davidhallstorg fuhr.

Ich gab den Türcode ein und nahm den Aufzug in den zweiten Stock. Aus meiner Wohnung dröhnte unmelodiöses Technogestampfe. Danke, Linda, jetzt bin ich das neue Hassobjekt der Nachbarn, dachte ich und steckte den Schlüssel ins Schloss.

Im Flur erschnupperte meine empfindliche Nase einen schwachen Geruch nach Abfall. Ich sah in die Küche, in der sich schmutziges Geschirr, leere Flaschen und alte Fastfood-Verpackungen stapelten. Im Wohnzimmer empfing mich ein Chaos aus Kleidern (nicht nur von einer Frau), Büchern, CDs und DVDs aus meiner eigenen Sammlung, alles quer über dem Boden verteilt.

Als ich die »Musik« ausstellte, hörte ich durchdringendes Stöhnen aus dem Schlafzimmer. Wer so etwas noch nie erlebt hat, dem sei gesagt, es gibt für einen Vater kaum etwas Erschütternderes, als zu hören, wie die eigene Tochter Sex hat. Nach ungefähr zehn Sekunden merkten die beiden allerdings, dass sie nicht länger allein waren.

»Hallo? Wer ist da?«, fragte sie vorsichtig und klang plötzlich wie ein kleines, verängstigtes Mädchen.

»Ich bin's, Papa«, sagte ich, was irgendwie wie aus einem schlechten Film klang.

Ich überlegte, ob ich sagen sollte, ich käme später zurück, aber das würde nichts bringen. Der Schaden war angerichtet, und ehrlich gesagt wollte ich den Kerl durchaus gern kennenlernen, der nicht nur mit meiner Tochter schlief, sondern offenbar mit ihr zusammen auch meine Wohnung einsaute.

Ich setzte mich aufs Sofa und wartete. Drei Minuten später kam Linda mit zerzausten Haaren und rosigen Wangen heraus. Sie trug ein übergroßes T-Shirt mit dem Vereinswappen des Malmö FF, das ihr bis zu den Knien reichte. Falls es ihrem Freund gehörte, wären das zumindest mildernde Umstände. Außerdem musste sie dann wirklich verliebt in ihn sein, da sie sich sonst immer über meine nostalgische Leidenschaft für den Malmö FF und meine rituellen Spaziergänge an Spieltagen durch den geschichtsträchtigen Pildammspark auf dem Weg zum Stadion aufregte.

»Eine Fußballmannschaft ist wie jede andere! Und der Pildammspark ist auch nur ein Park!«

So spricht die respektlose Jugend, doch jetzt stand sie in diesem T-Shirt vor mir und wirkte beschämt.

»Papa, ich dachte, du würdest erst morgen kommen«, sagte sie, während ihre Wangen noch röter wurden.

»Da hast du falsch gedacht«, erwiderte ich. »Schön, dich zu sehen. Und ein hübsches T-Shirt hast du da.«

Ich umarmte sie, und noch ein seltsames Erlebnis: den Geruch eines anderen Mannes an ihr wahrzunehmen.

Ein großer, breitschultriger Mann in Jeans und mit nacktem Oberkörper wagte sich aus dem Schlafzimmer. Er sah eigentlich recht sympathisch aus, mit kurzem, etwas abstehendem braunem Haar und wachen Augen.

»Das ist Jacob«, sagte Linda.

Er streckte mir die Hand zur Begrüßung hin. Das Lächeln war nervös, der Händedruck jedoch fest.

»Wohnst du auch hier?«, fragte ich.

»Nur manchmal«, antwortete er.

»Gut, aber jetzt solltet ihr ein wenig aufräumen. Das macht man nämlich, wenn man in einer Wohnung wohnt, auch wenn es nicht die eigene ist.«

Ich fand, den Seitenhieb konnte ich mir erlauben. Und tatsächlich:

»Natürlich, Papa. Leg dich aufs Sofa und ruh dich aus, während wir hier alles in Ordnung bringen. Wir wollten wirklich aufräumen, bevor du kommst.«

Nachdem sie einmal angefangen hatten, waren sie tatsächlich fleißig. An Shania kamen sie natürlich nicht heran, aber nach zwei Stunden sah die Wohnung wieder richtig gemütlich aus.

»Ja, dann gehe ich mal«, sagte Jacob, der nun sein Malmö-FF-T-Shirt wieder trug, und nahm die zwei Plastiktüten, in denen er seine Sachen verstaut hatte. »Noch mal Entschuldigung für die Unordnung, das war wirklich nicht nett.«

Ich nickte und ergriff noch einmal seine ausgestreckte Hand. Hielt sie ein paar Sekunden fest und sah ihm in die Augen. Als ich den Mund öffnete, schluckte Jacob nervös, als ob er einen weiteren Vortrag vom strengen Vater seiner Freundin erwartete.

»Wie lief es dieses Jahr?«, fragte ich stattdessen und nickte in Richtung Vereinswappen.

Es dauerte ein bisschen, bis er mich verstand, doch dann machte sich Erleichterung auf seinem Gesicht breit.

»Ah, beim MFF? Wie immer eigentlich. Erst aufwärts, dann wieder abwärts, dann wieder aufwärts. Am Ende waren wir auf Platz sieben oder acht in der Tabelle. Obwohl Daniel Larsson und Edward Ofere zwischendurch wirklich gut waren. Nächste Saison also, vielleicht, wenn die Mannschaft intakt bleibt.«

Ich mochte es, wie er »wir« sagte, als er von der Mannschaft sprach.

»Ja, nächste Saison, vielleicht«, erwiderte ich. »Wir sehen uns.«

KAPITEL 66

Nach einer Woche Wohngemeinschaft zog Linda mit Jacob zusammen zur Untermiete in eine Wohnung am Möllevångstorg. Er war wirklich ganz nett, musste ich zugeben. Arbeitete als Gerüstbauer. Ich bildete mir ein, dass er deshalb sicher auch bodenständiger war als ein ätherischer Philosophiestudent.

Ansonsten verlief mein neues Leben in Malmö recht angenehm. Ich traf mich ein paarmal mit meiner Mutter, was wirklich nett war. Beinahe so, als ob seit unserem letzten Treffen nichts passiert wäre. Sie fragte leicht zerstreut nach Indien, redete jedoch die meiste Zeit über ihre bevorstehende Golfreise nach Südafrika.

Die neue Arbeit war richtig toll. Die Firma hieß *Östros und Partner* und hatte ihr Büro in Malmö im zehnten Stock des Turning-Torso-Hochhauses. Auf diese Weise war ich zumindest rein physisch höher auf der Karriereleiter als Kent, was mir eine gewisse Befriedigung verlieh, wenn ich ihn manchmal durch den Eingang meines ehemaligen Büros schlendern sah, da unten auf der Straße.

Ich hatte zwei jüngere Kollegen – Alexander, sehr muskulös und sehr schwul, und Jenny, sehr jung, sehr hetero. Wir verstanden uns gut, und die Aufträge waren abwechslungsreich. Ich schrieb meistens die längeren Texte, während der Nachwuchs sich um Kampagnen und Webdesign kümmerte. Doch wir arbeiteten übergreifend, wie es so schön heißt, und halfen einander konstruktiv. Ich fühlte mich inspiriert und lernte jeden

Tag neue Dinge. Keine Sekunde verschwendete ich mit sinnlosem Surfen im Netz.

Natürlich traf ich auch meine Kumpels im *Bullen*. Rogge Gudmundsson freute sich, dass ich mich in dem neuen Job so wohlfühlte, und hatte außerdem neue Ideen für Investitionen, die er mir gleich vorstellte (leider hatte ich wegen einer unglücklichen Russlandinvestition zwanzigtausend Kronen Verlust bei dem Aktienportfolio gemacht, das er für mich verwaltete, aber Rogge schlug eine Verschiebung nach Asien und vor allem nach Indien vor, der ich mit klopfendem Herzen zustimmte).

Richard Zetterström hatte leider Diabetes bekommen, was sein Essverhalten allerdings nicht änderte. Bror Landin nörgelte an einer Kolumne herum, die ich für die *Sydsvenskan* geschrieben und in der ich den Namen von Indiens erstem Premierminister Jawaharlal Nehru falsch geschrieben hatte (also auch hier alles beim Alten). Mogens Gravelunds Bronchitis war mittlerweile so ohrenbetäubend, dass es körperlich wehtat, ihm zuzuhören.

Die deutlichste Veränderung hatte Erik durchgemacht, der viel zurückhaltender war als früher. Er hatte sich offenbar immer noch nicht von der brutalen Trennung von Josefin in Rishikesh erholt. (Außerdem erzählte er den anderen nichts von meiner Affäre mit einer verheirateten Inderin, was vor einem Jahr noch ein Ding der Unmöglichkeit gewesen wäre.)

Auch wenn er jetzt erträglicher war als früher, mochte ich sein altes Wesen irgendwie lieber, den wahren Erik. Ich hoffte, dass die Zeit seine Wunden bald heilen würde.

Nach reiflicher Überlegung nahm ich wieder Kontakt zu Mia auf. Sie klang alles andere als begeistert bei meinem ersten Anruf, taute nach einer Weile dann jedoch etwas auf. Ich hatte keine Sehnsucht nach ihr, überhaupt nicht, aber sie war immerhin die Mutter meiner Kinder. Außerdem musste ein deprogrammierter Phobiker an den letzten Resten seiner Zwangshandlungen arbeiten. Das Leichteste war daher im Moment, das monotone Zählen von Jahren, Monaten und Tagen vor und nach der Scheidung zur Einordnung von Ereignissen wiederaufzunehmen. Es hatte jedoch keine tiefere Bedeutung mehr für mich, auf diese kontrollierte Weise hielt ich nur meine anderen Dämonen in Schach.

Das Verhältnis zu John war nicht besonders eng, und mehr war auch nicht zu erwarten. Ein Vater, der nach einem Jahr in Indien einfach wieder auftaucht und der sich in dieser Zeit nur einmal gemeldet hat, kann natürlich nicht damit rechnen, mit offenen Armen empfangen zu werden. Doch ich versuchte es zumindest. Erst schlug ich vor, gemeinsam Heiligabend zu feiern, doch da war er schon bei Mia und Max eingeladen. An einem der anderen Weihnachtstage vielleicht? Ging auch nicht. Da würde er zu den Eltern seiner Freundin Hanna fahren.

»Ihr seid also immer noch zusammen? Wie schön! Vielleicht könnten wir ja dann Silvester zusammen verbringen?«

»Da sind wir schon auf eine Feier eingeladen«, antwortete er.

Schließlich gestand er mir Heiligdreikönige zu, doch erst, nachdem sicher war, dass Linda auch kommen würde.

Ich lud meine Kinder mit ihren Partnern zu Sushi und Sake ins Restaurant *Hai* ein. Hanna, die auch Medizin in Lund studierte, war mindestens genauso nett wie Jacob. Die Kinder schienen bisher eine gute Wahl mit ihren Partnern getroffen zu haben. Nach gut drei Stunden verabschiedeten wir uns, ohne ein nächstes Treffen vereinbart zu haben. Doch ich sagte zu John, dass ich ihn anrufen würde, was er mit einem »Klar« quittierte. Ich interpretierte es mal als Entgegenkommen.

Und was war mit Preeti? Natürlich dachte ich an sie. Keine Stunde verging ohne dieses quälende leere Gefühl im Bauch.

Ich pflegte meine Hände. Das war meine Art, die bittersüßen Erinnerungen an sie am Leben zu erhalten. Ich kaufte eine weichmachende Creme einer Luxusmarke. Außerdem eine Nagelfeile und eine gute Nagelschere und sogar farblosen Nagellack. Matt, genau wie der, den Preeti bei unserem letzten Treffen aufgetragen hatte. Nicht glänzend, nur kräftigend.

Doch mit den Haaren musste ich dringend etwas anstellen. Ich rief also im Salon Cissi an.

»Göran! Wie war es in Indonesien?«

»Ich war in Indien. Ja, danke, sehr interessant und inspirierend. Aber es ist auch schön, wieder in Malmö zu sein.«

»Und du hast einen tollen neuen Job hier, habe ich von Mia gehört.«

»Ja, das ist wirklich super. Weshalb ich jetzt auch gepflegt aussehen muss und einen neuen Haarschnitt brauche. Hast du zufällig nächsten Dienstag um die Mittagszeit etwas frei?«

»Ja, das passt. Komm um eins, dann setze ich die Schere an!«

12. JANUAR 2010

Nun sitze ich also hier unter einem Friseurumhang, blicke in den Spiegel auf den Fikus neben dem roten Sofa und überlege, was ich Cissi zu meinen schönen Händen sagen soll. Der Kreis hat sich geschlossen. Das ereignisreichste Jahr meines Lebens liegt hinter mir. Und ja, es riecht wirklich nach fauligen Eiern im Salon.

»Ach, ich habe in Indien eine Maniküre bekommen.«

»Wie nett! Aus einem bestimmten Grund?«

»Nein. Dort drüben ist es ziemlich verbreitet, auch bei Männern. In Indien sind die Hände der Spiegel der Seele. Es ist wichtig, sie zu pflegen.«

So etwas in der Art hatte Yogi über Visitenkarten gesagt, deshalb dachte ich, dass das bestimmt auch auf Hände übertragbar war.

»Und dann habe ich hier selbst damit weitergemacht.«

Meine Ohren glühen, was Cissis scharfen Augen auf keinen Fall entgehen kann. Doch mehr gebe ich ihr nicht. Ich bin auf der Hut. Jedes Mal, wenn sie das Gespräch auf gefährlichen Boden steuert, lenke ich mit einigen allgemeinen Floskeln über Indiens Farben und Spiritualität ab.

Als sie fertig ist, habe ich nichts wirklich Interessantes von mir gegeben. Cissi ist enttäuscht, das merke ich daran, wie sie irritiert mit den Fingern auf den Empfangstresen trommelt, als ich bezahle. Sie weiß, dass die manikürten Hände ein Hinweis auf eine größere Sache sind, und es ärgert sie, dass sie nicht das kleinste bisschen dazu aus mir herausquetschen konnte.

»Wann sehen wir uns wieder?«, fragt sie.

»In zwei Zentimetern, denke ich mal«, erwidere ich, was sie trotz ihres Ärgers zum Lachen bringt.

Ich gehe ohne Schirm hinaus in den Regen. Lasse das Wasser über meine halblangen, nach hinten gestrichenen Haare und meine Kleidung strömen. Ich gehe den ganzen Weg zum Västra Hamnen, durch den verlassenen Kungspark, wo sich nicht einmal die wenigen Graugänse, die hier überwintern, zeigen wollen. Am Turning Torso angekommen bin ich vollkommen durchnässt. Der rundliche Mann am Empfang wirkt nicht begeistert, als ich auf dem Weg zum Aufzug Pfützen auf dem Boden zurücklasse.

In unserem Büro im zehnten Stock löst mein nasser Auftritt hektische Betriebsamkeit aus. Jenny kommt mit Frotteehandtüchern und einem Bademantel, von dem ich nicht wusste, dass wir ihn haben. Alexander kocht Tee. Ein schönes Gefühl, von der Jugend umsorgt zu werden. Gemütlich und vertraut.

Ich setze mich mit der Teetasse an den Rechner und lese meine Mails. Eine Nachricht von Yogi weckt sofort meine Aufmerksamkeit.

Eine Einladung.

Zu einer Hochzeit.

Seiner Hochzeit.

Meine Augen zucken über den Bildschirm. Ich bin eingeladen, am 8. September 2010 der Trauung von Yogendra Singh Thakur und Lakshmi Krishnamurti beizuwohnen. Die Hochzeit wird in Sivaganga stattfinden, in Tamil Nadu. Unter den formellen Einladungstext hat Yogi noch eine persönliche Nachricht gefügt:

Mr Gora, ich schicke dir das jetzt schon, damit du dir das Datum im Kalender dick anstreichen und die Reise buchen kannst. Und ich wünsche mir aus allertiefstem Herzen, dass du kommen kannst!
Jetzt habe ich sie endlich gefunden, meine Durga mit der Elefantenhaut. Oder besser gesagt, meine Lakshmi! So heißt sie, wie die Göttin, die Tochter des sympathischen Textilfabrikanten, mit dem ich so viele hervorragende Geschäfte gemacht habe. Es ist fast wie eine Liebesheirat. Wir haben uns höchst angenehm während meiner Reisen kennengelernt, die zugegebenermaßen nicht immer nur das Ziel hatten, diese bestickten Bettüberwürfe in bester Qualität zu einem unschlagbaren Preis einzukaufen.
Sie war der Schatz, zu dem ich die Karte gefunden habe. Dann lag die Karte verborgen in meiner Tasche, und jetzt ist es an der Zeit, den Schatz zu heben und ihn der Welt in seinem unwiderstehlichen Glanz zu zeigen! Amma hat sie schon kennengelernt, und das Treffen lief gut. Jedenfalls so gut, wie man es den Umständen entsprechend erhoffen konnte. Ich glaube, dass Lakshmi die allerbeste Gesellschaft für Amma sein wird, wenn sie nach der Hochzeit zu mir nach Delhi zieht. Sie ist klug und diplomatisch, aber dennoch stark und selbstständig wie die stärkste und bezauberndste Göttin. Sie ist ganz einfach wunderbar! (Außerdem hat sie eine große Schwester, die sehr hübsch und sehr unverheiratet ist.)

In der Hoffnung, dich als Gast auf meiner Hochzeit begrüßen zu dürfen, und mit tiefer Sehnsucht bitte ich dich, deine Rückkehr in unser wunderbarstes aller wunderbaren Länder schon jetzt vorzubereiten. Sivaganga liegt sechs Autostunden entfernt von Madras. Buche einen Flug dorthin, dann hole ich dich ab!

Dein allerbester Freund Yogi

Dieser Schlawiner. Hatte er es also getan! Er hatte geschafft, woran ich gescheitert war.

Ich recherchiere im Netz nach Flügen von Kopenhagen nach Madras. Der billigste Flug geht am 4. September 2010 mit Lufthansa über Frankfurt. Hin- und Rückflug, nicht umbuchbar, 7.314 Kronen.

Nein, das ist nicht gut.

Ich versuche es mit einem einfachen Flug. 4.405 Kronen. Noch teurer, da ich ja später noch ein Rückflugticket kaufen müsste, doch andererseits wäre ich so flexibel.

Nein, auch nicht gut.

Dennoch klicke ich in das Feld für den Passagiernamen. Hauptsächlich, um herauszufinden, wie es sich anfühlt.

Verlockend.

Ich zögere. Versuche mir ins Gewissen zu reden. Aber meine Finger scheinen ein Eigenleben entwickelt zu haben.

Bevor ich mich bewusst dazu entschieden habe, steht da:

Mr Göran Borg.

Ich lächele und spüre die Wärme durch meinen durchnässten Körper strömen.

ENDE

Die schwedische Originalausgabe erschien 2011 unter dem Titel
Delhis vackraste händer bei Norstedts, Stockholm.

MIX
Papier aus verantwortungsvollen Quellen
FSC® C083411
FSC
www.fsc.org

Verlagsgruppe Random House FSC® N001967
Das für dieses Buch verwendete FSC®-zertifizierte Papier
Super Snowbright liefert Hellefoss AS, Hokksund, Norwegen.

1. Auflage

Satz: Uhl + Massopust, Aalen
Druck und Bindung: GGP Media GmbH, Pößneck
Printed in Germany
ISBN 978-3-442-75373-4

www.btb-verlag.de
www.facebook.com/btbverlag